JAMES BARCLAY: DIE CHRONIKEN DES RABEN

JAMES BARCLAY

Himmelsriss

Die Chroniken des Raben

Viertes Buch

Deutsche Erstausgabe

WILHELM HEYNE VERLAG
MÜNCHEN

Titel der englischen Originalausgabe
NOONSHADE (Part 2)
Deutsche Übersetzung von Jürgen Langowski

FSC
Mix
Produktgruppe aus vorbildlich
bewirtschafteten Wäldern und
anderen kontrollierten Herkünften

Zert.-Nr. SGS-COC-1940
www.fsc.org
© 1996 Forest Stewardship Council

Verlagsgruppe Random House
FSC-DEU-0100
Das FSC-zertifizierte Papier *München Super*
für Taschenbücher aus dem Heyne Verlag
liefert Mochenwangen Papier.

Deutsche Erstausgabe 09/2005
Redaktion: Rainer Michael Rahn
Copyright © 2000 by James Barclay
Copyright © 2005 der deutschen Ausgabe
by Wilhelm Heyne Verlag, München
in der Verlagsgruppe Random House GmbH
www.heyne.de
Printed in Germany 2005
Karte: Franz Vohwinkel
Titelillustration: Jakob Werth
Umschlaggestaltung: Nele Schütz Design, München
Satz: Christine Roithner Verlagsservice, Breitenaich
Druck und Bindung: GGP Media GmbH, Pößneck

ISBN: 3-453-53061-6

Für meine Eltern Keith und Thea Barclay.
Ihr wart immer da und immer wundervoll.

BALAIA DER

NORD-BUCHT

Sunatae Zähne

TERENETSA

Sethe-fluss

Torn-Wüste

PARVE

BARAVALE-TAI

KERNLAND DER WESMEN
(unerforscht)

Zentral-Tempel der Wrethsires

Augsee

LEIONU

Himmels-see

GARAN-BERGE

N

W E

S

Südstrom

GARAN-BERGE

SÜDMEER

NORDKONTINENT

BERGE

Bucht von Triverne

JADEN RACHE Blutsee

JULATSA

Fluss Triverne

DORDOVER HAVERN CORIN

Triverne-See

Burg der Schwarzen Schwingen

LYSTERN

XETESK

Understone-Pass

UNDERSTONE

Ebene von Pontois

DENEBRE PONTOIS

Septerns Haus

BLACKTHORNE

ERSKAN HYLD

KORINA

Grethern-Wald

Burg Taranspike

Varmawk-Klippen

Dornenwald GRESSE

Burgs

GREYTHORNE

Balan Berge ARLEN ORYTTE

BLACKTHORNE

Bucht von Arlen

Bucht von Gyernath GYERNATH

Unterstützung, Hilfe und Ermutigung sind sehr wichtig. Ich danke den Menschen, die mir dies alles so großzügig geschenkt haben. Doch es gibt einige, die ich namentlich nennen sollte: Tara Falk, die mich immer wieder anspornt; Peter Robinson, John Cross, Dave Mutton und Dick Whichelow, die jederzeit für mich da waren; Paul Fawcett und Lisa Edney für ihre Nachsicht und Geduld, die weit über das hinausgingen, was ich hätte erwarten dürfen; William Holley, der mir die erste »Fanpost« geschickt hat; und Simon Spanton, dessen einfühlsames Lektorat alles bereichert, was ich schreibe. Ohne euch alle wäre es nur halb so schön.

Ich danke euch allen.

Personenverzeichnis

DER RABE	Hirad Coldheart, Barbarenkrieger
	Ras, Krieger
	Richmond, Krieger
	Talan, Krieger
	Sirendor Larn, Krieger
	Der Unbekannte Krieger
	Ilkar, Julatsa-Magier
XETESK *Magisches Kolleg*	Styliann, Herr vom Berge
	Denser, Seniormagier
	Selyn, Magier-Spionin
	Nyer, Densers Mentor
	Laryon, Meister der Forschung
	Sol, ein Protektor
DORDOVER *Magisches Kolleg*	Erienne, Hüterin der Magie
	Alun, Eriennes Gatte
	Thraun, Krieger
	Jandyr, Elfen-Bogenschütze
	Will Begman, Dieb
	Vuldaroq, Herr des Turms

LYSTERN *Magisches Kolleg*	Heryst, Lordältester Magier Ry Darrick, Armeegeneral
JULATSA *Magisches Kolleg*	Barras, Hauptunterhändler
BARONE, LORDS UND SOLDATEN	Blackthorne, Baron im Süden Gresse, Baron im Südosten Tessaya, Lord der Wesmen Travers, ein Hauptmann

Erstes Kapitel

Barras klopfte leise an und hoffte, den General schlafend vorzufinden, doch die heisere Einladung, das Zimmer zu betreten, kam sofort. Der alte Elfenunterhändler betrat Kards Zimmer im Erdgeschoss des Turms und fand den General an einem kleinen Kaminfeuer sitzend. Er hatte sich den Stuhl dicht ans offene Fenster gezogen, und auf der Fensterbank stand ein dampfender Becher. Julatsas militärischer Anführer blickte zu dem mit Sternen übersäten Himmel hinaus. Die Nacht brachte eine gewisse Erleichterung, und sei es nur, weil der Dämonenschirm in der Dunkelheit unsichtbar blieb und damit etwas weniger bedrohlich wirkte. Seine Ausstrahlung aber jagte immer noch allen, die ihm zu nahe kamen, einen kalten Schauer über den Rücken. Die Sanduhren sagten, dass die Morgendämmerung in etwa zwei Stunden anbrechen würde.

Sie konnten nichts weiter tun als warten, bis der erste Befehl gegeben wurde, und dann musste der Tag eben verlaufen, wie er verlaufen wollte. Im ganzen Kolleg herrschte eine erwartungsvolle, angespannte Ruhe. Alle Männer, alle Frauen und sogar die Kinder wussten, was sie zu tun hatten. In Dutzenden von Besprechungen, die außer Sichtweite der Wachen auf dem Turm der Wesmen abgehalten worden waren, hatten Kard und seine Leutnants detailliert ihre Pläne dargelegt.

Abgesehen von den kämpfenden Einheiten und den Magiern, die für Angriff und Verteidigung vorgesehen waren, hatte Kard auch alle Zivilisten in Gruppen eingeteilt und mit konkreten Aufgaben betraut. Die Zivilisten sollten die Soldaten auf den Mauern mit Pfeilen und Brot und allem anderen versorgen, was gebraucht wurde. Sie hatten sich auch um Tischler- und Steinmetzarbeiten zu kümmern, weil die Verteidigungsanlagen erweitert und verstärkt werden mussten; sie wurden mit Tragen ausgerüstet und als Sanitäter eingesetzt, und sie sollten die Brandbekämpfung übernehmen. Jeder war für die Aufgaben vorgesehen, die seinen Fähigkeiten am ehesten entsprachen.

In einzelnen Unterredungen hatte Kerela alle ihre Magier angewiesen, Kard zu gehorchen, bis die Schlacht entweder gewonnen oder verloren war. Jeder wusste, was geschehen würde, wenn sie unterlagen. Wer nicht dabei helfen konnte, das Herz von Julatsa zu begraben, wurde verpflichtet, im Kampf zu sterben, um diejenigen zu schützen, die diese Aufgabe übernommen hatten. Schließlich hatten Endorr und Seldane auf Barras' Bitte in den letzten Stunden der Ruhe noch einige hundert besonders wichtige Texte des Kollegs ins Herz gebracht oder direkt davor aufgestapelt. Wenn der Dämonenschirm aufgehoben wurde, würde das Herz eher einem Lagerraum als dem Zentrum der julatsanischen Magie gleichen.

Barras sah sich in Kards kargem Quartier um. Eine einfache Pritsche stand unbenutzt an der rechten Wand. Karten, Pergamente und Federkiele waren neben dem zweiten, geschlossenen Fenster auf einem Tisch verstreut. Der

Stuhl davor diente als Ablage für zahlreiche Bücher und Tagebücher, die Kard abräumte, sobald sein alter Freund eingetreten war.

»Setzt Euch doch, Barras, Ihr müsst auch mal etwas ausruhen«, sagte er. Ein kleines Lächeln spielte um seine rissigen Lippen. Das frisch rasierte Kinn glänzte in der Wärme des Kaminfeuers vor Schweiß. Von einem Haken am Kamin nahm er einen Becher und schenkte Barras ein. Der alte Elfenmagier nahm den Becher mit beiden Händen und nickte dankbar.

»Seid Ihr sicher, dass es richtig ist?«, fragte Kard und nickte in Richtung des Dämonenschirms. »Dass wir wieder kämpfen, meine ich.«

»Welche andere Möglichkeit gibt es denn noch?«

»Nun ja, wir könnten die Leute hier unter Kontrolle halten und noch eine Weile hinter unseren Mauern ausharren, und zwar …« Er hielt inne und zog ein Blatt Papier vom Schreibtisch. Einige andere, die darauf lagen, glitten zur Seite, ein paar segelten zu Boden. »… einhundertsiebzehn Tage lang. Falls wir streng rationieren und vernünftig mit unserem Unrat umgehen.«

»Und was geschieht am Ende dieser Frist?«

Kard lächelte wieder und zuckte mit den Achseln. »Tja, die Welt wird sich bis dahin noch oft drehen. Vielleicht befreit man uns.«

»Und Senedai hat bis dahin keine Gefangenen mehr, die er abschlachten kann, und die Berge der verwesenden Leichen sind höher als unsere Mauern. Was wollt Ihr mir eigentlich damit sagen?« Barras runzelte die Stirn und trank einen kleinen Schluck. Es war ein Kräutertee, der ein wenig nach Pfefferminze schmeckte, ein höchst willkommener Genuss.

Kards Lächeln verschwand. Er legte einen Finger an die

13

Lippen und schüttelte den Kopf. »Oh, nichts weiter. Ich hatte nur gehofft, Ihr brächtet eine andere Lösung mit – eine, die verhindert, dass morgen und übermorgen und am Tag danach so viele unserer Leute im Gefecht getötet werden.«

»Ich hätte nicht gedacht, dass Ihr je von Zweifeln geplagt seid, Kard.«

»Wie Ihr genau wisst, bin ich es auch nicht, aber – nun ja, ich weiß auch nicht, ich hatte mir so große Hoffnungen gemacht, als wir den Dämonenschirm eingerichtet haben.«

»Wünscht Ihr jetzt, wir hätten es gar nicht erst getan?«

»Nein, nein. Gestern erst … oder war es der Abend davor?« Kard blickte zum Hof hinunter. »Wie auch immer, neulich habe ich abends hier gelegen und mich gefragt, was wohl geschehen wäre, wenn Ihr den Schirm nicht eingesetzt hättet.«

»Und?« Barras zog fragend die Augenbrauen hoch.

»Ihr wisst es so gut wie ich. Die Wesmen hätten im Handumdrehen unsere Mauern gestürmt. Wir hatten keine magischen Kräfte mehr, unser Heer war geschlagen, und alle Leute hatten Angst. Jetzt sind wir ausgeruht, unsere Moral ist gestärkt, aber Angst haben wir wohl immer noch. Auf jeden Fall werden sie sich bei uns eine blutige Nase holen.«

Barras schwieg dazu, trank seinen Tee und beobachtete, wie es in Kards Gesicht arbeitete. Lächeln, Stirnrunzeln und Trauer wechselten einander ab. Es tat ihm Leid, dass er die Tagträume des Generals gestört hatte. Der alte Soldat erinnerte sich an sein Leben, da er wusste, wie wenig Zeit ihm noch blieb. Die Zweifel, die er zum Ausdruck gebracht hatte, waren lediglich die Zweifel eines nachdenklichen Mannes, der stets nach einem besseren Ausweg sucht, solange er noch Zeit hat, und der letztlich doch zugeben muss, dass es keinen gibt. Barras beschloss, den General bald wieder allein zu lassen, doch zuvor hatte er noch etwas zu besprechen.

»Was wollt Ihr eigentlich von mir?« Kard hatte offenbar im selben Moment den gleichen Gedanken gehabt.

»Wir haben uns im Sitzungssaal beraten. Wir wollen umgehend mit der Anrufung beginnen. Es könnte eine Weile dauern, bis Heila sich zeigt, und dann müssen wir noch mit ihm verhandeln, damit er den Dämonenschirm wieder entfernt. Es ist schwer zu sagen, ob der Schirm tatsächlich genau eine Stunde vor Anbruch der Dämmerung aufgehoben wird, aber viel später dürfte es nicht sein. Ihr müsstet die Magier, die den Turm angreifen sollen, bald Aufstellung nehmen lassen.«

»Ich werde auch gleich meine Soldaten wecken. Hättet Ihr mir das nicht früher sagen können?«

»Wir mussten erst noch einige Texte studieren, ehe wir sicher waren. Wir werden gleich beginnen.« Barras stand auf, um zu gehen, und stellte den leeren Becher auf den Schreibtisch, wo er auf einem Organisationsplan einen feuchten Ring hinterließ. »Entschuldigung.«

Kard zuckte mit den Achseln. »Schon gut. Ich glaube, die brauchen wir bald sowieso nicht mehr.« Er gab Barras zum Abschied die Hand. Der Händedruck war fest und zuversichtlich. »Viel Glück.«

Barras nickte. »Wir sehen uns nachher oben im Turm. Mögen die Götter mit Euch sein.«

»Wenn sie es nicht sind, dann werden wir ziemlich bald bei ihnen sein.«

»Ein bedrückender Gedanke.« Barras lächelte.

»Aber ein realistischer.«

Barras verließ das Zimmer und ging zum Herzen im Turm von Julatsa.

Die Rabenkrieger hatten im Windschatten einer kleinen Anhöhe eine Rast eingelegt, wo die Krieger vor dem stetig wehenden Wind geschützt waren. Über ihnen am Hang raschelten Farne und Büsche, vor ihnen lag das weite Land voller Flüsse, Sümpfe, Marschen und Buschwerk.

Sie waren bis zum Abend gewandert und hatten nur angehalten, wenn Denser ihnen zu verstehen gab, dass Erienne etwas Ruhe brauchte. Die dordovanische Magierin hatte von sich aus nichts gesagt, doch im schwächeren Licht des Spätnachmittags waren die Falten in ihrem Gesicht tiefer geworden, und obwohl sie sich gegen die Fürsorge sträubte, schlief sie schnell und mit zufriedenem Lächeln ein.

Will und Thraun hatten das Lager verlassen, sobald im Ofen ein Feuer brannte. Spät in der Nacht waren sie zurückgekehrt. Will gab sich zugeknöpft, während der Gestaltwandler Thraun, immer noch in seiner Wolfsgestalt gefangen, zu einem ruhigen Platz trabte, um sich ein Stück von den Freunden entfernt zur Ruhe zu legen. Sein Wolfsgesicht wirkte bedrückt, soweit man überhaupt darin lesen konnte.

Denser und der Unbekannte hatten die ersten Wachen übernommen, und als die Sterne sich bemühten, das Land ein wenig zu erhellen, saß Hirad wach im Lager, mit dem Rücken bequem an die Böschung gelehnt, betrachtete seine schlafenden Freunde und ließ den vergangenen Tag Revue passieren.

Sie waren schnell gegangen, aber sie waren immer noch zu Fuß unterwegs, und Hirad sorgte sich, weil sie keine Gelegenheit gefunden hatten, wenigstens ein paar Pferde für das Gepäck zu bekommen, damit sie unbeschwert laufen konnten. Noch mehr als die Tatsache, dass die Zeit drängte, beschäftigte Hirad die Frage, wie sie an den Armeen der Wesmen vorbeikommen sollten. Genaue Zahlen hatten sie nicht, aber vor ihnen lag ganz sicher eine große Zahl von Feinden. Und danach hatten sie immer noch den Dämonenschirm zu überwinden.

Er hatte nicht viel von dem verstanden, was Ilkar erklärt hatte, doch es schien ihm, als sei es unmöglich, den Schirm zu durchbrechen, woraus auch immer er bestehen mochte. Irgendwie freute er sich auch auf den nächsten Kontakt mit Sha-Kaan, denn er hoffte, der mächtige Drache könne ihnen einen Weg durch die Barriere zeigen.

Hirad gähnte ausgiebig, dann schüttelte er den Kopf und sah nach oben. Bis zur Morgendämmerung blieben noch zwei Stunden, vielleicht sogar länger. Es war eine milde Nacht, wenn der Wind nicht die Haut abkühlte, und die sanfte Wärme des Ofens strahlte aufs ganze Lager aus.

Er stand auf, gab aus dem Beutel Kaffeemehl in seinen Becher und füllte ihn mit heißem Wasser aus dem Topf auf dem Ofen auf. Ihr Kaffee ging zur Neige, und Hirad rümpfte empört die Nase, als ihm bewusst wurde, dass sie bald wieder den Kräutertee trinken mussten, den Ilkar immer braute.

Als er sich wieder setzen wollte, ließ ihn ein Knurren herumfahren. Der Kaffee spritzte über seinen Handschuh. Thraun kauerte vor ihm und starrte ihn an, die gelben Augen funkelten kalt und böse. Hirad erwiderte den Blick und schaffte es sogar zu lächeln.

»He, Thraun, ich bin's doch, kennst du mich nicht mehr?«

Thraun knurrte weiter, und seine Nackenhaare sträubten sich. Er zog sich etwas zurück und spannte die Hinterläufe zum Sprung. Gleich neben ihm regte sich Will und erwachte.

»Was ist denn los?«, fragte er verschlafen.

»Ich weiß auch nicht«, erklärte Hirad. »Er hat …«

Mit einem leisen Bellen sprang der Wolf in die Dunkelheit. Dann brachen die Schmerzen über Hirad herein. Kurz und heftig waren sie und überfluteten alle seine Sinne. Er ging in die Knie, und der Kaffee, der noch im Becher verblieben war, verteilte sich vor ihm auf der Erde.

»Hirad Coldheart, höre mich.« Hirad wusste nicht, warum Sha-Kaans Stimme dieses Mal so nahe war. Sie klang auch anders als beim letzten Kontakt. Nicht mehr stark und befehlend, sondern gequält.

»Ich höre dich, Sha-Kaan.«

»Ich muss ein Tor zu dir öffnen. Der Rabe muss mich hören. Seid ihr an einem sicheren Ort? Eure Rhythmen und eure Signaturen sagen mir, dass ihr ruht.«

»Ja, Großer Kaan.«

»Sehr gut, dann soll es geschehen.« Die Schmerzen verschwanden.

Ein paar Schritte vor dem knienden Hirad und ein Stück tiefer am Hang entstand eine flackernde, helle Linie, die sich zu einem zehn Fuß hohen und an der Basis sieben Fuß breiten Dreieck ausdehnte. Im Innern war es dunkel, neben dem Dreieck blieb die Landschaft sichtbar.

Hirad richtete sich auf und sah sich um. Will starrte mit großen Augen das Licht an, und inzwischen regten sich auch die anderen Rabenkrieger. Unangenehme Empfindungen hatten sie aus dem Schlaf gerissen.

»Keine Angst, Will, es ist Sha-Kaan.«

»Schon gut, mir geht es gut.« Wills Stimme zitterte leicht. »Wieso ist Sha-Kaan hier?«

»Schwer zu erklären, aber irgendwie ist er aus seiner Dimension in unsere gekommen, weil er mit uns reden will. Wecke die anderen.« Hirad blickte wieder zum Licht. Im Innern des leuchtenden Rahmens waren jetzt goldene

Funken zu sehen, als tobte dort ein Schneesturm. Dann verschob sich der Rahmen ein wenig nach links, bis ein von Kohlenpfannen beleuchteter Durchgang zu sehen war, der in eine kleine, kahle Kammer führte, die Hirad schon einmal gesehen hatte.

»Was ist das?«, fragte Will. Hirad drehte sich lächelnd zu ihm um.

»Das ist der Weg zum Großen Kaan«, sagte er.

Sha-Kaans Stimme flüsterte in seinem Kopf.

»Gut gemacht, Hirad Coldheart, deine Signatur ist stark. Komm jetzt und bringe deine Gefährten mit.«

Hirad war sich seiner Gefühle nicht ganz sicher, aber es war etwas, das einer Euphorie nicht unähnlich war. Sein Kopf war leicht, seine Gliedmaßen voller Kraft, und sein Herz pochte vor Freude. Er schob für den Augenblick alle Sorgen zur Seite. Sha-Kaan war da.

»Dann ist es mal wieder so weit«, sagte Ilkar neben ihm. Überrascht klang es nicht, nur unendlich müde.

»Aber dieses Mal wird die Begegnung einfacher und angenehmer verlaufen«, versprach Hirad.

»Nun ja, wir werden jedenfalls nichts stehlen«, meinte Ilkar.

Die anderen Rabenkrieger brauchten nicht lange, um zu erwachen. Der Unbekannte stellte sich neben Hirad auf. Er schwieg, sein Gesicht war verschlossen, die Augen blickten gleichmütig.

»Genau wie in alten Zeiten, was, Unbekannter?«, meinte Hirad lächelnd.

»Nein, Hirad, es ist nicht wie früher.« Der Unbekannte wagte sich als Erster in den Durchgang. Hirad wartete noch ab und beobachtete Denser und Erienne, die hinten ums Portal herumgingen.

»Faszinierend«, meinte der Dunkle Magier. »Ich kann

dich von der anderen Seite aus sehen, aber ich kann nicht die Hand durchstecken und winken. Es ist, als existiere der Durchgang nur in genau der Form, wie du ihn siehst.« Er kam zu Hirad herüber. »Willst du mal etwas ausprobieren?«

Hirad zuckte mit den Achseln und nickte. »Wenn es sein muss.«

»Geh herum, wie ich es gerade getan habe. Ich bleibe hier.«

Hirad zog die Augenbrauen hoch und ging los, doch nach ein paar Schritten blieb er stehen.

»Warte mal, da stimmt doch was nicht.« Die Öffnung war ihm gefolgt, und er befand sich immer noch vor ihr.

»Doch, das ist schon in Ordnung«, sagte Ilkar. »Wir sind immer dahinter, falls ›dahinter‹ das richtige Wort ist.«

»Du bist der Drachenmann«, erklärte Erienne. »Das Portal existiert nur, weil du hier bist und weil du mit Sha-Kaan verbunden bist.«

»Oh, ich verstehe«, sagte Hirad. Er hatte keine Ahnung, was Erienne meinte.

»Könntet ihr euch vielleicht mal so langsam in Bewegung setzen?« Der Kopf des Unbekannten erschien im Durchgang. »Macht schon.« Er verschwand wieder.

»Will, was ist mit Thraun? Wird er mitkommen?«, fragte Hirad.

»Ich habe mich gerade eben erst überwunden, selbst durchzugehen«, sagte der drahtige kleine Mann. Sein schwarzes Haar war grau durchsetzt, die Erinnerung an einen Schrecken, der ihn seit einiger Zeit in seinen Albträumen heimsuchte. »Ich nehme an, er wird uns folgen, falls es ihm immer noch wichtig ist, mich zu beschützen. Ich glaube aber, er hat Angst vor deinem Drachen.«

»Da ist er nicht der Einzige«, sagte Erienne.

»Der Rabe, los jetzt, wir wollen den Großen Kaan besuchen«, sagte Hirad. »Und lasst die Schwerter in der Scheide«, fügte er noch hinzu.

Es war, als würden seine Erinnerungen wach. Hirad wusste noch sehr genau, wie sie damals in Sha-Kaans Fusionskorridor eingedrungen waren und Denser verfolgt hatten. Damals hatte er nicht angehalten und sich umgesehen. Jetzt tat er es, wenngleich nur kurz.

Der Durchgang war nicht lang, und am anderen Ende wartete schon der Unbekannte in der kahlen Kammer. Er hatte die Tür noch nicht geöffnet. Im kleinen Raum standen an beiden Seiten Bänke, der Boden war mit Steinplatten ausgelegt, und dunkelgrüne Wandgemälde zeigten Flammen und einen Dschungel.

Hinter der Tür lag die erste Halle. Durch die Türen auf der rechten Seite hatte Sha-Kaan sein Feuer in den Raum gespien. Die Türen waren ersetzt worden, die Brandmale waren entfernt, an der Wand gegenüber hing das Abzeichen des Drachen, und darunter brannte ein Feuer im Kamin.

Hirad ging zum Wappen hinüber. Die Symbole schlugen ihn in ihren Bann – es waren zwei Klauen unter dem offenen Maul eines Feuer speienden Drachen. Ein Reflex im Wappen erregte seine Aufmerksamkeit. Er trat näher heran, und was er sah, erfüllte sein Herz mit Stolz. Das Abzeichen des Raben war eingearbeitet worden, ein blutroter Hintergrund, und davor der Umriss eines Rabenkopfes und eines Flügels. Das Wappen war in das Drachensymbol eingegliedert, stolz und doch untergeordnet. Hirad hatte keine Probleme mit der Befehlshierarchie, die darin zum Ausdruck kam.

»Nun ja, nun ja«, meinte Ilkar, der das Symbol des Raben sofort bemerkt hatte. Hirad lächelte.

»Alles herein, alles herein«, sagte er.

»Wie kommen wir jetzt zu Sha-Kaan?«, fragte Erienne. Hirad deutete nach rechts und führte den Raben weiter.

Hinter den beiden Türen, die einen zweiten Kamin einrahmten, sahen sie wieder einige mit dem Wappen des Drachen und mit Runen geschmückte Türen. Es schien eine Ewigkeit her, dass Hirad beobachtet hatte, wie sie zerstört wurden, doch jetzt waren die Türen intakt, und das goldene Wappen glänzte im Licht des Feuers. Zusätzliches Licht spendeten die Kohlenpfannen im kleinen Vorraum.

»Stoßt sie auf«, sagte Hirad, und der Unbekannte tat es. Vor ihnen lag nun der Drachensaal mit seinen Wandbehängen, den Kaminfeuern und der Wärme. Sha-Kaan lag auf dem Boden und ruhte sich aus. Der Hals war in ihre Richtung gestreckt, der Schwanz hinter dem mächtigen Körper zusammengerollt.

Er sprach laut, damit sie ihn hören konnten.

»Willkommen Hirad Coldheart, mein Drachenmann. Willkommen sei der Rabe.«

Sha-Kaan war riesig. Hirad hatte diese Tatsache noch nicht richtig zur Kenntnis genommen, seit er dem Drachen das erste Mal begegnet war, und jetzt verstand er auch, warum er diese Tatsache nicht an sich herangelassen hatte. Schon die Größe des Drachen war erschreckend. Aber außerdem auch noch zu akzeptieren, dass ein Geschöpf, das hundertzwanzig Fuß lang war, geistige Kräfte und ein Wissen besaß, das seinem eigenen weit überlegen war, das konnte einen nur in den Wahnsinn treiben. Der Drache strahlte eine Aura von Stärke aus.

Doch als er Sha-Kaan nun zum ersten Mal als Drachenmann gegenüberstand, lichtete sich der Nebel vor seinen Augen. Jetzt konnte er den Geist erkennen, der in diesem riesigen Körper wohnte. Er konnte spüren, welche

Gedanken und Ängste den Drachen bewegten, und er wusste, dass der Große Kaan verletzt war.

Hirad führte den Raben über den gekachelten Boden bis zu dem mit Schlamm und Erde ausgelegten Bereich, in dem Sha-Kaan ruhte. Zehn Feuer brannten in Kaminen auf drei Seiten des Drachen. Es war schwül in der Halle. Sie schwärmten aus und nahmen instinktiv eine Verteidigungsposition ein. Der Unbekannte hielt sich rechts neben Hirad, Will war links von ihm, und die Magier – Denser, Ilkar und Erienne – bildeten dahinter die zweite Reihe. Thraun ließ sich nicht blicken. Als sie näher kamen, konnte Hirad Verbrennungen am Hals des Drachen erkennen.

»Erkläre mir, was wir tun sollen, Sha-Kaan«, sagte er.

»Dazu ist später noch Zeit – oder vielleicht haben wir auch überhaupt keine Zeit mehr«, sagte der Drache. »In Julatsa gibt es große Schwierigkeiten. Eure Magier haben dort eine Macht entfesselt, die sie nicht bändigen können, auch wenn sie es, wie ich fürchte, nicht wissen.«

»Darf ich sprechen?«, sagte Ilkar. Sha-Kaan hob den Kopf ein paar Fuß hoch. Die alten Augen blinzelten müde.

»Ein Elf aus Julatsa«, sagte er. »Es würde mich sehr interessieren, was du zu sagen hast, aber fasse dich kurz. Die Zeit drängt.«

»Danke«, sagte Ilkar. Er trat vor und stellte sich neben Hirad. Will zog sich erleichtert ein Stück zurück.

»Die Mächte, die du meinst, haben mit einem alten, erprobten Spruch zu tun, den wir den Dämonenschirm nennen. Der Rat von Julatsa weiß, wie er ihn zu beschwören und aufzulösen hat. Ich kann dir versichern, dass die Magier des Rates erfahren genug sind, die Kräfte der Dämonen zu bändigen. Der Schirm ist seinem Wesen nach ein räumlich beschränkter Spruch. Die Dämonen können den von ihm umschriebenen Bereich nicht verlassen. Es ist unmöglich.«

Sha-Kaan schwieg einen Augenblick. Die schweren, knochigen Augenbrauen zogen sich zusammen. Er atmete aus, und ein heißer, übel riechender Luftschwall umfing die Gefährten, sodass ihnen der Atem in der Kehle stockte und ihre Augen brannten.

»Dies ist also, was der Rat glaubt?«

»So steht es in unserer Überlieferung geschrieben. Die Mana-Struktur ist fest, erprobt und völlig zuverlässig«, erwiderte Ilkar.

»Aber«, sagte Sha-Kaan, und seine Stimme hallte wie eine Totenglocke, »aber das Gewebe eurer Dimension ist nicht fest. Die Kräfte des interdimensionalen Raumes reißen euren Himmel auf, und die Arakhe, die Dämonen, sind eine interdimensionale Macht. Sie haben durch den Schirm einen im Augenblick noch begrenzten Vorposten bekommen. Wenn der Schirm aufgelöst wird, wie ihr es nennt, dann haben sie die Macht, diesen Vorposten als dauerhaften Stützpunkt einzurichten. Wenn das geschieht, dann könnten die Dämonen euer Überleben und unsere Fusion gefährden.«

»Nein«, erwiderte Ilkar. Stirnrunzelnd schüttelte er den Kopf. »Die Mana-Struktur wird von Julatsa aus kontrolliert. Die Dämonen benennen den Katalysator, aber davon abgesehen, ist der Schirm nur eine Erweiterung ihrer eigenen Dimension, die innerhalb von Balaia von unserer Magie eingeschränkt wird.«

Sha-Kaans Augen blitzten, und Hirad spürte die Verärgerung des Großen Kaan.

»Ilkar, du solltest lieber …«, setzte er an.

»Ich muss erklären, was ich weiß«, fiel ihm Ilkar ins Wort.

»Dann weißt du sehr wenig!« Sha-Kaans Antwort erfüllte die Halle und dröhnte zwischen den mit Wandbehängen geschmückten Wänden. »Der Dämonenschirm öffnet den Arakhe einen Weg durch eure Dimension. Die Säule ragt aus ihrer Dimension durch den interdimensionalen Raum und erstreckt sich bis zu einer anderen, in die sie noch nicht eindringen kann. Der Himmel mag wissen, wo das ist. Der Schirm ist nicht auf Balaia beschränkt, und die Schwächung eurer Dimension verleiht ihnen größere Kräfte, als ihr euch vorstellen könnt. Die Essenz eurer Dimension strömt in den interdimensionalen Raum, wo sie sich satt trinken können. Sie haben die Macht, euren Rat zu überwältigen.«

»Du solltest ihm glauben«, warf Hirad ein, der spürte, dass Sha-Kaans Geduld zu Ende ging. »Ich habe keine Ahnung, was er meint, aber ich bin sicher, dass es stimmt.« Ilkar nickte, und nun ergriff Denser das Wort.

»Eine Frage, Sha-Kaan, wenn ich darf?«

Sha-Kaans Kopf fuhr herum, und der kalte Blick der blauen Augen schien Denser zu durchbohren.

»Ah«, sagte er, und Hirad spürte die Abscheu. »Da ist derjenige, der mir etwas gestohlen hat. Du kannst dich glücklich schätzen, dass ich darauf verzichtet habe, dir das Leben zu nehmen. Aber es heißt bei uns: Wenn der Himmel schwarz ist von den Flügeln deiner Feinde, dann kaust du sogar an verfaulten Grashalmen, um dein Feuer wach zu halten. Vergiss das nicht und stelle deine Frage, Dieb.«

Hirad sah sich zu Denser um, der kreidebleich geworden war. Doch der Magier zuckte nicht zusammen und wandte nicht den Blick ab.

»Dawnthief war unsere einzige Hoffnung zu überleben …«

»Stelle nicht meine Geduld auf die Probe, Dieb. Deine Gründe sind nicht wichtig. Die Tatsache, dass du mir etwas gestohlen hast, dagegen schon. Sprich.«

Hirad seufzte. Denser holte tief Luft.

»Ich wollte fragen, woher du so viel weißt und wie …«

»Wie ich so sicher sein kann? Einer meiner stärksten jungen Kaan ringt mit dem Tode, nachdem er den Arakhe an einem Ort begegnet ist, wo sie sich nicht hätten aufhalten dürfen. Sie haben ihn in seinem eigenen Fusionskorridor angefallen. Das hätte eigentlich unmöglich sein sollen.«

»Was können wir tun, Großer Kaan?« Hirad fürchtete sich vor der Antwort.

»Wir haben eine Chance, und dazu brauche ich eure menschliche Kraft und eure Magie. Und eure Seelen.«

»Wir sind der Köder«, murmelte der Unbekannte.

Sha-Kaan quittierte die Bemerkung des großen Mannes mit einem Kichern, ein trockenes Rasseln tief in der Kehle.

»Ja«, sagte er. »Aber ein vergifteter Köder.«

Die Rabenkrieger wechselten besorgte Blicke und scharrten unruhig mit den Füßen.

»Ich will euch erklären, was ihr tun müsst.« Hirad sah dem Großen Kaan in die Augen. Er spürte nicht die Absicht, ihnen etwas anzutun, sondern nur den Wunsch, zu überleben und zu siegen. Er nickte und lauschte.

Thraun bewegte sich vorsichtig zu der Öffnung, aus der die Witterung des Tiers strömte. Er wusste, dass er etwas sah, das es eigentlich nicht geben durfte, und dieser Gedanke beunruhigte ihn sehr, als er sich der Öffnung näherte. Er konnte hineinschauen, er sah das flackernde Licht, aber dahinter konnte er nichts außer dem Land erkennen. Er knurrte, doch das Knurren verwandelte sich in ein Winseln, das eine tiefe Furcht zum Ausdruck brachte. Die Öffnung führte zum Rudelbruder, sie führte aber auch zu dem

Tier, dessen Macht den Wolf so sehr ängstigte. Vor allem führte der Durchgang ins Nichts. Da gab es keinen Wald, kein freies Land, kein Wasser und keinen Himmel.

Thraun schnüffelte am unteren Rand der Öffnung. Er sah die Stelle, wo das Gras dem Stein wich, und nahm die Witterung von drinnen auf. Holz und Öl gab es dort. Menschen und Elfen. All das beruhigte ihn. Doch diese vertrauten Witterungen wurden von fremden Gerüchen überlagert, die er nicht einordnen konnte. Er hob den Kopf und schaute hinein, er sah die Lichter und den Stein. Die Fährte des Rudelbruders roch nach Angst, aber nicht nach Schrecken. Sie war so deutlich wie die Fährten der anderen Menschen und des Elfen.

Er sah sich um, sein Herz schlug zum Zerspringen, er sah die Stelle, wo sie gelagert hatten, verlassen im Gras. Ein letzter Blick zu den Lichtern am Himmel, dann tappte er vorsichtig in die Öffnung.

Zweites Kapitel

Ernst beobachtete Hirad die Gesichter der Rabenkrieger. Sha-Kaans Worte gingen ihm durch den Kopf. Zwei Gefahren hatte der Drache ihnen beschrieben, und Hirad hatte Schwierigkeiten, alles zu verstehen. Wie üblich hatte der Große Kaan ihnen die Möglichkeiten aufgezeigt und zugleich deutlich gemacht, dass sie keine Wahl hatten.

Sie konnten darauf bauen, dass der Rat von Julatsa stark genug war, um die Bedrohung durch die Dämonen zu bekämpfen, doch wenn er nicht stark genug war, dann wurde ganz Balaia von Dämonen überrannt, die auf einer Woge aus reinem Mana hereingeschwemmt wurden. Dieses Mana war die Luft, die sie atmeten, doch es war tödlich für alle Männer, alle Frauen und alle Kinder, die mit ihm in Berührung kamen. Die hoch konzentrierte Energie trieb den Menschen die Luft aus den Lungen, und, noch schlimmer, sie lieferte ihre Seelen schutzlos den Dämonen aus, oder den Arakhe, wie Sha-Kaan sie nannte. Balaia drohte eine Erweiterung der Dämonendimension zu werden, und die Kaan würden ihre Fusionswelt und letzten Endes auch ihr Leben verlieren.

Andererseits gab es einen Weg, die Arakhe stark genug einzuschüchtern, damit sie von ihrem offensichtlichen Ziel abließen. Doch die Beschreibung dieser Aufgabe und der Risiken, die sie für alle mit sich brachte – für den Drachen wie den Raben –, verschlug ihnen die Sprache. Andererseits konnten sie viel gewinnen. Sie konnten die Bedrohung durch die Dämonen beseitigen und zugleich an der Armee der Wesmen vorbei ins Kolleg von Julatsa gelangen.

So betrachtete Hirad die Gesichter seiner Freunde. Einigen fiel die Antwort leicht. Ilkar nickte nur, und der Unbekannte Krieger erwiderte Hirads Blick, als sei er empört, dass man überhaupt so ein Aufhebens darum machte. Hirad selbst wollte tun, was der Große Kaan ihm auftrug, solange der Rabe einverstanden war. Jeder einzelne Rabenkrieger.

Will hatte Angst. Bei den Göttern im Himmel, sie hatten alle Angst. Doch er hatte schon einmal einen Dämon gesehen, und die Vorstellung, einer riesigen Anzahl von ihnen gegenüberzutreten, trieb ihm jegliche Farbe aus dem Gesicht und ließ ihn zittern wie Espenlaub.

»Vielleicht müssen wir gar nicht gegen sie kämpfen«, sagte Hirad.

»Aber wir müssen sie sehen«, sagte Will.

»Wir werden dich beschützen.«

»Das kann nur Thraun.«

Hirad hatte den Wolf ganz vergessen. Wahrscheinlich war der Gestaltwandler noch draußen. Er musste mitkommen, weil sonst Will nicht mitkommen würde. Und der Rabe kämpfte nie getrennt. Niemals.

»Und wenn Thraun mit dabei ist?«

»Dann bin auch ich dabei«, sagte Will. Hirad nickte und drehte sich zu Erienne und Denser um, die dicht beisammen standen.

»Ohne euch schaffen wir es nicht«, sagte Hirad. »Zuerst einmal, weil ihr zum Raben gehört, aber auch, weil wir euch brauchen, damit ihr Ilkar beim Mana-Schild helft, oder was es auch ist.« Er hatte Denser angesprochen, aber es war Erienne, die ihm antwortete.

»Es ist sehr schwierig, aber wir können es schaffen. Eigentlich glaube ich auch nicht, dass uns etwas anderes übrig bleibt.« Sie legte eine Hand auf ihren Bauch, und man sah ihr einen Moment lang an, dass sie Angst hatte.

»Es gibt immer eine andere Möglichkeit«, murmelte Denser.

»Was denn, eine ähnliche Möglichkeit wie jene, die du uns in Zusammenhang mit Dawnthief angeboten hast?«, knurrte Hirad. »Sag was.«

»Ich habe nicht gesagt, dass ich nicht mitkomme.«

»Aber wenn du mitkommst, dann musst du wirklich dabei sein«, bohrte Hirad. »Du musst ganz und gar bei der Sache sein.«

Sha-Kaan, der während des Wortwechsels geschwiegen hatte, schob den riesigen Kopf vor und sprach über Hirads Schulter hinweg.

»Er hat Recht, Dieb. Deine Fähigkeiten stehen außer Frage, aber wenn du nicht richtig bei der Sache bist, dann störst du eher und gefährdest uns alle. Was sagst du?«

Denser war pikiert über Sha-Kaans Wortwahl, aber Hirads Stirnrunzeln brachte ihn zur Vernunft. Er schaffte es sogar, leicht zu lächeln.

»Ich habe sowieso gerade nichts Wichtiges vor«, sagte er.

Sha-Kaan sah Hirad an und formte den Hals zu einem umgekehrten U. Kopf und Schnauze allein überragten den Barbaren schon.

»Nun?«, fragte er.

Hirad grinste. »Nimm das als ein Ja, Großer Kaan.«

»Ausgezeichnet.« Der Kopf wurde zurückgezogen. »Brecht euer Lager ab. Wir werden nicht hierher zurückkehren.«

»Was ist mit Thraun?«, fragte Will.

»Thraun?«, fragte Sha-Kaan erstaunt.

»Der Gestaltwandler«, erklärte Hirad. »Der Wolf.«

»Ah.« Bilder vom Wald und von Blut erfüllten Hirads Bewusstsein. »Ich habe seine Gedanken berührt. Er wird kommen. Seine Bindung an dich, kleiner Mensch Will, ist sehr stark. Wie zwischen einem Drachen und seinem Drachenmann.«

Will war sichtlich erleichtert. Er nickte und sah sich um.

»Geh und hole ihn, Will«, sagte Hirad. »Wir werden inzwischen das Lager abbrechen.«

»Beeilt euch«, sagte Sha-Kaan. »Der Rat wird bald handeln.«

Hirad führte den Raben aus dem Saal und – für eine kurze Zeit – wieder zurück nach Balaia.

General Kard bezog wieder seinen Posten draußen vor dem Herzen. Der Raum wurde von Endorrs Lichtkugel erhellt, und der Rat von Julatsa, natürlich ohne den geopferten Deale, stand im Herzen und bereitete sich darauf vor, noch einmal mit Heila, dem Meister des Schirms, Kontakt aufzunehmen.

Der kleine Raum, das Zentrum der julatsanischen Magie, war voll gestopft mit den wichtigsten Texten des Kollegs, die Barras ausgewählt hatte. In den Spalten zwischen den acht glatten Steinplatten waren sie hoch aufgestapelt, und auch auf den Bodenfliesen, auf denen eine von der Tür bis zum Zentrum des Herzens verlaufende Spirale eingraviert war, standen Bücherstapel. Die Magier konnten einander kaum noch sehen, als sie sich auf ihre Positionen an der Wand begaben.

Kerela runzelte die Stirn, als sie sah, wie dieser heilige Raum als Lager benutzt wurde, und Barras musste lächeln.

»Wir haben ja schon öfter darüber gesprochen, dass die Bibliothek erweitert werden muss«, sagte der alte Elf, der dem Kolleg als Hauptunterhändler diente.

»Ich lasse Pläne anfertigen, sobald wir die Wesmen abgewehrt haben«, versprach Torvis. Ein Kichern war im Herzen zu hören, und die Spannung ließ etwas nach.

Kerela bat die anderen mit erhobenen Händen um Ruhe.

»Bitte, meine Freunde«, sagte sie. »Wir haben uns versammelt, um den Dämonenschirm aufzuheben, der uns vor den Heeren der Wesmen beschützt. Wir mussten Deale opfern, damit er aufgebaut werden konnte, und seine Seele ist noch in der Gewalt Heilas. Dort wird sie auch nach Entfernung des Schirms für eine Zeitspanne bleiben, die wir uns nicht vorstellen können. Vielleicht wird sie niemals wieder freigegeben. Im Gedenken an Deale bitte ich euch um einen Augenblick der Andacht.«

Barras neigte den Kopf, und die anderen folgten seinem Beispiel. Deale hatte sich geopfert, und seine Seele war nun der Gnade der Dämonen ausgeliefert, auch wenn dies eine äußerst unpassende Beschreibung für das war, was die Dämonen jetzt mit ihr anstellten. Es war ein Opfer, das Barras und Kerela besonders betroffen machte, denn Heila hätte lieber einen von ihnen genommen.

»Danke«, sagte Kerela. »Und jetzt werden wir Heila rufen, den Meister des Schirms.«

Da der Rat nicht mehr aus acht, sondern nur noch aus sieben Mitgliedern bestand, war ihre Aufgabe dieses Mal viel schwieriger. Kerela konnte nur drei Magier abstellen, um die Säule zu verankern. Endorr, Torvis und Seldane stand bald der Schweiß auf der Stirn, als sie damit beschäftigt waren, die Säule zu halten. Ein einziges Mal, als die Scheibe sich senkte, gab es ein gefährliches Flackern, doch ansonsten blieb die Säule stabil, und schließlich konnte Barras das Tor öffnen.

Als er den Zugang erweiterte, strömte eisiges, blaues Mana-Licht in den Zylinder.

»Da stimmt etwas nicht«, sagte er. Man hörte ihm die Anstrengung an, während er sich bemühte, die Energie unter Kontrolle zu halten.

»Bist du stabil?«, fragte Kerela.

»Es geht so gerade eben«, antwortete Barras.

»Kann ich die Anrufung fortsetzen?«, drängte Kerela.

»Du hast keine andere Wahl.« Barras spürte, wie ihm der Schweiß den Rücken hinunterlief. Das Mana brandete immer noch in die Säule hinein und löste sich an den Wänden auf oder wurde vom Herzen aufgenommen und stärkte die Kräfte des Rates.

Barras hörte Kerelas Anrufung nur als fernes, leises Murmeln. Er musste all seine Kräfte, seine gesamte Erfahrung und seine ganze Entschlossenheit aufbieten, um das Tor zu halten. Irgendwie erzeugten die Dämonen eine gewaltige Kraft, die das Mana mit großem Druck durch das kleine Portal schießen ließ. Kerela steckte ihren Kopf in die Säule hinein, um die Anrufung zu sprechen.

Er konnte nicht verstehen, was hier vorging. Vielleicht war es die Enttäuschung, weil der Rat vorzeitig den Schirm aufheben wollte. Oder die Dämonen machten Schwierigkeiten wie üblich. Aber irgendwie hatte Barras das unbestimmte Gefühl, dass noch etwas viel Schlimmeres im Gange war. Er konnte es nicht richtig fassen und nicht ganz verstehen, aber es war da. Eine ungute Vorahnung, die er nicht benennen konnte. Sie mussten sehr vorsichtig sein.

Unvermittelt ließ der Druck auf das Portal nach, und die Säule löste sich auf. Heila tauchte in ihrer Mitte auf. Dieses Mal war er größer und beleibter, und seine himmelblaue Färbung strahlte so hell, dass man kaum noch die Gesichtszüge erkennen konnte. Eine Weile drehte er sich in der Luft langsam um sich selbst, die Arme und die Beine überkreuzt und mit bolzengeradem Rücken, und sah sich im Herzen um.

»Ich hätte nicht gedacht, so bald schon wieder hier zu sein«, sagte er. Seine Stimme verriet, wie gereizt er war.

»Wir sind bei unserer Ehre verpflichtet, die Zeitspanne, die wir den Dämonenschirm nutzen, so kurz wie möglich zu halten«, erwiderte Kerela ruhig.

»Ach, wir reden also über die Aufhebung und nicht über die Verlängerung.«

»Überrascht dich das?«, fragte Kerela.

»Das Thema nicht, der Zeitpunkt schon.«

»Es liegt nicht bei dir, den Zeitpunkt der Aufhebung zu bestimmen«, sagte Kerela abweisend.

»Manchmal verändern sich die Bedingungen, meine werteste Erzmagierin.« Angst griff im kleinen Raum um sich. Barras runzelte die Stirn. Aber eigentlich hatte sich doch gar nichts verändert, oder?

»Was soll das bedeuten?« Gott sei Dank blieb Kerela ruhig. Wenn sie nervös war, dann ließ sie es sich nicht anmerken.

»Die Aufhebung des Dämonenschirms liegt derzeit nicht in unserem Interesse. Es käme uns äußerst ungelegen, wenn wir ihn jetzt beseitigen würden.« Heilas Gesichtsausdruck änderte sich nicht. Er zeigte keinerlei Emotionen, er verriet nicht, was er wirklich wollte. Doch jedes

Wort bewies, wie stark er sich fühlte. Nur wenige standen in der Hierarchie der Dämonendimension über ihm – eine Dimension, die keineswegs so chaotisch war, wie die bekannten Märchen sie beschrieben.

»Ungelegen?« Kerela spuckte das Wort voller Verachtung aus. »Darf ich dich erinnern, Heila, dass die Entfernung des Schirms nicht davon abhängt, ob es dir genehm ist oder nicht? Diese Entscheidung liegt allein beim julatsanischen Rat. Du wirst lediglich verständigt, um dafür zu sorgen, dass keiner deiner Dämonen hier gefangen wird, wenn der Schirm fällt. Wir sind nicht einmal verpflichtet, dich zu unterrichten. Es ist eine Höflichkeit, die wir dir erweisen, damit du mit den Seelen, die sich schon in deiner Gewalt befinden, gnädig verfährst. Der Spruch der Aufhebung ist eine Macht, der du dich nicht widersetzen kannst.«

Heila lächelte und entblößte die dichten Reihen der kleinen, spitzen Zähne. »Mir sind die Beschränkungen, die uns durch die Konstruktion eurer sehr geschickt entworfenen Mana-Form auferlegt sind, durchaus bewusst. Ich bitte nur um zwei weitere Tage, damit wir von der Kraft, die uns der Schirm vorübergehend geschenkt hat, vollen Gebrauch machen können. Auch wir haben Feinde, die wir bekämpfen müssen. Wenn ihr mir diese zwei Tage gewährt, dann werden die Seelen all derjenigen, die wir bisher genommen haben, freigelassen.« In Heilas Augen war ein Funkeln zu sehen, das sogar noch das Strahlen seiner Haut übertraf, oder vielmehr die Farbe des Mana, in das er sich gekleidet hatte.

Barras hörte Seldane keuchen, und sogar Kerela zögerte, ehe sie antwortete.

»Heila, dein Angebot ist großzügig und verlockend. Sehr verlockend«, sagte sie. »In einer anderen Situation würde ich es gern annehmen. Doch das Leben von tausenden Julatsanern hängt davon ab, dass der Schirm umgehend aufgehoben wird. Wir bedauern und betrauern das Schicksal von Deale und all den anderen, die du zu dir geholt hast, aber ich kann dein Angebot nicht annehmen.«

Heila runzelte die Stirn, und sein Gesicht verzerrte sich wutentbrannt. Seine innere Bewegung spiegelte sich in den heftigen Wirbeln der blauen Mana-Hülle. Sein Atemstoß breitete sich eiskalt im ganzen Herzen aus, und in seinen geballten Fäusten zuckten rein weiße Blitze, die mit menschlichen Stimmen zu schreien schienen, während sie sich im Portal verloren.

»Wir werden euch bekämpfen, Erzmagierin, und ich verspreche dir, dass eure Seelen eine Ewigkeit an Qualen erleiden werden, weit entfernt vom Himmel, in dem sie sein sollten. Sie sind so verloren, wie du es bist. Ich benenne dich, Kerela von Julatsa. Du bist mein.«

»Du kannst mich nicht anrühren, Heila«, sagte Kerela, doch die Worte des Dämons hatten sie sichtlich getroffen. »Bereite deine Untertanen darauf vor, dass der Schirm entfernt wird. Lebewohl.« Kerela unterbrach die Verbindung, und Heila verschwand ohne ein weiteres Wort. Das Mana heulte durch die Säule, doch Barras stand bereit und war dem Ansturm gewachsen. Mit einem lauten Grunzen versiegelte er das Portal.

Eine Weile herrschte Schweigen im Herzen. Barras wischte sich störrische graue Strähnen aus dem Gesicht und schnaufte mit aufgeblasenen Wangen. Torvis und Vilif wechselten besorgte Blicke. Schließlich ergriff Endorr das Wort.

»Was meinte er damit, dass er gegen uns kämpfen will?«, fragte der junge Magier.

»Wahrscheinlich meint er, dass sie sich widersetzen werden, wenn wir den Schirm aufheben und zerstreuen.«

»Nein«, widersprach Kerela. »Es wird erheblich schlimmer. Die Dämonen gieren nach Seelen, und irgendetwas gibt ihnen die Kraft, uns zu trotzen, nachdem sie jetzt einen Ansatzpunkt in Balaia gefunden haben. Ich glaube, sie könnten versuchen, die Begrenzungen des Spruchs zu durchbrechen.«

»Was?« Seldane riss die Augen auf, dann legte sie die Stirn in Falten. »Sind sie dazu überhaupt fähig?«

»Normalerweise nicht«, erklärte Kerela. »Aber normalerweise hätten sie auch nicht die Macht, uns in unserer eigenen Dimension zu drohen. Jetzt aber fühlen sie sich offenbar stark genug dazu.«

»Sollten wir dann nicht noch zwei Tage warten und Heila vollenden lassen, was er tun will?«, fragte Endorr.

Von Torvis war ein unwilliges Murmeln zu hören, das Vilif in Worte fasste.

»Nein, junger Meister. Ich glaube, du missverstehst, wer die Feinde sind, die Heila erwähnt hat. Ich nehme an, dass die Dämonen in zwei Tagen stark genug sind, um die Begrenzung wegzufegen. Heila war offenbar so wütend, weil er sich jetzt nicht mehr so sicher ist.«

»Ja«, stimmte Barras zu. »Und in zwei Tagen werden noch viele weitere Menschen im Schirm sterben. Wir können nicht warten.«

»Aber sein Angebot …«, wandte Endorr ein

»Eine Lüge«, erklärte Kerela ihm entschlossen und ernst. »Kommt, meine Freunde. Je länger wir warten, desto größer wird die Wahrscheinlichkeit, dass wir scheitern. Gesellt euch zu mir um die Kerze und bleibt stark. Wir dürfen jetzt nicht schwach werden, denn sonst werden die Dämonen und nicht die Wesmen Julatsa erobern. Und dann werden sie ganz Balaia einnehmen.«

Der Rabe versammelte sich vor Sha-Kaan. Die Gerüche von Holz und Öl, die von seiner Haut ausgingen, mischten sich auf unangenehme Weise mit seinem stinkenden Atem und der Hitze der Feuer. Sie hatten eine Verteidigungsstellung eingenommen, der Drache und die Menschen, Rücken an Rücken, wobei der Drache drei Viertel und die Menschen ein Viertel des Platzes beanspruchten. Hirad stand zwischen dem Unbekannten und Will, Thraun hielt sich neben dem kleinen Mann. Hinter ihnen waren Ilkar, Erienne und Denser bereit, auf Sha-Kaans Zeichen ihre Sprüche zu wirken.

Die Bewegung des Korridors spürten sie nicht, doch Sha-Kaan versicherte ihnen, dass sie sich Julatsa näherten. Er wartete nur noch auf den richtigen Augenblick, den Schirm zu durchbrechen. Die Stille war beunruhigend, und Hirad konnte kaum glauben, dass sie sich überhaupt bewegten. Doch er vertraute Sha-Kaan und war bereit, ihm zu glauben.

»Ihr werdet es spüren, wenn wir den Dämonenschirm berühren«, erklärte Sha-Kaan. »Die Mauern dieses Saales werden beben, und ihr werdet stolpern. Ich werde versuchen, auf geradem Kurs zu bleiben, und ich muss auf das Zentrum ihrer Macht zielen, wenn wir sie aufhalten wollen. Eure Magier wollen den Schirm aufheben.«

»Wie bald?«, fragte Hirad.

»Sehr bald. Sie haben bereits mit den Vorbereitungen begonnen. Ihr müsst gleich eure Sprüche wirken.«

»Ich will euch noch einmal in Erinnerung rufen, um was für einen Spruch es sich handelt«, sagte Ilkar. »Wir erzeugen einen Kaltraum, der wie eine Blase aussehen soll, in der das Mana nicht fließen kann. Wir werden ihn aufrechterhalten, indem wir die Mana-Ströme aus uns selbst benutzen. Es wird sehr anstrengend werden. Der Kaltraum kann die Dämonen nicht aufhalten, aber er wird sie stark beeinträchtigen und sehr schnell schwächen. Da in diesem Raum kein Mana fließt, könnt ihr die Dämonen mit euren Waffen verletzen, aber ihr müsst sie schnell töten und energisch zuschlagen, um sie auszuschalten. Wir geben dem Schirm eine hellgrüne Farbe. Ihr könnt nach draußen sehen, aber geht nicht hinaus, denn dort draußen sind eure Waffen nutzlos, und eure Seelen sind verloren.«

Hirad und der Unbekannte nickten. Will drehte sich zu Thraun um, dessen Wolfsaugen seinen Blick erwiderten.

»Bleib immer bei mir«, sagte er. »Weiche keinen Augenblick von meiner Seite.« Er zog seine beiden Schwerter. Das Zittern seiner Arme konnte er nicht ganz unterdrücken. Thraun schaute zu ihm auf. Ein tiefes Grollen entstand in seiner Kehle.

»Bist du sicher, dass sie uns angreifen werden?«, fragte Will.

»Daran besteht kein Zweifel.« Sha-Kaans Stimme veränderte sich, während er den Korridor auf Julatsa ausrichtete und dabei den Spuren und Hinweisen folgte, die ihm der verletzte Elu-Kaan gegeben hatte. »Unsere Gegenwart wird ihren Energiefluss stören, als hätte man einen Korken in eine Flasche gesteckt. Eure Seelen werden sie anlocken wie die Beute einen Drachen, und das wird ihre Aufmerksamkeit ablenken. Arakhe, die Seelen nehmen wollen, kennen keine Disziplin, wenn sie in Versuchung sind.« Er schwenkte den langen Hals über ihren Köpfen hin und her. »Noch etwas. Ihr müsst damit rechnen, dass die Arakhe von überallher kommen. Sie sind nicht an unsere Naturgesetze gebunden. Sie könnten von oben oder von unten eindringen oder scheinbar aus dem Nichts auf euch losgehen. Ihre Berührung ist wie Feuer, ihr Biss wie Eis, und ihre Augen wollen euch die Seelen aus dem Körper reißen. Schlagt hart und oft genug zu. Zeigt keine Angst.«

Er richtete noch einmal den Blick auf Hirad, und der Barbar spürte eine Woge von Dankbarkeit, unter die sich Zorn mischte. Sha-Kaan machte ihnen immer noch Vorwürfe, weil sie Dawnthief gewirkt und all dies in Gang gebracht hatten, und so schnell verzieh er nicht.

Hirad wandte sich an die Magier. »Seid ihr bereit?«

Ilkar nickte. »Pass du nur auf, dass dein Schwert scharf ist.«

»Ich frage mich, welche Farbe Dämonenblut hat.«

»Das werden wir gleich herausfinden«, sagte Denser. »Gib dir Mühe, möglichst viel herauszufinden, ja?«

Hirad lächelte. »So viel, wie ich kann. Der Rabe, los jetzt. Großer Kaan, die Sprüche werden gewirkt, sobald du das Zeichen gibst.«

»Sehr gut. Dann beginnt jetzt sofort.« Sha-Kaan schob den Kopf vor. Ein Beben lief durch den Korridor. Hirad stellte sich darauf ein und ging etwas in die Knie. Er zog sein Schwert. Hinter ihm stellten sich die Magier mit den Rücken zueinander auf. Sie konnten es sich nicht leisten, ihre Konzentration zu verlieren.

Ilkar stellte fest, dass er mit diesem Zusammenwirken von drei magischen Schulen keine Probleme hatte. Seit seiner mehr oder weniger erzwungenen Zusammenarbeit mit Denser, als sie damals in Septerns Scheune Hirad gerettet hatten, fand er es ebenso faszinierend wie der Xeteskianer.

Als sich alle drei Magier innerlich auf das Mana-Spektrum eingestellt hatten, konnte Ilkar beobachten, wie sich die drei Manaströme – orange, dunkelblau und gelb, wie es Dordover, Xetesk und Julatsa entsprach – über ihren Köpfen miteinander verbanden. Jeder Magier war in seine Farbe gehüllt, doch über ihnen mischten sich die magischen Energieströme wie die Bänder eines geflochtenen Seils, und jeder Strang stärkte die anderen beiden.

Als sich die Manaströme verflochten hatten, vorstießen und ein Ziel suchten, legten die drei Magier die Köpfe zurück, bis ihre Hinterköpfe sich berührten, und fassten sich bei den Händen, um einen Kreis zu bilden. Erienne, die mit Konstruktionen, welche das Mana aussperrten, die größte Erfahrung hatte, übernahm die Führung.

»Eine Magie, ein Magier«, sagte sie.

»Eine Magie, ein Magier«, wiederholte Denser.

»Nun macht schon«, sagte Ilkar. Die Zuneigung zwischen Denser und Erienne war auch durch den Manastrom, der sie jetzt wie eine dreifarbige Tulpenblüte umschloss, deutlich zu spüren.

»Ich spreche die Worte, aber wir müssen alle die Gestalt verstärken. Bleibt vorerst bei euren Farben und schiebt die Energie hinaus, bis ein gleichseitiges Dreieck entsteht. Fügt die Seiten zusammen und dreht die Konstruktion.« Eriennes Worte waren kaum mehr als ein Murmeln.

Ilkar spürte ein Beben, das den Korridor erschütterte, doch er ignorierte es und konzentrierte sich auf die langsam über ihren Köpfen rotierende Pyramide. Erienne wartete, bis sich die Gestalt beruhigt hatte, ehe sie weitermachte.

»Teilt sie und klappt sie zu euch hin auf. Die Spitze soll aufbrechen.« Aus der Pyramide entstand eine sechsseitige Form. »Spiegelt und verdoppelt die Form, Grundfläche an Grundfläche.«

Eine recht einfache Konstruktion schälte sich nun heraus. Zwei Pyramiden standen übereinander und drehten sich gegenläufig. Ilkar konnte jetzt erkennen, wohin sich die Gestalt entwickeln sollte und wo die Schwierigkeit lag. Erienne bestätigte, was er gesehen hatte.

»Also gut, wir brauchen an beiden Enden einen Dorn, der sich gegenläufig zur Pyramide darunter bewegt. Jeder Dorn hat sechs Seitenflächen, und die Farben der Kollegien wechseln ab, damit sich die Einzelteile fest verbinden und eine Form entsteht, um die das Mana außen herum fließen muss. Die Pyramiden müssen sich, während die Dorne aufgebaut werden, ständig weiter drehen.« Sie hielt inne, und die Luft um Ilkar schien zu summen.

Es war eine schwierige geistige Übung, gleichzeitig die schon vorhandene Form zu halten und eine neue aufzubauen. Das Teilen der Aufmerksamkeit war eine Fähigkeit, die früh gelehrt und das Leben lang vervollkommnet wurde. Ilkar hatte keinen Zweifel, dass sie alle Meister darin waren, doch dies hier war etwas anderes. Wenn die Pyramiden ihre Drehung einstellten, dann würde die Energie des Spruchs auf sie zurückschlagen, was, wie Ilkar annahm, schwer wiegende Folgen haben konnte. Vielleicht ein Gedächtnisverlust, vielleicht Blindheit, vielleicht der Tod.

Densers Seitenflächen erschienen fast sofort, sie rotierten gegenläufig und berührten sich an den Spitzen.

»Ich hab's«, sagte er, und Ilkar fragte sich, was Dawnthief mit ihm gemacht hatte. Eigentlich war es unmöglich, die Flächen so schnell zu projizieren, aber es hatte auch seine Vorteile. So bekam Ilkar einen Ansatzpunkt für seine eigenen Seitenflächen.

Er schob die Gedanken beiseite und stellte sich einen sanften Wind vor, der die Pyramide eine Weile in Bewegung halten würde.

Trotz der in zwei Richtungen zielenden Bewegungen des Mana konnte Ilkar mit kleinen Gesten, ohne die Hände der anderen loszulassen, das Mana mit dem Bewusstsein und den richtigen Anrufungen rasch in die Pyramide leiten, bis es Densers Seitenflächen ergänzte. Er zeichnete seine Flächen dunkelgelb, stabilisierte sie und ließ sie kurz nach Erienne einrasten. Jetzt hatten die Pyramiden an beiden Enden Dorne, die sich in entgegengesetzte Richtungen drehten. Der Spruch war fast vollendet.

»Hervorragend«, sagte Erienne, doch man konnte hören, dass sie im Grunde kaum überrascht war. Sie kannte die Fähigkeiten ihrer Gefährten. »Die beiden Hälften müssten einander in Form und Rotationsgeschwindigkeit genau entsprechen. Flacht die Pyramiden etwas ab und macht sie breiter ... ja. Erweitert die Grundflächen der Dorne. Haltet es jetzt fest, wie es ist. Wir sind bereit zur Anwendung.«

»Ich bin stabil«, sagte Denser.

»Ich auch«, sagte Ilkar. Über ihnen schwebten die Pyramiden, aus denen die Mana-Form bestand. Sie drehten sich wie zwei riesige Pickelhauben.

»Dor anwar enuith«, sagte Erienne. Die Worte der dordovanischen Überlieferung fuhren durch die Mana-Form und zogen orangefarbene Schlieren durch die gelben und blauen Bereiche. »Eart jen hoth.« Sie löste ihre Hände aus Ilkars und Densers Händen und hob die gestreckten Arme über den Kopf. »Anwenden.« Dann nahm sie die Arme wieder herunter und klatschte die flachen Hände auf den Steinboden. Die Mana-Gestalt erweiterte sich, als sei unter hohem Druck ein Luftschwall hineingeleitet worden. Eine Hälfte schützte den Raben und Sha-Kaan von oben, die andere erstreckte sich unter ihnen und sollte die Dämonen aufhalten, die von unten angriffen.

»Lys falette«, sagte Ilkar leise, und ein Lichtschein breitete sich aus und umgab die Mana-Gestalt wie eine durchsichtige, hellgrüne Wolke. Die drei Magier ließen die Köpfe sinken. Der Spruch war vollendet. Der Rabe und der Drache atmeten Luft, in die kein Mana vordringen konnte. Es roch und schmeckte nicht anders als sonst, doch für die Magier war der Aufenthalt im Kaltraum anstrengend. Lange konnten sie die Konstruktion nicht halten.

Hirad wollte den Mund öffnen und Sha-Kaan unterrichten, dass der Spruch gewirkt war. Ein heftiger Ruck ließ den Korridor beben, dass die Wandbehänge wackelten. Aus den Kaminfeuern stoben die Funken hoch, als die Holzblöcke ins Rutschen gerieten. Hirad taumelte, und Will stürzte sogar. Er prallte gegen Thrauns breite Flanke. Der Wolf heulte erschrocken auf. Er konnte keine Bedrohung sehen, doch er wusste, dass es gefährlich wurde.

»Der Rabe, stellt euch auf«, sagte der Unbekannte, der nicht einmal einen Fuß hatte umsetzen müssen. Er tippte mit der Schwertspitze auf den Steinboden, und das leise Klirren klärte sofort die Köpfe der Gefährten und vertrieb jede Unsicherheit.

Ein zweiter Ruck, dann ein gedehntes Grollen der Mauern, als der Korridor erneut bebte. Staubwolken schossen hoch.

»Macht euch bereit«, sagte Sha-Kaan.

Hirad und der Unbekannte wechselten einen Blick. In den Augen des großen Mannes lag ein Unbehagen, das Hirad noch nie gesehen hatte, doch zugleich auch eine Entschlossenheit, die keine Unsicherheit zuließ. Hirad kannte den Grund. Der Unbekannte wusste bereits, wie es war, die Seele an die Dämonen zu verlieren. Einmal hatte er sie zurückbekommen, und er hatte nicht den Wunsch, sie noch einmal zu verlieren.

Ihre Seelen waren ein Leuchtfeuer für alle Dämonen, als die Rabenkrieger sich in den Dämonenschirm stürzten.

Drittes Kapitel

Die Mitglieder des Rates von Julatsa hatten sich rings um das ewige Licht im Herzen versammelt. Sie hatten die Arme weit ausgebreitet, ringsherum tobte das Mana der Dämonen und zerfetzte die begrenzenden Formen, die sie mühsam aufgebaut hatten. Sie verloren bereits viel Kraft, wenn sie nur versuchten, das Tor zur Dimension der Dämonen geschlossen zu halten.

Der Spruch, mit dem der Dämonenschirm aufgelöst werden sollte, hatte ruhig begonnen, und die Mana-Gestalt, die den Schirm schließen und seine Energie in der Dämonendimension zerstreuen sollte, war rasch aufgebaut und angewandt worden. Doch genau in dem Augenblick, als die Gestalt den Schirm berührte, hatten die Dämonen angegriffen und Energiestöße von reinem Mana durch die äußeren Bereiche des Schirms geschickt.

Während er sich bemühte, die Konzentration zu halten und die Überreste der Abdeckung, die einer Krone ähnelte, nicht völlig zu verlieren, dankte Barras den Göttern, dass die Ratsmitglieder so außergewöhnliche Meister der Magie waren. Schwächere Magier hätten den Spruch völ-

45

lig verloren und wären fortgefegt worden. Ihr Geist wäre von den Kräften, die die Dämonen gegen sie entfesselten, in Stücke gerissen worden. Endorr und Cordolan hatten sogar einen Augenblick lang geschwankt, sodass die übrigen vorübergehend allein die Krone halten mussten.

Gleichzeitig empfand er aber auch Furcht. Vielleicht war der Rat trotz seiner Kräfte nicht mehr lange fähig, die Position zu halten, und es war zu spät, um umzukehren. Die Mana-Gestalt, die den Schirm begrenzte, wurde von den Dämonen gespeist, und für diesen Dienst forderten sie die Seele eines bedeutenden Menschen. Wenn die Form aufgelöst wurde, ging die Kontrolle von den Dämonen wieder auf die Magier in Julatsa über.

Die Auflösung verschlang große Mengen an Mana und ging mit einer Veränderung im Wesen der Konstruktion einher. An diesem Punkt konnten die Dämonen, wenigstens theoretisch, mit Gewalt die Mana-Gestalt aufbrechen, die Abschirmung verlassen und Balaia mit genügend Mana überfluten, um jedes Lebewesen zu töten. Die Magier hatten stets gewusst, dass diese Möglichkeit bestand, doch die Dämonen besaßen keine unabhängige Kraftquelle, die stark genug war, um diese Möglichkeit in eine reale Bedrohung zu verwandeln. Dies hatte sich jetzt offenbar geändert.

Vor allem aber machte Barras sich Sorgen, weil die Dämonen genau wussten, wann sie zuschlagen mussten. Das bedeutete, dass sie ein Verständnis für die julatsanische Überlieferung und die Mana-Konstruktion besaßen, das weit über alles hinausging, was er sich in seinen schlimmsten Träumen ausgemalt hätte. Genau genommen bedeutete dies auch, dass die Dämonen die Mana-Spuren lesen konnten, und wenn dies zutraf, dann konnten sie alles unterbinden, was der Rat tun wollte, noch bevor der Versuch richtig begonnen hatte.

So hielten die Magier weiter an der Krone fest und versuchten entweder, die Krone auf den Schirm zu drücken, oder sie ganz zu entfernen, damit die Dämonen sie nicht zerfetzen konnten, wie es zweifellos ihre Absicht war. Barras schauderte. Die Krone war der schwächste Punkt der ganzen Konstruktion, und ihre Zerstörung würde den Schirm in einen veränderten, instabilen Zustand versetzen. Die Krone ganz zu verlieren, war undenkbar. Dann wären die Dämonen frei.

»Kerela, wir müssen die Gestalt neu aufbauen. Die Krone verliert ihre Form. So, wie sie jetzt ist, können wir sie nicht anbringen.« Barras hatte leise gesprochen, doch trotz der Mana-Schreie, die in ihren Köpfen halten, konnten ihn die anderen Ratsmitglieder deutlich hören.

»Zuerst müssen wir sie wieder fest zusammenfügen. Die Verbindung zum Schirm ist nicht sehr stark.« Kerelas Stimme war ruhig und selbstsicher. »Endorr, wir brauchen eine Abschirmung gegen das Mana der Dämonen.«

»Ja, Erzmagierin.« Seine angestrengte Stimme verriet, unter welcher Belastung er stand.

»Überlasse uns die Krone. Wir können sie allein halten, während du deinen Spruch wirkst.«

»Ich ziehe mich zurück«, sagte Endorr. Als er sich aus der Krone zurückzog, sprangen Vilif und Seldane ein und übernahmen den verwaisten Bereich, um die Gestalt stabil zu halten. Barras schloss die Augen und ließ seinen Geist behutsam zu Endorr wandern. Er spürte den Zug im Mana, als der Magier einen ganz normalen Schild aufbaute. Er war geeignet, offensive Sprüche abzuwehren und sollte als Abschirmung vor dem Strom des Mana dienen. Er lächelte. Endorr war brillant, er versah den Schirm zusätzlich mit einer Mana-Maske, die Angriffe aufs Bewusstsein abblockte.

So schnell wie es entstanden war, verschwand Barras'
Lächeln wieder. Endorrs Mana-Gestalt war zerfasert, die
beiden Sprüche waren ungenau miteinander verbunden,
und das Mana strömte von einem zum anderen und ließ
die ganze Konstruktion instabil werden. Doch Endorr hatte es noch nicht bemerkt, denn er gab immer mehr Kraft
hinein.

Die Begrenzungen begannen zu pulsieren, als er sich
dem Punkt näherte, an dem er den Spruch anwenden wollte. Doch mitten in dem zwölfseitigen Gebilde entstand
ein Chaos von Farben. Gelb rang dort mit einem lebhaften
Purpur, und ein dunkles, wirbelndes Grau verriet, dass
dort eine verhängnisvolle Schwäche drohte.

»Endorr, du bist nicht stabil. Überprüfe den Spruch.
Wende ihn noch nicht an. Du hast Zeit.« Barras' drängende Worte störten die Konzentration der anderen, die um
das ewige Licht versammelt waren. Fetzen schälten sich
von der Krone ab, als der Rat erschrocken Endorrs fehler-
hafte Mana-Form wahrnahm. Doch der junge Magier hör-
·te nicht zu. Er hatte den Kreis der Magier verlassen, die
mit der Krone beschäftigt waren, und war völlig in seinen
eigenen Gedanken verloren. Er bewegte lautlos die Lippen, und seine Hände zuckten hierhin und dorthin, während er versuchte, die Gestalt beisammen zu halten. Nur
den Fehler in ihrem Zentrum konnte er offenbar nicht sehen. Barras wusste nicht warum, doch die Dunkelheit fraß
am Verbindungspunkt der beiden Sprüche die Gestalt auf,
und wenn der Spruch jetzt gewirkt wurde, würde dies
fatale Folgen haben.

»Endorr!«, rief Kerela. Ihr Griff an der Krone änderte
sich nicht, obwohl sie jetzt vor allem darauf konzentriert
war, den jungen Magier zu unterbrechen. Endorr rezitier-
te weiter die Worte des Spruchs, und die übrigen Rats-

mitglieder beobachteten ihn voller Angst. Ihre Furcht fand ihren Niederschlag in der Krone. Kerela ermahnte sie mit einem Ruf, sich wieder zu konzentrieren, und die lebenswichtige Form stabilisierte sich, auch wenn weiterhin aller Augen auf Endorr ruhten.

Keiner von ihnen konnte sich bewegen, denn dadurch wäre die Krone instabil geworden, und zu fünft konnten sie das Gebilde nicht lange gegen den Ansturm aus der Dimension der Dämonen halten. Endorr näherte sich unaufhaltsam dem Punkt, an dem er den Spruch anwenden konnte. Das zwölfseitige Gebilde war von strahlend gelber Farbe und mit Bronze und Weiß durchzogen, doch im Zentrum war immer noch der graue Fleck. Barras spürte, wie im Kreis die Spannung wuchs.

»Bereitet euch vor. Wenn er scheitert, dann müssen wir stark sein«, warnte Kerela die anderen.

Warum konnte Endorr seinen Fehler nicht sehen? Barras überlegte immer noch, wie er zu ihm durchdringen konnte, doch er wusste im Grunde, dass es hoffnungslos war. Und er wusste, dass er die Krone gefährdete, wenn er sich zu sehr auf den jungen Magier konzentrierte.

Endorr öffnete die Augen, sprach das Befehlswort und sah erst in diesem Augenblick den Makel in seiner Konstruktion, den er viel früher hätte bemerken müssen. Sein Gesicht lief rot an, als die Form aufblühte und wieder in sich zusammenfiel. Sie wurde blitzschnell vom zornig brodelnden Grau im Zentrum verschlungen. Ein schriller Schrei kam aus seinem fest geschlossenen Mund, Blut quoll aus Nase und Ohren, und er zitterte am ganzen Körper, tastete mit den Händen blind in der Luft und versuchte verzweifelt, den zusammenbrechenden Spruch zu kontrollieren.

Mit einem Blitz im Manaspektrum, der sie alle vorübergehend blendete, implodierte die Konstruktion. Endorrs Kopf wurde zurückgeworfen, alle Glieder verkrampften sich, und dann stürzte er reglos zu Boden.

Das grelle Licht verschwand so schnell, wie es entstanden war. Die Krone schwankte bedenklich. Ein neuer Manastoß heulte an den Rändern des Schirms und zerstörte an einem Dutzend Stellen die Verbindungen.

»Befestigen«, sagte Kerela. »Verankern.« Die übrigen sechs Magier kämpften und stabilisierten sich und versuchten, die versagende Abdeckung wieder zu stabilisieren.

»Was jetzt?«, fragte Seldane. Ihre Stimme war voller Angst.

»Wir warten und denken nach. Wir konzentrieren uns und sammeln unsere Kräfte«, sagte Kerela.

»Und worauf warten wir?«

»Ich weiß es nicht, Seldane«, sagte sie, und jetzt sah Barras in ihren Augen die Angst vor der Niederlage. »Ich weiß es nicht.«

Der Korridor bebte, als er die äußeren Bereiche des Dämonenschirms durchbrach. Sofort sammelten sich die zuckenden blauen Gestalten der Dämonen jenseits der grünen Barriere des Kaltraums. Ohne den Spruch wären die Seelen der Rabenkrieger schon im Besitz der Dämonen gewesen, doch das Heulen und die frustrierten und gepeinigten Schreie aus hundert Mäulern mit scharfen Zähnen bezeugten die ungestillte Gier der Dämonen. Einen Augenblick lang wagten sie sich nicht weiter.

»Wartet nicht auf sie. Schlagt zu, sobald sie gegen euren Spruch drängen. Sie sollen euch fürchten. Sorgt dafür, dass sie langsamer werden«, sagte Sha-Kaan, und wie um es zu demonstrieren, schob er die Vorderglieder und den Kopf vor und spie einen Feuerstoß aus, während er den Schwanz schützend um die Magier legte.

Die Schwertspitze des Unbekannten tippte nicht mehr auf den Boden.

»Der Rabe«, knurrte er. »Der Rabe zu mir!« Er hob die Klinge und schwang sie über dem Kopf in einem weiten Bogen bis hinauf zu den ungeschützten Leibern der Dämonen. Wutschreie waren zu hören, dann wurden Arme und Beine ausgestreckt, Krallen blitzten und kratzten über das Metall, das an ihnen vorbeiglitt. Hirad sah sich nach rechts um. Will griff ungestüm an, und seine beiden Schwerter beschrieben komplizierte Manöver. Thraun heulte und stürzte sich ebenfalls in den Kampf.

Hirad konzentrierte sich wieder auf seine eigene Situation. Die Klingen der Rabenkrieger hatten die Dämonen erst richtig wütend gemacht, und er konnte sehen, dass sie die Oberfläche des Kaltraums förmlich überschwemmten und eine Stelle suchten, an der sie ungefährdet zuschlagen konnten. Hin und wieder drang ein Dämon in den Raum vor, in dem es kein Mana gab, zuckte zusammen und verlor die blaue Farbe, schrie gequält auf und schnitt eine schmerzvolle Grimasse.

Doch immer mehr Dämonen kamen, und das Verlangen, der Erste zu sein, der das Fleisch und die Seelen schmeckte, war stärker als die Angst vor dem Schaden, den ein Flug durch den manalosen Raum anrichten konnte. Hirad schaute auf. Auch über seinem Kopf sammelten sie sich jetzt, sie dürsteten nach Blut und nach den Seelen der Lebenden.

»Es sind so viele, wie können wir sie schlagen?«, fragte Hirad.

»Wir wollen sie nicht besiegen«, erklärte Sha-Kaan. Mit einem kleinen, gezielten Feuerstoß verbrannte er den Arm eines Dämons, der in die schützende Hülle eingedrungen war. Das Wesen verschwand. »Je mehr wir auf uns ziehen können, desto geringer wird der Druck auf den Rat von Julatsa. Wir müssen sie beschäftigen, und dadurch bekommen die Magier vielleicht eine Atempause, um den Schirm zu schließen.«

»Und wenn nicht?«

»Dann sind wir sowieso alle tot.« Sha-Kaan drehte den Kopf und sah seinen Drachenmann an. Hirad war augenblicklich von neuem Selbstvertrauen erfüllt. »Kämpfe, Hirad Coldheart. Kämpft, ihr Rabenkrieger. Kämpft, wie ihr noch nie gekämpft habt.«

Die ersten Dämonen wagten sich in die Qualen des Kaltraums, und die Schlacht um das nackte Überleben begann.

Der geistige Druck auf die Magier wurde stärker, als habe sich der Sturm in einen Hurrikan verwandelt. Die Dämonen zerrten an der Verankerung der Krone, raubten den Magiern die Kräfte und störten ihre Konzentration. Stimmen und Gelächter waren zu hören. Die Dämonen wurden stärker und frecher, als sie sahen, wie das Mana, das sie in großen Wogen auf den Rat von Julatsa schleuderten, die Willenskraft ihrer Feinde lähmte. Sie kamen näher heran und drohten, jeden Augenblick in die Dimension von Balaia durchzubrechen.

Zuerst war es nur ein Flüstern, mit dem Barras nichts anfangen konnte. Dann wurde es langsam lauter, und eine einzelne Stimme schälte sich heraus, die von vielen anderen unterstützt wurde. Der Hass von Millionen schlug ihm entgegen. Elend versprach die Stimme. Eine Ewigkeit voller Leiden für ihn und alle, die ihm lieb und teuer waren. Die Stimme verhieß ihm Schmerzen, Qualen und unendliches Leid. Sie versprach ihm die Hölle.

Aber nur, wenn er seinen nutzlosen Spruch weiter aufrechterhielt.

Falls er aber losließ, falls er den Dämonen erlaubte, ihr Werk zu vollenden, dann sollte er verschont werden. Dann würden sie alle verschont. Ja, ein paar mochten draußen in Julatsa auf der Straße sterben, aber das war ein geringer Preis für die Rettung des Rates und der Auserwählten, die für die Magie von Julatsa besonders wichtig waren. War es denn wirklich ausgeschlossen, dass er nach einem Leben voller selbstloser Opfer auch einmal an sich selbst dachte? In diesem Fall wurde der Preis an menschlichem Leben vom Nutzen für die späteren Generationen mehr als wettgemacht. Loslassen. Er musste einfach nur loslassen.

Barras öffnete erschrocken die Augen. Das Herz schlug ihm bis zum Hals. Alle im Kreis, alle anderen Ratsmitglieder, hatten die Augen geschlossen. Cordolan lächelte sogar. Und über ihnen löste sich die Gestalt der Krone langsam auf. Die schnell kreisenden Diamanten wurden flach und verblassten. Das Geflecht der Bänder in der Mitte verschwand. Die Verbindung zum Schirm riss ab und wurde vom Wirbelsturm des dämonischen Mana weggefegt.

»Nein!«, rief der alte Unterhändler. Die Krone schwankte und wurde nur noch instinktiv von den Magiern an Ort und Stelle gehalten. Doch ihre Kraft erlahmte, und sein Ruf störte den letzten Rest an Konzentration, den seine Freunde noch aufbieten konnten.

»Kerela, wach auf«, sagte er laut. Die Erzmagierin musste reagieren, wenn er ihren Namen nannte, aber damit konnte er sie auch aus der Konzentration reißen. Er riskierte es und übernahm vorübergehend den Teil der Krone, den sie kontrolliert hatte, während sie wieder zu sich kam. Sie hauchte ein zustimmendes Wort, dann fluchte sie und stieß Verwünschungen aus. Der Schweiß lief Barras übers Gesicht, als er einen Abschnitt der Krone kontrollierte, der eigentlich viel zu groß für ihn war.

Dann war Kerela wieder da. Sie stieß ihn sanft zur Seite und sammelte sich. Ohne groß nachzudenken sagte sie: »Jetzt die anderen. Übernimm ihren Platz, bevor du sie ansprichst. Und sei behutsam.«

Es war, als holten sie Kinder aus einem tiefen, von Träumen erfüllten Schlaf. Barras und Kerela brachten die hypnotisierten Ratsmitglieder langsam wieder zu Bewusstsein. Zuerst reagieren sie verwirrt, dann mit Verzweiflung, und dann waren sie wieder hellwach. Sie konnten jetzt die Dämonen hören, die sie lockten und einluden, die Realität zu verleugnen und sich der Hölle zu ergeben, zuerst verführerisch, dann erregt und schließlich voller Zorn, als der Rat, wenigstens für den Augenblick, ihrer Kontrolle entglitt.

Vilif war der Letzte, der zu sich kam und den Kampf um die Stabilität der Krone wieder aufnahm. Er wirkte unendlich müde, und jetzt merkte man ihm auch die mehr als siebzig Lebensjahre deutlich an. Seine aufrechte Haltung war verschwunden, er stand gebeugt und wirkte niedergeschlagen. Sein kahler Kopf sah blass und krank aus, und seine Gliedmaßen zitterten. Er war dicht davor, endgültig aufzugeben.

»Vilif, wir werden siegen«, sagte Barras. »Vertraue auf unsere Kräfte. Das Herz soll schlagen.«

Vilif nickte, und ein kleiner Lichtfunke kehrte in seine Augen zurück. Doch ringsum im Kreis sprach die Haltung der Ratsmitglieder eine deutlichere Sprache als jedes Wort. Sie hatten, als Barras zu sich gekommen war, unmittelbar vor einer Katastrophe gestanden, und sie wussten es. Ohne Hilfe von außen, ohne irgendein Hindernis, das die Kraft der Dämonen eindämmte, waren sie verloren. Es war nur eine Frage der Zeit.

Kreischen erfüllte die Luft, und die Dämonen kamen von allen Seiten. Der Angriff wurde heftiger. Hirad hatte nicht einmal genug Freiraum, um sich umzusehen, wie es seinen Freunden erging. Er hatte schon Mühe, seine Position zu halten.

Von oben, von links und von vorn gingen sie auf ihn los. Nadelspitze Zähne wurden hinter lippenlosen Mündern gebleckt, Klauen blitzten im grünen Schein der Barriere. Alle Gesichter waren vor Schmerzen verzerrt, die Körper wurden trüb, als sie sich näherten, als blätterte der Überzug von einer polierten Klinge ab. Doch sie kamen und kamen, und sie waren stark.

Er hatte das Langschwert in der rechten und den Dolch in der linken Hand. Sie kamen in Wellen, sie schnatterten und lachten, sie kreischten und riefen, und sie verhießen ihm einen Tod, der ewig dauern sollte.

Er lachte und führte sein Schwert vor sich im Zickzack nach unten, während er den Dolch über dem Kopf bis nach hinten zum Nacken schwenkte. Die schwere Klinge fand ein Ziel, er hörte einen gequälten Schrei und blickte nach rechts, wo ein Dämon einen Beinstumpf umklammerte. Das Wesen sah ihn kurz mit schrecklichen Augen an und verging.

Über ihm nahm der Lärm zu. Er musste die Klingen wechseln und über seinem Kopf einen Kreis freihacken, um die Dämonen zurückzutreiben. Hinter ihm gingen gleich fünf auf die Magier los. Er wollte ihnen zu Hilfe eilen, doch der Unbekannte war schneller und stieß das Zweihandschwert tief in die blaue Haut eines Gegners hinein. Seine Bewegungen waren viel zu schnell für ihre geschwächten Körper.

Weitere Dämonen drangen in den Kaltraum ein. Sie keuchten, weil es hier kein Mana gab, und machten Anstalten, die Flanke und den ungeschützten Rücken des Unbekannten anzugreifen.

»Der Rabe, aufstellen!«, rief Hirad. »Will, links neben mich, der Unbekannte rechts. Im Uhrzeigersinn drehen, wenn überhaupt, und die Magier beschützen.«

Will löste sich von zwei Dämonen, die ihn erbittert attackiert hatten und über seinem Kopf herumflatterten. Er wich ein wenig zurück und blieb einen halben Schritt vor Hirad stehen, während der Barbar die Dämonen abwehrte, die den Unbekannten angreifen wollten. Der große Mann warf seine Klinge weg, die mit lautem Klirren auf den Steinboden fiel, und zog zwei lange Dolche aus den Scheiden an den beiden Unterschenkeln. So bildete er den dritten Eckpunkt des Dreiecks, mit dem der Rabe sich verteidigte. Rasch und mühelos fuhren seine Dolche durch die Luft.

»Will, wenn es zu schwierig wird, können wir dich entlassen. Aber sag uns Bescheid.«

»Keine Sorge, das mache ich.«

Sha-Kaan überragte sie alle und beschäftigte sich damit, die Dämonen geräuschlos und mit kurzen Feuerstößen aus seinem Maul zu vernichten. Hirad spürte ihn in seinem Geist. Ruhig und beherrscht.

Über den Menschen sammelten sich die Dämonen zu einem neuen Angriff.

Thraun schob seine Verwirrung beiseite. Er musste dem Rudelbruder helfen und fiel unermüdlich über die schwebenden, zischenden blauen Wesen her, die aus dem grünen Himmel kamen. Er schnappte mit den Zähnen, biss in geschmackloses, blutleeres Fleisch, das zwischen seinen Kiefern zerplatzte. Er wusste, dass er ihnen wehtat, und er wusste, dass seine Bisse sie verletzten, doch sie bluteten

*nicht, und die Löcher, die er mit den Zähnen aufgerissen
hatte, schlossen sich sofort wieder, wenn er losließ, um noch
einmal zuzuschnappen.*

*Eine Furcht, die noch stärker als jene vor dem großen
Tier war, erfüllte ihn. Anscheinend war ihnen das Tier
nicht feindlich gesonnen, auch wenn seine Kraft sie mühelos vernichten konnte. Die blauen Wesen waren keine Vögel, und doch konnten sie fliegen. Sie waren keine Menschen, und doch konnten sie aufrecht gehen, wenn sie
wollten. Ihr Geruch ängstigte ihn. Es war kein Geruch von
seiner Erde. Er war fremd und böse wie ein Sterben, das
rückwärts lief. Der Gedanke ließ ihn die Wolfsstirn run-
zeln, während er einem Angreifer die Pranke ins Gesicht
schlug. Das Wesen quietschte und verschwand so schnell,
dass er kaum mit den Augen folgen konnte, aber dadurch
war der Weg frei, und er konnte ein anderes schnappen. Es
verbiss sich in seinem Ohr, und ein Gefühl wie Feuer breitete sich in seinem Kopf aus. Er heulte und schüttelte sich,
und das Wesen flog davon und prallte gegen eine Wand.*

*Angst überkam ihn, und er wich zurück. Die Zunge hing
ihm aus dem Maul, er sah viele Wesen, die auf ihn losgin-
gen, er heulte und sah sich nach dem Mann-Rudelbruder
um, der jetzt bei den anderen Männern stand.*

Dann wurde die Luft blau.

»Jetzt kommen sie«, sang Sha-Kaan und brachte Hirad
einen Augenblick aus dem Konzept. Der Barbar sah sich
um. Die sich windenden Kinderkörper der Dämonen waren verschwunden. Jetzt sah er tausende von Augen, die
ihn, ohne zu blinzeln, wie Spielzeugpuppen anstarrten.
Dunkle Augenbrauen wuchsen über den Augen, und die
dunkelblauen Gesichter waren scharf geschnitten. Die Haut
spannte sich über kantigen Wangen und Kiefern, die Au-

gen lagen tief in den Höhlen, die Münder waren klein und voller Reißzähne, die in schwarzem Fleisch steckten.

»Bei den Göttern«, keuchte Hirad.

»Lasst euch nicht von ihren Blicken bezwingen. Bewacht eure Seelen«, warnte Sha-Kaan.

»Wie, zum Teufel, sollen wir das anfangen?«, knurrte Will, dessen Augen hierhin und dorthin irrten.

»Vermeidet den Blickkontakt. Wenn sie euer Bewusstsein gefangen haben, dann können sie euch die Seele nehmen«, erklärte Sha-Kaan.

Die Dämonen griffen an.

Im Nu war die Luft voller quietschender, puppengroßer Dämonen mit und ohne Flügel, die entzückt schrien, als sie die frischen Seelen angreifen durften, und schmerzvoll kreischten, sobald sie die giftige Atmosphäre zu spüren bekamen. Zu hunderten drangen sie in den Kaltraum ein, und für zehn, die entkräftet und leblos zu Boden sanken, rückten doppelt so viele nach. Doch sie waren geschwächt.

Hirad folgte dem Beispiel seiner Freunde und ließ das Langschwert fallen, um sich mit einem zweiten Dolch auszurüsten.

»Rabenkrieger, teilt eure Schläge schneller aus, und beschützt mir die Magier.«

Seine Dolche zuckten durch die Luft und deckten vor allem Oberkörper und Kopf. Die Dämonen schwirrten wie Vögel umher, unzählige lagen bereits mit zuckenden Gliedern am Boden. Ein oder zwei kamen auch durch den Stein herauf, aber sie waren viel zu erschöpft, um noch großen Schaden anzurichten und störten eher den Vormarsch ihrer Brüder.

Unablässig griffen sie weiter an, bissen in seine Lederrüstung, landeten auf seinen rudernden Armen, stachen ihm in die Kopfhaut und zerrten an seinen Stiefeln. Wenn sie sein Fleisch berührten, fuhren feurige und eiskalte Schmerzwellen durch seinen Körper. Er brüllte wütend und bewegte sich noch schneller als zuvor.

Will, der neben ihm stand, atmete viel zu schnell. Das verängstigte Grunzen, das jeden Schlag untermalte, jagte Hirad einen kalten Schauer über den Rücken. Während er ohne Unterbrechung weiter zuschlug und zustach, um die angreifenden Dämonen abzuwehren, wandte er sich an den kleinen Mann.

»Will, du musst tiefer atmen. Konzentriere dich auf die Ziele und ignoriere die Schmerzen. Sie können dich nicht töten, wenn sie dir nicht in die Augen sehen.«

»Es sind so viele«, keuchte der kleine Mann.

»Aber jeder, den du erledigst, ist einer weniger.« Hirad schlug mit der Linken durch eine Reihe von vier anrückenden, schwatzenden Dämonen. Ihr Kreischen hallte lange nach, als sie in ihre eigene Dimension zurückstürzten.

Hinter ihnen stieß Sha-Kaan abwechselnd durch die Nasenlöcher und zwischen den Zähnen Feuerlanzen aus, die jeweils einen Dämon trafen. Gleichzeitig hackte er mit den Klauen um sich und ließ den Schwanz wie eine Peitsche zucken, um die reglos stehenden Magier von oben zu schützen. Jede Bewegung war genau bemessen, und jeder Atemzug war genau gezielt, um mit möglichst wenig Aufwand einen möglichst großen Schaden zu verursachen.

Bei Thraun dagegen sah es anders aus. Der Wolf war von diesem fremdartigen Nahkampf verunsichert; er wimmerte leise und jagte seinen eigenen Schwanz, sein Kopf zuckte hierhin und dorthin, und er drehte sich orientierungslos um sich selbst. Dann schnappte er nach der leeren Luft, schlug blindlings mit den Pfoten und behielt die ganze Zeit Will im Auge. Sein Wolfsgesicht verriet seine Angst.

Der Angriff nahm an Heftigkeit zu. Immer mehr Dämonen drangen in den geschützten Bereich ein.

»Haltet sie ab, wir gewinnen die Schlacht«, sagte Sha-Kaan.

»Gewinnen?«, keuchte Hirad, während er um sich trat und gleichzeitig mit den Klingen zuschlug. Die Dämonen waren überall. Sie krochen an seinen Beinen hoch, sie bissen in seine Lederrüstung, sie umschwärmten seinen Kopf, sie kratzten mit den Krallen über seinen Kopf. Der Unbekannte, der niemals viel redete, keuchte erschrocken, als seine nackten Arme Bisse und Kratzwunden abbekamen. Hirad dachte an das Gefühl von Eis und Feuer, das jetzt durch seinen Körper raste, und sah das Blut über die Haut des Unbekannten laufen. Will hatte seine Gegenwehr beinahe eingestellt. Er war von blauen Wesen fast zugedeckt und hatte hilflos die Arme gehoben. Thraun war dicht bei ihm und heulte und schlug nach den Wesen, die seinen Freund angriffen, während seine Haut immer wieder durchbohrt wurde und seine Hinterläufe unter dem schieren Gewicht der Feinde einzuknicken drohten.

Sha-Kaan schoss einen gewaltigen Feuerstoß rechts neben den Raben, während sein Schwanz zuckte und nach den Gegnern schlug. Sein mächtiger, goldener Körper war voller kleiner blauer Leiber, und so sehr er sich auch schüttelte, er konnte die zähen Ausgeburten der Hölle nicht abschütteln.

»Der Rabe, kämpft weiter, kämpft weiter«, rief Hirad und ließ die Arme über dem Kopf kreisen. Die Schmerzen in den Beinen ignorierte er, während er nach den über ihm fliegenden Feinden stach.

Inzwischen drängten sie auch von unten heran, und einige Dämonen hatten sogar schon die wehrlosen Magier erreicht. Der Unbekannte rief eine Warnung und tauchte unter dem peitschenden Schwanz des Drachen durch, um die schnatternden, lachenden Wesen von den drei Magiern zu pflücken, deren Anrufung sie alle vor dem sicheren Tod schützte. Wenn der Kaltraum erhalten blieb, hatte der Rabe eine Chance. Aber auch so war es fast zu viel für sie.

Will kreischte, als die Dämonen sein Gesicht erreichten.

»Nein!«, rief Hirad. »Lasst ihn in Ruhe, ihr Schweinehunde!« Er stürmte zu dem kleinen Mann, warf ihn zu Boden und pflückte die Dämonen von seinem Körper, wie es der Unbekannte bei den Magiern tat. Thraun hatte Hirad beobachtet und schnappte mit seinen mächtigen Kiefern überall nach den kleinen Körpern.

»Sha-Kaan!«, rief Hirad. Sein Hilferuf übertönte den Tumult im Kaltraum. »Wir müssen hier raus. Sofort!«

»Einen kleinen Augenblick noch«, sagte der Drache. Seine Stimme klang irgendwie erstickt und weit entfernt. »Wir können siegen. Wir müssen siegen.«

Doch Hirad spürte die Dämonen im Nacken und an den Kleidern, sie wollten seine Haut erreichen, weil sie wussten, dass sie ihn damit verletzen konnten. Sha-Kaan hatte sich geirrt. Bald wäre es aus mit dem Raben.

Endorr lag, wie ein Fötus zusammengerollt, auf dem Boden des Herzens. Er hatte die Hände an den Kopf gepresst und ein Bein ganz angezogen, das andere war ausgestreckt. Ein Blutfaden rann aus seinem Mund, hin und wieder fiel ein Tropfen aus seiner Nase. Wenigstens lebte er noch.

Barras beobachtete ihn distanziert, denn er musste sich vor allem darauf konzentrieren, die sich auflösende Krone so lange und so gut wie möglich zu sichern.

Die Dämonen sahen ihren Sieg kommen, und ihre Schmähungen setzten seiner Willenskraft zu. Das Mana heulte rings um ihn und überflutete seinen Geist. Er hatte Mühe, die Konstruktion zu halten, die der Rat aufgebaut hatte, während das höhnische Lachen der Dämonen in seinen Ohren hallte.

Die anderen Magier ringsum standen unter ähnlicher Belastung. Schweiß, Tränen, Stirnrunzeln, Grimassen und verkrampfte, stark angespannte Körper schufen eine Atmosphäre von Verzweiflung und drohender Niederlage. Der hingestreckte Endorr brauchte dringend Hilfe, aber sie konnten nichts für ihn tun. Bei den Göttern, sie konnten nicht einmal etwas für sich selbst tun.

»Wie lange noch?«, keuchte Seldane.

»So lange es nötig ist«, sagte Kerela, doch alle wussten, dass die Frage anders gemeint war.

Eine frustrierte Träne entstand in Barras' Auge. Sie saßen in der Falle. Endorrs Schild hatte versagt, und sie konnten die Krone nicht mehr loslassen, um einen Haltespruch zu wirken, weil die Dämonen ihnen nicht genug Zeit ließen. Andererseits konnten sie nicht unbegrenzt lange auf den Beinen bleiben, und wenn ihr Mana verbraucht war, dann wäre das Endergebnis dasselbe, als wenn sie ihre Bemühungen sofort einstellten.

Aber sie durften sich den Dämonen nicht so einfach ergeben. Nicht, solange sie noch eine schwache Hoffnung hatten, dass von irgendwoher Hilfe kommen konnte.

Barras unterdrückte die Tränen. So lange hatte er sich darauf gefreut, beschaulich zu altern, geborgen in der liebevollen Umgebung des Kollegs, dem er sein Leben lang gedient hatte. Dann hatten die Wesmen angegriffen, und er hatte sich mit seinem Tod abgefunden. Eine Heldentat, die nötig war, um sein Kolleg zu verteidigen.

Aber dies hier? Dieses schändliche, vergebliche, sinnlose Ende in einem verschlossenen Raum, weit entfernt von frischer Luft und Sonnenschein, ein Ende, das niemandem Hoffnung spendete und in Qualen für sie alle übergehen würde – nein, ein solches Ende war eines Elfen von seinem Format unwürdig. Es war für keinen im Rat ein würdiges Ende. Was sie nun beinahe als unvermeidlich hinnehmen mussten, war auf keinen Fall und in keiner Weise hinnehmbar.

Er hob den Kopf, ohne den inneren Blick vom Manaspektrum zu werden, und wob neue Fäden in die Krone.

»Barras?« Torvis konnte vor Anstrengung kaum noch sprechen.

»Verdammt will ich sein, wenn ich diese entsetzlichen Geschöpfe in mein Kolleg und meine Dimension hereinlasse. Ich will nicht sterben wie ein alter schwacher Mann.« Jedes Wort wurde von einem geistigen Stoß untermalt, mit dem die zerbrechliche Struktur neue Stabilität bekam. Die Kraft der Verzweiflung durchströmte jetzt seinen Körper.

»Bei den großen Göttern der Erde, wir sind nicht hilflos«, knirschte Kerela. »Wer sich noch stark genug fühlt, kann jetzt diesen Bastarden zeigen, wem Balaia gehört. Und ihr anderen: Haltet einfach durch und werdet nicht schwach.« Sie unterstützte Barras, verstärkte die Struktur und ließ sie wieder wachsen.

Erst jetzt bemerkten sie die Veränderung. Unauffällig zuerst und beinahe nicht spürbar. Doch der Eindruck verstärkte sich zusehends. Der Mana-Sturm ließ nach, und die Stimmen der Dämonen, die sie verspotteten und schmähten, klangen verzagt. Es wäre leicht gewesen, dies mit ihren eigenen Bemühungen in Verbindung zu bringen, doch Barras wusste, dass es keinen solchen Zusammenhang gab. Kaum zu glauben, aber das Wunder geschah.

Irgendetwas oder irgendjemand hatte die Dämonen abgelenkt.

»Das ist die einzige Chance, die wir bekommen!« Kerelas Stimme hatte die alte Autorität zurückgewonnen, und sie rief den Rat zum Handeln auf. »Wir haben schon genug von Kards wertvoller Zeit verschwendet. Lasst uns die Stadt von diesem verdammten Schirm befreien.«

Die gerade noch trübe Krone begann wieder hell zu glühen.

Wills Schreie störten die Konzentration der Magier mehr als die anstürmenden, schwärmenden Dämonen, die über ihre Körper liefen. Hirad und der Unbekannte ignorierten ihre eigenen Schmerzen und rissen die Dämonen weg, zerdrückten sie und traten nach ihnen und zerstampften die schrecklichen Puppen, die die schutzlosen Magier angriffen.

Mit einer Hand pflückte der Unbekannte die Dämonen ab, die seinen Blick suchten, mit der anderen fegte er diejenigen weg, die sich den Magiern nähern wollten, und die ganze Zeit musste er sich bücken, um nicht von Sha-Kaans peitschendem, blau geflecktem Schwanz getroffen zu werden.

Hirad hatte eine noch schwierigere Aufgabe. Will hatte seine beiden Kurzschwerter weggeworfen, rollte sich am Boden hin und her, tastete blind mit beiden Händen umher und stieß bei jeder Bewegung heisere Schreie aus. Sein Körper bebte und zuckte unter der Woge von Dämonen, die über ihn herfielen. Hirad wurde es beinahe übel, als er die Krallen und Füße sah, die immer wieder ihr Ziel fanden.

»Will, bleib ruhig!«, rief er. Er schüttelte heftig den Kopf, um einen Dämon zu verscheuchen, der auf seinem

Schädel gelandet war. »Verdammt«, keuchte er. Ein Dämon hatte ihn am Kopf erwischt, und ein Blutfaden rann ihm die Stirn hinunter zwischen seine Augen. Der kleine Mann schlug unterdessen wild um sich, als die Dämonen sein Gesicht erreichten.

Hirad legte eine Hand auf Wills Schulter und drehte den kleinen Mann herum, damit er ihm die Kreaturen aus dem Gesicht reißen konnte. Er ignorierte die Kratzer, die sie ihm versetzen, und sorgte vor allem dafür, dass Wills Blick nicht ihrem tödlichen Starren begegnete. Die ganze Zeit über schaute Thraun verwirrt und verschreckt zu. Hin und wieder packte er mit dem Maul zu und pflückte sich einen Dämon aus dem Fell, doch größtenteils ignorierten sie ihn. Seine tierische Seele war für sie schlechter zu erreichen.

Überall stürzten erschöpfte Dämonen zu Boden, doch sobald sie verschwanden, setzten neue nach. Höhnisches Gelächter umgab den Raben, während die Dämonen kratzten und schnitten und bissen.

Eine Kralle bohrte sich in Hirads Wange, krümmte sich und zerriss ihm die Haut. Er fluchte, riss den Dämon aus seinem Gesicht und zerquetschte ihn mit einer Hand. Will entzog sich seinem Griff und rollte davon. Er rieb sich hektisch die Seiten und das Gesicht.

»Ruhig, Will.« Aber der kleine Mann hörte nicht auf ihn.

»Wir müssen hier raus«, heulte er. »Raus …« Er stand auf und rannte zur Begrenzung des Kaltraums.

»Nein, Will, nein!« Hirad sprang ihm hinterher und schlug nach seinem Fuß. Will stürzte, stand aber sofort wieder auf. Hirad hörte die Dämonen, die ihn lockten und ihm sagten, er sei auf dem richtigen Weg.

Viel zu spät schaltete Thraun sich ein. Er bellte und sprang hinter seinem Freund her, verfehlte ihn aber um eine Handbreit. Will erreichte die Grenze des Kaltraums und schob eine Hand hindurch. Im gleichen Augenblick verschwanden die Dämonen mit ihrer bösen Ausstrahlung und ihrer Gier. Ilkar, Erienne und Denser ließen den Spruch zusammenbrechen. Es war wieder still im Korridor.

Hirad hatte Zeit, den Raben und Sha-Kaan zu betrachten. Der Unbekannte Krieger saß bei den mehr oder weniger unverletzten Magiern. Sein Kopf war von unzähligen blutenden Schnitten entstellt, die Arme waren glitschig vom Blut. Der Große Kaan lag auf dem Bauch. Äußerlich waren seine Schuppen unversehrt, aber Hirad konnte spüren, dass der Drache verletzt war, und er wusste, dass die Dämonen ihn für jeden, den er getötet hatte, hatten büßen lassen.

Ein durchdringendes Heulen erfüllte die Luft. Die Rabenkrieger drehten sich um und sahen Thraun neben dem hingestreckten Will stehen. Eine Pfote hatte er dem Freund auf die Brust gesetzt. Angst und blinde Wut sprachen aus den gelben Wolfsaugen.

»Oh, nein«, keuchte Erienne.

Will bewegte sich nicht mehr.

Viertes Kapitel

Eher innerlich als mit den Ohren nahm Barras den Knall wahr, mit dem die Krone den Dämonenschirm verschloss. Das frustrierte und wütende Heulen, das nach ein paar Herzschlägen verstummte, war allerdings Beweis genug.

Der Rat hatte den Spruch aufgehoben, und als die Magier die Konstruktion nicht mehr halten mussten, waren sie einen kleinen Moment lang erleichtert und beinahe euphorisch. Vilif schwankte und wäre beinahe gestürzt, hätte Cordolan, der freilich selbst nicht sehr sicher stand, ihn nicht mit starken Armen aufgefangen. Torvis, Seldane und Kerela stürzten sofort zu Endorr, der bewusstlos, aber immerhin atmend am Boden lag. Barras besaß noch genügend Geistesgegenwart, um über einen Bücherstapel zu steigen und die Tür des Herzens zu öffnen, nur um Kards bleiches, besorgtes Gesicht vor sich zu sehen. Dann lächelte Kard erleichtert.

»Bei den Göttern, Barras … die Geräusche, die ich gehört habe.«

»Wir haben es überstanden. Endorr ist verletzt. Holt die Kommunionsmagier, der Schirm ist aufgehoben.«

Kard zögerte. »Endorr?«

»Ihr könnt nichts weiter tun. Kümmert euch um die Verteidigung. Geht schon, geht.« Barras sah Kard nach, dann kehrte er ins Herz zurück.

Kerela stand auf und strich sich mit einer Hand über die Stirn. Ihr Gesicht war hart. Sie bemerkte Barras' Blick.

»Es steht nicht gut. Er liegt im Koma.« Sie klopfte Cordolan auf die Schulter. »Bringt ihn zu den Heilern, zusammen könnt ihr ihn tragen. Ich warte auf die Kommunionsmagier. Beeilt euch.« Cordolan, Torvis und Seldane hoben den bewusstlosen Endorr auf und trugen ihn zur Tür. Vilif, der immer noch unsicher auf den Beinen stand, folgte ihnen. Draußen rief Cordolan Hilfe herbei.

»Danke, Barras«, sagte Kerela.

»Wofür?«

»Dafür, dass du uns den richtigen Weg gezeigt hast. Uns allen.«

Barras zuckte mit den Achseln. »Es hätte sowieso nichts genützt, wenn …«

Ein rechteckiger, heller Umriss bildete sich neben der Tür des Herzens. Kerela sperrte den Mund auf, doch Barras unterbrach sie mit erhobener Hand.

»Schon gut, Kerela. Ich glaube, du musst jetzt etwas über mich erfahren, das du nie vermutet hättest.« Mit einem leisen Rascheln verdichtete sich der Umriss, und eine Gestalt erschien, ein dunkler Umriss vor den Fackeln im Hintergrund. Der Mann kam rasch näher, andere folgten ihm. Es war ein großer Mann, der einen anderen auf den Armen trug, gefolgt von einem großen Hund oder …

»Bei den Göttern«, wollte Barras sagen.

»Barras, mach dir keine Sorgen«, sagte Ilkar. »Der Wolf ist ein Gestaltwandler. Er gehört zu uns.«

Er hatte die Rabenkrieger seit dem Treffen am Triverne-See, bevor sie Dawnthief gewirkt hatten, nicht mehr gesehen. Er hatte geglaubt, der Rabe sitze jenseits des Understone-Passes fest. Jetzt war er völlig überrascht, dass die blutenden, verletzten Krieger aus einem Durchgang kamen, der zweifellos ein Drachenportal war. Keiner von ihnen war ein Drachenmagier, das hätte er auf den ersten Blick erkannt. Doch nur ein Drachenmann konnte beim Öffnen eines Portals helfen, und es war auch nicht Elu-Kaan, der auf der anderen Seite wartete.

»Wie kommt ihr denn hierher?«

»Das ist eine lange Geschichte«, sagte Ilkar. Er drängte die Rabenkrieger weiter, hinaus aus dem Herzen. Wer kein Magier war, spürte den unangenehmen Druck des Mana, und die Magier aus Xetesk und Dordover fühlten sich hier ohnehin unwohl. »Aber das muss warten. Zwei Dinge sind jetzt wichtig. Wir brauchen sofort Zugang zur Bibliothek, und Will braucht dringend einen Heiler.«

Jetzt dämmerte es Barras. »Seid ihr durch den Schirm gekommen?«

»Ja, aber bitte, wir haben nicht viel Zeit.«

»Das mag sein«, antwortete Kerela, »aber einen kleinen Moment, um einen verlorenen Sohn zu begrüßen, wollen wir uns gönnen.« Sie küsste Ilkar auf beide Wangen und drückte seine Hände. »Wie du siehst, befindet sich ein Teil der Bibliothek bereits hier im Herzen, weil die Wesmen vor unseren Toren stehen. Wir werden bald in eine Schlacht ziehen, die wir eigentlich nicht gewinnen können, doch der Rabe wird das Gleichgewicht zu unseren Gunsten verschieben. Wir müssen das Herz sofort räumen, damit die Kommunion beginnen kann. Kommt schon, wir müssen auch euren Verwundeten in die Krankenstation bringen, und wir brauchen ein paar Minuten, um uns im Ratssaal auszutauschen.« Sie winkte Ilkar, ihr vorauszugehen, und wandte sich an Barras. Ihr Gesicht war keineswegs unfreundlich. »So viel Vertrauen hättest du aber ruhig zu mir haben können.«

»Wir dürfen es niemandem sagen, das hat mit Vertrauen nichts zu tun.«

»Darüber reden wir später«, sagte Kerela. Hirad Coldheart schob sich an ihr vorbei. Er kehrte ins Herz zurück, obwohl ihm inmitten des Mana sehr unwohl war.

»Sha-Kaan will dich sprechen«, sagte er zu Barras.

»Du? Du bist ein Drachenmann?« Barras runzelte die Stirn.

Hirad nickte. »Komm schon. Elu-Kaan ist schwer verletzt. Er braucht deine Hilfe.« Damit ging er in den Fusionskorridor voraus.

General Kard eilte in die Kantine im Erdgeschoss des Turms und wies die Kommunionsmagier an, sich vor dem Herzen bereitzuhalten. Gleich danach ging er die paar Schritte in den stillen Hof hinaus und nickte erfreut, als er sah, dass die Julatsaner diszipliniert waren und auch nach der Aufhebung des Schirms ruhig blieben. Er blickte zum fahrbaren Wachturm der Wesmen hinüber, auf dem die ganze Nacht Fackeln gebrannt hatten. Er konnte kaum glauben, dass die Wächter im Innern das Verschwinden des Schirms nicht bemerkt hatten, doch ihrem Schweigen musste man entnehmen, dass sie ahnungslos waren. Andererseits hatte er schon vorher bemerkt, dass der Schirm mit seinen wabernden grauen Schleiern im Dunkeln kaum zu sehen war, und zweifellos neigten alle Menschen dazu, genau das zu sehen, was sie sehen wollten. Allerdings war die böse Ausstrahlung verschwunden, und auch dies war den Wesmen anscheinend bisher entgangen. Er konnte nur hoffen, dass es noch eine Stunde so blieb. Bis dahin wären die Magier, die den Turm angreifen sollten, längst bereit. Sie hatten schon begonnen, ihre Sprüche zu wirken. Auch die Streitkräfte, die einen Ausfall machen sollten, wären bis dahin aufgestellt.

Er wartete noch einen Augenblick. Ringsum standen seine Männer auf den Mauern; sie waren auf den kommenden Kampf eingestellt und motiviert, und sie hatten gesehen und vor allem gefühlt, dass der Schirm aufgehoben worden war. Hinter verschlossenen Türen wartete seine Armee, sofern man sie überhaupt so nennen konnte, auf den Befehl, die Gegner anzugreifen. Die Männer bekamen gerade die letzten Instruktionen. Auch die Magier, die als fliegende Späher dienen sollten, waren bereit, und diejenigen, die den Rückzug in die Mauern des Kollegs von den Befestigungen aus decken sollten, ruhten noch ein wenig aus oder übten die Mana-Formen, mit denen sie Tod und Verderben über die Wesmen bringen sollten.

Völlig überrascht drehte er sich um, als hinter ihm im Turm eine leichte Unruhe entstand. Ein großer Krieger kam auf ihn zu. Er trug einen zweiten, viel kleineren, auf den Armen. Ihm folgte ein Tier, das ein großer Wolf sein musste, und direkt hinter ihnen kamen zwei Ratsmitglieder und einige Soldaten, die den bewusstlosen Endorr trugen. Er riss den Mund auf und wollte instinktiv nach dem Schwert greifen.

»Wir sind Freunde«, sagte der Krieger unvermittelt. »Wo geht es zur Krankenstation? Schnell, Mann. Will hat nicht mehr viel Zeit.« Kard deutete nach links über den Hof. Der Krieger nickte und rannte hinüber, der Wolf folgte ihm. Auch die Soldaten, die Endorr trugen, waren zur Krankenstation unterwegs. Cordolan blieb kurz stehen.

»Der Rabe ist hier, Barras ist ein Drachenmagier, oder jedenfalls scheint es so, und … ach, geht doch in den Sitzungssaal, dort redet Kerela mit ihnen.« Er eilte Endorr hinterher. Kard verdrehte die Augen zum Himmel und rannte zurück nach drinnen. Unterwegs blieb er noch einmal kurz stehen, um einem Leutnant einige Anweisungen zu geben.

»Du kennst die Befehle«, sagte er. »Sie bleiben unverändert bestehen, aber das Gleichgewicht hat sich ein wenig zu unseren Gunsten verschoben. Wenn der Alarm gegeben wird, bevor ich wieder draußen bin, nehmt ihr euch den Turm vor und beginnt mit dem Angriff. Verstanden?«

»Ja, Sir.«

Kard eilte zum Sitzungssaal.

Hirad nahm an der improvisierten Konferenz mit Kerela und den Magiern des Raben teil, nachdem er Barras Sha-Kaan vorgestellt hatte. Der Große Kaan wollte sofort nach Wingspread zurückkehren. Er ließ den Korridor offen, damit Elu-Kaan in der interdimensionalen Strömung unter Barras' wachsamen Blicken die Hilfe bekommen konnte, die er brauchte.

Hirad wurde unterdessen mit Kerela bekannt gemacht, der leitenden Magierin in Julatsa, und mit General Kard, einem Soldaten in mittleren Jahren, der die militärische Verteidigung des Kollegs befehligte. Der Unbekannte wollte bei Will und Thraun bleiben.

»Die Kommunion hat bereits im Herzen begonnen«, nahm Kerela den Faden wieder auf, nachdem sie durch Hirads Eintreten unterbrochen worden war. »Wir haben keine Ahnung, wer uns hört und wie schnell uns Hilfe erreicht. Wir wissen aber, dass die Wesmen, sobald es heller wird, das Fehlen des Dämonenschirms rasch bemerken werden. Wir glauben, dass wir zwei oder vielleicht drei Tage durchhalten können, nachdem der Angriff begonnen hat, aber wenn es länger dauert, ist das Kolleg verloren.«

»Also gut«, warf Ilkar ein, der sich trotz der Informationen, die er schon vorher bekommen hatte, nur schwer auf die Situation einstellen konnte. »Wie stehen unsere Chancen überhaupt?«

»Das weiß ich nicht genau«, sagte Kerela. »Aber was die kämpfenden Truppen angeht, so dürfte das Verhältnis bei zehn oder fünfzehn zu eins liegen. Andererseits haben wir unsere Mauern und die Magier.«

»Es sieht schlimm aus«, sagte Erienne leise. »Aber das ist nicht unsere größte Sorge, nicht wahr, Ilkar?« Nach einer Spanne, die ihr wie eine kleine Ewigkeit vorkam, stimmte er ihr mit einem wortlosen Nicken zu.

»Kerela, wir sind nicht gekommen, um bei der Rettung von Julatsa zu helfen.« Er leckte sich nervös über die Oberlippe, ehe er fortfuhr. »Balaia droht eine Gefahr, die viel schlimmer ist als alles, was die Wesmen tun können, und der Rabe hat die Aufgabe, diese Gefahr zu bekämpfen, bevor wir alle untergehen, was auch die Wesmen einschließen würde.«

Kerela schwieg eine Weile. Denser hielt sich nachdenklich zurück. Er beschränkte sich darauf, seine Pfeife anzuzünden und gelegentlich zu nicken oder den Kopf zu schütteln. Hirad war froh, dass der Dunkle Magier so ruhig blieb.

»Aber Dawnthief – hat uns der Spruch nicht den Sieg gebracht?«, fragte sie. Man sah ihr an, wie verwirrt sie war.

»Wir haben damit die Wytchlords besiegt, das ist richtig«, erklärte Erienne. »Allerdings hat der Spruch das Gewebe unserer Dimension aufgerissen. Dieser Riss wächst mit jedem Atemzug, den wir tun. Er hat eine Verbindung zur Dimension der Drachen hergestellt, und es wird nicht mehr lange dauern, bis er so groß ist, dass die Kaan ihn in ihrer eigenen Dimension nicht mehr verteidigen können.

Dann werden wir eine Invasion von feindlichen Drachen erleben.«

Dieses Mal dauerte Kerelas Schweigen noch länger. Zwischen der Verletzung der Dimensionen und den schlagartig gewachsenen Kräften der Dämonen, als der Schirm aufgelöst werden sollte, schien eine eigenartige Parallele zu bestehen. Sie betrachtete die Gesichter der Rabenkrieger und suchte nach Spuren von Verrat und Betrug, obwohl sie im Grunde schon wusste, dass sie nichts entdecken würde. Sie musste sich mit einer Wahrheit abfinden, an die sie nicht glauben wollte.

»Was sucht Ihr denn?«, fragte sie.

»Septerns Texte«, sagte Erienne, bevor Kerela noch ganz zu Ende gesprochen hatte. »Alles, was uns helfen kann, ein Dimensionsportal zu schließen. Ein großes Portal.«

Kerela nickte und spreizte die Finger beider Hände. »Der Zugang ist Euch natürlich gewährt. Ich bin sicher, dass Barras Euren Bericht bestätigen wird, wenn er getan hat, was er gerade tun muss. Ich schlage vor, dass Ihr im Herzen beginnt, sobald unsere Kommunion vollzogen ist. Barras hat eine Reihe von wichtigen Texten ins Herz gebracht, und ich nehme an, dass viele von Septerns Texten darunter sind. Die Bibliothek besitzt allerdings mehr als einhundert seiner Werke und eine Reihe von verwandten Forschungen. Der Dienst habende Magier wird Euch helfen, aber die Suche kann lange dauern.«

»Wir haben höchstens zwei Tage«, sagte Ilkar und stand auf.

»In der Zwischenzeit«, schaltete sich Hirad ein, »könnte es für Euch, General, Kard, hilfreich sein, wenn Ihr mit dem Unbekannten Krieger und mit mir sprecht. Wenn wir für Euch kämpfen sollen, dann wollen wir bei der Frage, wie die Verteidigung organisiert wird, ein Wörtchen mitreden.«

Kard stellte seine Stacheln auf. »Mir ist durchaus bekannt, wie man eine belagerte Stadt verteidigt«, sagte er.

»Aber wir sind der Rabe«, erklärte Hirad ihm. »Und wir haben mehr Belagerungen erlebt, als Ihr Euch je träumen lassen würdet. Und zwar von beiden Seiten. Bitte, ich bestehe darauf.«

Kerela legte Kard eine Hand auf den Arm und nickte. »Wir sollten alles nutzen, was uns helfen kann.«

Kard nickte. »Nun gut, auch wenn ich nicht glaube, dass Ihr an dem, was ich entworfen habe, noch viel ändern werdet.«

»Das denke ich auch. Aber wenn wir nur ein kleines Detail verbessern können, dann hilft es uns allen. Der Unbekannte ist in der Krankenstation.«

Kard deutete zur Tür. »Dann lasst uns gehen. Die Wesmen werden nicht mehr lange warten.«

Der Unbekannte hatte Will in der glücklicherweise leeren Krankenstation auf ein Bett gelegt. Er wusste, dass weder Umschläge noch Kompressen oder Infusionen irgendetwas bewirken konnten. Der kleine Mann befand sich in einem Zustand, in dem die normale Medizin nicht mehr half.

Thraun setzte sich neben das Bett und leckte Will gelegentlich über das Gesicht, aber die meiste Zeit starrte er nur ins Leere. Die gelben Augen waren feucht und geweitet, und sein Gesichtsausdruck war sichtlich verzweifelt. Nachdem er einen kurzen Bericht über das gegeben hatte, was Will zugestoßen war, streichelte der Unbekannte abwesend den Kopf des Wolfs, während Will untersucht wurde.

Die Krankenstation war ein niedriger, mit Schiefer gedeckter Bau. Die Wände waren mit hellen Wandteppichen geschmückt, einige Fenster spendeten Licht. Zwanzig Betten standen hier, in zwei Reihen von jeweils zehn und in großzügigem Abstand voneinander. Bald schon, dachte der Unbekannte, würden sich hier dreimal oder viermal so viele Verwundete drängen, und der Raum wäre hoffnungslos überfüllt. Am hinteren Ende des Krankenzimmers war neben einem Kamin, in dem ein großes Feuer brannte, überzähliges Bettzeug zum Aufwärmen aufgestapelt. Der Anblick der ruhig brennenden Flammen war tröstlich, und zugleich bekamen Patienten und Heiltränke etwas Wärme.

Der Unbekannte empfand echtes Mitgefühl. Er wusste nur zu gut, wie schrecklich es war, wenn die Dämonen mit ihren Klauen nach der Seele eines Menschen griffen. Ob man tot oder lebendig war, spielte keine Rolle mehr. Die Seele gehörte in ihren Körper, bis sie sich aus freien Stücken entschloss, die Beschränktheit des menschlichen Daseins zu verlassen.

Wills Seele war nicht fort, aber die Dämonen hatten sie gewiss berührt. Die Eiseskälte der Dämonenkrallen hatte den Kern seines Wesens berührt und Will in eine tiefe Bewusstlosigkeit versetzt. Es war ein Wunder, dass sein Gehirn überhaupt noch den Lungen befehlen konnte zu atmen. Der Unbekannte war ziemlich sicher, dass der kleine Mann sterben musste, und als die Anführerin der magischen Heiler ihre Versuche einstellte, mit Wills zurückgezogenem Bewusstsein Kontakt aufzunehmen, sah er ihrer betroffenen Miene an, was sie gleich darauf mit Worten bestätigen sollte.

»Nun?«, fragte der Unbekannte trotzdem. Die Magierin drehte sich zu ihm um und machte zwei Frauen aus der Stadt Platz, die sich um Will kümmern sollten. Sie war eine große und anmutige Frau mit langen Fingern und grauem

Haar, das sie zu einem Dutt gebunden hatte. Ihr Gesicht war alt und faltig.

»Ich habe noch nie jemanden gesehen, der so weit weg war. Er atmet zwar, aber es fällt mir schwer zu glauben, dass seine Seele überhaupt noch in seinem Körper ist. Ich kann sein Bewusstsein nicht einmal finden, ganz zu schweigen davon, mit ihm Kontakt aufzunehmen. Sein Gehirn hält ihn am Leben, aber ich kann nicht sagen, wie lange es noch dauern wird. Ich fürchte allerdings, dass ihm nicht mehr viel Zeit bleibt.« Sie sah Thraun an, wie sie schon viele Male Freunde und Angehörige angesehen hatte.

»Macht Euch keine Sorgen um ihn. Ich glaube, er versteht, dass Ihr ihm helfen wollt, und er weiß, dass Will schwer krank ist. Wie lange gebt Ihr ihm noch?« Der Unbekannte sah, dass Hirad und der julatsanische General die Krankenstation betraten und geradewegs zu ihm kamen.

»Bis er aufwacht oder stirbt?«

»Wir wissen beide, dass es eher das Zweite als das Erste sein wird«, erwiderte der Unbekannte. Die Magierin lächelte traurig und nickte.

»Ich will es folgendermaßen ausdrücken. Wenn er sich nicht binnen eines Tages zu erholen beginnt, dann werde ich ihn in ein Spital bringen lassen, wo er sterben kann. Wir brauchen das Bett, und ich glaube, nach einem Tag wird er ohnehin nicht mehr wissen, wie er den Rückweg finden kann.«

Der Unbekannte hockte sich neben den Wolf, der ihn traurig ansah. »Ich weiß, dass du mich nicht verstehst, Thraun, aber es wird einen Kampf geben. Wenn du Will helfen willst, dann musst du mit uns kämpfen. Wir brauchen dich, und Will braucht Zeit.«

Thraun blinzelte nicht, aber er sah dem Unbekannten tief in die Augen, dann drehte er sich um. Er leckte Will noch einmal über das Gesicht und legte sich am Kopfende hin. Der Unbekannte richtete sich auf. Die Schnitte auf den Armen schlossen sich rasch, nachdem Erienne und Ilkar ihn mit einem Heilspruch versorgt hatten.

»Nun ja, es war einen Versuch wert«, sagte er und ging Hirad entgegen, der die gleiche Behandlung bekommen hatte. »Wollen wir über die Belagerung reden, meine Herren?« Kard und Hirad nickten. »Bei einer Tasse Kaffee, würde ich sagen.« Er deutete zum Warteraum am westlichen Ende der Krankenstation. Als sie sich dort niedergelassen hatten, gab der Unbekannte Kard die Hand, und sie begrüßten sich in aller Form.

»Verzeiht mir, dass ich mich nicht früher vorgestellt habe«, sagte er. »Ich bin der Unbekannte Krieger.«

Kard lächelte. »Ich weiß. Ich bin Kard, General der julatsanischen Streitkräfte.«

»Wir sollten uns kurz fassen«, drängte der Unbekannte.

»Nun gut«, sagte Kard. »Die Kommunion ist im Gange. Wir alarmieren alle, die nicht weiter als einen Tagesmarsch entfernt sind, dass wir Hilfe brauchen. Einer Eurer Magier, Ilkar, hat mir eine Magierin genannt, mit der wir Kontakt aufnehmen können.«

»Pheone«, sagte der Unbekannte.

»Ja. Danach werden wir warten, bis vom Wachturm aus Alarm gegeben wird, ehe wir mit unserem Ausfall beginnen.«

»Warum wartet Ihr?«, fragte Hirad.

»Weil jeder Augenblick, den wir uns erkaufen können, die Hilfe näher bringt. Und ohne Hilfe werden wir den Kampf sicher verlieren.«

»Es ist trotzdem falsch zu warten«, sagte der Unbekannte. »Eure Leute sind angespannt und nervös, und Ihr verzichtet auf das Überraschungsmoment, das für Euch so wichtig ist. Greift an, sobald Ihr bereit seid. Schaltet den

Turm aus, bevor sie eine Gelegenheit haben, Alarm zu schlagen. Schickt Eure Männer nach draußen in die Straßen, sobald der erste Angriff begonnen hat, falls es das ist, was Ihr beabsichtigt habt.«

»Aber …«

»Euer Plan abzuwarten ist gut, General; die Dordovaner brauchen einige Zeit, bis sie hier eintreffen. Aber denkt doch an die Wirkung auf die Wesmen. Sie werden getötet, während sie noch am Lagerfeuer schlafen – bevor sie überhaupt bemerken, dass der Schirm verschwunden ist. Bevor sie sich sammeln und sich wehren können, sind wir schon wieder innerhalb der Mauern und erwarten sie. Wie geht es dann weiter?« Der Unbekannte nickte Kard zu, seine weiteren Pläne zu erläutern.

Der General nickte ebenfalls. »Ich verstehe, was Ihr meint. Anschließend hindern wir sie so lange wie möglich mit Sprüchen daran, einen Angriff zu organisieren.«

»Gut. Aber achtet darauf, dass Ihr ihnen gleich am Anfang einen harten Schlag versetzt. Sie sollen Angst haben, sich uns überhaupt zu nähern«, sagte der Unbekannte. »Nach dem ersten Angriff sollten Eure Magier in Bewegung bleiben. Die Wesmen dürfen nicht wissen, woher die nächste magische Attacke kommt.«

»Also gut«, sagte Kard, der jetzt ein wenig pikiert war. »Aber dann müssten wir die Leute von den Wehrgängen abziehen.«

»Das ist kein Problem, denn Ihr könnt Eure Krieger überall vor den Mauern aufstellen, bis sie gerufen werden. Aber hinter den Befestigungen solltet Ihr vielleicht Bogenschützen postieren«, sagte Hirad. »Vergesst nicht, wenn der Ausfall in die Straßen der Stadt erfolgreich verläuft, dann sind die Wesmen ohnehin schon desorganisiert und demoralisiert. Sie werden mehrere Stunden brauchen, um eine Belagerung und einen Angriff zu organisieren. Wenn Ihr ihnen schon Verluste zufügen könnt, während sie sich den Mauern nähern, könnt Ihr sie noch etwas länger aufhalten. Aber Ihr müsst die Magier richtig einsetzen.«

Der Unbekannte lächelte und legte kurz die Hand auf Kards Oberarm. »General, wir stellen nicht Eure Fähigkeiten und Eure Autorität in Frage, wir wollen nur unsere eigene Erfahrung einbringen. Bei wie vielen Belagerungen habt Ihr gekämpft?«

»Dies ist meine erste«, gab Kard zu. Seine Augen funkelten, und er musste lachen.

»Dann habt Ihr Euch bisher unglaublich gut geschlagen«, sagte der Unbekannte. »Wir haben den größten Teil der letzten zehn Jahre damit verbracht, hinter oder vor Burgmauern zu kämpfen.«

»In diesem Fall will ich Euren Rat gern hören«, lenkte Kard ein.

»Es hilft uns allen, länger zu leben«, bestätigte Hirad.

»Noch etwas«, sagte Kard. Er trank seinen Kaffee aus. »Senedai, der Lord der Wesmen, hat julatsanische Gefangene. Wahrscheinlich mehrere tausend. Er hat gedroht, sie zu töten, wenn wir ihn hintergehen, was wir ja in diesem Augenblick tun.«

»Glaubt Ihr nicht, er ist mit dem Ärger, den Ihr ihm macht, schon genügend beschäftigt, sodass er nicht mehr an die Gefangenen denkt?«

»So habe ich es dem Rat vorgetragen, aber offen gestanden bezweifle ich es«, erwiderte Kard. »Er hat da draußen mindestens fünfzehntausend Krieger aufgeboten. Ich bin sicher, dass er ein paar entbehren kann, um ein potenzielles Problem zu beseitigen.«

»Sind Magier unter den Gefangenen?« Der Unbekannte runzelte die Stirn.

»Ich bin sicher, dass dort welche sind, aber sie halten sich vermutlich sehr zurück«, sagte Kard. »Sonst würde Senedai sie auf der Stelle töten. Er ist rücksichtslos, das zeigen die Opfer, die er in den Schirm getrieben hat.«

»Zielt eine Kommunion auch auf die Magier unter den Gefangenen? Wo werden sie überhaupt festgehalten?«, fragte der Unbekannte. Hirad hatte die gleichen Fragen im Kopf gehabt und war zu den gleichen Schlussfolgerungen gelangt.

»Südlich der Stadt, vielleicht im Kornspeicher. Das ist das einzige Gebäude, das geräumig genug ist für die große Zahl von Gefangenen, die Senedai vermutlich gemacht hat. Außerdem ist es aus nahe liegenden Gründen ein sehr stabiles Gebäude. Was die Kommunion angeht, so können wir es nicht riskieren, die Magier dort einzubeziehen. Nicht, weil wir nicht sicher sind, ob überhaupt noch Magier leben, sondern weil wir nicht wollen, dass die Gefangenen oder die Wesmen etwas von unseren Plänen erfahren, ehe wir losschlagen.«

Der Unbekannte wechselte einen kurzen Blick mit Hirad, der die Augenbrauen hochzog und nickte.

»Wir werden sie befreien«, sagte der große Mann. »Aber Ihr müsst Eure Pläne ein wenig verändern.«

»Wie denn?«, fragte Kard.

»Überlasst es einfach dem Raben«, sagte Hirad. »Wir wissen schon, was wir tun.«

Kard nickte. »Es ist Eure Party, wenn Ihr es so haben wollt.«

Die Kommunion war erfolgreich verlaufen. Pheone, die Magierin, mit der auch schon der Rabe Kontakt aufgenommen hatte, war bei einer Gruppe von zweihundert Julatsanern und elf weiteren Magiern. Sie arbeiteten sich in die Gegend vor, in der sie das Lager der Dordovaner vermuteten, und konnten binnen eines Tages die Wesmen angreifen, die die Stadt eingekreist hatten.

Auch die Dordovaner wurden gefunden. Zweieinhalbtausend Fußsoldaten, fünfhundert Berittene und fünfzig Magier, die bereits auf dem Rückweg nach Dordover gewesen waren, weil sich in Understone eine Übermacht von Wesmen zusammenzog, hatten noch rechtzeitig den Befehl bekommen, stattdessen nach Julatsa zu marschieren.

Drei weitere einzelne Gruppen von Soldaten, einige Bewohner der Stadt und eine Hand voll Magier, insgesamt rund einhundertfünfzig Leute, waren gefunden und über die Pläne der belagerten Stadt unterrichtet worden. Ob sie sich am Kampf beteiligten oder nicht, hing vor allem davon ab, ob sie sich der Streitmacht aus Dordover anschließen konnten.

Somit mussten die durch den Raben verstärkten Julatsaner die weit überlegenen Kräfte der Wesmen mindestens einen ganzen Tag allein aufhalten. Kard glaubte, dass sie es schaffen konnten. Wichtig waren vor allem eine gute Moral der Truppe und der effiziente Einsatz der Magie. Und für den Kampfgeist im Kolleg war es natürlich unumgänglich, dass der Rabe die Gefangenen befreite, die sich vermutlich im Kornspeicher aufhielten.

Seit dem Fall der Stadt Julatsa hatte das Kolleg zum ersten Mal etwas Glück. Die Nachricht von der rätselhaften, aber sehr willkommenen Ankunft des Raben hatte sich wie ein Lauffeuer im Kolleg verbreitet, und man sah die Leute lächeln und hörte sie von einem guten Omen reden. Dem Raben wurde auch die Blindheit der Männer im Wachturm der Wesmen zugerechnet, denn eine Stunde nach der Aufhebung des Schirms hatten sie immer noch nicht erkannt, dass der Schirm gefallen war.

Eine Gruppe von sechs Magiern verließ den Turm. Die Dämmerung nahte, doch es war immer noch dunkel. Im Hof war es still, nur hin und wieder hörte man gedämpfte Geräusche aus der Küche – Töpfe klapperten, Kochfeuer wurden angefacht, eine Kette am Brunnen quietschte trotz der frischen Schmiere protestierend, als die Wassereimer aus dem unterirdischen Strom hochgezogen wurden. In vielerlei Weise war es, genau wie Kard verlangt hatte, ein ganz gewöhnlicher Tagesbeginn, auch wenn die Leute ihre Anspannung mühsam beherrschen mussten.

Hinter jeder Tür stand ein Hauptmann oder ein Leutnant und beobachtete die Umgebung. Die Männer waren bereit und konnten jederzeit zum vorbestimmten Tor laufen. Die Magier, die als Späher eingesetzt wurden, hatten ihre Schattenschwingen gewirkt. Der Rabe hielt sich am Südtor in der Dunkelheit verborgen und wartete. Hirad und der Unbekannte Krieger waren bewaffnet und bereit, Ilkar und Erienne sollten für harte Schilde und Heißen Regen sorgen. Denser wollte sich mit Schattenschwingen ausrüsten und ihnen den Weg weisen. Umsicht war die beste Möglichkeit, unerwünschten Kämpfen aus dem Weg zu gehen.

Die sechs Magier liefen gemächlich über den Hof. Äußerlich wirkten sie entspannt, doch ihr Bewusstsein war voll auf die Sprüche konzentriert, die sie gleich anwenden wollten. Trotz der Stahlverkleidung im unteren Teil war der Wachturm der Wesmen offen und angreifbar, auch wenn er mit Netzen gegen Pfeile geschützt war. Es gab keine Vorwarnung. In einem Augenblick schlenderten sie noch, im nächsten Moment blieben die Magier stehen, und ein Dutzend Feuerkugeln erstrahlten am Himmel. Die lange Vorbereitungszeit beschleunigte die Kugeln und ließ sie mit größerer Genauigkeit ihre Ziele finden.

Das Licht fiel grell über den Hof, als die Kugeln zu den überraschten Wachen der Wesmen flogen. Auf orangefarbenes Licht folgten tiefe Schatten, und für einen Moment, bevor die Kugeln einschlugen, herrschte im ganzen Kolleg ein angespanntes Schweigen.

Die julatsanische Nacht wurde erneut von orangefarbenem Feuer erhellt, als die Kugeln die Plattform trafen, das Holz und das Fleisch erfassten und beides mit gleicher Wildheit verzehrten. Die Flammen schossen empor, das Dach des Turms wurde abgehoben, und auf der Plattform kreischten die brennenden Wesmen und schlugen um sich. Einer stürzte sich von oben durch das zerfetzte Netz und zog eine Rauchwolke und einen Schweif lodernder Flammen hinter sich her. Als der einsame, verzweifelte Schlag einer Alarmglocke die nächtliche Stille durchbrach und die Schreie der Sterbenden untermalte, erwachte das Kolleg schlagartig zum Leben.

Kard und seine Hauptleute riefen Befehle. Soldaten und Helfer rannten zu den Toren, die sofort aufgezogen wurden, und als Erstes stürmte der Rabe in die Straßen von Julatsa hinaus, während Denser mit magisch verstärkten Augen vorausflog. Hinter ihnen kam ein Trupp von sechshundert Soldaten und Männern aus der Stadt, verstärkt durch dreißig defensive Magier. Im Norden waren noch einmal vierhundert Schwertkämpfer und zwanzig Magier eingesetzt. Das Kolleg wurde somit vorübergehend nicht mehr durch Stahl, sondern ausschließlich durch Magie verteidigt.

Solange der Dämonenschirm noch aktiv war, hatte Senedai die Kräfte verringert, die das Kolleg umstellt hatten. Wahrscheinlich hatte er sie auf die besetzten Gebäude in der Nähe verteilt, die angenehmere Quartiere boten. Doch ein Kordon von Wachposten sicherte auch jetzt noch

alle Wege, die zu der rings um das Kolleg angelegten Straße führten. Die Posten standen jeweils an den ersten Gebäuden der Stadt, und dort sollten auch die ersten Kämpfe
stattfinden.

Hirad führte den Raben über die gepflasterte Ringstra-
ße zur Hauptstraße, die ins Handwerkerviertel führte. Vor
ihnen riefen die Wesmen Warnungen und zogen ihre Waffen, die Rufe wurden an einem Dutzend Stellen aufgegriffen, doch die Julatsaner fegten die dünne Verteidigungslinie einfach weg.

»Der Rabe!«, brüllte Hirad. »Der Rabe zu mir!« Er
rannte los. Der Unbekannte blieb links neben ihm, Ilkar
folgte unmittelbar hinter ihnen.

»Schild ist oben«, sagte der Elf. »Halte deinen Spruch,
Erienne.«

»Ich halte ihn.«

Vier Wesmen waren ihnen im Weg. Ihr Gesichtsausdruck wechselte zwischen Unsicherheit und Verständ-
nislosigkeit, als sie sich auf diese Weise angegriffen sahen.
Hirad rannte auf sie zu und schwenkte das Schwert in
Brusthöhe. Sein Gegner sprang zurück und hob seine Axt,
um den Hieb abzuwehren, doch Hirad schlug die Axt beiseite und versetzte dem Mann einen Kopfstoß mitten ins
Gesicht, der ihm die Nase zertrümmerte. Der Unbekannte hatte bereits die Waffe seines Gegners zertrümmert und
ihm sein Schwert tief in die Schulter getrieben. Hirad hörte die Knochen brechen.

Da sein erster Gegner sich hilflos das Gesicht hielt,
konnte Hirad das Schwert heben, nach rechts ziehen und
den nächsten Mann am Bauch treffen, als dieser gerade
die Axt zum Schlag erhob. Mit einem Stich ins Herz erledigte Hirad auch diesen Gegner. Er zog die Klinge wieder
herum und schlug nach dem Hals des Mannes, dem er

einen Kopfstoß versetzt hatte. Der Unbekannte ließ unterdessen einen weit ausholenden Schlag in Hüfthöhe auf den vierten Mann los, dann durchstach er ihm die Kehle.

Denser landete hinter ihnen. »Die erste Abzweigung links führt in eine kleine Gasse. Geht da durch, dann die erste wieder rechts. Dort ist es im Augenblick ruhig, aber die Wesmen werden allmählich wach. Wir müssen uns beeilen. Erienne, alles in Ordnung?« Sie nickte und deutete auf ihren Kopf. Die Mana-Gestalt für den Heißen Regen war bereit. Denser startete wieder, und der Rabe rannte weiter und überließ es den Julatsanern, ihnen den Rückweg freizuhalten.

Im Rennen schnappte Hirad sich einen Ast aus einem Feuer und lief die schmale Gasse hinunter. Das Flackern der improvisierten Fackel reichte gerade aus, um die tiefen Schatten zu erhellen. Hinter sich hörte er Wesmen rufen. Sie schlugen Alarm, und man hörte auch schon Stahl klirren, als die Krieger von Julatsa den Kampf mit denen aufnahmen, die ihre Stadt erobert hatten. Explosionen waren zu hören, die zwischen den engen Wänden der Gasse etwas gedämpft klangen. Der Rabe entfernte sich von der Hauptstraße, wo Feuerkugeln und das Funkeln von Heißem Regen vorübergehend den Himmel erhellten.

Hinter der nächsten Ecke ging es durch eine etwas breitere, gepflasterte Straße. Denser flog ihnen wieder voraus, bog aber plötzlich scharf nach rechts ab und kehrte dicht über dem Boden zum Raben zurück. Er landete vor Hirad, der sofort stehen blieb.

»Es ist leichter, als ich dachte. Der Kornspeicher ist gleich am Ende dieser Straße, wir müssen nur noch über einen weiten Platz. Der Speicher wird bewacht, und in den Fenstern der umliegenden Gebäude brennt Licht, weil

Alarm gegeben wurde, aber die Wesmen rennen alle zum Kolleg. Wenn wir schnell sind, können wir …«

Der Schlachtlärm und das Knallen der Sprüche, die Gebäude und Menschen trafen, wurde von einem Heulen übertönt. Es war ein langer Laut voller Zorn und Kummer, der in ein schrilles Jaulen überging, dann war ein Bellen zu hören. Einen Moment lang war es still in Julatsa, dann ging die Schlacht weiter.

»Schild ist unten«, sagte Ilkar. »Was, zum Teufel, war das?«

»Bei den Göttern.« Auch Erienne hatte ihre Mana-Gestalt verloren. »Das war Thraun.«

»Will«, sagte der Unbekannte. »Der arme Will.«

Ein weiteres Heulen war zu hören.

»Was wird er jetzt tun? Was wird Thraun jetzt tun?«, fragte Ilkar.

»Ich weiß es nicht«, sagte Erienne. »Aber wir müssen so schnell wie möglich zurück. Wenn er überhaupt auf jemanden hört, dann auf uns.«

»Zuerst müssen wir die Gefangenen befreien. Also los«, sagte Hirad. Er wandte sich an Denser, der mit seinen Schattenschwingen vor ihm stand. »Erienne, du fliegst mit Denser, wenn er dich halten kann. Ihr setzt eure Sprüche am besten aus der Luft ein. Ilkar, Feuerkugeln und dann das Schwert, bitte. Wir wollen nicht noch einen Schild verlieren. Um Thraun und die Totenwache für Will kümmern wir uns später.« Der Verlust des Rabenkriegers bedrückte ihn, doch jetzt mussten sie sich auf das konzentrieren, was unmittelbar vor ihnen lag. »Der Rabe zu mir.«

Ein drittes Heulen hallte zwischen den Wänden der Gasse. Dieses Mal war es näher. In den Straßen von Julatsa ging der Wolf um.

Fünftes Kapitel

Dystran fluchte und warf das Buch auf den Boden. Er lehnte sich über die Brüstung des Balkons, der früher einmal Styliann gehört hatte, und betete zur Hölle, dass der ehemalige Herr vom Berge möglichst bald seine gerechte Strafe finden möge.

Dystran und seine Helfer hatten gewusst, dass Styliann noch lebte, als sie ihn aus seinem Amt verdrängt hatten. Sie hatten auch gewusst, wie wichtig die Protektoren waren, um die Macht des Amtes zu behalten. Und doch hatte unter ihm auf der makellos gepflegten Wiese die ganze Protektorenarmee schweigend Aufstellung genommen, Ehrfurcht gebietend und entsetzlich. Sie warteten.

Zuerst hatte Dystran Styliann nicht glauben wollen und war wieder in einen unruhigen Schlaf gefallen. Doch ein hektisches Klopfen an seiner Schlafzimmertür hatte ihn nicht lange danach aus dem Bett gescheucht. Er war ins Arbeitszimmer geeilt und auf den Balkon getreten und musste zusehen, wie die Protektoren ihre Unterkünfte verließen und sich in der kühlen, windigen Nacht versammelten. Ohne Eile, aber sehr zielstrebig waren sie angetreten, der Fackelschein spiegelte sich orangerot auf den Masken, auf dem polierten Leder und den Schnallen ihrer Stiefel und ihrer Kleidung.

Sie hatten sich im Laufe von einer Stunde versammelt, aber Dystran hatte nicht die ganze Zeit zugesehen. Er war zurück ins Arbeitszimmer gestürmt, hatte sich die Artikel der Bindung vom Bücherregal neben dem Schreibtisch geschnappt und fieberhaft die Seiten durchgeblättert. Der Akt des Gebietens war dort niedergeschrieben, unübersehbar. Doch in seinem Stolz und seiner überwältigenden Freude, sein Ziel erreicht zu haben, und von der Machtfülle seiner neuen Position berauscht, hatte er sich nicht die Mühe gemacht, es nachzuschlagen.

Die Niederschrift der Überlieferung zum Akt des Gebietens war die modernste im Kolleg. Styliann selbst hatte sie verfasst und dafür gesorgt, dass die Aufhebung ein langwieriger, komplizierter Vorgang war. Bis er den Text gründlich studiert, den Kreis der Sieben versammelt und die Meditationen vollendet hatte, würden acht Tage vergehen. Jetzt lagen die Artikel vor seinen Füßen, und die aufgeschlagene Seite flatterte im leichten Nachtwind.

»Wir müssen sie aufhalten«, murmelte er.

»Aber was wollt Ihr tun?«, fragte sein wichtigster Vertrauter, ein älterer, grauhaariger Magier namens Ranyl.

»Wir könnten die Tore mit Sperrsprüchen versehen«, sagte Dystran mit einer ungeduldigen Handbewegung.

»Sie würden die Tore einfach zu Kleinholz zerschlagen«, sagte Ranyl. »Kein Spruch ist stark genug, um sie festzuhalten, und auf einen Angriff werden sie reagieren, indem sie sich gegen denjenigen wenden, der den Befehl gegeben hat, sie anzugreifen oder Sprüche gegen sie einzusetzen. Das seid Ihr.« Der alte Magier sprach leise, aber voller Überzeugung. »Dort unten stehen vierhundertsiebzehn

Protektoren, und alle besitzen die ihnen eigene Abschirmung gegen die Magie. Ich wüsste, auf wen ich bei einem Kampf zu setzen hätte.«

»Was können wir dann tun?« Dystrans Stimme klang ein wenig verzweifelt.

»Lasst sie gehen und widerruft den Akt des Gebietens. Oder schickt einen Meuchelmörder, der Styliann tötet. Das sind die einzigen Möglichkeiten, die Protektoren unter Eure Kontrolle zu bringen.«

Dystran schnaubte. »Einen Mörder schicken? Styliann wird bald fünfhundert Protektoren um sich haben. Sogar die Wesmen hätten Schwierigkeiten, ihn zu erwischen, und wenn sie ihre ganzen Armeen schickten.«

Ranyl bückte sich, hob die Artikel der Bindung auf und klatschte sie Dystran vor die Brust. »In diesem Fall, mein Lord, würde ich in aller Demut vorschlagen, dass Ihr mit dem Lesen beginnt.«

Unter ihnen setzte sich die Protektorenarmee auf ein wortloses Kommando hin in Bewegung, als steuerte ein einziges Bewusstsein einen einzigen Körper. Dystran zuckte zusammen, das Herz schlug ihm bis zum Hals. Mit jedem Schritt und jeder Armbewegung strahlten sie ihre Macht aus. Sie liefen zum Südtor, das jetzt vom ganzen, unsanft geweckten Kolleg beobachtet wurde. Dystran schüttelte den Kopf. Sein Gesicht war vor Angst gespannt, und er sah mehr als nur einen fragenden Blick, der in seine und Ranyls Richtung geworfen wurde.

Am Tor stieß der vorderste Protektor den Torhüter energisch zur Seite, löste den Riegel und zog die schwere, mit Eisen verkleidete Holztür mithilfe von drei anderen auf. Ohne auch nur einen Schritt zu zögern, trabten die Protektoren in die dunklen Straßen von Xetesk hinaus. Dystran konnte sich Stylianns Gelächter lebhaft vorstellen.

Lord Tessaya sah mit verkniffener Miene zu, wie Styliann und seine schreckliche Truppe nach Norden jagten, während seine Krieger sich noch unter den barschen Kommandos seiner Hauptleute sammelten. Er rief seinen ranghöchsten General, einen Mann namens Adesellere, zu sich.

»Viertausend Mann sollen die Verfolgung aufnehmen, noch bevor die Morgendämmerung den Himmel aufreißt. Lass sie nicht entkommen. Schicke eine Nachricht an Riasu, dass ich fünftausend Mann aus der Reservetruppe binnen eines Tages hier haben will. Außerdem soll er sich sofort bei mir melden. Und schließlich sollst du persönlich die Verteidigung von Understone, am Pass und in der Umgebung organisieren. Achte auf Angriffe aus dem Süden.

Ich werde in zwei Tagen gegen Korina marschieren. Sorge dafür, dass jeder Kommandant seine Vögel bei sich hat. Hast du alles verstanden?«

»Ja, mein Lord«, sagte Adesellere, ein alter und vertrauenswürdiger Offizier, der von vielen Kämpfen vernarbt war. Er hatte einen kahlen Kopf und ein grimmiges Gesicht. »Soll ich bei den Verteidigungstruppen bleiben?«

Tessaya nickte und legte dem Mann eine Hand auf die Schulter. »Du bist einer der wenigen, denen ich trauen kann. Schicke Bedelao dem Magier hinterher. Ich werde meinen Kundschaftern im Norden und Süden Nachrichten senden. Ich habe das ungute Gefühl, dass wir unsere Pläne ändern müssen. Nicht alle meine Brüder unter den Anführern haben sich so verhalten, wie sie es hätten tun sollen.«

»Ich werde dich nicht enttäuschen, Tessaya.«

»Du hast mich noch nie enttäuscht.« Tessaya entließ Adesellere. Er blickte zum Exerzierplatz, über den der General jetzt rannte. Während er lief, brüllte er schon die ersten Befehle an die Adresse seiner Leutnants, die versuchten, die Krieger ordentlich aufzustellen. Es verlief ganz und gar nicht wie geplant. Tessaya fluchte halblaut und überlegte, von welchem Punkt an es schief gegangen war.

Die Vernichtung der Wytchlords war sicher ein einschneidendes Ereignis gewesen, aber das war noch nicht alles. Der Angriff auf Julatsa war nicht schnell genug erfolgt, und im Süden war über Taomi offenbar eine Katastrophe hereingebrochen. Der Osten Balaias hatte eigentlich keine Chance mehr, aber es war nicht von der Hand zu weisen, dass es den Wesmen nicht gelungen war, auch nur eine einzige wichtige Führungsperson festzunehmen oder zu töten.

Wenn er die Lage nicht völlig verkannte, dann waren General Darrick, Baron Blackthorne und der Rabe immer noch am Leben und kämpften weiter. Und jetzt war auch noch Styliann nach Xetesk unterwegs, um die Magier zum Kampf zu rufen. Tessaya war zum Handeln gezwungen, und das schmeckte ihm nicht.

Senedai musste schleunigst die Kollegstädte besetzen, und Adesellere musste etwaige Vorstöße aus dem Süden aufhalten, damit er selbst an der Spitze von zehntausend Wesmen schnell und ohne Störungen nach Korina marschieren konnte. Er konnte Korina immer noch einnehmen. Die aufgeblähte Hauptstadt wiegte sich in Sicherheit und sollte keine Zeit mehr haben, eine organisierte Verteidigung auf die Beine zu stellen. Gewiss, es würde etwas Widerstand geben, aber wenn die Kollegien und die Armeen im Süden beschäftigt waren, konnte er siegen.

Allerdings würde es nun nicht mehr der Triumphmarsch werden, den er sich vorgestellt und erträumt hatte, nachdem die verdammten Kollegstädte in Schutt und

Asche gelegt waren. Dafür musste jemand büßen, und zwar nicht zu knapp.

Darricks Flotte aus kleinen und mittelgroßen Schiffen hatte schon drei Viertel der Bucht von Gyernath hinter sich, als im hinteren Teil des Verbandes ein Alarmruf zu hören war. Er suchte rasch den Strand ab, dem sie sich näherten, doch das Land war verlassen. Dann sah er, dass die Männer oder eher die Elfen nach Süden deuteten.

Zuerst konnte er dort nichts erkennen, aber als ein Zweimaster vorbeigefahren war, hatte er wieder freie Sicht. Segel. Dort kreuzten Boote vor der Landzunge von Gyernath. Zuerst zwei, dann vier. Auf seinem Schiff wurde es still, als immer mehr Männer zur Flotte blickten, die ihnen über die Bucht entgegenkam. Weitere Segel kamen hinter der Landzunge hervor, als würde die Brise Geister auf sie zutreiben. Stumme Raubtiere, schnell und tödlich.

»Bei den Göttern unter Wasser«, murmelte er. Er wandte sich an seinen Adjutanten. »Ich brauche die Elfen und Magier. Sie müssen mir sagen, wer die dort sind, und ich muss es schnell erfahren. Kümmere dich darum.« Der Mann entfernte sich rasch und rief einen Namen, den Darrick nicht verstand. Der General beorderte seine Signalgeber zu sich.

»Signalisiert einen Kurswechsel. Sofort nach Nordnordost abdrehen. Wenn das dort Wesmen sind, müssen wir uns so weit wie möglich von ihnen entfernen.«

Die Befehle wurden weitergegeben, und die Flotte wechselte den Kurs und steuerte einen Abschnitt der Küste an, wo die Landung schwieriger war. Fast sofort wechselte auch die größere Flotte, die anscheinend vor allem aus Dreimastern bestand, den Kurs. Die anderen Schiffe waren schnell, sie schlossen rasch auf. Auf den Masten und am Heck der Schiffe flatterten Banner. Er konnte winzige Gestalten in der Takelage erkennen, und er sah Gesichter auf den Decks. Tausende von Gesichtern.

Sie würden die Küste nur knapp vor den anderen Schiffen erreichen, und hinter den ersten kamen immer weitere Schiffe. Wenn das die Wesmen waren, dann war die Kavallerie der vier Kollegien erledigt.

Links von Darrick schoss eine Magierin mit Schattenschwingen in den Himmel. Sie hatte ihre Flügel für Höhe und Gleitflug geformt. Der General folgte ihr mit den Augen, als sie nach Süden flog, der fremden Flotte entgegen. Er wartete darauf, dass sie jeden Augenblick mit Pfeilen eingedeckt wurde. Es war still auf dem Schiff. Nur das Knarren der Balken war zu hören, das Knattern der Leinwand, das Rauschen des Bugs im Wasser, das Platschen der Ruder. Die Magierin flog weiter. Darrick hielt unwillkürlich den Atem an.

Drei Umrisse stiegen vom führenden Schiff auf, um sie abzufangen. Es waren keine Pfeile, es waren Magier. Darricks Leute jubelten, und auch er lächelte vor Freude. Die Wesmen hatten keine Magier. Wer auch immer diese Leute waren, es waren Freunde.

Aller Augen ruhten jetzt auf den vier Magiern, die einander in der Luft umkreisten. Die Diskussion schien eine Ewigkeit zu dauern, und Darrick knirschte vor Ungeduld und Ungewissheit mit den Zähnen. Doch es dauerte nicht lange, bis die Magierin wieder auf dem Deck landete. Ihre Augen blitzten begeistert, und ihr hübsches, aber schmutziges Gesicht strahlte.

Atemlos begann sie zu erzählen, und ihre Worte überschlugen sich fast vor Freude. Darrick lachte und legte ihr beide Hände auf die Schultern.

»Langsam«, sagte er. Sie nickte und atmete tief durch. Jetzt lächelte auch sie.

»Es tut mir Leid, Sir, aber ich bin so erleichtert …«

»So geht es uns allen«, beruhigte Darrick sie. »Nun berichtet uns, wer unsere neuen Freunde sind.«

»Es ist die Armee aus Gyernath. Sie wird von den Baronen Blackthorne und Gresse angeführt.«

Dieses Mal hallte Darricks Lachen laut über alle Schiffe und über das ruhige Wasser der Bucht von Gyernath hinweg. Er knallte die Faust gegen den Masten, an dem er stand.

»Ich kann es kaum glauben!«, sagte er. »Diese Begegnung wird ein echtes Vergnügen.« Er gab Befehl, wieder auf den ursprünglichen Kurs zurückzukehren, und drehte sich mit breitem Lächeln um. Er freute sich auf das Treffen mit den herausragenden Baronen.

Kurz vor Mittag ankerten die beiden Flotten so nahe am Ufer, wie es ihr Tiefgang erlaubte. Zahlreiche Dingis und flache Landeboote der Streitmacht aus Gyernath brachten die Männer und Pferde an Land, und während Magier mit Schattenschwingen durch den Himmel sausten und die Operation aus der Luft sicherten, lief Darrick durch den knirschenden Sand zu Blackthorne und Gresse.

Die beiden Barone standen nebeneinander und sahen zu, wie sich der Strand mit Truppen füllte. Ihre Bewegungen und die ernsten Gesichter zeugten von ihrer Entschlossenheit. Als Darrick sich ihnen näherte, unterbrachen sie ihr Gespräch und kamen ihm mit ausgestreckten Armen entgegen. Darrick schüttelte ihnen nacheinander die Hände.

»Welch ein Glücksfall«, sagte der General aus Lystern. »Ich wollte eigentlich nach Gyernath marschieren, um dort die Armee einzuberufen, bevor ich nach Understone aufbreche. Jetzt aber stelle ich fest, dass zwei unserer angeblich so gleichgültigen Barone mir sieben Tagesreisen erspart haben, und dass die Armee, die ich ausheben wollte, bereits hier am Strand versammelt ist.«

»Er sagte ›gleichgültig‹, Blackthorne. Ja, was haltet Ihr denn davon?« Gresse rieb sich die Bartstoppeln.

»Ehrgeizige junge Generäle, die den Kopf in den Wolken haben, gibt es viele. Glücklicherweise steht keiner von dieser Sorte vor uns«, meinte Blackthorne.

»Und Ihr zwei seid natürlich alles andere als gleichgültig, aber das kann man nicht über eine Reihe von anderen Baronen sagen«, erwiderte Darrick, der das Kompliment mit einer angedeuteten Verbeugung angenommen hatte.

Die Barone wechselten einen Blick, und Gresse kniff die Augen zusammen. »Darum werden wir uns kümmern, wenn all dies hier vorbei ist. Aber das muss noch eine Weile warten. Und nun, General, wollen wir Euch erklären, was wir bisher getan haben, damit wir gemeinsam die Befreiung von Blackthorne planen können.«

»Die Befreiung von Blackthorne?« Darricks Herz machte einen Satz. Er sah Blackthorne an, der die Augenbrauen hochzog. »Sind die Wesmen denn nicht direkt nach Gyernath und Korina marschiert?«

»Nein«, antwortete Blackthorne. »Offenbar wollten sie ihren Nachschubposten im Süden lieber in meiner Stadt als in Gyernath einrichten. Das ist ein Glück für Euch, weil Ihr sonst Eure Armee tatsächlich erst dort gefunden hättet. Der größte Teil ihrer Streitmacht ist nach Norden in Richtung Understone gezogen, aber er ist nicht dort angekommen.«

»Keine Zusammenfassungen mehr«, sagte Gresse. »Wir sollten uns zusammensetzen und die Sache gründlich analysieren. Wir wollen vor Einbruch der Nacht vor den Toren von Blackthorne stehen.«

Darrick spürte, wie neue Kräfte in ihm erwachten; er fühlte sich wieder stark und gesund. Dieser unerwartete Glücksfall änderte die Lage erheblich. Gyernath war fähig gewesen, den Angriff der Wesmen zurückzuschlagen, und es schien sogar, als sei der Nachschubweg zwischen dem Süden und dem Norden nicht aufgebaut worden, und als würde es auch nicht mehr dazu kommen. Zum ersten Mal, seit er durch den Understone-Pass geritten war, um dem Raben zu helfen, war Darrick der festen Überzeugung, dass Balaia aus den Klauen der Wesmen befreit werden konnte.

Doch seine Erleichterung wich bald einer neuen Sorge. Sie hatten nach seiner letzten Schätzung noch ungefähr zwanzig Tage, aber trotzdem war die Zeit knapp, und während der braune Fleck am Himmel von Parve, dieser Mittagsschatten, weiter wuchs, rückte das unausweichliche Ende von Balaia durch das Feuer einer Drachenarmee näher. Auch jetzt lag das Schicksal des ganzen Kontinents wieder in der Hand des Raben, und Darrick musste versuchen, die Rabenkrieger zu unterstützen und die Wesmen von ihnen abzulenken. Da er jetzt im Osten an Land gegangen war, musste er umgehend mit ihnen Kontakt aufnehmen. Falls den Rabenkriegern etwas zustieß, konnten nur er und Styliann die Kollegien vor der drohenden Gefahr warnen. Und Styliann traute er nicht einmal so weit, wie er ihn hätte werfen können.

Sha-Kaan saß erschöpft in seiner Fusionshalle und spürte jeden seiner über vierhundert Zyklen als körperliche Bürde. Elu-Kaan, den der Große Kaan zu seinem Nachfolger bestimmt hatte, lag in einem Fusionskorridor im Sterben.

Der alte Elfenmagier Barras, sein Drachenmann, konnte sich nun endlich um ihn kümmern. Es war zweifelhaft, ob die Heilkunst des Julatsaners und der heilende Strom der interdimensionalen Energie noch etwas ausrichten konnten, aber sie mussten es versuchen, obwohl Barras angesichts der Belagerung seiner Stadt selbst in einer schwierigen Situation war.

Wenigstens konnte Sha-Kaan nach seinen eigenen schmerzhaften Erfahrungen Barras einige Hinweise zur Natur von Elus vielfältigen Verletzungen geben. Die Schuppen des Großen Kaan hatten zahllose Kratzer, seine Augen brannten von der Berührung der Dämonenkrallen, und in seinem Maul spürte er noch ihren eisigen Biss, der sein Feuer erstickte. Er kaute an Ballen von Flammengras und dachte, dass er noch glimpflich davongekommen war, weil die Sprüche der Menschen die Flut der Arakhe, die ihn angriffen, deutlich vermindert hatte. Elu-Kaan hatte weniger Glück gehabt; er war ungeschützt auf die Arakhe gestoßen, und er hatte tief in seiner Kehle schreckliche Wunden erlitten. Wegen dieser Verletzungen machte Sha-Kaan sich die größten Sorgen, und so trug er Barras auf, sich vor allem um Elu-Kaan zu kümmern.

Er selbst brauchte jetzt vor allem Ruhe. Im Idealfall hätte er sich in seinen eigenen Fusionskorridor legen und sich von Hirad Coldheart und dem Raben pflegen lassen, doch so sehr es ihn auch verdross, er musste akzeptieren, dass dies im Augenblick nicht möglich war. So musste er sich vorerst mit dem Energiestrom der Fusionshalle zufrieden geben, und als ihn die Unruhe zu sehr störte, zog er sich nach Wingspread zurück.

Die ständigen Anstrengungen bereiteten ihm Schmerzen. Die Verletzungen vom Kampf mit den Naik über der Ebene im Süden waren noch nicht ganz verheilt, und die

Muskeln am Flügelansatz protestierten, selbst wenn die Flügel angelegt und eingefaltet waren. Er schaute an seinem Körper entlang und bemerkte wenig erfreut, dass seine goldenen Schuppen stumpf geworden waren. Einst waren sie im Licht des Kreises blendend hell gewesen, jetzt waren sie trüb und verrieten sein Alter und seinen Gesundheitszustand. Sie lösten sich noch nicht ab, und seine Flügel waren immer noch gut geschmiert, aber lange konnte es nicht mehr dauern. Er freute sich sogar schon ein wenig auf den Tag, an dem nicht mehr das Schicksal aller Kaan auf seinem breiten Rücken lastete. Doch es gab noch so viel zu tun, und die Zukunft seiner Brut war mehr als ungewiss.

Sha-Kaan schluckte den letzten Ballen Flammengras herunter, und der Alarm hallte durch seinen Kopf, noch bevor er sich zum Ausruhen im warmen, weichen Schlamm niedergelassen hatte. Er schnaufte ausgiebig, und etwas Rauch stieg aus seinen Mundwinkeln auf, weil sein Zorn die Drüsen in seinem Zahnfleisch anregte. Eigentlich hatte er schon gewusst, dass er keine Ruhe finden würde, aber wenigstens ein paar Atemzüge hätte er sich gern ausgeruht. Er schnappte sich einen weiteren Ballen Flammengras und verließ Wingspread. Draußen rief er die Brut zu sich.

Der Anblick des Tors traf Sha-Kaan bis ins Mark. Die Wachen um die brodelnde braune Masse waren verdoppelt worden, doch sie verloren sich vor dem Feind, dem sie sich stellen mussten. Die Naïk griffen in großer Zahl an, und sie hatten Verbündete. Späher hatten durchs Netzwerk der Kaan warnende Gedankenimpulse geschickt und die ruhende und die wachende Brut aufgerufen, gemeinsam zu kämpfen und den Verteidigungsplan anzuwenden, für den sie unter Sha-Kaans Anleitung trainiert hatten.

Doch Sha-Kaan hatte selbst Zweifel, ob es funktionieren würde. Das Tor war viel schneller gewachsen, als er selbst in seinen schlimmsten Albträumen befürchtet hatte; es griff jetzt auf den Himmel über Beshara über und fraß sich mit rasender Geschwindigkeit weiter. Eine dünne Wolkenschicht grenzte an das Tor, und Sha-Kaan war klar, dass die sich verschlechternde Sicht den Verteidigern bald schon ein weiteres Problem bescheren würde.

Früher oder später würde das Tor in sich zusammenbrechen, weil es im Grunde instabil war. Doch ehe es dazu kam, waren die Kaan und Balaia schon lange vernichtet. Und die Schockwellen, die das Tor durch den interdimensionalen Raum jagte, würden in allen Dimensionen nachhallen, wenngleich in keiner so schlimm wie im zerstörten Balaia.

Sha-Kaan schob diese Gedanken beiseite. Jetzt ging es einfach nur darum, dass die Kaan die kommende Schlacht gewannen. Von überall her kam seine Brut angeflogen, um den Zugang zur Fusionsdimension und sich selbst zu verteidigen, während ein dunkler Fleck im Norden zeigte, dass die Naik mit ihren versklavten Verbündeten anrückten.

Als er die Umgebung des Risses erreicht hatte und den Sog in seinem Geist spürte, wurde ihm klar, dass der kommende Kampf der letzte sein musste. Wenn der Rabe nicht in Beshara eintraf, bevor die Naik das nächste Mal angriffen, war alles verloren.

Er sandte den anderen Kaan seine Grüße und Befehle, und der erste Trupp flog los und griff an.

Der aus Stein gebaute Kornspeicher stand mitten auf einem gepflasterten Platz in Julatsa. So war er ringsum durch eine Feuerschneise geschützt, falls in den Holzbauten, die ihn umgaben, ein Brand ausbrach. Die Erfahrungen der Geschichte geboten, dass dieses Gebäude starke Mauern haben musste. Frühere Notzeiten hatten das sonst friedliche Volk von Julatsa zu Verzweiflungstaten gezwungen, und das Blut vieler hungriger Männer, deren sterbende Familien daheim warteten, war auf den Steinen vor dem Haus vergossen worden und in der Erde versickert. Zwar waren diese Zeiten schon lange vorbei, doch der Kornspeicher war heute noch ein stummer Zeuge und eine Mahnung – und außerdem ein städtisches Gebäude, das nach wie vor seinen Zweck erfüllte.

Der Rabe stand im Schatten einer Gasse, die direkt auf den Platz führte. Droben schwebte Denser. Er hatte Erienne in den Armen, ähnlich wie er über dem Lager der Wesmen an der Bucht von Triverne Ilkar getragen hatte. Sie hatten sich parallel zur Hauptstraße bewegt, die bis zum Lager führte; hinter ihnen lag der südliche Marktplatz und wieder dahinter das Kolleg. Thraun war inzwischen still, doch die Kampfgeräusche näherten sich aus allen Richtungen. Hirad packte sein Schwert fester. Sie mussten sich beeilen und hoffen, dass die Julatsaner aus dem Kolleg ihnen im richtigen Augenblick zu Hilfe kamen.

Der Kornspeicher maß an der schmaleren Seite, vor der sie standen, mehr als neunzig Fuß und war an der breiteren gut doppelt so lang. Die Wesmen hatten ein halbes Dutzend Wächter vor der Haupttür postiert, die der Gasse direkt gegenüberlag. Auf den vier größeren Zufahrtsstraßen brannten Wachfeuer.

Als sich die Gelegenheit ergab, ergriff Hirad sie sofort. Eine magische Feuerkugel schlug in der Nähe ein, und die Flammen spritzten hoch. Von zwei Wachfeuern rannten Wesmen los, um sich in den Kampf zu stürzen, der ein Stück links vom Raben auf den Platz überzugreifen schien.

Die Wächter vor der Tür waren nervös und abgelenkt und offenbar unsicher, wie sie sich verhalten sollten.

»Der Rabe, los jetzt!«, rief Hirad und rannte aus der Gasse heraus. Der Unbekannte blieb dicht neben ihm, und Ilkar folgte mit gezogenem Schwert einen Schritt hinter ihnen. Über ihnen flog Denser niedrig über dem Gebäude entlang. Aus dem Himmel über den Wächtern fielen brennende Tropfen, ein paar nur, und steckten Pelz und Kleidung in Brand. Die Wächter gerieten in Panik, rannten blindlings davon und sahen nicht, dass der Rabe auch am Boden angriff.

Die Wesmen schlugen im Rennen auf die Flammen ein, die sie einhüllten, und die schnellsten hatten den Unbekannten schon fast erreicht. Der große Mann trat rasch einen Schritt zur Seite, ließ aber den Fuß stehen, über den der erste Wesmen-Krieger stolperte. Der Unbekannte stieß dem liegenden Mann die Klinge durch den Hals. Neben ihm rannte Hirad los, um zwei weitere anzugreifen. Einer starrte ängstlich zum Himmel hoch, bis sein Kumpan ihn am schmorenden Ärmel zupfte. Sie bauten sich vor dem Barbaren auf.

»Wer ist der Erste?«, keuchte Hirad. Er sprang vor und brachte dem linken Mann einen Schnitt im Gesicht bei. »Du sollst es sein.« Er duckte sich unter einem wilden Schwinger der gegnerischen Axt durch und stach dem Gegner die Klinge in den Bauch. Sofort zog er sie wieder heraus und rollte sich ab, um dem Angriff des zweiten Wesmen-Kriegers zu entgehen, der seine Bewegungen verfolgte und dem Unbekannten den Rücken zuwandte. Das sollte der letzte Fehler seines Lebens sein. Bevor sein Körper ganz zu Boden gesunken war, nahm sich der Unbekannte schon die letzten drei Wesmen vor. Ilkar rannte bereits zur Tür des Lagers.

Hirad lief hinüber, um seinen alten Freund zu unterstützen, der die Hilfe allerdings kaum brauchte. Er hielt den Schwertgriff in Höhe seines Gesichts und die Klinge schräg nach links unten und fing so den ersten Axthieb ab. Dann zog er das Schwert hoch und riss dem Wächter die Waffe aus der Hand, die in hohem Bogen davonflog. Schließlich schlug er mit dem doppelschneidigen Schwert nach unten und traf den Brustkorb des Gegners. Hirad hörte die Rippen brechen. Der Mann taumelte zurück und presste die freie Hand auf die offene Wunde. Zwischen den Fingern spritzte das Blut hervor.

Hirad setzte zum Todesstoß an, kreuzte die Klingen mit dem verletzten Wesmen-Krieger und versetzte dem Mann einen Tritt in den Bauch. Der Mann grunzte, hielt seine Klinge aber immer noch abwehrbereit vor sich. Der Barbar lächelte. Er machte einen Ausfallschritt, täuschte einen Hieb auf der rechten Seite an, wechselte den Griff und schlug von der linken Seite zu. Der Wesmen-Krieger war viel zu langsam und hatte keine Zeit mehr zu parieren. Hirads Klinge fuhr ihm in den Hals und riss das Fleisch bis zur Wirbelsäule auf. Er drehte sich um und sah den Unbekannten die Klinge an der Leiche des letzten Gegners abwischen. Er breitete die Arme aus.

»Wir sind gut, was?«, sagte er lächelnd.

»Und ob«, antwortete der Unbekannte und zog die Mundwinkel hoch.

Sie rannten zu Ilkar hinüber, der gerade einen Spruch vorbereitete. Über ihnen kreisten Denser und Erienne.

»Im Augenblick ist alles klar«, meldete der Xeteskianer. »Die Julatsaner sind südlich vom Markt auf Widerstand gestoßen, aber die Wesmen sind noch nicht organisiert. Beeilt euch, denn ich kann eine größere Gruppe sehen, vielleicht zweitausend oder dreitausend Mann stark, die von Westen angerannt kommt. Ihr habt nicht mehr viel Zeit.«

Hirad nickte und knallte das Schwert auf die mit einem Vorhängeschloss versperrte Tür. Drinnen waren jetzt deutlich Stimmen zu hören, aber er musste es trotzdem versuchen, damit niemand verletzt wurde.

»Zieht euch von der Tür zurück«, brüllte er. »Ich habe keine Zeit für Erklärungen, zieht euch einfach zurück.«

Ilkar richtete sich auf und trat einen oder zwei Schritte nach hinten. Er war jetzt voll konzentriert, hatte die Arme vor sich halb ausgestreckt und die Hände wie Schalen aneinander gelegt, als wollte er einen Ball fangen. Hirad wich zur Seite aus.

»Anwenden«, sagte Ilkar leise. Er stieß die Arme weiter nach vorn, und der kompakte Kraftkegel schoss aus seinen Händen hervor und knallte gegen die schwere Holztür. Die Tür war möglicherweise stark genug, um Waffen zu widerstehen, aber nicht dem Kraftkegel eines Meisters der Magie. Als die Mana-Gestalt die Tür erreichte, verfing sie sich einen Moment lang im Schloss, dann schoss sie weiter nach drinnen, Schloss und Kette zerbrachen und flogen dicht neben Hirads Kopf gegen die Wand.

»Langsam, Ilkar«, sagte Hirad.

Ilkar zuckte mit den Achseln. »Ich musste sicher sein, dass es reicht«, sagte er. Die drei Rabenkrieger rannten nach drinnen und sahen sich mit einem Meer von Gesichtern und tausend ängstlichen Fragen konfrontiert.

»Das ist jetzt wohl deine Aufgabe.« Hirad klopfte Ilkar auf die Schultern »Du bist ja hier der Einheimische.« Ilkar sah ihn schräg von der Seite an und holte Luft, um die Leute zum Schweigen zu bringen.

Sechstes Kapitel

Einen Moment lang trübten sich Thrauns Augen, als das Leben aus dem Rudelbruder entfloh. Er fühlte es im Kern seines Wesens, und der Übergang vom Leben zum grauen Staub hinterließ einen Abgrund der Einsamkeit in seinem Wolfsherzen. Er stieß ein gequältes Heulen aus, als er sah, wie der Kopf des Rudelbruders zur Seite kippte und sein Brustkorb sich senkte, aber nicht mehr hob.

Er schaute auf und sah das Gesicht der Menschenfrau, die ihn versorgt hatte. Sie legte einen Lappen weg, mit dem sie dem Rudelbruder das Gesicht abgewischt hatte, und zog ein weißes Tuch hoch, um seinen stillen Körper zu bedecken.

Thraun sah ihren Kummer, spürte ihre Hilflosigkeit und ihre ohnmächtige Wut, weil sie nichts mehr tun konnte. Der Augenblick verging, und eine animalische Wut ergriff von Thraun Besitz. Er öffnete das Maul und heulte zum Himmel hinauf, den er innerhalb des Gebäudes nicht sehen konnte. Blutdurst erfüllte ihn, er wollte Beute schlagen.

Der Körper der Pflegerin strahlte jetzt Angst aus. Die Angst zeigte sich in ihrem Gesicht und strömte aus jeder

105

Pore. Sie wich zurück. Er konnte es riechen, wie er den Wald riechen konnte. Es war die Angst vor ihm, und Angst war gut. Sie sagte ihm, wann die Beute besiegt war. Doch die Frau hatte versucht, seinen Rudelbruder zu retten, und deshalb konnte er sie nicht reißen. Ein paar letzte vernünftige Gedanken hielten sich in seinem blutrünstigen Kopf, und so sprang er nach draußen. Noch einmal heulte er und spannte seinen Körper, die Muskeln glühten vor Wut, das Blut rauschte in seinem Kopf.

Doch draußen hielt er auf dem kalten Stein sofort wieder inne. Ringsum brannte es, und er hörte Rufe. Hier herrschten Chaos und Verwirrung. Überall rannten Menschen herum, und er fing die starke Witterung der Verhassten auf, die ihn angegriffen hatten, und dazwischen den Verwesungsgestank des Todes. Eine Menge Menschen, die aber nicht den Geruch der Verhassten an sich hatten, rannten zu einer Öffnung in der Mauer. Dahinter war die Beute, die er schlagen wollte.

Thraun rannte zur Öffnung, sein wildes Bellen vertrieb die Menschen. Die angeborene Angst vor dem Wolf ließ sie zur Seite springen. Er spürte ihre Angst, die von Erleichterung abgelöst wurde, als er an ihnen vorbeirannte, ganz auf die Beute konzentriert, auf die Beute mit der starken Witterung, deren Blut er schon geschmeckt hatte und deren Blut er wieder schmecken wollte. Er lief durch die Öffnung und schnüffelte in der Luft, während er geradewegs zu dem Ort rannte, wo seine Beute wartete. Ein drittes, letztes Heulen kündete von seinem Kummer über den Verlust des Rudelbruders.

Thraun lief zum flackernden Licht eines Feuers. Ringsherum standen die verhassten Männer. Er spürte ihre Angst und Fassungslosigkeit angesichts des Lärms und des Feuers. Unbemerkt und getarnt durch sein scheckiges Fell *huschte er durch die Dunkelheit. Der Lärm verschluckte das Knurren, das in seiner Kehle wuchs.*

Beute.

Er hatte nicht das Bedürfnis, der Beute aufzulauern. Das Rudel war weit entfernt, die Farben des Waldes waren nur noch eine verschwommene Erinnerung, sein Raubtierhirn war voller Zorn über etwas, das genommen worden war und nie zurückkehren würde.

Er rannte schnurgerade durch die Schatten, sprang hoch und packte die erste Beute an der Kehle, riss das Fleisch auf und schmeckte Blut, stemmte die Pfoten auf die Schultern des Mannes, der unter dem Ansturm zu Boden ging und nicht kämpfen wollte. Die Lebenskraft verließ ihn rasch durch das Loch unter dem Kinn. Thraun leckte gierig das Blut. Es störte ihn nicht, dass es ihm über Schnauze und Fell spritzte. Verloren in seiner Begierde hörte er auch nicht die anderen Männer, die ihn einkreisten, doch er spürte einen Stich, als einer ihrer scharfen Metallstöcke von seiner undurchdringlichen Haut abprallte.

Er drehte sich um, und die vier Männer taumelten zurück. Ängstliche Worte entflohen ihren Mündern, und sie deuteten hektisch auf den, der ihn getroffen hatte. Thraun duckte sich, seine Augen glühten gelb und blickten sie voller Verachtung an; aus dem Maul rann ihm das Blut ihres Gefährten. Er spannte sich zum Sprung.

Die Männer wichen noch weiter zurück, doch sie konnten ihm nicht entkommen, jedenfalls nicht alle. Thraun sprang, stieß seiner Beute die Pfoten gegen die Brust und hauchte ihm seinen heißen Atem ins Gesicht. Er schnappte zu und riss dem Mann das Fleisch von einer Wange. Der Mann schrie. Seine Gefährten griffen an und wollten Thraun wegzerren, doch Thraun schlug mit einer Pfote nach der Beute, um sie zum Schweigen zu bringen,

und dann umkreiste er die anderen mit heraushängen-
der Zunge.

Einer aus der Beute drehte sich um und rannte weg, da-
bei schrie er laut. Thraun sah ihm kurz nach und ließ ihn
gehen. Die anderen beiden blieben stehen. Sie wussten,
dass sie nicht kämpfen und siegen konnten, noch konnten
sie vor dem Wolf weglaufen. Auf ein Wort trennten sie sich
und rannten in verschiedenen Richtungen davon, doch
Thraun hatte sein Opfer schon gewählt. Er rannte ihm
hinterher, folgte ihm durch eine schmale Gasse, die zu bei-
den Seiten von hohen Steinmauern begrenzt wurde, und
setzte seinem wimmernden Leben ein Ende, weit entfernt
vom Lichtschein des Feuers.

Später, als er geistig und körperlich gesättigt war, als der
Tod des Rudelbruders gerächt war, putzte er sich die Pfo-
ten, die Schnauze und die Brust und trabte zu dem Haus
zurück, in dem Will lag.

Die Mordlust schwand, und ein Befehl tauchte in seinem
Kopf auf.

Erinnere dich.

Ilkar fürchtete zuerst, der Tumult werde überhaupt nicht
mehr aufhören. Der Kornspeicher war voller Männer,
Frauen und Kinder in allen Altersstufen. Ihr unwillkür-
licher Rückzug von den Türen verwandelte sich sofort in
einen Ansturm, als sie sahen, dass keine Wesmen in der
Türe auftauchten.

Es schien, als wollten sie alle gleichzeitig reden, rufen
oder schreien, und Ilkar musste beinahe schon fürchten, er
könne niedergetrampelt werden, wenn sie alle an die frische Luft rannten. Er rief, sie sollten ruhig sein, und Hirad
und der Unbekannte unterstützten ihn. Die drei Rabenkrieger hatten die Schwerter in die Scheiden gesteckt,

denn sie wussten, dass Denser sie warnen würde, falls von draußen eine Gefahr drohte.

Drinnen war es düster, aber nicht völlig dunkel. Ein halbes Dutzend Laternen brannten mit kleiner Flamme im Gewölbe. Links und rechts konnte Ilkar Bereiche erkennen, die für die Essenszubereitung und zum Waschen abgeteilt waren. Es roch stark nach Schweiß, und die Luft war abgestanden, aber es gab keinen Fäkaliengestank. Die Gefangenen waren immerhin nicht gezwungen gewesen, sich dort zu erleichtern, wo sie standen und schliefen.

Vorne in der Menge hatten sich jüngere Männer aufgebaut, die ihn mit müden, zornigen Gesichtern anstarrten. Ihre Worte gingen im allgemeinen Lärm unter. Im Zentrum entdeckte Ilkar die unverkennbare Aura eines Magiers. Er ging zu ihm, um mit ihm zu reden. Dies brachte die Menge in Bewegung. Die Leute wichen instinktiv zurück, und Ilkar konnte nur raten, welche Behandlung ihnen durch die Hände der Wesmen zuteil geworden war. Ihre Ängste beruhten freilich auf Unwissenheit. Jeden Tag wurden einige von ihnen aus dem Lager geholt und kehrten nicht zurück. Ilkar wusste, wo sie lagen, und die Einsicht, dass diese Leute, seine Leute, es nicht wussten, drehte ihm den Magen um und entfachte seinen Zorn über den Schicksalsschlag, der Julatsa getroffen hatte, von neuem.

Doch er konnte die Leichen, die vor dem Kolleg lagen, nicht ignorieren. Sie konnten die ganze Rettungsaktion gefährden, wenn er die Sache nicht richtig anpackte.

Der Magier, über die mittleren Jahre hinaus und von schmächtiger Statur, hatte rote Haarbüschel über einem schmalen Kopf. Er schien ungeheuer erleichtert, doch Ilkar ließ ihn nicht zu Wort kommen. Er winkte ihn zu sich. Vor der Menge trafen sie sich und begrüßten einander mit Handschlag.

»Dein Name?«, fragte Ilkar.

»Dewer«, erwiderte der Magier.

»Gut. Dewer, ich bin Ilkar, und das hier ist der Rabe. Wir wollen euch hier herausholen. Euch alle. Aber wir haben nicht viel Zeit.«

Dewer riss die Augen auf. »Der Rabe?« Tränen quollen ihm in die Augen.

»Ja. Aber ich brauche hier Ruhe. Die Wesmen sind nahe, und wir müssen gleich aufbrechen. Wer hat hier die Führung?«

»Ich sage den anderen, dass sie ruhig sein sollen«, versprach Dewer. »Du kannst mit Lallan reden, während ich die anderen zum Schweigen bringe.« Er deutete auf einen großen, schlanken Mann Ende fünfzig. Der Mann trug gute dunkelgrüne Hosen und ein dunkelrotes Hemd, das inzwischen schmutzig und zerrissen war, doch die gute Qualität war noch zu erkennen.

Sein Gesicht war verschlossen und müde, aber er stand aufrecht und stolz und ließ auch angesichts dieser überraschenden Wendung nicht eingeschüchtert den Kopf hängen. Ilkar ging rasch zu ihm und winkte den Unbekannten und Hirad zu sich.

»Lallan«, sagte Ilkar. Die beiden gaben sich die Hand. »Ich bin Ilkar, und das hier sind Hirad und der Unbekannte Krieger.«

Lallan nickte. »Ich habe Euch erkannt, als Ihr eingetreten seid.«

»Es ist wichtig, dass Eure Leute genau zuhören und unsere Anweisungen befolgen. Wenn sie das nicht tun, kann es ein Blutbad geben«, sagte Ilkar.

»Wie viele seid Ihr hier?«, wollte Hirad wissen.

»Dreitausendvierhundertsiebenundachtzig«, sagte Lallan ohne Zögern. »Anfangs waren wir mehr, aber die Wesmen haben die ganz alten, einige sehr junge und einige Frauen abgeholt.«

»Ich weiß, und damit müssen wir uns gleich befassen.« Rings um Ilkar entstand ein aufgeregtes Getuschel, das energisch zum Verstummen gebracht wurde, dann war es wieder still.

»Beeindruckend«, sagte der Unbekannte.

»Wir haben früh entschieden, dass Disziplin wichtig ist«, sagte Lallan. »Ich spreche zuerst, dann werde ich Euch vorstellen, Ilkar. Sie werden zuhören, wenn ich sie darum bitte.«

Die vier Männer entfernten sich ein Stück von der Menge und stellten sich vor der Tür auf. Denser wählte genau diesen Moment, um herunterzukommen, Erienne auf der Schwelle abzusetzen, sie zu küssen und wieder hochzufliegen.

Erienne kam angerannt, während die Menschen ängstlich zu murmeln begannen.

»Erienne?«, fragte Hirad.

»Wir haben Schwierigkeiten«, sagte sie. »Die Hauptstreitmacht der Wesmen aus dem Westen der Stadt hat die Richtung gewechselt und kommt direkt hierher. Denser glaubt, sie stehen unter dem Kommando eines Offiziers, der erraten hat, was vor sich geht. Sie sind bald da. Der Korridor zum Kolleg ist frei, aber er wird an einem Dutzend Stellen angegriffen. Das ist nicht das, was Kard wollte. Seine Männer sterben da draußen, aber er braucht sie auf den Mauern.«

»Genau«, sagte der Unbekannte. »Lallan, redet mit den Leuten. Jetzt sofort.«

Lallan nickte und drehte sich zur Menge um, die bei seinem ersten Wort verstummte.

»Meine Freunde«, sagte er mit erhobenen Armen und

beschwörend winkenden Händen, »der Rabe ist hier, um unsere Rettung zu organisieren. Es ist gefährlich, und ich bitte Euch, ganz genau zuzuhören, was Ilkar zu sagen hat. Lasst keinen Zweifel Euren Verstand trüben. Wesmen-Krieger kommen her, und wir müssen sofort handeln. Dies ist unsere einzige Chance. Ilkar?«

Der Rabenmagier trat vor. »Draußen ist es dunkel, nur Holzfeuer und Sprüche erhellen den Himmel. Die Wesmen haben Julatsa übernommen, aber wir haben diese eine Gelegenheit, Euch zu befreien. Ihr müsst Folgendes tun. Auf Lallans Stichwort verlasst Ihr das Gebäude und rennt so schnell Ihr könnt über den Südmarkt und durch die Hauptstraßen zum Kolleg. Haltet nicht an, bis Ihr innerhalb der Mauern seid. Wer kämpfen kann und bei einem toten Wesmen-Krieger eine Waffe findet, mag sie mitnehmen. Die Straßen werden im Augenblick noch von Soldaten und Männern aus Julatsa gesichert, aber unsere Kämpfer werden angegriffen. Wer zögert, setzt auch ihr Leben aufs Spiel.

Zwei Dinge muss ich Euch noch sagen. Zuerst einmal lauft Ihr in ein Kolleg, das belagert wird. Es ist nicht die Freiheit, noch nicht, aber wenn Ihr dort seid, könnt Ihr Euren Teil dazu beitragen, unsere Stadt zu befreien. Wer das Gefühl hat, woanders bessere Chancen zu haben, der soll sich meinetwegen entscheiden, in eine andere Richtung zu laufen. Ich will aber noch erwähnen, dass der Rabe am Kolleg stehen wird, wo wir die besten Chancen haben.

Zweitens werdet Ihr unterwegs etwas Schreckliches sehen. Die Leichen derer, die aus diesem Kornspeicher geholt wurden, liegen vor den Mauern. Sie wurden von den Wesmen ermordet, die unsere Kapitulation erzwingen wollten. Sie gaben ihr Leben, damit Ihr eine Chance habt.

Bleibt nicht stehen, um zu trauern, bis Ihr im Innern des Kollegs seid, sonst sind diese Menschen vielleicht vergeblich gestorben. Lallan?«

Lallan wandte sich noch einmal an die Menge. Hin und wieder durchbrach eine Frage die Stille, und man hörte schockiertes Murmeln oder ein Schluchzen. Er hob die Stimme, um die Unruhe sofort wieder zu unterdrücken.

»Meine Freunde, wir haben keine Zeit für Fragen. Wir müssen rennen, so schnell wir können, und zu den Göttern beten, dass unsere Soldaten uns beschützen werden. Die Starken müssen den Schwachen helfen und die ganz kleinen Kinder tragen. Wir halten uns an die übliche Einteilung. Ich muss wohl kaum betonen, dass die Magier ihre Kameraden abschirmen sollen. Teilt Euch auf und organisiert Euch. A bis E sollen sofort vor dieser Tür hier antreten. Los jetzt.«

Er klatschte in die Hände, und in die Menge kam Bewegung. Tausend Füße tappten auf dem Steinboden, Rufe und Schreie organisierten das Durcheinander, und Holztische wurden polternd zur Seite geschoben, um an der Tür Platz zu schaffen. Ilkar musste unwillkürlich lächeln. Er drehte sich zu Hirad und dem Unbekannten um, die anerkennend nickten. Die Disziplin der Julatsaner gab ihnen eine Chance.

Denser landete wieder vor der Tür und drängte zur Eile. »Kommt schon, sie sind schon fast am Lager. Sie kommen zum westlichen Eingang. Wir müssen verschwinden, sonst überrennen sie uns.« Er streckte die Arme aus, und Erienne lief zu ihm. »Heißer Regen, denke ich.« Sie nickte, und sie flogen wieder hoch.

Die ersten Gruppen waren bereit. Lallan, der sich neben dem Unbekannten Krieger aufgestellt hatte, zögerte keine Sekunde.

»Los jetzt, los! Über den Südmarkt, folgt dem Korridor, den die Soldaten abschirmen. Nehmt Waffen mit, wo Ihr sie findet. Rennt!« Die letzten Worte gingen im Trampeln der Füße unter. Aufmunternde Rufe waren jetzt im Kornspeicher zu hören. Die Gefangenen der Wesmen rannten nach draußen, so schnell sie konnten, und liefen einfach geradeaus.

Ilkar wartete links neben der Tür mit dem Unbekannten und Hirad und sah den Julatsanern zu, die in die Freiheit rannten. Über ihnen kreisten Denser und Erienne und beobachteten die anrückenden Wesmen. In ganz Julatsa wurde jetzt gekämpft, überall hörte man Schwerter klirren, magische Explosionen hallten durch die Straßen, die Kämpfer brüllten.

»Das ging besser als erwartet«, sagte Ilkar.

»Ich bin da nicht so sicher«, erwiderte der Unbekannte. »Sie bewegen sich zu langsam. Und schau dir Denser an.«

Ilkar konnte sehen, was er meinte. Obwohl die Wesmen gezielt die Kinder und die alten Leute ermordet hatten, war immer noch eine ganze Reihe von ihnen am Leben, und sie bremsten die Geschwindigkeit der Geretteten. Die Ältesten wurden von den Jüngeren gestützt, die allein viel schneller gewesen wären. Hinter ihnen übertönte Lallans Stimme die allgemeine Unruhe im Lager; er drängte die Leute und trieb sie an, sich schneller zu bewegen.

Denser flog unterdessen nach Westen und zeigte ihnen die Position der Wesmen, die sich dem Platz näherten.

Über den Dächern schwebte Denser, der seine Sicht magisch verstärkt hatte, und beobachtete Julatsa und vor allem die Gefahr, die dem Raben drohte. Im gesicherten Korridor gerieten die Julatsaner immer stärker unter Druck von den erwachenden, wütenden Wesmen. Auf ganzer

Länge brachen Kämpfe aus, als die Krieger der Besatzungstruppen sich gegen die Verteidiger des Kollegs wandten. Nirgends war die Situation bisher kritisch, doch im Osten und Westen konnte Denser Wesmen sehen, die aus Quartieren und Zelten strömten. Sie kamen aus Wohnhäusern, Schreibstuben und Gasthöfen gerannt, gürteten die Schwerter und stürzten sich in den Kampf. In der ganzen Stadt waren Alarmglocken zu hören.

Die Schwachstellen des Korridors waren die beiden Endpunkte und der südliche Markt, wo es freie Flächen gab und die Linie der Verteidiger weiter auseinander gezogen war. Glücklicherweise hatten die Wesmen diese Stellen noch nicht erreicht, denn sie wurden an den wichtigsten Zugängen von den Verteidigern aufgehalten. Feuer wurden entfacht und als Barrikaden eingesetzt. Die Julatsaner wussten ihre Ortskenntnis zu nutzen, und bisher waren weder der Kornspeicher noch das Kolleg angegriffen worden.

Doch im Süden und Westen näherten sich mehr als dreitausend Wesmen dem Platz. Sie marschierten gut organisiert, und bald würden sie den Raben und seine Schutzbefohlenen erreichen. Viel zu bald.

Unter Denser strömten immer noch die befreiten Julatsaner aus dem Kornspeicher, angetrieben von Hirad, dem Unbekannten und Ilkar, die heftig winkten. Ihre Rufe waren auch hoch in der Luft noch zu hören. Es dämmerte allmählich.

Denser stieß wieder hinab, schwebte über den rennenden Menschen und entschuldigte sich, als einige unter ihm zusammenzuckten oder stolperten.

»Hirad, die Wesmen werden jeden Augenblick auf den Platz stürzen, und sie sind bereit, dich in Stücke zu reißen. Sie sind höchstens noch eine Querstraße von den Eingängen im Süden und Westen entfernt, und wir sind nicht genug, um sie im offenen Kampf aufzuhalten.«

Hirad zuckte mit den Achseln und deutete auf Erienne, die sich mit geschlossenen Augen konzentrierte.

»Dann haltet sie für uns auf«, sagte er. »Wir gehen erst, wenn dieser Speicher leer ist.« Er blickte wieder nach drinnen. »Es sind nur noch ein paar hundert.«

»Bei den Göttern, du lässt es wirklich darauf ankommen«, sagte Denser.

»Vor allem kommt es darauf an, dass ihr bald mal ein bisschen Feuer spuckt«, sagte Hirad. »Also flieg hoch und mach dich nützlich.«

Denser sah ihn böse an und stieg wieder auf. Er flog nach Südwesten.

»Los jetzt, beeilt Euch!«, rief Ilkar. Seine Stimme klang frustriert. Nur noch ein paar hundert Menschen waren im Speicher, und Hirad musste lächeln, obwohl er schon die gebrüllten Kommandos der anrückenden Feinde hörte.

»Ruhig, Ilkar. Es wird schon gut gehen.«

»Ich soll mich beruhigen? Eine Armee der Wesmen will uns abschlachten, wir stehen hinter einer Reihe von Kindern und Alten, die kaum kriechen können, und du verärgerst mit deinen Sticheleien den einzigen Mann, der sie aufhalten könnte. Sag du mir nicht, ich soll ruhig sein.«

»Ilkar«, ermahnte ihn der Unbekannte. »Du löst noch eine Panik aus, wenn du so weitermachst. Es ist gut, wenn sie schneller laufen, aber blindes Gerenne ist schlecht.« Der Unbekannte half einem zerbrechlichen Mann weiter und klopfte ihm auf die Schulter. »Gut so, nur weiter so. Die Zeit wird knapp. Ja, gut so.« Er beugte sich wieder zu Ilkar. »Vergiss nicht, wir sind der Rabe. Wenn wir ruhig bleiben, dann bleiben auch die Menschen ruhig.«

»Ich meinte ja nur, dass es eng wird, genau wie Denser sagte«, wandte Ilkar ein.

»Damit habt ihr beide natürlich Recht«, räumte der Unbekannte leise ein. »Aber wie Hirad schon sagte, wir werden niemanden zurücklassen.«

Der Kornspeicher war jetzt nahezu geräumt. Ein Mann, der ein Kind auf den Schultern und ein Baby auf dem Arm hatte, lief vorbei, ihm folgten zwei jüngere Frauen, die eine winzige ältere Frau zwischen sich trugen, die anscheinend das Bewusstsein verloren hatte.

»Wie weit sind wir, Lallan?«, fragte Ilkar.

»Sieht gut aus, wir haben es fast geschafft.«

Plötzlich flammte hinter ihnen ein grelles Licht auf und zeichnete scharfe, tiefe Schatten auf den Platz. Hirad drehte sich um. Brennende Tropfen fielen wie schwerer Regen vom Himmel. Sie waren auf einen kleinen Bereich im Süden konzentriert. Denser flog mit Erienne sofort wieder höher hinauf, und die Pfeile verfehlten ihn, soweit Hirad es erkennen konnte. Doch das Klappern der Holzpfeile, die auf den Steinboden fielen, verlor sich im Tosen, als Eriennes Heißer Regen sein Ziel fand.

Hinter den Gebäuden wurden Hornsignale gegeben, Männer riefen, einige schrien erschrocken oder vor Schmerzen und Überraschung laut auf. Man hörte rennende Füße, und wo der Heiße Regen eingeschlagen war, züngelten Flammen hoch und leckten am Holz. Ihr Schein beleuchtete den Kampf.

Denser und Erienne flogen eine Kurve und stießen rasch wieder herab. Sie zogen eine lange, schmale Bahn von Heißem Regen hinter sich her. Wieder surrten Pfeile, die ihre Ziele aber nicht erreichten. Die Schützen waren zu langsam, um die schnell fliegenden Magier zu treffen, die schon wieder zum Kornspeicher abschwenkten.

Sie landeten in einer Staubwolke, als die letzten Julatsaner, von Lallan angetrieben, aus der Tür gerannt kamen. Denser setzte Erienne ab und schüttelte seine eingeschlafenen Arme.

»Wir stören sie, aber wir halten sie nicht auf. Ich …«

Mit lautem Heulen stürmten die ersten Wesmen auf den Platz.

Sie kamen, wie eine Flut ein Tal überschwemmt, und füllten die Fläche mit ihrer Zahl und die Luft mit ihren Schreien, als sie endlich ihre Feinde sahen.

Die befreiten julatsanischen Gefangenen gerieten in Panik und rannten los, sie kreischten voller Angst, und wo bisher Ordnung geherrscht hatte, lösten sich die Gruppen auf, und die Menschen stolperten und drängten zum Nordausgang des Platzes.

»Bewegt Euch schnell, aber bleibt ruhig. Helft Euren Freunden, und stoßt sie nicht zur Seite!« Lallans Stimme übertönte den Lärm, doch die Leute hörten nicht auf ihn. Der Unbekannte drehte sich zu ihm um.

»Verschwindet hier«, sagte er. »Seht Euch nicht um. Hirad, es wird Zeit.«

Hirad schätzte den Ansturm der Wesmen ab und kam zu dem Schluss, dass der Rabe die Straße knapp vor den Wesmen erreichen konnte.

»Also gut, ihr drei, wir brauchen ein paar Trümmer, um sie aufzuhalten. Es tut mir Leid, Ilkar, aber wir müssen einige Gebäude zerlegen.« Er deutete auf ein Verwaltungsgebäude der Stadt und eine Kaserne am Nordrand des Platzes neben dem Kornspeicher.

»Kein Problem«, sagte Ilkar. »Kommt her, ihr zwei.« Der Julatsaner rannte mit Erienne und Denser, der die Schattenschwingen abgelegt hatte, um die letzten befreiten Julatsaner herum.

»Also gut, großer Mann, wir zwei übernehmen dann die Rückendeckung.«

Der Unbekannte nickte. »Das dachte ich mir schon. Also los.« Die beiden Krieger drehten sich um und folgten den fliehenden Julatsanern und scheuchten sie zum schwer bewachten Ausgang des Platzes.

»Rennt weiter. Kein Grund zur Panik, wir sind hinter Euch.« Hirad trieb die verschrecken Männer, Frauen und Kinder an. Links neben ihm hob der Unbekannte ein gestürztes Kind auf und rannte los, um das weinende Mädchen einer jungen Frau auf die Schulter zu setzen. Dann drehte er sich zu den anstürmenden Wesmen um und warnte Hirad.

»Runter!«

Pfeile zischten über Hirads Kopf hinweg und trafen die wehrlosen Zivilisten. Ein Dutzend von ihnen stürzte, die Marschkolonne löste sich auf, und die Leute rannten in alle Richtungen davon, um den tödlichen Pfeilen auszuweichen.

»Nein!«, rief Hirad. »Weiter, geht weiter geradeaus.« Aber sein Ruf ging im Lärm unter. Hinter ihm nahm unterdessen das Brüllen der Wesmen an Lautstärke zu, und das Stampfen der Füße pflanzte sich sogar durchs Pflaster auf dem Platz fort. »Ilkar!«, brüllte Hirad. Ilkar drehte sich zu ihm herum. »Harter Schild! Harter Schild! Schirme den Ausgang ab!«

Ein Pfeil pfiff an Hirads rechtem Ohr vorbei und blieb in der Schulter eines älteren Mannes stecken. Der Mann stürzte, und einige andere blieben stehen und halfen ihm. Hirad scheuchte sie sofort weiter. »Bleibt nicht stehen. Ihr könnt ihm nicht mehr helfen, er ist schon tot. Rennt weiter.«

Der Unbekannte war jetzt wieder neben ihm, und die

beiden Rabenkrieger scheuchten und drängten die Julatsaner vom Platz herunter und mussten bei jedem Schritt damit rechnen, dass ein Pfeil ihren Körper traf. Die Wesmen schossen weiter auf sie, doch die Pfeile waren vor allem auf die fliehenden Gefangenen gezielt, um dort eine Panik auszulösen. Diejenigen, die nicht gleich beim ersten Angriff seitlich ausgebrochen waren, hatten sich offenbar entschlossen, geradeaus zu laufen und es darauf ankommen zu lassen. Hirad war ihnen unendlich dankbar dafür.

Hirad konnte sehen, dass Ilkar einen Spruch wirkte, und auch Erienne und Denser waren konzentriert. Sie waren mit dem Spruch beschäftigt, der die Gebäude vor den Wesmen zum Einsturz bringen sollte. Vorne winkten die julatsanischen Soldaten die Menge weiter und halfen den Leuten, die relative Sicherheit des Korridors zu erreichen, der inzwischen immer stärker unter Druck stand.

»Wir haben es fast geschafft«, rief er. »Lauft nur weiter.«

Die Pfeile trafen jetzt nicht mehr die Julatsaner, sondern prallten von Ilkars Schild ab. Hirad und der Unbekannte ereichten die an der Ecke postierten Soldaten, blieben stehen und drehten sich um. Die Wesmen waren weniger als hundert Schritt hinter ihnen.

»Jetzt, Denser«, sagte Hirad. »Los, Erienne.« Er und der Unbekannte breiteten die Arme aus und drängten die Soldaten zurück. Die Wesmen tobten, sie hatten Blut gewittert.

»Hammer«, sagten Denser und Erienne gleichzeitig.

Unter ihren Füßen grollte und bebte die Erde. Hirad spürte, wie die Erschütterungen durch seinen Körper liefen und an Stärke noch zunahmen, als sie sich auf dem Platz ausbreiteten.

Während sie sich zurückzogen, konnte er beobachten, dass die noch vierzig Schritt entfernte erste Reihe der Angreifer auf der Höhe der Gebäude zu torkeln begann. Unter ihnen entstanden Risse im heftig bebenden Boden, viele Wesmen stürzten, die anderen mussten anhalten und hatten Mühe, auf den Beinen zu bleiben. Die Wesmen hinter ihnen stürmten allerdings weiter und trampelten über die Gestürzten hinweg, bis Hornsignale und Rufe sie aufhielten.

Links und rechts neben Hirad bebten die Gebäude, Steinbrocken lösten sich aus den Mauern, Staub wallte hoch. Dachziegel rutschten herunter. Es gab eine kleine Pause, als Denser und Erienne ihre Arme zum Himmel reckten und seitlich wieder herunternahmen. Dann drehten sie sich um und rannten weg.

Hirad trat neben Ilkar. »Es wird Zeit, Ilkar. Halte nur den Schild oben, wenn du kannst.«

Der Julatsaner nickte. Hirad packte ihn am Ärmel und führte ihn fort, während er mit einem Auge die Szene hinter sich beobachtete.

Steinplatten von doppelter Mannsgröße platzten aus dem Boden, an zwei Dutzend Stellen klafften auf einmal große Löcher in der Straße. Erdklumpen und Pflastersteine flogen in alle Richtungen. Sie schossen unter den Gebäuden und zwischen den Füßen der Wesmen hervor und verbreiteten Chaos und Zerstörung, während das Beben und die Erschütterungen im Boden sogar noch an Heftigkeit zunahmen.

Mit einem Knall, der weit durch die Morgendämmerung hallte, kippte das Verwaltungsgebäude nach links auf die Straße. Tausende von Steinen flogen aus dem Mauerwerk und rutschten und polterten herunter und deckten die Flucht der Julatsaner. Das Klappern der kleinen Steine untermalte das Grollen der großen Gebäudeteile und der berstenden Mauern. Einige Augenblicke später begann auch die Kaserne auf der linken Seite zu beben, als in ihrem Innern ein Felsblock nach dem anderen aufstieg und Dachziegel und Balken mitten zwischen die Reihen der Wesmen schleuderte. Auf der anderen Seite tat sich ein Spalt im Boden auf, der nach links und rechts lief und Staub in die Luft wirbelte. Stellenweise war er drei Fuß breit.

»Das ist unsere Gelegenheit«, brüllte Hirad. »Weiter, Leute, direkt zum Kolleg. Los jetzt!«

Die Stadtwache der Julatsaner nahm die Marschformation ein und reihte sich hinter den fliehenden Zivilisten ein. So wurde nach und nach der Korridor von hinten her aufgehoben und am vorderen Ende geschützt. Sie hatten dieses Manöver ausgiebig geübt, sie waren jahrelang für den Straßenkampf ausgebildet worden und wussten, wie sie sich hinter der nächsten Engstelle in Sicherheit bringen konnten, wenn es nötig war, oder wie sie mit einer Guerillataktik zuschlagen und angreifende Streitkräfte schwächen und demoralisieren konnten. So arbeitete sich die Stadtwache zum Kolleg zurück.

Im Innern des Korridors hielt der Rabe die Zivilisten in Bewegung, lockte und drängte und ermunterte, während Ilkars beweglicher harter Schild, der bald darauf von Denser und Erienne verstärkt wurde, einen guten Schutz vor den Pfeilen bot, die hin und wieder auf die rennenden Menschen abgeschossen wurden.

Hirad wusste natürlich, dass die Wesmen sich durch die eingestürzten Gebäude nicht lange aufhalten ließen, und wie die abgeschossenen Pfeile verrieten, hatten einige Angreifer bereits einen Weg durch die Parallelstraßen gefunden, wenngleich es nicht genug waren, um die gut ausgebildete Stadtwache von Julatsa zu überwältigen, die bisher alle Angriffe abgewehrt hatte. Doch der Punkt würde kommen, an dem ihre Linien schwächer wurden, und als Hirad sah, dass der Rückzug auch ohne den Raben geordnet vonstatten ging, traf er seine Entscheidung.

»Unbekannter!«, rief er laut, um die Schreie und Rufe der Menschen und die gebrüllten Kommandos der Hauptleute der Stadtwache zu übertönen. »Der Südmarkt.«

Der Unbekannte nickte. »Der Rabe! Der Rabe zu mir!« Die drei Magier ließen die Schilde fallen und bezogen hinter den beiden Kriegern ihre Position. Sie rannten zum offenen Platz, zum südlichen Markt, auf dem in friedlichen Zeiten Korn und frisches Gemüse verkauft wurden.

Auch dort drängten sich die Menschen, Soldaten schrien, Alte und Junge rannten, und Waffen klirrten. Die Wesmen stürmten ohne Rücksicht auf die Sprüche, die Tod und Verderben in ihre Reihen schleuderten, gegen die Verteidiger an.

Hirad bewegte sich nach links über den Markt, wo die Abwehrkette der Julatsaner zurückweichen musste. Er brauchte sich nicht zu vergewissern, ob der Rabe ihm folgte. Vor ihm stürmten hunderte von Wesmen durch eine breite Zufahrt herbei und stürzten sich in den Kampf. Nicht mehr als zwei Dutzend julatsanische Wächter und zwei Magier stellten sich ihnen entgegen. Wie die gelegentlich abprallenden Pfeile verrieten, hatte einer der Magier einen harten Schild aufgebaut.

»Denser, wir brauchen Feuerkugeln. Ilkar, unterstütze den Magier mit dem Schild. Erienne, gib ihnen, was du hast, um sie aufzuhalten. Unbekannter, zu mir.« Hirad rannte zum Zentrum der Abwehrkette, zog mit der linken Hand einen Verletzten zur Seite und schwang mit der Rechten die Klinge. Er holte weit über Kopf aus und trieb den Stahl in die Schulter seines Gegners. Hinter ihm gab der Unbekannte dem Anführer des julatsanischen Trupps neue Befehle.

»Nimm die Hälfte deiner Männer und decke den Rückzug im Süden. Lass die Magier bei uns. Die Leute sollen in Bewegung bleiben. Es steht nicht schlecht, aber wir sind noch nicht zu Hause.«

»Ja, Sir«, sagte der Truppführer. Einige Augenblicke später war der Unbekannte neben Hirad und verschaffte sich mit der Klinge den Platz, den er brauchte. Mit einem von unten nach oben geführten Schlag holte er einen Wesmen-Krieger von den Beinen, nachdem dieser vergeblich versucht hatte, den Schlag abzublocken. Er prallte gegen einige andere, die hinter ihm herandrängten, der Stiel seiner Axt war zersplittert, seine Hände waren blutig. Hirad knallte dem nächsten Gegner die Faust ins Gesicht und stach gleichzeitig seine Klinge dem anderen mitten in den Bauch.

»Sir?« Hirad schüttelte den Kopf. »Ob er wohl wusste, wer du bist?« Er schlug einem weiteren Gegner die Klinge ins Gesicht, doch der Angreifer konnte parieren und brachte sich mit einem Sprung in Sicherheit.

Der Unbekannte warf dem Barbaren einen kurzen Blick zu. Sein doppelschneidiges Schwert schwang in einem Defensivmanöver im Halbkreis herum und traf nichts, hielt aber die Gegner auf Distanz. Hirad sah, dass der große Mann ein wenig amüsiert den Mund verzog und mit den Achseln zuckte.

»Er hat einfach meine natürliche Autorität anerkannt«, sagte er.

»Überheblicher Kerl.« Hirad lachte.

»Großes Schwert.« Der Unbekannte zwinkerte und hob die Klinge. »Das reicht meist aus.«

Der Druck auf die julatsanischen Verteidiger hatte etwas nachgelassen. Die Ankunft des Raben hatte die geschwächten Stadtwächter beflügelt und ihren Gegnern Stoff zum Nachdenken gegeben. Die Wesmen direkt vor ihnen wirkten verunsichert, doch immer noch prallten Pfeile vom harten Schild ab, der inzwischen wahrscheinlich von Ilkar allein gehalten wurde.

Densers Feuerkugeln platzten mitten in diese kleine Kampfpause hinein. Sie flogen über die Köpfe der vorderen Wesmen hinweg und schlugen dort ein, wo die Gegner dicht gedrängt standen, um möglichst großen Schaden anzurichten und Panik und Chaos zu verbreiten.

Obwohl es ein Anblick war, den er schon oft gesehen hatte, musste Hirad sich zusammenreißen, als die magischen Flammen ihr grausiges Werk taten und sich wie Säure durch Rüstung und Fleisch fraßen. Das Feuer brannte mit der Hitze eines Schmiedeofens und war ebenso schwer zu löschen. Die Wesmen, die dazu in der Lage waren, rannten vor den Flammen weg und ließen ihre brennenden Kameraden zurück. Die anderen zerrten wild an ihrer Kleidung und schlugen verzweifelt nach den Flammen. Haut und Haar verbrannten, bis die Verletzten unter schrecklichen Schmerzen starben.

Hirad und der Unbekannte waren längst zum Angriff bereit, als die instinktive Flucht vor dem magischen Feuer eine Reihe völlig unvorbereiteter Wesmen vor ihre Schwerter trieb. Die Rabenkrieger führten die Julatsaner an, sie schlugen hart und schnell zu und machten die Feinde nieder, die mehr oder weniger wehrlos in die Klingen der Julatsaner stolperten.

Bevor Densers magisches Feuer erlosch, fiel schon Heißer Regen zwischen die Reihen der verwirrten Wesmen, die sich sofort verstreuten und zurückzogen. Ihre verletzten und toten Kameraden blieben zurück, als sie eilig den brennenden Tränen auszuweichen suchten.

Hirad lachte. »Lauft, Wesmen!«, rief er ihnen nach. »Ihr werdet den Osten niemals erobern.«

Er und der Unbekannte bückten sich und erledigten mit den Dolchen die Gestürzten, die noch lebten, bevor sie die Klingen an den verkohlten Pelzen und den versengten Kleidern abwischten. Sie suchten weggeworfene Äxte, Messer und Schwerter zusammen und wanden oder hackten sie aus verkrampften Fingern.

»Damit haben wir etwas Zeit gewonnen«, sagte der Unbekannte. Er sah sich um und nahm zusammen mit Hirad seine Position in der Verteidigungslinie wieder ein. Die eingesammelten Waffen gab er einem Soldaten, der in der Nähe stand. »Aber nicht viel. Schau mal, was sich da tut.« Er deutete mit dem Schwert lässig auf die Stelle, die er meinte, und schwenkte die schwere Waffe wie einen Spazierstock. Hirad folgte seinem Blick.

Die Wesmen hatten sich in etwa dreißig Schritt Entfernung neu formiert, was gemessen am bisherigen Kampfverlauf ein riesiges Niemandsland war. Sie standen an einer Kreuzung, an der eine schmale Seitenstraße in die Hauptstraße mündete. Hinter ihrer etwas desorientierten Verteidigungslinie strömten weitere Wesmen auf die Straße. Sie waren offenbar nach Norden zum Kolleg unterwegs. Es waren nicht viele, aber man konnte annehmen, dass es auf der anderen Seite des Südmarktes ähnlich aussah.

»Was wir jetzt überhaupt nicht brauchen können, ist ein langwieriger und ausgedehnter Angriff, bevor wir hinter den Kollegmauern unsere Verteidigung aufgebaut haben«, sagte der Unbekannte. »Wir müssen unsere Position wechseln.«

Hirad sah sich über die Schulter um. Der Platz leerte sich zusehends, jetzt waren fast nur noch Stadtwächter und Soldaten hier.

»Wir sollten hier verschwinden«, stimmte Hirad zu.

»Wenn wir bleiben, werden wir sowieso bald überrannt, ob wir nun vom Kolleg Verstärkung bekommen oder nicht.«

Der Unbekannte nickte. »Einverstanden.« Er hob die Stimme. »Also gut. Auf mein Zeichen ziehen wir uns zurück. Denser, Erienne, passt auf Ilkar auf.«

Unter den ruhigen Anweisungen des Raben wichen die Julatsaner über den Platz zurück. Die Wesmen setzten sich daraufhin sofort in Bewegung, sie schlossen auf und besetzten den frei gewordenen Raum, blieben aber vorsichtig und hielten sich nach wie vor in dreißig Schritt Entfernung.

»Schild ist unten«, meldete Ilkar gleich darauf. »Moment mal. Das ist nicht gut. Wenn sie angreifen, werden sie uns überrennen. Wir müssen sie auf Abstand halten. Wir brauchen statische Kraftkegel, die jeden Zugang zum Platz versperren. Jeder Magier, der noch Sprüche wirken kann, soll mitmachen. Vertrau mir, Hirad.«

»Immer«, sagte Hirad, und Ilkar begann sofort, den Spruch zu wirken. »Ich bleibe bei ihm. Ihr holt die anderen Magier her.«

Erienne zögerte einen Moment und machte eine zaghafte Bewegung, doch Denser hielt sie zurück. Der Unbekannte wandte sich an den Truppführer der Julatsaner und übertönte die Rufe, die während ihres Rückzugs auf dem Platz zu hören waren.

»Ihr habt es gehört. Wir müssen noch mehr Zeit gewinnen. Rennt.« Er stellte sich neben Ilkar, und Denser und Erienne standen schon hinter ihnen bereit. »Dies ist nicht der richtige Augenblick, uns zu trennen«, sagte der Unbekannte. »Wir sind der Rabe.« Er hob das Schwert und tippte mit der Spitze vor seinen Füßen im Takt auf den Boden.

Hirad wurde schlagartig ruhig. Er lächelte und drehte sich zu den Feinden um. Ilkar war gerade mit der Anrufung fertig und sprach das Befehlswort. Der undurchdringliche, unsichtbare Kraftkegel flog den anrückenden Wesmen entgegen.

»Harter Schild ist oben«, sagte Erienne.

»Ilkar ist gesichert«, fügte Denser hinzu.

Die zahlenmäßige Überlegenheit half den Wesmen schließlich, ihre Angst vor der Magie zu überwinden, und sie griffen an. Sie stießen wütende Rufe aus, und auf den Äxten und Schwertern spiegelte sich die Morgensonne. Doch nach ein paar Schritten wurde ihr Vorstoß abrupt aufgehalten, als die erste Reihe der Krieger auf Ilkars Kraftkegel stieß, der die Straße wirkungsvoll absperrte.

Die Wesmen prallten von der unsichtbaren Fläche ab, taumelten zurück und fielen um. Die Krieger in der zweiten Reihe, die nicht glauben konnten, was sie sahen, sprangen über ihre liegenden Kameraden hinweg und kamen zur gleichen Schlussfolgerung, als ihre Nasen bluteten und die Äxte aus ihren Händen sprangen.

Vorübergehend wich die Wut der Verwirrung, während die Männer sich wieder aufrappelten, ihre Waffen einsammelten und mit ausgestreckten Armen vorsichtig weitergingen, bis sie auf Ilkars Barriere stießen.

Hirad sah ihnen nicht ohne Belustigung zu. Auf die Sprüche der Rabenmagier konnte man sich eben verlassen. Er spürte, dass der Unbekannte den Platz hinter ihnen beobachtete. Zweifellos schätzte er die Stärke der Verteidigung an den anderen Zugängen ab und rechnete sich den Zeitpunkt aus, wann sie losrennen mussten.

Vor Hirad waren die Wesmen unterdessen mit einer Bestandsaufnahme beschäftigt. Ein paar wirkungslose Schläge gegen die Barriere führten zu nichts außer einigen verstauchten Handgelenken. Die abgeschossenen Pfeile prallten ab oder brachen beim Einschlag.

Die Bogenschützen versuchten inzwischen, die Grenzen des Kegels zu bestimmen. Sie schossen die Pfeile in immer steilerem Winkel hinauf, bis sie über die Oberkante hinwegflogen und dahinter harmlos von Eriennes hartem Schild abprallten. Die zaghaften Jubelrufe der Wesmen verstummten sofort wieder. Sie zogen sich ein paar Schritte zurück. Sie wussten, dass sie es mit einer magischen Abschirmung zu tun hatten, die sie nicht durchdringen konnten, aber sie hatten noch einen Trumpf im Ärmel. Zeit. Kein Spruch hält ewig.

Hirad blickte sich zu seinen Gefährten um. Ilkar und Erienne waren voll auf ihre Sprüche konzentriert. Denser hatte Erienne eine Hand auf die Schulter gelegt. Seine Augen waren offen, aber auf nichts Bestimmtes gerichtet. Er überwachte die Wirkung der Sprüche. Der Unbekannte war ein paar Schritte zurückgelaufen, um den Platz ganz zu überblicken. Er runzelte die Stirn, schaute aber noch nicht sehr finster drein. Die Lage war also noch nicht gefährlich.

So drehte Hirad sich wieder zu den Feinden um und beobachtete deren zunehmende Frustration. Ein Wesmen-Krieger fiel ihm besonders auf, und er musste grinsen. Der Mann hatte ein blutverschmiertes Gesicht, und die Haut auf seinen Knöcheln war abgeschürft, doch er hielt unerschütterlich seine Axt fest. Seine Augen, die dunkel und brütend unter dichten Augenbrauen lagen, starrten aus einem kantigen Gesicht heraus, das von Witterung und Kampf gezeichnet war. Schmale Lippen, große Ohren und ein Gebüsch von widerspenstigem Haar ergänzten den finsteren Eindruck. Hirad legte den Kopf schief, unterdrückte sein Lächeln und richtete sich auf.

»Glaubst du etwa, du kannst mich erwischen?«, fragte er. Der Wesmen-Krieger, der den Dialekt des Ostens offenbar einigermaßen verstand, nickte. »Weißt du, wer ich bin? Weißt du, wer wird sind?« Keine Antwort. »Wir sind der Rabe. Wir sind dein Albtraum. Wir sind dein Tod.« Geborgte Worte waren es, aber der Wesmen-Krieger konnte es nicht wissen. Hirad sah, wie der Krieger unruhig mit den Füßen scharrte und seine Axt fester packte.

»Muss das sein?«, fragte der Unbekannte, der neben ihn getreten war. »So rennen sie nur noch schneller.«

»Aber immer noch nicht schnell genug. Was ist denn los?« Hirad hatte bemerkt, dass der Unbekannte an der Unterlippe nagte.

»Wir haben nicht genug Magier auf dem Platz. Die Wesmen schießen auf die Stellen, wo wir keine Schilde haben. Es ist nur eine Frage der Zeit, bis einer der Kraftkegel sich erschöpft.«

»Was ist mit den Gefangenen?«

»Sie haben den Platz geräumt, aber sie sind langsam. Und weiter vorn im Korridor wird gekämpft.«

»Wie lange haben wir noch?«, fragte Hirad.

»Wie gut sind die Bogenschützen der Wesmen?«, lautete die Gegenfrage des Unbekannten.

Sie waren gut genug.

Ein Brüllen war auf dem Platz zu hören, und einige Augenblicke später rannten die ersten julatsanischen Stadtwächter an den Rabenkriegern vorbei nach Norden.

»Wenn wir bleiben, sterben wir«, sagte Hirad. Vor ihm sammelten sich die Wesmen und machten sich zum Angriff bereit.

Der Unbekannte nickte bedächtig und beugte sich zu Ilkar hinüber.

»Ilkar, wir müssen hier weg. Wenn ich deine Schulter drücke, lässt du den Kraftkegel fallen und läufst. Sieh dich nicht um.« Ilkars Antwort bestand nur aus einem kleinen Nicken. Denser gab die Anweisung an Erienne weiter.

»Bereit, Hirad? Denser?« Der Unbekannte wartete, bis sie genickt hatten, dann legte er Ilkar die Hand auf die Schulter und drückte. Der Magier stieß die Hände vor, und der Kraftkegel schoss mitten zwischen die überraschten Wesmen, ehe er sich auflöste. Er warf gut ein Dutzend Kämpfer um und sorgte vorübergehend für Verwirrung. Das war der Vorsprung, den der Rabe brauchte.

»Lauft!«, schrie Hirad. Und der Rabe lief. Denser schnappte sich die langsamere Erienne und sprang mit Schattenschwingen in die Luft. Hirad wandte sich auf dem Platz nach links und sah eine Welle von Wesmen auf die freie Fläche drängen. Vor ihnen lief eine Hand voll julatsanischer Krieger und Magier, die verzweifelt dem Ansturm zu entkommen suchten.

Nicht weit vor ihnen hasteten die befreiten Gefangenen zum Kolleg. Jeder Anschein von Ordnung war verschwunden, und sie stürmten blindlings voran, während zu beiden Seiten die Wächter des Kollegs und der Stadt erbittert gegen die Wesmen kämpften, die den Durchgang wieder sperren wollten.

Geschützt von Ilkars hartem Schild rannten die drei Rabenkrieger los und deckten die Flucht der Einwohner. Über ihnen stieß Denser immer wieder herunter, und Erienne schoss Heißen Regen ab, um den Angriff der Wesmen zu stören und kostbare Zeit zu erkaufen. Als sie sich den verteidigten Zugängen zum Fluchtkorridor näherten, riefen der Unbekannte und Hirad den julatsanischen Wachen zu, sie sollten sich aus dem Kampfgeschehen lösen und sich zurückziehen.

Sie schlossen rasch zu den fliehenden Gefangenen auf; vor ihnen erhoben sich schon die Mauern des Kollegs. Große Ausbrüche von magischem Feuer räumten den gepflasterten Platz bis zum Südtor des Kollegs frei und verbargen glücklicherweise die verwesenden, stinkenden Leichenberge.

Sie waren der Sicherheit nahe, ganz nahe, als die letzten Verteidiger in den Gassen unter dem Druck der Wesmen zurückweichen mussten und die Feinde ins Freie stürmten und ihre Waffen gegen die verängstigten Stadtbewohner erhoben.

»Denser, blockiere den Zugang!«, brüllte der Unbekannte. Er rannte schneller, um der Falle zu entgehen, in die sie zu geraten drohten. Hirad fluchte und stürzte sich ins Gedränge. Sein Schwert durchtrennte das Rückgrat eines Wesmen-Kriegers, der gerade eben seine Axt in den Schädel eines alten Mannes gehackt und ihn in Sichtweite der Zuflucht getötet hatte.

Der Dunkle Magier und Erienne flogen über ihn hinweg. Heißer Regen kam herunter, dieses Mal ein starker Guss, ein Vorhang aus brennenden Tropfen, die orangefarben, rot und weiß auf den Stein, die Ziegel und die Menschen regneten.

»Rennt, lauft zu den Toren, los!«, rief er. Hinter ihnen stürmten die Wesmen auf die Straße, der Pfeilhagel prallte von den Mauern ab und fuhr zwischen die fliehenden Julatsaner. Hirad fällte einen weiteren Angreifer mit einem Schlag auf die Oberschenkel, bückte sich und hob ein Kind auf, das vor seinen Füßen gestolpert war, und rannte weiter. Ringsum schrien die Feinde.

»Los, los!«, rief er. Ilkar ließ den harten Schild fallen und rannte jetzt ebenfalls, der Unbekannte war dicht vor ihm. Über ihre Köpfe hinweg flogen die magischen Geschosse der julatsanischen Magier – Feuer, Eis und Hagel – in die Reihen der Angreifer hinein. Der Vorstoß wurde sichtlich langsamer und geriet ins Stocken, als die Wesmen von der

Magie niedergemäht wurden, gegen die sie sich nicht wehren konnten.

»Schließt die Tore«, rief Hirad, als sie nahe genug waren. Die Torwächter gehorchten sofort, und der Rabe quetschte sich im letzten Moment durch die Lücke. Die großen, mit Eisen verstärkten Tore schlossen sich mit einem Knall, Sperrzauber zischten über das Holz, und die letzten paar Pfeile prallten harmlos ab.

Hirad setzte das Kind ab, das sich heulend an sein Bein klammerte. Der Junge riss den Mund weit auf, sah ihn erschrocken an und weinte hemmungslos. Der Rabenkrieger wischte unterdessen sein Schwert ab und steckte es in die Scheide. Er spürte die Blicke seiner Freunde auf sich ruhen. Sie schmunzelten und lächelten, während sie nach Luft schnappten. Er zuckte verlegen mit den Achseln und tätschelte dem Jungen den Kopf. Das Kind weinte nur noch lauter.

»Hier kann dir nichts passieren«, sagte Hirad. »Beruhige dich.«

Denser landete in der Nähe, Erienne entwand sich torkelnd seinem Griff und schnappte sich den kleinen Jungen, der sich an Hirads Bein klammerte. Sie nahm ihn auf den Arm und klopfte ihm beruhigend auf den Rücken. Er schlang ihr die Arme um den Hals.

»Verstehst du denn überhaupt nichts?«, sagte sie, aber ihre Stimme klang bewundernd und nicht verärgert.

»Nicht sehr viel«, gab Hirad lächelnd zurück. »Danke.« Er sah sich im Hof des Kollegs um. Überall liefen verwirrte, aber erleichterte Stadtbewohner herum. Einige hatten noch die Geistesgegenwart, den Rettern zu danken, bevor sie von den Kollegwächtern verscheucht wurden, die aus Furcht vor Geschossen den Platz möglichst schnell räumen wollten.

Die Rabenkrieger lehnten sich an die Mauer, als das Sperrfeuer der Sprüche über ihnen nachließ. Draußen lärmten die Wesmen. Im Augenblick blieben sie noch in sicherer Entfernung, weil sie Angst vor der Magie hatten. Doch bald würde die trügerische Ruhe gestört werden. Die Männer und Magier hatten bereits gekämpft und ihre Kräfte erschöpft, obwohl die Morgendämmerung noch nicht einmal richtig begonnen hatte.

Bevor sie sich wieder in die Schlacht stürzen konnten, mussten die Rabenkrieger allerdings die Texte suchen und, noch wichtiger, einer Verpflichtung nachkommen. Einer Verpflichtung, die nicht warten konnte.

Hirad deutete zur Krankenstation.

»Rabenkrieger, kommt mit. Wir müssen eine Totenwache halten.« Die Söldner liefen in gedrückter Stimmung über den Hof. Thraun war nirgends zu sehen.

Siebtes Kapitel

Styliann tat es fast Leid, dass er die Wesmen auf diese Weise ins Verderben lockte.

Die Protektoren waren unermüdlich gerannt und hatten nur Rast gemacht, wenn die Wesmen hinter ihnen ausruhen mussten, und sie waren schon wieder aufgebrochen, bevor ihre Verfolger auf den Beinen waren. Während der ganzen Jagd waren die Wesmen nie weiter als ein paar Stunden zurückgefallen, und Styliann war von ihrer Ausdauer und ihrer Entschlossenheit beeindruckt.

Doch als die Sonne am dritten Tag der Jagd im Zenit stand, traf er auf die Protektorenarmee, die er aus Xetesk gerufen hatte, und nun wartete er. Die Späher, die er aufgestellt hatte, schätzten, dass die Wesmen viertausend bis fünftausend Mann stark waren. Er hatte rund ein Zehntel dieser Zahl, doch seine Kämpfer waren Protektoren, und er nahm an, dass er trotzdem siegen und nicht mehr als vierzig oder fünfzig Kämpfer verlieren würde.

Styliann betrachtete die Stelle, die er für den Kampf ausgewählt hatte. Er saß rechts neben der größten Gruppe seiner Protektoren auf einer kleinen Anhöhe auf dem

Pferd. Vor ihm stieg der Boden zu einem kleinen Plateau hin leicht an, dahinter lag ein steiler Hang, den die Wesmen bald heraufmarschieren mussten.

Links und rechts durchkämmte ein Dutzend Protektoren die Felsen und den Wald nach Spähern der Feinde. Zwei weitere Trupps von jeweils vierzig Protektoren hatten sich versteckt, um Flankenangriffe auszuführen, sobald der Kampf begonnen hatte.

Damit hatte er noch fast vierhundert Kämpfer übrig, mit denen er die Wesmen frontal angreifen konnte. Die Protektoren standen absolut reglos vor dem Abhang und warteten auf das unhörbare Kommando von Cil, über die Anhöhe zu stürmen. Falls es lief wie geplant, sollte der Nahkampf schon beginnen, bevor die Bogenschützen der Wesmen überhaupt Zeit hatten, ihre Bogen zu spannen.

Styliann hatte eine möglichst enge Stelle für den Angriff ausgewählt. Seine vorderste Linie wäre nicht mehr als achtzig Krieger breit. Eng genug, um nicht überrannt zu werden, und weit genug, damit seine Protektoren ihre Kampfkraft voll entfalten und den Feind völlig unvorbereitet treffen konnten.

Er hörte die Wesmen, lange bevor ein lautloser Befehl seine Protektoren Aufstellung nehmen ließ. Jeder hatte ein Schwert in der einen und die Axt in der anderen Hand. Die Stammeslieder der Wesmen hallten zwischen den Hängen, drangen durch die Bäume und stiegen mit dem böigen Wind in den klaren, blauen Himmel hinauf. Zehn Wesmen, die als Kundschafter den anderen vorausgingen, rannten den Hang herauf und über den höchsten Punkt hinweg. Sie starben durch die Klingen der wartenden Krieger aus Xetesk einen schnellen, stummen Tod, noch bevor sie einen Warnruf ausstoßen konnten. Der Haupttrupp kam im Laufschritt, wie das Tempo und der Rhythmus der Lieder verriet. Siegesgewisse Worte auf den Lippen, rannten sie eilig ihrem Untergang entgegen.

Styliann lächelte über die Ironie.

Fast war es so weit, und der ehemalige Herr vom Berge war auch etwas verärgert darüber, dass er überhaupt an dieser Stelle kämpfen musste. Er konnte allerdings nicht zulassen, dass die Wesmen ihn bis zu den Toren von Xetesk hetzten, was sie zweifellos tun würden, wenn er sie nicht vorher aufhielt. Er konnte nicht sicher sein, sofort in die Stadt eingelassen zu werden, und eine Verzögerung konnte im wahrsten Sinne des Wortes tödlich sein. Das Gelände rings um Xetesk war offen, und auf freiem Feld vor der umfriedeten Stadt hätten selbst seine Protektoren Mühe, viertausend Wesmen zu besiegen. Nein, es musste gleich hier erledigt werden.

Styliann wandte sich an Cil. »Sie sollen angreifen, sobald sie es für richtig halten.« Cil nickte und wandte sich an seine Brüder. Mit einer Hand hielt er die Zügel des Pferdes fest, auf dem sein Gebieter saß. Styliann wurde etwas nervös, doch die Unsicherheit verschwand, wenn er seine Protektoren sah.

Kein Befehl wurde gerufen, kein Kommando durch die Reihen weitergegeben, kein Kopf wurde gedreht, um auf Anweisungen zu warten. Das Stampfen der Füße wurde lauter, und der Boden begann zu beben, als der Feind sich näherte. Jetzt waren im Kriegsgesang sogar einzelne Stimmen zu unterscheiden. Viertausend Wesmen sangen im Laufen vom Tod ihrer Feinde, klatschten die flachen Axtschneiden gegen ihre Schenkel und schlugen einen dumpfen Takt zum Lied. So kamen sie wie eine Welle über den Hügel und waren bereit, sich auf den Feind zu stürzen. Sie kannten keine Furcht. Man konnte es aus allen Kehlen hören. Sie waren die Vertreter der Stämme, das Land sollte ihnen gehören.

Vor ihnen, noch den Blicken verborgen, warteten die Protektoren. In einem Augenblick standen sie noch reglos da und hörten die Stimmen und das Trampeln der Wesmen. Im nächsten Augenblick blitzte auf dem Hügel der Stahl, und die Schlacht begann.

Die Protektoren stellten sich mit genügend Freiraum auf, um beide Waffen benutzen zu können, und rannten wortlos den ahnungslosen Wesmen entgegen, denen die Kampflieder im Hals stecken blieben. Sie hatten sich noch nicht richtig umgedreht, um ihre Kameraden zu warnen, als die erste Reihe schon leblos zu Boden ging. Die Xeteskianer schlugen mit großer Härte zu. Schreie erfüllten die Luft.

Styliann sah leidenschaftslos zu, wie seine Protektoren die Vorhut der Wesmen vernichteten, die nicht einmal genügend Zeit hatte, ihre zehn Krieger breite Marschformation aufzulösen. Die Mana-Gestalt für Heißen Regen hatte er längst vorbereitet.

Er ritt weiter den Hang hinauf, näherte sich damit dem eigentlichen Kampfgeschehen und konnte beobachten, wie die Abteilungen, die sich verborgen hatten, von den Flanken her angriffen. Sie mähten die Wesmen nieder und trennten einen Trupp mit etwa dreihundert Kriegern von den anderen.

Völlig von Protektoren umgeben, wurden sie jetzt einfach massakriert. Gleichzeitig bildete die Streitmacht des Dunklen Kollegs eine neue, vorgeschobene Frontlinie, die wie die erste gleichmäßig besetzt war. Doch sie war nach innen gewölbt, um die Wesmen hereinzulocken.

Der gegnerische Anführer schaffte es schließlich, seine Männer zu organisieren. Befehle hallten über die zu Tode erschrockenen Männer hinweg, die nun seitlich ausbrachen und sich neu aufstellten, damit sie auf breiter Front angreifen und die Protektoren direkt von vorne angehen konnten. Hinter den Linien sonderten sich Bogenschützen ab. Styliann stellte rasch die Mana-Gestalt um und wechselte vom Gitternetz, das als Heißer Regen heruntergekommen wäre, zur kompakteren Sphäre, die Feuerkugeln produzieren würde.

Noch bevor die ersten Pfeile eingelegt waren, schoss der ehemalige Herr vom Berge vier gestreifte, orangefarbene Feuerkugeln, jede so groß wie ein menschlicher Schädel, über die Kämpfenden hinweg in die Reihen der wehrlosen Bogenschützen. Wer nicht sofort vom Feuersturm eingehüllt wurde, brachte sich eilig in Sicherheit. Dicker Rauch stieg von den brennenden Opfern auf, und ihre Schmerzensschreie waren lauter als die Befehle der Kommandanten, die sich verzweifelt bemühten, die Ordnung wieder herzustellen.

Doch von geordnetem Kampf konnte nicht die Rede sein. Die Wesmen waren in hellem Aufruhr und versuchten, ihr nacktes Leben zu retten, während sie sich formierten. Und sie hatten Angst. Styliann konnte es an den Gesichtern und der Körperhaltung erkennen. Er wusste, was sie vor sich sahen. Masken und polierten Stahl sahen sie. Einen Tod, dem sie nicht einmal ins Antlitz schauen durften. Einen stummen, unausweichlichen Tod.

Die Protektoren gaben keinen Laut von sich. Kein angestrengtes Grunzen war zu hören, wenn sie zuschlugen, keine Schreie von den Verletzen und von den Wenigen, die fielen. Nur eine Mauer von Klingen, dahinter die neutralen, anonymen Masken, das dunkle, fleckige Leder, die Kettenhemden und die Rüstungen. In Stylianns Ohren tönte das Klirren ihrer Schwerter beinahe wie Musik, und er beobachtete ihre unermüdlichen Fortschritte. Es kam ihm vor wie ein makabrer Tanz.

Der Stahl blitzte im Sonnenlicht und fuhr in die erbitterte Verteidigung der Wesmen. Axt und Schwert kamen erbarmungslos herunter. Die Protektoren rückten stetig weiter vor, und wo sie zuschlugen, fielen die Wesmen. Das Dröhnen der Waffen auf den Schilden, das dumpfe Schmatzen von Klingen, die in Fleisch getrieben wurden, das Klirren, wenn Metall auf Metall prallte, all das umgab Styliann. Und überall floss das Blut der Wesmen in Strömen.

Dreimal feuerte Styliann auf Cils Bitte vernichtende Feuerkugeln auf Bogenschützen ab, die in Gruppen oder einzeln Gegenwehr leisten wollten. Dreimal raste das Feuer durch den Himmel, und dreimal stieg beißender Rauch auf, in den sich Staub und Blut mischten.

Die Wesmen kämpften tapfer und entschlossen, und Styliann musste ihren Kampfgeist bewundern, wenngleich er die Vergeblichkeit ihres Tuns bedauerte. Sie stellten sich ganz gewiss nicht in einer Reihe auf, um wehrlos zu sterben. Weiter hinten brachen mehr als fünfhundert aus, um das Schlachtfeld zu umgehen und die Protektoren von der Seite anzugreifen. Sie wurden von Spähern, die links und rechts verborgen waren, genau beobachtet, und trafen auf eine Abteilung von xeteskianischen Kämpfern, die sich aus dem Kampfgeschehen lösten und die Angreifer stellten, bevor sie Styliann gefährlich werden konnten.

Der Kampf tobte schon mehr als eine Stunde, die Protektoren arbeiteten sich unerbittlich und schweigend weiter vor und stiegen über die Leichen der Wesmen, ohne auch nur einen Blick zum Boden zu werfen, jeder Schritt war sicher und fest. Die Reihen hinter den Kämpfenden steuerten die Bewegungen und gaben den vorderen die Freiheit, sich auf die Gegner zu konzentrieren, während andere sich bückten und die gefallenen Brüder vom Schlachtfeld schleppten.

Es war eine hoffnungslose Aufgabe für die Wesmen. Selbst wenn ein Protektor fiel, wurde die Kampflinie nicht geschwächt. Noch bevor der Krieger ganz zu Boden gesunken war, nahm ein anderer seinen Platz ein und schloss die Lücke.

Jeder Protektor griff an, ohne auch nur einen Blick zur Seite zu werfen. Während sein Schwert oder seine Axt noch den letzten Gegner traf, blockte die zweite Waffe schon die Schläge des nächsten auf den eigenen und den Körper des Bruders neben ihm ab. Alle wurden durch den Seelenverband angeleitet, dessen Zentrum Xetesk war, und jeder erfuhr, was alle anderen Augen erblickten. Sie übersahen fast nichts, sie boten den Wesmen keinen Angriffspunkt, und jede Hoffnung, die im Gegner keimen mochte, wurde im richtigen Moment von den Klingen zunichte gemacht.

Styliann sah das Ende kommen. Rechts von der Kampflinie versuchten die Wesmen einen verzweifelten Vorstoß. Speerträger stellten sich zwischen die Schwert- und Axtkämpfer und brachten eine neue Qualität ins Gefecht. Sie brüllten ihre Kriegsrufe, beschworen ihren Kampfgeist und warfen sich in die Schlacht.

Sofort und beinahe unmerklich reagierten die Protektoren. Sie schlossen ihre Reihen ein wenig, beschleunigten den Rhythmus ihrer Schläge und reagierten etwas schneller bei der Verteidigung. Äxte und Schwerter der Wesmen fanden nichts als Stahl, vorgestoßene Speere wurden mit behandschuhten Händen abgefangen, und die Besitzer wurden in den Tod gezogen. Tote Krieger sanken zu Boden, die Verletzten kreischten, Blut rann über die Füße derjenigen, die noch standen. Nach wenigen Augenblicken war der Versuch der Wesmen, die Reihen der Protektoren mit Speeren zu durchbrechen, vereitelt, und die Xeteskianer schlugen eine Bresche in die Verteidigung der Feinde, deren Schlachtordnung sich im Nu auflöste. Sie flohen in alle Richtungen.

Auf ganzer Breite drehten sich die Wesmen jetzt um und rannten davon. Sie ignorierten die Befehle ihrer Hauptleute, denn ihr Glaube war versiegt und ihr Kampfgeist gebrochen. Die Protektoren machten keine Anstalten, sie zu verfolgen, sondern blieben einfach stehen und sahen ihnen nach.

Styliann legte Cil eine Hand auf die Schulter. Der Protektor drehte sich sofort zu ihm um.

»Ihr könnt den Toten die Masken abnehmen. Beeilt euch mit euren Ritualen. Wir müssen morgen vor der Abenddämmerung in Xetesk eintreffen. Wir haben viel zu tun.«

Sie hatten Thraun zusammengerollt am Fußende von Wills Bett gefunden. Die Krankenpfleger hatten es nicht gewagt, den großen blonden Krieger zu vertreiben. Sie hatten einfach eine Decke über seinen nackten Körper geworfen, um seine Blöße zu bedecken, und damit er es warm hatte.

Mehr konnten sie nicht für ihn tun, denn durch die Türen strömten bald die verletzten und sterbenden julatsanischen Kämpfer herein. Rasch waren alle Betten belegt. Dunkelrot war die vorherrschende Farbe in der hellen Krankenstation, Schmerzensschreie und das Klappern von Eimern waren zu hören, Magier flüsterten, Pfleger riefen drängend, überall tappten eilige Füße.

Wills Leichnam war mit einem Laken bedeckt worden. Rings um ihn und Thraun hatte inmitten der geschäftigen

Krankenstation eine bedrückte Stille geherrscht. Eine Totenwache hatte stattgefunden, doch an eine Beerdigung war nicht zu denken. Die Opfer der Belagerung sollten vorerst unter dem Mana-Bad aufgebahrt werden. Dort war es kühl, und die Luft war trocken und schwer von Weihrauch.

Inzwischen war Thraun auf das freie Bett gelegt worden. Er schlief, seine Augen waren tief eingesunken, seine Lippen bewegten sich lautlos und formten bekümmerte, gequälte Worte, Tränen quollen zwischen seinen Augenlidern hervor. Die Rabenkrieger nahmen sich Zeit und setzten sich in einem stillen Raum des Turms zusammen. Draußen versammelten die Wesmen ihre Streitmacht, bauten ihre Türme und Katapulte auf und bereiteten ihren Angriff vor. Vom Himmel schien die Sonne herab, und eine Wärme und Frische, die nicht zur Lage passen wollte, wehte durch Julatsa.

Hirad ließ den Blick von einem zum andern wandern. Eigentlich müssten sie den Rest des Tages schlafen. Sie hatten seit Sha-Kaans Ankunft keine Ruhe mehr gefunden und beinahe unablässig gekämpft. Ilkar und Erienne waren mit ihren magischen Fähigkeiten offenbar am Ende. Bei Denser war Hirad nicht ganz so sicher. Der Xeteskianer wirkte relativ frisch und wach, wie gewohnt steckte die Pfeife zwischen seinen Zähnen. Seine Augen hatten freilich diesen abwesenden Blick, den Hirad überhaupt nicht mochte. Es war, als dächte Denser über große Dinge nach, die er den Menschen in seiner Umgebung nicht unbedingt anvertrauen wollte. Immerhin war dies aber eine erhebliche Verbesserung gegenüber dem stumpfen Desinteresse, das er nach ihrem Aufbruch aus Parve an den Tag gelegt hatte.

»Ich nehme an, Wills Tod hat die Rückverwandlung ausgelöst«, sagte Ilkar. Erienne nickte.

»So muss es wohl sein«, stimmte der Unbekannte zu. »Aber ich denke, wir sollten unsere beschränkte Zeit nicht mit solchen Spekulationen vergeuden.«

»Wir müssen versuchen, es zu verstehen, sonst können wir ihm nicht helfen«, wandte Erienne ein.

»Das ist richtig, aber wir haben, von Thraun abgesehen, noch wichtigere Probleme zu lösen. Ich fürchte, einige hier haben das in der jüngsten Aufregung übersehen.« Der Tonfall des Unbekannten verbot jeden Widerspruch. Hirad hätte beinahe gelächelt, doch er verkniff es sich. Denser und Erienne hatten ihn noch nicht so erlebt. Das war der Unbekannte, den er brauchte. Der kühle Stratege und der praktische Planer, die andere Seite des Furcht erregenden Kriegers.

»Wir sind hergekommen, um Septerns Texte zu suchen, das dürfen wir nicht vergessen. Wir wissen aber nicht, wie lange sich das Kolleg noch gegen die Wesmen halten kann. Noch schwieriger wird unser Vorhaben durch die Tatsache, dass ein Teil der Bibliothek in das Herz ausgelagert wurde. Wir haben keine Ahnung, wie lange die Suche dauern wird, und Barras kann uns sicher nicht viele Magier zur Verfügung stellen, weil sie alle für die Verteidigung des Kollegs gebraucht werden.

Wir müssen also dabei helfen, die von den Wesmen ausgehende Gefahr zu beseitigen, damit wir genug Zeit bekommen, im Herzen und in der Bibliothek zu suchen.

Außerdem müssen wir uns um Thraun kümmern, bis er so weit genesen ist, dass er wieder reisen kann, und wenn wir haben, was wir suchen, dann müssen wir aus Julatsa herauskommen, ob die Belagerung vorbei ist oder nicht. Der Riss wird mit jedem Tag größer. Er wartet nicht auf uns, und wir haben uns schon zu lange aufhalten lassen. Wenn die Messungen richtig sind, dann bleiben uns nur noch sieben Tage, um den Riss zu schließen, und das einzige Tor, das wir kennen, ist mindestens drei Tagesritte entfernt.« Er lehnte sich an die Wand und trank einen Schluck.

»Aber schau uns doch an, Unbekannter«, sagte Hirad. »Wir können im Augenblick nicht kämpfen oder Sprüche wirken. Wir sind erledigt. Als Erstes brauchen wir Ruhe.«

»Wir haben uns doch schon wer weiß wie ins Zeug gelegt«, sagte Denser, als seine Pfeife brannte. »Es war eine heroische Rettungsaktion, aber jetzt erwarten sie, dass es einfach so weitergeht.«

»Vielen Dank für die Ermunterung«, sagte Ilkar. »Gibt es sonst noch irgendwelche weisen Worte, die du uns mitteilen möchtest?«

»Ich wollte es einfach nur mal gesagt haben«, meinte Denser achselzuckend.

»Es ist egal, was die Leute von uns erwarten« sagte Hirad. »Der Rabe tut, was der Rabe tun muss. Und im Augenblick müssen wir uns vor allem ausruhen. Ich will heute keinen mehr von euch auf den Wällen sehen, solange es keinen Durchbruch der Wesmen gibt, was ich aber bezweifle.«

»Glaubst du nicht, sie erwarten von uns, dass wir draußen sind und ihnen Ratschläge geben und die Moral stärken?«, fragte Denser.

»Wir haben Kard alles erklärt, was er wissen muss«, erklärte der Unbekannte. »Jetzt müssen wir uns erst einmal um uns selbst kümmern. Ilkar, wie ist deine Verfassung?«

»Gar nicht so schlecht«, sagte der Julatsaner. »Hier im Kolleg kann ich mich schnell wieder erholen. Das können wir alle, auch wenn Denser und Erienne den Mana-Strom etwas anpassen müssen, damit sie ihn aufnehmen können. Vor allem ihr, also du selbst, Hirad, und Thraun, ihr braucht Ruhe. Ich gehe ins Herz, um mit der Suche zu beginnen, und ich werde heute Nacht schlafen, wenn die Wesmen es zulassen. Falls Erienne und Denser helfen wollen, die Bibliothek steht euch offen.« Die beiden nickten. »Gut.«

»Noch etwas, bevor wir die Runde auflösen«, sagte Hirad. »Der Rabe kämpft nicht getrennt. Ich will nicht, dass einer von uns allein kämpft oder Sprüche wirkt. Ich zum Beispiel werde nicht ohne euch auf die Wälle gehen. Wir sind der Rabe, vergesst das nicht.«

»Du erinnerst uns ja oft genug daran«, murmelte Denser.

»Du lebst noch, Denser«, knurrte Hirad. »Denk mal drüber nach, warum.«

Styliann hatte nur dreiundzwanzig Protektoren verloren. Es war ein erstaunliches Zeugnis für die Macht und Geschicklichkeit seiner seelisch miteinander verbundenen Kämpfer. Er schätzte, dass fast die Hälfte der Wesmen auf dem Rücken lag und blicklos zum Himmel starrte. Bevor er das Schlachtfeld verließ, kreisten schon die Vögel am Himmel und liefen zwischen den Toten umher. Für sie war der Tisch reich gedeckt. Der Rest der besiegten Armee würde Tessaya Bericht erstatten, und ihre Angst würde auf lange Sicht viel größeren Schaden anrichten als jedes Schwert.

Die Tore von Xetesk blieben dem ehemaligen Herrn vom Berge versperrt, als er eintraf. Nicht, dass es ihn überraschte. Dystran hatte nur wenig Möglichkeiten, sich zu verteidigen, und vermutlich noch weniger Freunde. Als er zu den Toren ritt – es dämmerte schon, und der wolkige, böige Tag neigte sich dem Ende zu –, verstärkte Styliann den natürlichen Schild um sein Bewusstsein. Sie, wer auch immer sie waren, hatten keine Chance, seinen Schutz zu durchbrechen, aber er wäre enttäuscht gewesen, wenn sie es nicht wenigstens versucht hätten. Wenn man der Herr vom Berge bleiben wollte, musste man sich darauf verstehen, seinen Geist abzuschirmen.

Styliann stieg ab und setzte sich auf einen passenden, mit Gras bewachsenen Hügel, ungefähr fünfzig Schritt von den Toren und einen Steinwurf vom Hauptweg entfernt. Sein Herz schlug etwas schneller, als er in der aufziehenden Abenddämmerung die dunklen Mauern seiner geliebten Stadt betrachtete.

Zu beiden Seiten des großen Turms am Osttor mit seinen verzierten Bogenfenstern, den zahlreichen Pechnasen und den dreistöckig übereinander angelegten Wehrgängen erstreckten sich die braunen Wände mehr als eine Meile weit und verloren sich in der Ferne. Auf der Mauer erhoben sich hier und dort dunkelgraue Steintürme für Magier und Bogenschützen. Anderthalb Meilen weiter beschrieb die Mauer einen Knick, und dort schloss sich, mit Blick auf die Blackthorne-Berge, die große Westmauer an.

Der Wall hatte tiefe Fundamente und Pfeiler und war nirgends weniger als fünfzig Fuß hoch. Die Mauer war leicht nach außen geneigt, und von oben überblickte man ein weites, offenes Gelände mit sanft gewellter Grasnarbe und Büschen. Ein hundert Schritt breiter Streifen war vollständig geräumt worden, um den Magiern bei der Verteidigung ein gutes Sichtfeld zu bieten.

In den Türmen von Xetesk flammten nach und nach die ersten Lichter auf. Der Anblick machte Styliann trauriger, als er es sich selbst eingestehen wollte. Die ungewollte Verbannung setzte ihm zu.

Hundert Augen starrten ihn aus diesen Mauern und Türmen an, während Styliann überlegte, wie er am besten nach Xetesk hineingelangen konnte. Je nach Standpunkt wurde die Situation ganz unterschiedlich beurteilt. Wenn ein durchschnittlicher xeteskianischer Wächter nach draußen blickte und den Herrn vom Berge mit seiner Protektorenarmee sah, dann konnte er nur mit Verwirrung reagieren. Die etwas Klügeren nahmen vermutlich an, dass es auf dem Berg politischen Zwist gab, aber niemand konnte ahnen, dass eine Usurpation stattgefunden hatte. Nicht einmal Dystran war so dumm, das höchste Amt öffentlich für sich zu beanspruchen, solange er nicht Stylianns Leichnam vorweisen konnte.

Auf dem Berge überlegten die wenigen Getreuen, die Styliann noch hatte, wie sie ihn sicher ins Kolleg bekommen konnten. Sie wussten, dass er nicht hereinfliegen konnte, ohne seinen Gedankenschirm zu vernachlässigen, was ein tödliches Versäumnis gewesen wäre. Wahrscheinlich verhandelten sie mit Dystran und seinen Helfern und verlangten vielleicht für Styliann eine Audienz unter kontrollierten Bedingungen, vermutlich in einem Kaltraum.

Dystran war natürlich ein Trottel und besaß ganz sicher nicht die Gerissenheit, um das Kolleg zu regieren. Er baute wohl darauf, dass Styliann mit seinen Protektoren irgendetwas Unüberlegtes tat. Irgendetwas, das es ihm erlaubte, mit dem Segen der Einwohner von Xetesk magische Gewalten zu entfesseln. Doch selbst in diesem Fall müsste er vorsichtig sein. Jede Gewalttat, die gegen Styliann gerichtet war, löste Reaktionen von den Protektoren aus, und sie konnten in Xetesk und im Kolleg beträchtlichen Schaden anrichten, bevor man sie aufhalten konnte. Styliann blieb jedenfalls nichts weiter übrig als zu warten. Seine Geduld sollte nicht lange auf die Probe gestellt werden.

Etwa eine Stunde nach seiner Ankunft, als das kühle Mondlicht gespenstisch auf Stylianns scheinbar friedliches

Lager fiel, wurde der Turm am Tor mit Bogenschützen und Magiern besetzt. Dann wurde das Tor ein Stück weit geöffnet. Ein einziger Mann kam heraus. Das Tor wurde wieder geschlossen. Die Bogenschützen und Magier blieben auf ihrem Posten. Styliann stand auf und entfernte sich von seinem warmen Feuer. Nur von Cil begleitet, während die anderen Protektoren als stumme Zeugen zuschauten, näherte er sich dem anderen Mann.

»Nun gut, Dystran, ich fühle mich geehrt.« Die Männer begrüßten sich nicht mit Handschlag, doch Styliann empfand einen gewissen Respekt, da der neue Herr vom Berge ihn persönlich empfing.

»Was wollt Ihr, Styliann?«, fragte Dystran. Er gab sich desinteressiert, doch das Flackern in seinen Augen verriet seine Nervosität.

»Oh, nur ein Bett für die Nacht. Ich bin nur ein müder Wanderer«, sagte Styliann sarkastisch. »Was, zum Teufel, glaubt Ihr denn?«

Dystran zuckte zusammen, als Styliann ihn unvermittelt anfauchte. »Ich kann Euch nicht hereinlassen. Die Entscheidung ist gefallen. Ich bin der Herr vom Berge.«

Stylianns Lippen wurden schmal. »Aber ich bin zurückgekommen, nicht wahr? Ihr habt gewusst, dass ich kommen würde.«

»Das war mir klar, sobald ich erfuhr, dass Ihr überlebt und den Osten erreicht habt«, gab Dystran zu.

»Ja«, meinte Styliann. »So ein Pech aber auch, nicht wahr?«

Dystran musste lächeln. »Kann man wohl sagen.«

»Im Augenblick herrscht Ihr über kaum etwas«, sagte der ehemalige Herr vom Berge. »Ein unkontrollierter Riss hat sich am Himmel geöffnet. Dort droht eine katastrophale Invasion aus einer anderen Dimension, und nur ich und der Rabe sind fähig, das Problem zu lösen. Die Wesmen stürmen gegen die Tore von Julatsa an. Sie haben Understone und den Pass eingenommen, und zehntausende ihrer Krieger warten nur darauf, gegen Korina zu marschieren. Was habt Ihr eigentlich zusammen mit Euren Unterstützern während meiner Abwesenheit geleistet?

Statt Forschungen durchzuführen, wie ich es angeordnet habe, statt eine vernünftige Verteidigung zu organisieren oder Soldaten in die Schlacht um Julatsa zu schicken, habt Ihr Euch ausschließlich um Euren eigenen Vorteil gekümmert. Wie dumm Ihr dastehen werdet, wenn die Drachen die Türme zerlegen.

Wenn Ihr ein Mann wärt, dann würdet Ihr einsehen, dass unser Streit ruhen muss, bis alle Gefahren, die uns drohen, beseitigt sind. Im Augenblick muss ich Zugang zur Bibliothek bekommen. Die Bindung der Protektoren ist im Augenblick unwesentlich.«

»Die Bibliothek? Dann wollt Ihr in Xetesk tun, was uns bisher nicht gelungen ist und was der Rabe gerade in Julatsa versucht?«

Styliann zuckte zusammen, und sein Gesicht wurde hart. Er sah Dystran scharf an. »Der Rabe ist in Julatsa?«

Dystran nickte. »Ihr mögt nicht viel von unseren Bemühungen halten, aber wir stehen wieder mit Julatsa in Kontakt, seit dort der Dämonenschirm aufgehoben wurde. Dies fiel mit der Aufsehen erregenden Ankunft des Raben zusammen, der anscheinend mehrere tausend Gefangene in einer Stadt, die von Wesmen gewimmelt hat, befreien konnte, bevor er sich daran machte, die Bibliothek von Julatsa zu durchsuchen.«

Styliann musste schallend lachen. Dystran hatte offenbar nicht mit dieser Reaktion gerechnet.

»Bei den fallenden Göttern, sie sind gut«, sagte er. »Das

muss man ihnen lassen.« Dann wich jeglicher Humor aus seinen Augen und seinem Gesicht. »Sagt mir, wie lange sie schon in Julatsa sind.«

»Sie sind heute Morgen vor der Dämmerung eingetroffen«, sagte Dystran.

Styliann biss sich auf die Unterlippe. Er musste sich beeilen, sonst wechselten sie ohne ihn in die Drachendimension, und das durfte er nicht zulassen. Dann klärten sich die Nebel in seinem Kopf, und er sah die Lösung für seine Probleme.

»Ich will Euch einen Vorschlag machen«, sagte er. Dystran runzelte die Stirn und wich unwillkürlich zurück. »Ich denke, es wird auch zu Eurem Vorteil sein.«

»Ich höre.«

»Aber gewiss.«

Achtes Kapitel

Vor den Mauern von Julatsa tobte die Schlacht. Sprüche fegten über die gepflasterte freie Fläche vor dem Kolleg, die Detonationen ließen die Fundamente beben. Das Klirren von Metall, die Schreie der Männer und Frauen, das dumpfe Knallen der Katapulte, der Strom des Mana, wenn Sprüche gewirkt wurden und sich verbrauchten, all das war auch im Herzen noch wahrzunehmen, wo Ilkar saß.

Mit einem Ohr hörte er ständig auf den Schlachtlärm draußen und hielt sich bereit, sofort einzugreifen, falls sich die Qualität und Atmosphäre der Geräusche veränderte. So blätterte er Text auf Text durch und suchte nach einer Anmerkung, nach einem Hinweis und nach einem Abschnitt, in dem es um Septerns Arbeiten ging.

Nebenan in der Bibliothek hielten Denser und Erienne die Bibliothekare und Archivare auf Trab, die Barras ihnen zur Verfügung gestellt hatte. Auch sie hofften auf einen Durchbruch und verloren immer mehr den Mut, während der Tag in einen böigen Spätnachmittag überging.

So weit von den Geräuschen des Todes und des flüchtigen Triumphs abgeschirmt, wie es der begrenzte Platz im

Kolleg überhaupt zuließ, schliefen Hirad und der Unbekannte. Nicht, dass sie die Stille wirklich brauchten. Zu den Fähigkeiten des erfahrenen Kriegers gehörte es auch, direkt hinter der Frontlinie praktisch jederzeit schlafen zu können. Vor allem Hirad war in fast jeder Situation fähig, sich etwas Ruhe zu gönnen, auch wenn ihm schon das Blut ins Gesicht spritzte. Seine Instinkte weckten ihn stets, bevor sein Leben ernstlich in Gefahr geriet. Nein, die Stille brauchten sie eigentlich nicht, aber Ilkar wollte sicher sein, dass sie wirklich tief schliefen. Sie hatten schwierige Zeiten vor sich.

Ilkar rieb sich die Augen und starrte düster die Masse von Büchern, Schriftrollen und gebündelten Papieren an, die er noch durchsehen musste. Daneben lag der relativ kleine Stapel der Dokumente, die er bereits bearbeitet hatte. Er hatte vorher gewusst, dass es schwierig würde. Es gab nur wenige vollständige Texte von Septern, und den betreffenden Stapel, fünf dicke Bücher, die Barras gleich als erste ins Herz gebracht hatte, als die Gefahr durch die Wesmen zunahm, hatte er schon durchgearbeitet. Die drei Rabenmagier wussten, dass Septern seine Weisheiten größtenteils auf Pergamentstücke gekritzelt oder in Form von Anmerkungen unter andere Texte oder auf die Rückseiten von Schriftrollen geschrieben hatte. Daher waren viele Gedankengänge verloren, unauffindbar oder nur noch in Abschriften verfügbar. Sie hatten nur indirekte Erwähnungen, Querverweise und das unvollständige Wissen der Archivare. Wieder einmal ging Ilkar einem vagen Hinweis nach, den er auf einem Pergament gefunden hatte. Er runzelte die Stirn, seufzte und las weiter.

In der Bibliothek von Julatsa vergingen die Stunden, obwohl es für die Arbeiten eine Frist gab, die niemand vergessen konnte. Trotz Barras' Versicherung, man werde bereitwillige Unterstützung finden, stießen Erienne und Denser bei den Archivaren auf äußerstes Misstrauen. Drei alte Männer und ein junger Student starrten sie über lange Nasen hinweg an und sträubten sich bei jeder Anforderung.

»Es braucht schon eine gewisse Art Leute, um eine Bibliothek zu führen, findest du nicht?«, hatte Denser kurz nach ihrer Ankunft erklärt.

»Sie könnten die Brüder der Bibliothekare in Dordover sein«, hatte Erienne ihm beigepflichtet.

»Ein Magier, eine Magie«, hatte Denser gesagt und seine Hand auf ihre gelegt. Erienne hatte gelächelt und ihre andere Hand auf den Bauch gelegt. Sie stellte sich vor, wie sich das Kind in ihr bewegte, auch wenn sie eigentlich nichts fühlen konnte.

»Das will ich doch hoffen«, hatte sie geantwortet.

In den folgenden Stunden, als klar wurde, dass die Rabenmagier nicht die Absicht hatten, die julatsanischen Geheimnisse zu stehlen, tauten die Bibliothekare etwas auf. Wo es vorher knappe Antworten, auf den Tisch geknallte Bücher und herablassend hingeworfene Schriftrollen gegeben hatte, war nach einer Weile ab und zu ein kleines Lächeln zu sehen, gelegentlich gab es einen hilfreichen Hinweis oder ein ermunterndes Wort, und schließlich kam sogar das Angebot, bei den Forschungen aktiv zu helfen.

Der Student saß bei ihnen am Tisch und brütete über einem Text, der voller Hinweise auf die julatsanische Überlieferung war. Ab und zu hob er nervös den Kopf, als die Kampfgeräusche seine jungen Ohren erreichten.

»Wir sind in keiner unmittelbaren Gefahr«, sagte Denser.

»Woher wisst Ihr das?«, gab der Student zurück. Sein Name war Therus, und sein sommersprossiges Gesicht verriet, welche Ehrfurcht er vor dem Magier hatte, der Dawnthief gewirkt hatte.

»Weil Hirad Coldheart nicht gekommen ist, um uns auf die Mauern zu schicken«, erwiderte Denser. »Nur ruhig. Eure Soldaten sind tapfere Kämpfer, sie werden nicht versagen.«

Etwas beruhigt machte Therus sich wieder ans Lesen. Erienne lächelte, und Denser lehnte sich an und streckte seinen schmerzenden Nacken. Er warf einen Blick auf die riesigen Regale mit magischen Texten, Protokollen theoretischer Forschungen, Analysen von Sprüchen und Überlieferungen. Letztere waren für ihn unverständlich und mussten Ilkar überlassen bleiben, falls es so aussah, als ließe sich dort etwas finden.

Sie saßen nahe der Eingangstür der Bibliothek an einem Tisch. Vor ihnen begann ein Gang, der von Regalen mit jeweils fünf Etagen begrenzt wurde. Auch in diesem etwa zweihundert Fuß langen Gang waren Schreibtische aufgestellt. Sechs solcher Gänge füllten die untere Etage, an den Wänden ringsum waren ebenfalls hohe Regale angebracht. Die Texte in den oberen Fächern waren nur mit Leitern zu erreichen. Hinzu kamen noch zwei Galerien, in denen die Weisheit Julatsas und seiner Verbündeten aufbewahrt wurde. Auf den geschmückten und polierten Geländern spiegelte sich das sanfte Licht der statischen Lichtkugeln. Ein Stockwerk tiefer, wo nur selten ein Licht schien, wurden ältere und empfindliche Texte in einer sorgfältig kontrollierten Atmosphäre aufbewahrt.

Die Bibliothek von Julatsa war wie die von Xetesk ehrwürdig und alt und konnte auf eine lange Geschichte zurückblicken. Der Papierstaub und der Schimmel waren für jeden Bücherwurm eine wahre Freude. Doch eigenartigerweise war in der Bibliothek, obwohl sie so viel Wissen und Macht enthielt, kein bedrückendes Mana zu spüren. Keine Last drückte wie ein Joch auf Hals und Schultern, und als Denser sich selbst und Erienne mit jeweils einer Hand den steifen Hals massierte, war er sehr froh darüber.

»Wie weit sind wir?«, fragte er in die Runde.

»Noch nichts Nützliches bis jetzt«, antwortete Erienne. Sie nickte dankbar, als von rechts weitere mit Bändern verschnürte Pergamente auf ihren Schreibtisch geschoben wurden. »Wir haben eine mögliche Verbindung zwischen Septerns begrenztem Dimensionsdurchgang und der Dimensionsverbindung gefunden, die in Understone benutzt wurde, aber bisher lässt sich nicht sagen, ob die beiden Überlieferungen auf eine gemeinsame Grundstruktur zurückgreifen.«

»Therus kann sich vage an eine Notiz auf dem Rand eines julatsanischen Textes erinnern, die mit dem Mana-Strom und einer Störung der Dimensionen durch die Erzeugung eines Risses zu tun hatte, aber er kann das Werk nicht finden, und du hast eine Methode entdeckt, deinen Pfeifenkopf auf einer Temperatur zu halten, die es dir erlaubt, den Tabak besser zu verbrennen.«

»Das ist schließlich auch sehr wichtig«, gab Denser mit einem Funkeln in den Augen zurück. Eriennes Mund wurde schmal.

»Es ist eine widerliche Angewohnheit.«

»Mein einziges Laster.«

»Wohl kaum.«

Therus räusperte sich. »Entschuldigt, dass ich Euch unterbreche, aber ich habe etwas gefunden.«

»Etwas Gutes?«

»Nein, eigentlich nicht.«

»Na gut, lasst hören.«

Die Träume jagten mit erstaunlicher Klarheit durch Thrauns Kopf. Er würde sie kaum vergessen können, wenn er wieder wach war. Alle Gedanken, Gefühle, Witterungen und Impulse seines Wolfskörpers durchdrangen seinen menschlichen Verstand, und zum ersten Mal überhaupt konnte er sich an alles erinnern.

Sein Bewusstsein mühte sich, aus dem Morast seiner Erschöpfung und seines Kummers wieder zur Oberfläche zu kommen. Ein Abgrund gähnte in seinem Herzen, und die überanstrengten Muskeln taten weh. Er hatte Prellungen, und die gedehnten und gequetschten Sehnen und Bänder protestierten bei jeder Bewegung.

Er öffnete die Augen und sah einen Raum, den er vorher schon einmal mit anderen Augen gesehen hatte. An das Weiß konnte er sich erinnern. Die Farbe der Wände, die Laken und die Verbände. Auch an die Leute erinnerte er sich. Einige lagen still, andere gingen zwischen ihnen umher. Hier gab es Trost, doch auch der Tod war ständig nahe.

Thraun murmelte die erste von tausend Entschuldigungen an den Freund, den er im Stich gelassen hatte, und dessen Augen, die jetzt für immer geschlossen waren, die Welt nicht mehr sehen konnten. Die Laute, die er von sich gab, wechselten von einem Flüstern zu einem Knurren. Gleich darauf spürte er eine Hand auf der Stirn, dann die kühle Berührung eines feuchten Tuchs. Sein Blick klärte sich. Es war eine ältere Frau mit strahlenden, hellblauen Augen und einem runzligen Gesicht. Sie lächelte auf ihn herunter.

»Hier müsst Ihr keine Vorwürfe für das fürchten, was Ihr seid«, sagte sie leise. »Hier könnt Ihr sicher ruhen.«

Ihm war noch nicht bewusst geworden, dass die Leute hier seine andere Gestalt kannten, aber ihr Zuspruch tat ihm gut. Er hatte nicht genug Kraft, um sich zu bedanken, doch die Frau schien es zu verstehen.

»Verbergt nicht Euren Kummer«, sagte sie. »Es ist menschlich zu weinen. Eure Freunde haben ihm die letzte Ehre erwiesen, und jetzt ruht er. Ruht Ihr auch. Da neben Eurem Bett ist Wasser. Ich bin Salthea. Ruft mich, wenn Ihr mich braucht. Und jetzt ruht Euch aus.«

Thraun nickte und wandte das Gesicht ab. Er wollte sie seine Tränen nicht sehen lassen.

Während sie auf Ilkar warteten, lasen Denser und Erienne die Eintragung, die Therus gefunden hatte, mehrmals durch. Die Bedeutung war völlig klar. Es gab weitere Schriften, wichtige Schriften, die beschrieben, wie man interdimensionale Risse erzeugte, wie sich die Korridore gegen den Ansturm der Leere behaupten konnten, wenn sie sich bewegten, wie sie den Raum um sich her beeinflussten, welche Folgen es hatte, wenn man zwei Dimensionen miteinander verband, und welche Folgen es hatte, wenn man die Verbindung wieder auflöste. Wenn der Rabe eine rasche Antwort auf das Problem finden wollte, das über Parve den Himmel aufriss, dann waren dies die Schriften, die der Rabe brauchte.

Die Eintragung in einem Bericht, der vor mehr als dreihundertfünfzig Jahren für den Rat von Julatsa angefertigt worden war, besagte, Septern habe am Triverne-See vor hochrangigen Persönlichkeiten eine Vortragsreihe gehalten und einen großen Teil seiner Theorie zur Dimensionsmagie erläutert. Seine Vortragsmanuskripte hatte er dem Kolleg vermacht, das die Veranstaltung ausgerichtet hatte. So etwas sah Septern ähnlich – er war in Dordover geboren, fühlte sich aber keinem Kolleg sonderlich verbunden.

Es war nur schade, dass das ausrichtende Kolleg in diesem Fall Xetesk gewesen war.

»Kann man das glauben?«, sagte Erienne.

»So langsam kann ich verstehen, warum Styliann allein und ohne Hilfe so dringend nach Xetesk wollte«, meinte Denser.

»Glaubst du denn, er weiß von diesen Texten?«

»Ohne jeden Zweifel. Er und Dystran wissen es.«

Die Tür der Bibliothek ging auf, und Ilkar kam herein. Er massierte sich mit beiden Händen den Nacken, um sich zu entspannen. Denser informierte ihn.

»Und der nächste Schritt?«, fragte der Julatsaner kopfschüttelnd. »Was hat Styliann deiner Ansicht nach vor?«

»Er weiß, was wir tun müssen, und ihm ist die Bedeutung der Aufzeichnungen bewusst. Die Tatsache, dass er uns nicht schon in Parve darüber informiert hat, sagt mir vor allem eines. Er will in die Drachendimension mitkommen.«

»Warum?«, fragte Ilkar.

»Tja, möglicherweise traut er uns nicht zu, dass wir die Lösung allein finden. Aber angesichts unserer Fähigkeiten bezweifle ich das. Nein, ich glaube, er ist neugierig, was mir keine Sorgen macht, und er will vermutlich sehen, ob er für sich selbst und Xetesk einen Vorteil herausschlagen kann, und das macht mir durchaus Sorgen.«

»Einen Vorteil herausschlagen?« Erienne glaubte offensichtlich nicht daran.

»Ich sage ja nur, dass er sich die Gelegenheit nicht entgehen lassen wird, mit den Drachen ein Abkommen zu treffen oder ein paar Garantien auszuhandeln, die Xetesk begünstigen.«

»Aber ohne uns kommt er nicht hin«, wandte Ilkar ein.

»Warum denn nicht?«

»Weil wir beide Schlüssel zu Septerns Werkstatt haben«, erklärte Ilkar. »Deshalb braucht er uns, um in die Drachendimension zu kommen. Offen gestanden bin ich auch recht zuversichtlich, dass die Kaan nicht so ohne weiteres auf seine Forderungen eingehen werden. Ich weiß nicht, ob er wirklich begriffen hat, wie mächtig sie sind.«

»Die Überheblichkeit des Herrn vom Berge kennt keine Grenzen«, sagte Erienne. Denser warf ihr einen scharfen Blick zu, sagte aber nichts.

»Dann nehmen wir ihn mit?«, sagte er.

Ilkar zuckte mit den Achseln. »Ehrlich gesagt, bleibt uns wohl kaum etwas anderes übrig. Ich bin sicher, dass Hirad und der Unbekannte es genauso sehen. Wir müssen zuerst den Riss schließen. Über Stylianns Motive können wir uns hinterher immer noch den Kopf zerbrechen.«

Denser nickte. »In diesem Fall, um auf deine vorherige Frage zurückzukommen, sollte unser nächster Schritt – oder besser mein nächster Schritt – eine Kommunion mit Styliann sein. Da wir einander anscheinend gegenseitig brauchen, sollten wir wenigstens wissen, wo jeder steht.«

»Also gut«, sagte Ilkar. »Und dann wecken wir die anderen und überlegen zusammen, wie wir hier herauskommen.«

»Wie läuft überhaupt die Schlacht?«, fragte Erienne. Jetzt wurde ihnen wieder der Kampflärm draußen bewusst.

»Wie es zu erwarten war. Die Wesmen stoßen gegen die Mauern vor, werden aber von Pfeilen und Sprüchen abgehalten. Ihre Katapultschüsse können wegen unserer Schilde die Mauern nicht erreichen, und bisher haben sie noch nicht versucht, höher zu schießen und das Kolleg selbst zu treffen. Sie wissen, was sie wollen, und das wissen wir auch, aber man kann nichts dagegen tun. Sie warten, bis die Magier müde werden, darauf läuft es hinaus. Danach können sie dann mit einem ernsthaften Angriff beginnen, und früher oder später werden sie uns überrennen.« Ilkars Gesicht verriet nichts, aber Denser wusste, was in ihm vorging. Er musste zusehen, wie sein Kolleg erobert wurde, und er musste sogar weggehen, bevor es von den Feinden eingenommen wurde.

»Und die Dordovaner?«, fragte Denser.

»Nun ja, sie sind unsere einzige echte Chance. Wir schätzen, dass sie irgendwann morgen früh eintreffen, aber es ist wichtig, dass sie an der richtigen Stelle angreifen. Ihr Angriff ist wohl auch die beste Möglichkeit für uns, unbehelligt hier herauszukommen.« Ilkar hielt inne und kratzte sich am Kopf. »Wie auch immer, ich gehe ins Herz zurück. Erienne, gibt es Neuigkeiten von Thraun?«

»Er ist aufgewacht, schläft jetzt aber wieder. Körperlich ist er einfach nur müde. Emotional … wer weiß?«

»Halte mich auf dem Laufenden, ja?« Er wandte sich zum Gehen. »Wir sehen uns dann später.«

Denser sah ihm nach, bis die Tür geschlossen war. »Ich muss mich ausruhen, Liebste. Die Kommunion werde ich nach der Dunkelheit halten.« Er beugte sich vor und küsste sie. »Vergiss nicht, dir auch selbst etwas Ruhe zu gönnen. Wir brauchen dich.«

Erienne zauste sein Haar. »Mach dir meinetwegen keine Sorgen, ich bin wieder in Form, sobald ich eine Nacht durchgeschlafen habe. Sei vorsichtig. Die Kommunion mit Styliann ist gefährlich.«

Barras stand mit dem Rat auf der Nordmauer des Kollegs. Fast den ganzen Tag hatten sie dort verbracht. Sie waren hinter einem statischen harten Schild in Sicherheit, und die Wehrgänge wurden durch Sprüche vor den Katapultschüssen und den Rammböcken der Wesmen geschützt. Bisher hatten sie die Mauern nicht erreicht, doch Barras beobachtete die Schlacht mit zunehmender Hoffnungslosigkeit.

Der Tag hatte mit einer Gräueltat begonnen. Die Wesmen hatten mit schweren Armbrüsten und Katapulten Öl auf die julatsanischen Toten geschossen und die Leichen mit Brandpfeilen angezündet.

Die Kleidung der ausgetrockneten Leichen hatte sofort Feuer gefangen, und sie waren schnell verbrannt. So wurden die Angehörigen um die Chance gebracht, ihre Toten zu ehren und würdevoll zu bestatten. Als der erstickende, beißende graue und schwarze Rauch vor den Mauern aufstieg und Asche und Ruß in den frühmorgendlichen Himmel hochwirbelte, hatten die Wesmen im Schutz des grässlichen Nebels, den sie selbst geschaffen hatten, mit dem ersten Angriff begonnen.

Es war ein vorhersehbares Manöver gewesen, das den Verteidigern dennoch größere Schwierigkeiten machte als jedes andere an diesem Tag. Weit genug vom erstickenden, blendenden Rauch entfernt, damit sie atmen konnten, stellten sich die Magier auf und deckten den Bereich vor den Mauern mit Feuerkugeln, Heißem Regen und Todeshagel ein. Dabei mussten sie auch die Mauern schützen, um sie nicht durch ihre eigenen schlecht gezielten Sprüche zu gefährden, und so wurde dieses Sperrfeuer eine aufwendige Übung, die viel Kraft kostete. Erst als die mit Tüchern maskierten Soldaten signalisierten, dass die Wesmen sich zurückzogen, bekamen die Magier eine Atempause.

Als der Rauch sich verzog, war somit der Rhythmus für den Tag festgelegt. Es gab sporadische, aber unablässige Angriffe an zwei Dutzend Stellen rings um die Mauern. Die Angriffe waren nie eine große Gefahr für das Kolleg, doch sie waren stark genug, um die Verteidiger zu zwingen, ständig ihre Magie einzusetzen. Senedai wusste genau, was er tat, und er hielt seine eigenen Verluste möglichst gering.

Hätte Barras gehört, wie Ilkar die Lage einschätzte, dann hätte er in jedem Punkt nachdrücklich zugestimmt. Die Wesmen hatten Zeit, oder sie glaubten es jedenfalls, und die Julatsaner würden früher oder später ermüden, genau wie es an der Stadtgrenze schon geschehen war. Einen Durchbruch an einer einzigen Stelle, mehr brauchten die Wesmen im Grunde nicht.

Barras rieb sich die Augen. Er rechnete damit, dass die Angriffe in der Nacht weitergehen würden, obwohl dies für die Wesmen ungewöhnlich war. Doch die Angreifer wollten offenbar die Magier und Soldaten zwingen, auf den Mauern auszuharren, während diejenigen, die abgelöst wurden, nicht einmal richtig zur Ruhe kamen. Und wer dort oben stand, der sah sich einer erdrückenden Übermacht gegenüber.

In der relativen Ruhe des Innenhofs und sogar auf den Treppen, die zu den Wehrgängen führten, konnte man leicht die Realität der Belagerung vergessen. Doch ein Blick nach draußen veränderte alles. Außerhalb der Reichweite der Sprüche standen die Wesmen zwischen den Trümmern der Gebäude. Sie hatten viele Häuser abgerissen, um ein Aufmarschgebiet für ihre Armee zu bekommen, und jetzt waren tausende ihrer Kämpfer angetreten. Sie warteten. Manchmal waren sie still, manchmal brüllten sie ihre Lieder von Sieg und Hass, manchmal sangen sie, manchmal verspotteten sie die Verteidiger. Böse hallten ihre Stimmen zwischen den Mauern des Kollegs.

Sie waren wie ein bewegtes Meer, und sie warteten auf den Sturm, der sie mit einer Flutwelle ins Kolleg treiben sollte. Sie waren Heuschrecken, die darauf lauerten, die reifen Felder abzufressen.

Und doch fürchteten sie die Magie. Sie waren vorsichtig wie zuvor. Das war Barras' einziger Trost. Wäre es anders gewesen, dann wäre schon der erste Angriff zu viel gewesen. Doch Senedai hatte den größten Teil seines Heeres noch gar nicht eingesetzt.

Die Folge war, dass die Julatsaner zwar hin und wieder eine kurze Atempause bekamen, doch sie mussten Vorstoß auf Vorstoß abwehren, und jeder Angriff schwächte sie ein wenig. Gleichzeitig mussten sie ohnmächtig zusehen, wie ihre Stadt zerstört wurde. An einem Dutzend Stellen brannten Feuer. Das Rumpeln von einstürzenden Gebäuden und brechenden Balken erfüllte die Luft, wenn die Wesmen einmal schwiegen, und bedrückte alle Männer, Frauen und Kinder, die es sahen.

Es gab keinen Weg hinaus, doch Barras hatte noch eine schwache Hoffnung. Der Rabe war im Kolleg, wenngleich nur für eine kurze Zeit, und da draußen …

»Wann werden die Dordovaner eintreffen?«, fragte er Seldane, die vor einiger Zeit aus einer Kommunion zurückgekehrt war.

»Sie kommen nur langsam voran«, berichtete sie. »Die Wesmen haben Späher und Überfallkommandos ausgeschickt, weil sie glauben, der Kampf sei bald vorbei. Die Dordovaner stecken drei Marschstunden entfernt in einem Wald. Falls sie bis heute Abend noch etwas vorankommen, dann wollen sie morgen in der Dämmerung angreifen. Wenn sie das nicht schaffen, dann können wir nur raten.«

»Ich muss unbedingt früh aufstehen«, sagte Kerela.

»Wie schätzt Ihr unsere magische Stärke ein?«, fragte General Kard. Wenn er nicht gerade unterwegs war, um seine Truppen zu inspizieren, leistete er dem Rat auf den Mauern Gesellschaft. Kerela forderte Vilif mit einem Nicken auf, dem General die Situation zu erklären.

Der alte, gebeugte und kahlköpfige Sekretär des Rates zog die Augenbrauen hoch. »Nicht gut«, sagte er. »Überhaupt nicht gut. Heißer Regen und Feuerkugeln sind zwar sehr wirkungsvoll, aber sie sind auf diese Entfernung sehr anstrengend. Vor allem, wenn man diese Sprüche häufig wirken muss. Wenn wir annehmen, dass die Angriffe die Nacht über mit gleicher Stärke fortgesetzt werden, dann sind wir morgen Nachmittag mehr oder weniger am Ende. Und dann, mein guter Freund, liegt alles in Euren fähigen Händen.«

Der Abend war gekommen, und wie befürchtet hatten die Angriffe der Wesmen nicht nachgelassen. Immer noch schlugen die Katapultschüsse gegen die Abschirmungen vor den Mauern oder flogen gelegentlich auch darüber hinweg und verursachten hier und dort Schäden an Gebäuden oder verletzten gar die Wenigen, die so dumm waren, sich ungeschützt im Freien zu bewegen.

Denser saß müde und gähnend im kahlen Turmzimmer neben Erienne. Sie hatte gerade die Kommunion mit Pheone beendet, die inzwischen zur Streitmacht der Dordovaner gestoßen war. Hirad und der Unbekannte fühlten sich dagegen frisch und zu allem bereit und vertilgten große Platten mit Fleisch und Gemüse. Sie wollten noch ein oder zwei Stunden trainieren, ehe sie sich wie die anderen Rabenkrieger bis zur Morgendämmerung hinlegten. Thraun war noch nicht aufgewacht.

»Wir könnten noch tagelang weitersuchen«, meinte Ilkar, »aber ich glaube nicht, dass wir hier noch viel finden. Wir sind auf einige wichtige Details gestoßen, doch der größte Teil der Werke ist in Xetesk, um diese Einsicht kommen wir nicht herum.« Er war wütend, weil Styliann es ihnen hätte so viel leichter machen können, doch andererseits war er nicht sonderlich überrascht.

»Um ehrlich zu sein, dies ist vielleicht gar nicht so schlecht«, gab der Unbekannte zurück. Er trank einen großen Schluck helles Bier und wischte sich mit dem Handrücken den Mund ab. »Wir wissen, dass die Ablenkung durch die Dordovaner für uns die beste Gelegenheit ist, hier herauszukommen. Nicht nur das – wenn die Belagerung nicht durchbrochen werden kann, dann wird dieses Kolleg schließlich fallen, und so Leid es mir tut, Ilkar, was wir vorhaben, darf nicht dadurch gestört werden, dass wir bei der Rettung des Kollegs helfen.«

»Ich weiß«, sagte Ilkar. »Das wissen wir alle. Wir sind bereit.« Es gab ein kurzes Schweigen.

»Wir müssen Kard und den Rat informieren«, fuhr der Unbekannte schließlich fort. »Wir brauchen Pferde, Vorräte und jemanden, der uns im richtigen Moment das Nordtor öffnet. Wenn möglich, brauchen wir auch etwas Rückendeckung, um die feindlichen Linien zu durchbrechen.«

»Das werden wir alles bekommen«, sagte Ilkar. »Kerela ist nicht dumm, sie erkennt die größeren Zusammenhänge. Ich werde mit ihr reden.«

»Denser, was ist mit Styliann?«, fragte der Unbekannte. Denser, der zusammengesunken auf dem Stuhl gehockt war, richtete sich auf und stützte die Ellenbogen auf den Tisch.

»Es war keine einfache Kommunion«, sagte er. Trotz der schwierigen Situation mussten die anderen kichern. »Styliann ist offenbar entschlossen, mit uns zu kommen, auch wenn er es nicht offen zugegeben hat. Er weiß, dass wir die

Texte brauchen, die er gefunden hat, und er will sich mit uns an Septerns Haus treffen, um dort mit uns darüber zu reden. Was das bedeutet, ist nicht schwer zu erraten.«

»Wann bricht er auf?«, fragte Hirad, der über Stylianns Plan nicht einmal sonderlich wütend war. Er war weit darüber hinaus, wegen irgendetwas, das er sah oder hörte, überrascht zu sein. So ging es eben, wenn man sich mit Dawnthief und den Drachen herumgeschlagen hatte.

»Morgen, genau wie wir. Er könnte sogar vor uns dort eintreffen.«

»Bringt er seine Protektoren mit?«

»Was denkst du denn?«

»Wie viele?« Hirad runzelte die Stirn.

»Das wollte er nicht sagen.«

»Ich kann es euch sagen, wenn es so weit ist«, erklärte der Unbekannte und schloss damit das Thema ab. »Erienne, wie ist die Situation bei den Dordovanern?«

»Da gibt es nicht viel zu berichten«, sagte sie. »Die Dordovaner marschieren langsam zum Nordtor. Einige versprengte Gruppen von Julatsanern, die sich in der Wildnis versteckt hatten, sind zu ihnen gestoßen. Ich habe mir erlaubt, Pheone mitzuteilen, dass wir ausbrechen müssen, und sie wird die Informationen an den dordovanischen Kommandanten weitergeben. Ihre wichtigste Aufgabe ist allerdings die Befreiung von Julatsa. Das war es auch schon.«

»Hat sie dir irgendwelche Hinweise auf die Angriffspläne der Dordovaner gegeben?«, wollte Hirad wissen.

Erienne runzelte die Stirn. »Das verstehe ich nicht.«

»Wollen sie auf breiter Front angreifen oder wie ein Speer, um durchzubrechen?«

»Das hat sie nicht gesagt«, antwortete Erienne. »Ich glaube auch nicht, dass sie es weiß.«

»Eigentlich spielt es auch keine Rolle«, meinte der Unbekannte. »Wir wissen so oder so, was wir zu tun haben. Also gut. Hirad, komm mit, wir wollen uns etwas Bewegung verschaffen und nach Thraun schauen. Er muss im Morgengrauen marschbereit sein.«

Styliann saß mit Dystran im Turm des Herrn vom Berge. Er war entsetzt über das Durcheinander, das der junge Magier in wenigen Tagen angerichtet hatte. Ordnung war lebenswichtig. Auch Dystran musste das eines Tages lernen. Andererseits war es vielleicht sowieso schon zu spät für seine Erziehung.

Styliann nippte an seinem Roten aus Blackthorne, kein herausragender Jahrgang, aber nicht übel, und sah sich im Arbeitszimmer um. Dystran saß ihm gegenüber am niedrig brennenden Feuer. Die Wärme war von den Steinen aufgenommen worden und strahlte von dort zurück. Hinter dem neuen Herrn vom Berge standen zwei Krieger und zwei Magier, die Styliann mit unverhohlenem Misstrauen beäugten, während er niemand außer Cil als Leibwächter mitgebracht hatte. Trotzdem, so überlegte er, war er im Zweifelsfall deutlich im Vorteil.

»Wie lautet nun Eure Antwort?« Styliann setzte das leere Glas am Kamin ab und spürte die Wärme des Feuers auf dem Arm.

»Was Ihr mir erzählt habt, ist offen gestanden unglaublich«, sagte Dystran. »Und da Ihr Euch weigert, Euch dem Wahrspruch zu unterwerfen, bin ich skeptisch, ob es überhaupt stimmt.«

»Hört doch auf, Dystran. Ihr wisst genau, dass meine Weigerung, mich dem Wahrspruch zu unterziehen, ganz andere Gründe hat. Ich biete Euch alles, was Ihr haben wollt, für ein paar Papiere, von denen wir beide wissen, dass der Rabe sie bekommen muss, wenn wir überleben wollen.«

»Aber Ihr verlangt die Protektorenarmee«, sagte Dystran.

»Aus dem gleichen Grund. Zum Schutz. Falls es Eurer Aufmerksamkeit entgangen ist, die Wesmen sind in großer Zahl in den Osten eingedrungen, und ich muss das Haus wohlbehalten erreichen. In sieben Tagen könnt Ihr die Bindung aufheben, und dann werden sie Euch gehören. Ich habe lediglich eine Bitte formuliert, und Ihr wisst, dass Ihr mich daran hindern könnt, jemals wieder zurückzukehren, sobald ich das Kolleg verlassen habe.«

»Und Ihr versprecht, den Wechsel der Bindung der Protektoren nicht mehr zu unterlaufen?« Dystran schüttelte ungläubig den Kopf.

»So ist es. Ich werde die Urkunden, die Eure Amtsübernahme besiegeln, sofort unterzeichnen, wenn Ihr sie vorbereitet habt.« Styliann schenkte sich ein neues Glas Wein ein. »Ich sehe wirklich keinen Grund, warum Ihr Euch jetzt noch weigern solltet.«

»Das ist genau das, was mir solche Sorgen bereitet.«

Styliann kicherte. »Es freut mich zu sehen, dass Euer Verstand noch funktioniert. Aber trotzdem biete ich Euch alles, was Ihr haben wollt, und fordere nichts, was Ihr nicht geben könnt.«

»Aber warum?« Dystran beugte sich vor. »Ich kann nicht verstehen, warum Ihr so einfach einlenkt und alles aufgebt, was Ihr besessen habt.«

»Nein, das könnt Ihr wohl nicht«, sagte Styliann. Er bedauerte Dystran beinahe, weil er so wenig verstand. Er bedauerte ihn, aber zugleich war er darüber erfreut. »Manchmal sind uns Wege vorgezeichnet, von denen wir nicht abzuweichen wagen.«

»Wäre der Mittagsschatten über Parve einer davon?«

Styliann nickte. »In gewisser Weise, ja.«

Dystran starrte ins Feuer, doch Styliann sah, wie seine Augen zuckten, während die Gedanken durch seinen Kopf rasten. Wahrscheinlich befand er sich sogar in Kommunion mit seinen Helfern, die so klug waren, sich Styliann gegenüber nicht zu erkennen zu geben. Dystrans Schweigen dauerte nicht lange.

»Die Papiere sollen aufgesetzt werden. Ihr werdet sie unterzeichnen und die Stadt sofort verlassen. Ihr dürft nur mit meiner Erlaubnis zurückkehren, und Ihr werdet Septerns Texte, die Euch zur Verfügung gestellt werden, um Balaia zu retten, anschließend wieder abliefern. Ist das akzeptabel?«

»Ja, mein Lord.« Styliann erhob sich. »Und jetzt werde ich Euch allein lassen, damit ihr Eure Arbeit tun könnt. Der Herr vom Berge findet nur wenig Muße. Ich werde im Großen Speisesaal auf die Papiere warten.«

»Man wird Euch dort etwas zu essen servieren.«

»Danke.« Styliann streckte eine Hand aus, die Dystran widerstrebend nahm. »Bis nachher dann.« Styliann nahm Septerns Schriften an sich und verließ den Turm.

Später, als er zu den wartenden Protektoren zurückkehrte, während Cil hinter ihm eine Kette von sechs beladenen Packpferden führte, blickte Styliann noch einmal auf die Papiere und Pergamente, die er in der Hand hatte. Er wunderte sich über die Dummheit des neuen Herrn vom Berge. Er hatte bei keinem Dokument, das Styliann verlangte, Fragen gestellt und sie nicht einmal angesehen. Und doch waren sie der Schlüssel zu einer Macht und zu einem Einfluss, angesichts derer Dystran eine mehr als unbedeutende Person bleiben musste.

Eines Tages würde er es erkennen. Styliann freute sich jetzt schon auf diesen Tag.

Es herrschte keine finstere Nacht mehr, oder jedenfalls nicht mehr in dem Sinne, wie Hirad es gern gehabt hätte. Er stand im Windschatten der Nordmauer. Sechs gesattelte, mit Futtersäcken versehene und magisch beruhigte Pferde waren in der Nähe angeleint. Draußen tobte der jüngste Angriff auf das Kolleg. Das Nachglühen der Sprüche erhellte die fliehende Dunkelheit kurz vor der Morgendämmerung und überflutete den Himmel, der schon von hundert brennenden Häusern in Julatsa rot gefärbt war.

Flammen und feuriger Hagel gingen auf die anrückenden Wesmen nieder, deren Schreie die Befehle der Magier, die Feuer und Eis dirigierten, teilweise übertönten. Auch das dumpfe Sirren von Bogensehnen war zu hören. Nur das Klirren der Schwerter fehlte. Kein Wesmen-Krieger hatte bisher die Mauern erklommen, doch sie rückten unerbittlich näher.

Hirad beschränkte sich darauf, im Schatten zu stehen und zu lauschen. Er konnte sowieso nichts tun, und er musste wie die anderen Rabenkrieger bereit sein, sich im richtigen Augenblick in Bewegung zu setzen. Der schwierigste Zeitpunkt war derjenige, wenn der Angriff der Dordovaner begann. Es war gefährlich, und der Rabe war nicht bereit, ein unkalkulierbares Risiko einzugehen.

Er lehnte sich an die Mauer und rieb abwesend die Schulter eines Pferds. Drüben am Turm wurde die Tür geöffnet, und eine riesige Gestalt kam heraus, gefolgt von einer viel kleineren. Der Unbekannte und Ilkar. Er lächelte, als sie zu ihm geschlendert kamen. Sie sahen aus wie zwei Freunde, die einen gemächlichen Spaziergang unternahmen und im Laufen schwatzten. Doch Hirad ahnte, was sie zu besprechen hatten, und es waren gewiss keine Bemerkungen über die Wärme des gerade beginnenden Tages.

Kurz danach wurde auch die Tür der Krankenstation geöffnet, und der Lichtschein fiel auf den Hof hinaus. Drei Gestalten traten ins Freue. In der Mitte ging ein großer Mann, gebeugt und schwerfällig, und links und rechts neben ihm waren die kleineren Begleiter immer einen halben Schritt voraus.

»Bist du schon lange hier?«, fragte Ilkar, als er Hirad erreichte.

»Lange genug, um zu erkennen, unter welchem Druck die Verteidigung steht«, sagte Hirad. »Wie geht es dir?«

»So gut, wie es angesichts dieser gottlosen Morgenstunde möglich ist.«

»Gibt es etwas Neues von den Dordovanern?«, fragte Hirad.

»›Haltet Euch bereit‹«, zitierte Ilkar.

»Das war alles?«

»Nun ja, sie haben keinen taktischen Einsatzplan übermittelt, mit Standorten der Einheiten, magischen Schutzräumen und Angaben zur Flankenverteidigung, falls du das meinst.« Ilkars Ohren zuckten. »Es war eine kurze Kommunion, keine Diskussion am runden Tisch.«

»Seltsame Magier seid ihr mir, wenn ihr nicht einmal …« Hirads Belustigung über Ilkars gereizte Stimmung verflog sofort, als Thraun vor ihnen stand.

Sein Haar war gebürstet und zu einem Pferdeschwanz geflochten. Jemand hatte ihn zurechtgemacht. Hirad erkannte es daran, dass die Frisur nicht sehr ordentlich war. Rot geränderte Augen, die am frühen Morgen ins Leere starrten, blickten aus einem unendlich müden Gesicht. Jede Träne, die Thraun vergossen hatte, war ihm anzusehen, und dazu alle anderen, die noch kommen sollten. Es versetzte Hirad einen Stich, als er sich deutlicher, als ihm lieb war, an seine eigenen Gefühle nach Sirendors Tod erinnerte. Es gab weiter nichts zu sagen, aber Schweigen war auch nicht richtig.

»Die Schmerzen werden mit der Zeit vergehen«, sagte er. Thraun sah ihn offen an, bevor er den Kopf schüttelte und wieder zu Boden starrte.

»Nein«, sagte er. »Ich habe ihn sterben lassen.«

»Du weißt, dass es nicht stimmt«, wandte der Unbekannte ein.

»Als Mann hätte ich sie aufhalten können, doch als Wolf hatte ich nur Augen für meine eigene Angst. Ich habe ihn im Stich gelassen.«

Hirad öffnete den Mund und schloss ihn wieder, ohne etwas gesagt zu haben. Er verwarf die Antwort und konzentrierte sich auf das nahe Liegende. »Kannst du reiten?«

Thraun nickte wortlos.

»Gut. Wir brauchen dich, Thraun. Wir brauchen deine Stärke. Du gehörst zum Raben, und wir werden immer zu dir stehen.«

Wieder ein Nicken, doch jetzt bebten seine Schultern. »Genauso, wie ich neben Will gestanden habe und ihn sterben ließ?«, quetschte er hervor. Die Kehle wurde ihm eng.

»Manchmal geben wir unser Bestes, und es ist trotzdem nicht genug«, sagte Hirad.

»Aber ich habe nicht mein Bestes gegeben. Ich war innerlich gar nicht da, und deshalb ist Will jetzt tot.«

»Das weißt du doch gar nicht.«

Thraun starrte sie trostlos an. »Doch, ich weiß es«, flüsterte er. »Ich weiß es.«

Den ganzen Morgen über blieb die Lage gespannt. Die Wesmen schickten Welle auf Welle in den Angriff, als spürten sie eine Veränderung der Atmosphäre in der Stadt. Mit zunehmender Wildheit und Verbissenheit rannten sie gegen die Mauern an.

Tausende eilten herbei, um ihre Leitern und Türme gegen die julatsanischen Mauern zu schieben und wurden vom Feuer, vom Wind und vom Hagel vernichtet und vertrieben. Doch sie kamen und kamen, und je mehr die Magier ermüdeten, desto größer wurde die Gefahr, Mann gegen Mann auf den Wehrgängen kämpfen zu müssen.

In einer kleinen Kampfpause, als die Wesmen sich außer Reichweite der Sprüche neu formierten, stieg der Rabe zu den Befestigungen am Nordtor hinauf, um die Lage einzuschätzen. Julatsa wurde systematisch zerstört, und was an Material noch nützlich war, wurde zu Kriegsgerät umgebaut. Alles andere wurde zerbrochen oder verbrannt. Überall flackerten Feuer, und die eingeebnete Todeszone wurde mit jeder Stunde größer.

Hirad drehte sich zum Unbekannten um, als Katapultgeschosse vorbeipfiffen und in Gebäude und auf dem verlassenen Hof einschlugen. Er warf kaum einen Blick hinter sich. Der große Krieger starrte gleichmütig zu den unzähligen Wesmen hinaus, schätzte ihre Fluchtchancen ein und beobachtete die Taktik der Wesmen, die die magische Verteidigung Julatsas so sehr beanspruchte.

»Was denkst du, Unbekannter?«

»Wir bauen zu sehr darauf, dass die Dordovaner den Angriff stören«, sagte er. »Aber wenn wir nicht gleichzeitig von dieser Seite her angreifen, werden wir die feindlichen Linien nicht durchbrechen.«

»Bist du sicher?«

Der Unbekannte sah ihn an. »Es ist realistisch.«

»Was schlägst du vor?«

»Nehmen wir an, die Dordovaner greifen auf einer Linie von der Flagge mit dem roten Bären da drüben bis zu dem Stierkopf dort an.« Er deutete auf zwei etwa siebzig Schritt voneinander entfernte Banner der Wesmen. »Wir können davon ausgehen, dass die Frontlinie zu beiden Seiten noch einmal zwanzig bis dreißig Fuß weit gestört wird, weil die Männer ihre Positionen verlassen und die neuen Gegner angreifen werden. Wenn wir diese Störung durch einen Angriff von hier aus noch verstärken können, und sei es nur ein einziger schnell geführter Schlag, dann verbessern wir unsere Chancen erheblich. Es ist im Grunde sehr einfach.«

Hirad kicherte. »So etwas haben wir schon einmal gemacht«, sagte er. Sein Lächeln wurde noch breiter, als der Unbekannte ihn fragend ansah. »Du warst da aber nicht bei uns. Vertrau mir.«

Der Unbekannte nickte und drehte sich wieder zu den Wesmen um.

Der Angriff kam ohne Vorwarnung, als die Sonne den Zenith überschritten hatte. Die julatsanischen Magier bereiteten sich gerade auf einen neuen Ansturm der Wesmen vor, als am Nordrand der Stadt Feuer ausbrachen und das Grollen von einstürzendem Mauerwerk zu hören war. Ein Feuerwerk von Blitzen ließ grelles Licht und tiefe Schatten über Julatsa wechseln und füllte den Himmel mit grellem Rot, Orange und Blau.

Jubelrufe waren auf den nördlichen Wehrgängen zu hören. Einige Magier verloren ihre Konzentration, überall im Kolleg wurden die Köpfe gehoben, und die Finger zeigten auf die Dordovaner, die endlich gekommen waren.

Ein paar Momente lang, die sich scheinbar ewig dehnten, kam von den Wesmen überhaupt keine Reaktion. Dann wurden hektische Befehle an die Abteilungen gegeben, die im Norden vor dem Kolleg standen. Ganze Abschnitte lösten sich aus der Front, und obwohl ihre Plätze sofort von nachrückenden Wesmen eingenommen wurden, dünnte die Angriffslinie etwas aus. Die nach hinten beorderten Abteilungen eilten durch die Straßen, und das ganze Kolleg atmete erleichtert auf, als die Wesmen allmählich von Entsetzen gepackt wurden.

Die verkniffenen Mienen der Julatsaner lösten sich, sie lächelten auf einmal, und neue Hoffnung wuchs aus der Asche der Trostlosigkeit. Die Verteidiger des Kollegs begrüßten die Retter mit lautem Gebrüll, und als in der Stadt Kampfgeräusche zu hören waren und weitere Sprüche losgelassen wurden, hatte Hirad genug gesehen.

»Jetzt oder nie«, sagte er. Er, der Unbekannte und Ilkar rannten die Treppen zu der Gruppe hinunter, die am Torhaus wartete. Der Rabe würde hinter fünf abgeschirmten Magiern und vor zweihundert Fußsoldaten reiten. Hirad schwang sich in den Sattel und sah die anderen an.

»Alles bereit?« Sie nickten. Auf ein Zeichen vom Unbekannten schwang das Nordtor auf.

»Beeilt euch«, drängte er. »Die Wesmen werden nicht untätig herumstehen.«

Die kleine Truppe ritt im Galopp auf die Wesmen zu, die, offenbar durch den Angriff in ihrem Rücken abgelenkt, zunächst keine Anstalten machten, irgendetwas zu unternehmen.

Die beiden Magier in der Mitte schossen Kraftkegel ab, die sie schon lange vorher vorbereitet hatten. Die Sprüche schlugen durch die Reihen der Wesmen, stießen die Krieger zur Seite und drückten die weniger Glücklichen gegen Gebäude und Schutthaufen, wo ihre Körper zerquetscht und zerfetzt wurden. Einen Herzschlag später flogen Feuerkugeln aus den Händen der Magier, die den Ausfall begleiteten, und versetzten die Krieger zu beiden Seiten des von Kraftkegeln geschaffenen Durchgangs in Panik. Geschützt vom Schild des fünften, der eigentlich gar nicht gebraucht wurde, machten die Magier nach dem kurzen Ausfall kehrt.

»Der Rabe!«, brüllte Hirad. »Der Rabe zu mir!«

In enger Formation stürmte der Rabe in die Lücke, links und rechts sausten die Schwerter herunter, Ilkars harter Schild deckte sie, während Denser und Erienne weitere Feuerkugeln verteilten. Nur Thraun beteiligte sich nicht. Er kauerte mit gesenktem Kopf im Sattel und überließ es seinem Pferd, den anderen zu folgen. Das Tier war viel zu ängstlich, um seitlich auszubrechen.

Hirad schlug einem Gegner den Axtarm ab und stieß einen entzückten Ruf aus, als sie weiterstürmten. Zu beiden Seiten loderten Flammen hoch. Wesmen liefen in alle Richtungen davon, sein Pferd drohte bei jedem Schritt durchzugehen, doch sie brachen schließlich durch die feindlichen Linien. Steine, Äxte und Balken, die auf sie geschleudert wurden, prallten harmlos von Ilkars Schild ab. Das Schwert des Unbekannten blitzte und färbte sich blutrot, als er ihnen den Weg freihackte. Der Rabe stürmte durch das Chaos, und als er die Linie durchbrochen hatte, waren im Kolleg Jubelrufe zu hören, die sogar das Schreien der Wesmen in ihrer Nähe übertönten.

Links rückten die Dordovaner vor. Die ordentlich aufgestellte Streitmacht war dreitausend Schwerter und Schilde stark und wurde durch magisches Feuer und Eis verstärkt. Das Kolleg hatte seine Elitetruppe geschickt.

Hirad wollte sich instinktiv dem Angriff anschließen, weil er eine Chance sah, den Gegner noch weiter zu dezimieren, doch der Unbekannte hielt ihn zurück und ließ nicht zu, dass der Barbar sein Pferd in eine andere Richtung lenkte.

»Dieses Mal nicht, Hirad«, rief er. »Dies ist ein Kampf, an dem wir uns nicht beteiligen dürfen.«

So ließen sie die Reste der rennenden Belagerungstruppen der Wesmen hinter sich, ignorierten sie oder wichen ihnen aus, wenn sie sich in die letzte Schlacht um das Kolleg von Julatsa stürzen wollten. Der Rabe galoppierte durch verlassene Seitenstraßen in das zertrampelte, stumpfe Grün des offenen Landes zurück.

Auf den Wällen hinter den langen Hallen erlahmte die Verteidigung, und die Wesmen brachen durch und drangen bis auf die Wehrgänge vor. Von unten rannten Reservetruppen der Julatsaner herauf und stürzten sich mit trotzigem Gebrüll auf die Gegner, damit die anderen etwas Zeit fanden, sich neu zu formieren.

Auf dem Hof rannten Männer, Frauen und Kinder in alle Richtungen und trugen die Verletzten aus dem Kampfbereich, schleppten Wasser zu den Dutzenden Feuern, die knisterten, wo die Brandgeschosse der Wesmen eingeschlagen waren, und trugen Holz, Waffen oder Nahrung oder was die Verteidiger sonst noch brauchten.

Vom Turm aus übermittelten Kards Signalgeber Befehle an die Hauptleute, während der General selbst auf den Wällen entlangschritt und mit aufmunternden Worten die Moral der Truppen stärkte. Auch sein Schwert triefte vor Wesmen-Blut. An sechs Punkten standen Ratsmitglieder und leiteten die Anwendung der Sprüche, halfen mit Schilden aus oder unterstützten die Kämpfer einfach nur durch ihre Anwesenheit. Nur Endorr fehlte. Er war bei Bewusstsein, aber hilflos.

Draußen vor den Mauern des Kollegs hatten die dordovanischen Streitkräfte zwar einen Teil der Gegner von den belagerten Julatsanern abgelenkt, doch es war ihnen noch nicht gelungen, die Mauern zu erreichen. Seit drei Stunden traten sie jetzt auf der Stelle, und mit jedem Moment rückte der Fall des Kollegs näher.

Die Flucht des Raben hatte neue Hoffnungen für Balaia geweckt, doch jetzt zahlte Julatsa den Preis.

Barras dirigierte ein Sperrfeuer aus Heißem Regen, der mitten zwischen die am Nordtor angreifenden Wesmen fiel und diejenigen zurücktrieb, die nicht zu schwer verletzt waren, um wegzulaufen. Er hätte dringend eine Pause gebraucht, doch unter dem fast wolkenlosen Himmel nahm der Kampf unerbittlich seinen Fortgang. Das Klirren der Waffen, das Donnern der Katapulte, die gerufenen Befehle, die Schreie der Sterbenden, alles stürmte auf ihn ein. Farben flackerten vor seinen Augen, ein Schleier aus Asche und Blut schwebte in der Luft, und unzählige Waffen schimmerten im Sonnenlicht. Auf den Wehrgängen und Mauerkronen floss das Blut in Strömen, Banner bewegten sich durchs Kampfgetümmel, Rufe ertönten, die Mauern endlich einzunehmen, Flammen sprangen aus dem Boden empor, und das Licht der offensiven Sprüche blitzte und loderte auf allen freien Flächen rings um das Kolleg.

Er schmeckte und roch die Angst und die Macht, den Schweiß und das Blut, er konnte die Schmerzen jedes Julatsaners fühlen, der starb, und die Verzweiflung all derer, die noch lebten. Sie konnten die Wesmen nicht aufhalten, und ein Eindringling, der starb, hinterließ nicht etwa eine Lücke, sondern wurde sofort vom nächsten ersetzt.

Trotz ihres Kampfgeistes, trotz ihrer Sprüche und ihrer unerschütterlichen Stärke war die julatsanische Reserve einfach nicht stark genug, und die Tatsache, dass die Dordovaner die Linien der Wesmen nicht durchbrochen hatten und nicht bis zum Kolleg vorgestoßen waren, sollte sich als tödlich erweisen.

Rechts neben ihm rief jemand. Tausende Wesmen rannten auf den Platz vor dem Nordtor. Hinter ihnen stieg

Staub in die Luft, wo die Dordovaner kämpften, doch etwas stimmte nicht. Neben Barras saß eine Magierin im Schutz der Brüstung und empfing eine Kommunion. Der Austausch war kurz, und danach sah sie Barras in die Augen. Ihre Tränen sagten mehr als genug.

»Die Dordovaner sind geschlagen«, sagte sie. »Sie ziehen sich zurück.« Barras' Herz verkrampfte sich, und er hatte alle Mühe, sich die Verzweiflung nicht anmerken zu lassen. Er bückte sich und half der Frau auf die Beine.

»Komm schon«, sagte er. »Gib nicht auf. Wir können sie immer noch besiegen.« Doch als er sich umdrehte, um seine nächsten Befehle zu geben, wusste er schon, dass Julatsa am Ende war.

Aufgeschreckt von den Warnrufen an der Mauer rannte Kard zum Nordtor. Der Schweiß lief ihm in Strömen herunter, doch sein Kampfgeist war ungebrochen. Er rief den Männern im Laufen Ermutigungen zu, bis er neben Barras stand und die Lage einschätzen konnte. Er beugte sich zum alten Unterhändler.

»Es ist bald so weit, mein Freund«, sagte er. »Wenn die Zeit gekommen ist, dann führe ich Euch ins Herz.«

Barras nickte. »Aber wir wollen sie so lange wie möglich aufhalten, oder?«

Kard lächelte und brüllte seinen Männern Befehle zu. Er stand neben ihnen, während sie kämpften und die endlosen Wellen der Wesmen abzuwehren versuchten. Nach dem Sieg über die Dordovaner kehrten die Wesmen nun beflügelt zum Kolleg zurück und stellten immer mehr Leitern an die Mauern, sie brachten einen zweiten Rammbock nach vorn, und die Schlacht nahm an Heftigkeit zu.

An vier Stellen hatten die Wesmen schon die Mauern erklommen. Ihr wilder Angriff trieb die Verteidiger zurück. Die Feinde waren zu nahe, um Sprüche einzusetzen, und die Mauern mussten im Kampf Mann gegen Mann gehalten werden. Doch als immer mehr Wesmen heraufgeklettert kamen, wurde klar, dass die Verteidiger unterlegen waren.

Kard schrie nach Reserveeinheiten und zeigte aufgeregt hierhin und dorthin. Seine auffällige Gestalt bot seinen Männern einen Orientierungspunkt. Barras und seine Magier deckten die lärmenden Massen, die sich unten aufstellten, unterdessen mit Feuerkugeln und Heißem Regen ein. Doch obwohl sie entsetzlich viele Tote zu beklagen hatten, formierten die Wesmen sich einfach neu und stürmten wieder vor.

»Das Tor!«, rief Kard. »Haltet das Tor!« Wie um seine Worte zu unterstreichen, ließ der mächtige Schlag eines Rammbocks das ganze nördliche Torhaus erbeben. Sofort wurden Sprüche losgeschickt und nach unten gezielt, doch das Feuer war kaum erloschen, da hatten die verstreuten Wesmen schon wieder den Rammbock bemannt. Sie witterten den Sieg.

Auch von Süden her nahm das Angriffsgebrüll an Lautstärke zu, als die Wesmen einen Zugang zur Mauer fanden. Eine Frau kreischte, als einer sogar bis in den Innenhof vordrang, bevor er von einem Einwohner niedergemacht wurde.

Die Verteidigung brach rasch in sich zusammen. Katapultgeschosse schlugen im Innern des Kollegs ein, wieder und wieder hämmerte der Rammbock gegen das Nordtor. Schon quietschten die Eisenscharniere bedrohlich, Sperrsprüche zischten, und Reparaturtrupps versuchten verzweifelt, das Tor zu verstärken. Nach einem Dutzend Durchbrüchen von unterschiedlicher Gefährlichkeit waren die Verteidiger fast am Ende. Kard wandte sich an Barras und wischte sich das Blut aus dem Gesicht.

»Jetzt ist der Augenblick gekommen«, sagte der General.

»Nein, wir können sie aufhalten«, sagte Barras. Mit den Augen suchte er nach einer Hoffnung, doch er fand keine. Kard packte ihn am Arm.

»Nein, Barras, wir schaffen es nicht. Geht jetzt, ich werde Euch abschirmen.« Der Elfenmagier umarmte Kard mit grimmigem Gesicht. »Lebt wohl, alter Freund.«

»Tut endlich, was Ihr tun müsst«, sagte Kard unwirsch. »Ich bin froh, Euch kennen gelernt zu haben.«

Und in ein paar Augenblicken bist du tot, dachte Barras. Er rannte zur Treppe, und während er rannte, lösten sich fünf Magier aus dem Kampfgeschehen und gesellten sich zu ihm. Sie waren die Auserwählten. Der Tod war ihnen sicher, aber ihr Opfer würde die Erinnerung an sie immer weiterleben lassen.

Als er zum Turm rannte, hallten ihm Kards Rufe in den Ohren; der Kampf war nur noch ein gedämpftes Brausen. Barras sah sich auf den südlichen Wehrgängen nach Kerela um und lächelte, als er die Erzmagierin zur Stadt deuten und Sprüche und Soldaten gleichzeitig anleiten sah. Als spürte sie seinen Blick im Rücken, drehte sie sich um und bemerkte Barras, der gerade stehen blieb. Einen Augenblick starrten die beiden Elfen einander an, und jeder Augenblick, den sie miteinander verbracht hatten, zog in diesem Moment noch einmal vor ihrem inneren Auge vorbei.

Barras spürte einen leichten, sanften Mana-Impuls. Kerela lächelte, nickte leicht und winkte. Barras winkte zurück und rannte zum Turm. Er nahm alles in sich auf und wusste, dass er es nie wieder sehen würde.

Neuntes Kapitel

Lord Senedai schlenderte durch die Ruinen des Kollegs, während seine Krieger sich auf den schnellen Marsch nach Süden vorbereiteten. Er hatte gleich gewusst, dass der junge Magier reden würde. Er war gut in seiner Magie, hatte jedoch einen schwachen Willen, wenn er gefoltert wurde. Vorteilhaft war auch gewesen, dass man ihn bereits geschwächt in der Krankenstation aufgegriffen hatte. Die anderen Ratsmitglieder, die alten Starrköpfe, hatte er einfach hinrichten lassen. Das war die einzige Möglichkeit, die Gefahr zu verringern.

Alle bis auf Barras. Barras war ihnen bisher entkommen, doch das Kolleg verfügte über weitläufige unterirdische Anlagen. Da konnte ein Feigling leicht weglaufen und sich verstecken.

Bevor er Julatsa verließ, wollte Senedai allerdings sein Versprechen einlösen. Er wollte den Kopf des Elfenunterhändlers haben. Erst dann wollte er den Raben verfolgen, der die Waffe besaß, die den Krieg entscheiden sollte. Die Waffe, mit der man die Drachen nach Balaia holen konnte. Die Waffe, mit der sich die Untergangsmythen für die Völker des Westens erfüllen würden. Sein Vogel war schon geflogen, um Tessaya zu alarmieren.

»Barras, wo versteckst du dich?« Senedai lief vor dem Turm über den Hof. Seine Männer plünderten bereits das Kolleg. Das Pflaster war nass vom Blut der Magier. Ihre Leichen lagen verstreut auf den Wehrgängen und im Hof und in den Hallen der brennenden alten Gebäude. Das übrige Volk war am Südtor zusammengetrieben worden. Für diejenigen, die erst vor kurzem aus dem Kornspeicher befreit worden waren, war die Rückkehr in die Gefangenschaft fast nicht zu ertragen, und die weinenden Männer und Frauen zeigten, wie es um die Stimmung der überlebenden Julatsaner bestellt war. Hoffnungslos und niedergeschlagen waren sie. Jetzt würde keiner mehr kommen und sie retten, und alle ließen niedergeschlagen die Köpfe hängen.

Ihre Soldaten, die angesichts der überwältigenden Zahl der Feinde tapfer gekämpft hatten, sollten, sofern sie noch lebten, entscheiden können. Entweder starben sie den Tod eines Kriegers, oder sie akzeptierten die Versklavung. Den Einwohnern der Stadt stand diese Wahl nicht offen. Sie sollten die Stadt für die neuen Herren wieder aufbauen.

Senedai blieb stehen. Die Antwort auf seine Frage stand direkt vor ihm. Der Turm.

Er allein war vom Feuer und der Macht der Wesmen verschont geblieben. Die Magier, die noch übrig waren und nicht verängstigt durch die Katakomben rannten, wie es zweifellos eine Reihe von ihnen tat, hofften sicher, die Angst vor der Magie werde die Wesmen davon abhalten, das Zentrum des Kollegs zu stürmen. Falsch. Das Kolleg war besiegt, und der Turm war nichts weiter als ein Gebäude, das abgerissen werden musste.

Senedai lächelte. So sah jedenfalls die Theorie aus. Wie

die unversehrten Steine verrieten, war die Praxis ein ganz anderes Kapitel. Alle Wesmen fürchteten die Macht, die einem magischen Turm innewohnte, doch diese Macht war nach dem Tod so vieler Magier gewiss im Schwinden begriffen. Er rief ein halbes Dutzend Männer an seine Seite und tat ihre Furcht mit einer Handbewegung ab, die auch sein eigenes schwankendes Selbstvertrauen aufbauen sollte.

»Das Kolleg gehört uns«, sagte er. »Wer sich jetzt noch dort drin versteckt, ist verängstigt und mutlos. Folgt mir, und wir werden den letzten Schritt zum Sieg tun.«

Fast sofort, nachdem er eingetreten war, spürte er den Druck. Auch Senedais Männer konnten es fühlen. Eine bedrückende Atmosphäre, die sich auf Schultern und Nacken legte und die Kehle zuschnürte. Flüssiges Blei schien durch die Glieder zu strömen. Den Männern war es nicht geheuer, und Senedai hatte Mühe, nicht im Schritt zu stocken und damit seine eigene Beklommenheit zu verraten.

Der Lord der Wesmen fürchtete, er müsste den ganzen Turm nach seinem Opfer absuchen, aber das war nicht nötig. Sobald er drinnen war und die zentrale Säule umrundet hatte, hörte er von unten Stimmen heraufdringen. Sie murmelten und sprachen Anrufungen.

Er führte seine Männer eine kurze Treppe hinunter, die der Krümmung der Außenwand folgte. Am Fußende der Treppe gab es eine einzige Tür, vor der ein Mann stand, den Senedai erkannte. Die Wesmen rückten, die Schwerter in den Händen, weiter vor.

»Ah, die altersschwache letzte Verteidigung«, sagte er.

»Immerhin eine, die Eure feigen, hirnlosen Horden zwölf Tage aufgehalten hat«, sagte General Kard. »Und ich werde persönlich dafür sorgen, dass Ihr nicht weiterkommt.« Kards Schwert war bereit, doch er machte keine Anstalten anzugreifen.

»Dies wäre der richtige Augenblick für eine ehrenhafte Kapitulation«, sagte Senedai.

»Wie wenig Ihr doch wisst.« Hinter der Tür wurden die Stimmen gehoben, und die Worte wurden schneller gesprochen. Dann brach der Singsang abrupt ab, und eine einzige, kräftige, selbstbewusste und entschlossene Stimme war zu hören. Barras.

»Aus dem Weg, sonst mache ich Euch nieder«, knurrte Senedai.

»So sei es.« Kard griff an, sein Schwert blitzte im Lampenschein. Es war ein rascher Hieb, doch sein Alter und die Erschöpfung behinderten ihn. Senedai konnte den Schlag abwehren und mit einem Stich kontern, dem Kard auswich. Links und rechts neben Senedai griffen nun auch seine Männer an. Gleichzeitig kamen die Äxte herunter. Einen Schlag konnte Kard abwehren, die zweite Axt fraß sich in seine Schulter und zwang ihn auf die Knie.

Kards Schwert fiel klappernd auf den Boden, und er sackte an der Tür zusammen. Die freie Hand presste er auf die Schulter. Das Blut lief am Arm und auf der Brust herunter. Seine Augen flackerten, er keuchte vor Schmerzen. Senedai hockte sich vor ihn hin.

»Ihr seid ein tapferer Mann, General Kard. Aber dumm seid Ihr auch. Es war nicht nötig, dass Ihr sterbt.«

Kard schüttelte den Kopf, konnte ihn aber nicht mehr heben, um Senedai anzusehen. »Falsch«, murmelte er mit seinem letzten Atem. »Es war unbedingt nötig.«

Auf eine Geste von Senedai zog einer der Krieger Kard zur Seite. Hinter der Tür hatte der Singsang aufgehört. Der Turm bebte leicht, Staub wirbelte zwischen Balken und Fugen hervor.

»Die Tür«, rief Senedai. »Schnell!«

Sie war verriegelt, doch ein kräftiger, gut gezielter Tritt

ließ sie auffliegen. Drinnen knieten sechs Magier mitten in einem Raum voller Bücher und Pergamente im Kreis. Wieder bewegte sich der Turm, diesmal war ein deutlicher Ruck zu spüren, und man hörte Krüge auf dem Steinboden zerschellen. Eine Aura von Furcht wehte auf den Flur heraus. Senedai wich einen Schritt zurück, seine Krieger gleich mehrere. Die Luft war zum Ersticken dick und betäubte Gedanken und Glieder. Der Turm bebte jetzt heftig, Lampen fielen von den Wänden, und das Klirren von zerbrechendem Glas hallte durch den ganzen Bau. Die Wesmen taumelten, einer stürzte und schlug mit dem Kopf an eine Wand. Andere wechselten ängstliche Blicke und leckten sich über die trockenen Lippen.

»Mein Lord?« Eine flehentliche, ängstliche Bitte.

»Ich weiß«, knirschte Senedai. Er sah sich noch einmal im Raum um und suchte Barras' Blick. Der alte Elf lächelte.

»Ihr könnt uns die Gebäude und das Leben nehmen, aber niemals das Herz.«

»Ihr seid mir Euren Kopf schuldig, Barras.«

»Die Abmachung gilt nicht mehr. Ich rate Euch, den Turm zu verlassen, ehe er auch für Euch zum Grab wird.« Er hob die Arme über den Kopf und rief Worte, die der Lord der Wesmen nicht verstand.

Der Turm bebte heftig, das Deckengewölbe kam herunter, Balken splitterten, das Gemäuer krachte und geriet in Bewegung, der Fußboden gab nach. Vor Senedais aufgerissenen Augen begann die Kammer, in der Barras und seine Magier knieten, zu versinken. Das Holz stöhnte, quietschend wurden Nägel aus den Balken gerissen, Stein und Ziegel polterten wie Donner herab. Alles vibrierte.

»Verschwindet hier, Senedai. Verlasst mein Kolleg.« Die Tür fiel vor ihm zu, als habe sie eine unsichtbare Hand zugeschlagen. Sie knallte hart gegen den Rahmen, sodass die ganze Vertäfelung knackte. Senedai wandte sich an seine verängstigten Krieger.

»Worauf wartet ihr noch? Los, raus hier!« Wie um sie noch weiter anzutreiben, drang ein gequältes Ächzen von Holz und Gemäuer aus dem versinkenden Raum. Die Krieger drehten sich um und rannten weg, Senedai folgte ihnen ebenso schnell. Ringsum wackelten die Wände, Staub stob in die Luft, und nacheinander flackerten alle Laternen und Kohlepfannen, fielen von den Wänden und erloschen. Hinter ihnen auf der Treppe wurde es dunkel.

Sie stürzten auf den vom Sonnenlicht erhellten Hof hinaus, mitten in eine Gruppe von Wesmen hinein, die offenen Mundes den bebenden Turm anstarrten. Ein Netz von Rissen überzog den Turm, als hätte dort eine eifrige Spinne gewirkt, und hier und dort klafften Löcher im Mauerwerk. Schutt rieselte in den Hof herunter.

Es war ein Anblick, der bei den Wesmen zuerst Angst und dann umso größeres Jubelgeschrei auslöste, als der Turm von Julatsa in einer Steinlawine in sich zusammenbrach. Der Staub wallte hoch, und das Glas zersprang. Doch als der Staub sich legte und der Nachhall erstarb, drehte Senedai sich in der Stille um und kehrte auf seinen Kommandoposten zurück. Er wusste genau, dass die Ereignisse, deren Zeuge er geworden war, keineswegs den Untergang der julatsanischen Magie darstellten.

Stolz und schnell waren sie marschiert, Darricks Kavallerie an der Spitze und Blackthorne und Gresse links und rechts neben dem jungen General. Nachdem er dreitausend Mann nach Gyernath abgeordnet hatte, damit sie halfen, die Stadt wieder aufzubauen und den zerstörten Hafen zu verteidigen, reorganisierte Darrick seine Truppe, die jetzt knapp achttausend Mann zählte. Er teilte sie in Kompanien unter der Aufsicht von jeweils einem Hauptmann ein, und aus den Kompanien bildete er acht Regimenter, die jeweils von einem berittenen Kommandanten geführt wurden.

Die Männer waren entschlossen und zuversichtlich und trotz der schwierigen Lage relativ unbeschwert. Jeder Truppenteil dieser Armee hatte wichtige Siege errungen. Die Verteidiger des Hafens hatten Gyernath gehalten, Blackthorne und Gresse hatten eine viermal stärkere Übermacht daran gehindert, Understone zu erreichen. Darrick hatte bei der Einnahme Parves mitgewirkt, einen Nachschubweg der Wesmen zerstört und außerdem alle Schiffe verbrannt oder übernommen, die er nur finden konnte.

Doch jetzt war die Zeit der Verteidigung und der Verwüstungen vorbei. Jetzt waren die Männer aus dem Osten Balaias auf Angriff eingestellt, und es ging nicht mehr ums nackte Überleben allein. Sie redeten davon, das Land zu befreien. Zwei Stunden hatten sie gebraucht, um vom Strand bis zu den Anhöhen zu marschieren, die Blackthornes Burg und Stadt umgaben. Sie hatten damit gerechnet, auf Wesmen zu stoßen, die sich in der Stadt verschanzt hatten, und sie waren darauf gefasst, die Banner der Wesmen auf zerstörten Mauern und den Zinnen der Burg zu erblicken. Sie hatten erwartet, einen Feind vorzufinden, der hilflos und verängstigt war, und sie hatten damit gerechnet, als Sieger einzumarschieren.

Was sie dann sahen, trieb ihnen das Frohlocken aus den Herzen. Blackthorne war zerstört. Eine Aschewolke von den Bränden, die schon lange erloschen waren, hing noch in der geschützten Senke, in der die Stadt gestanden hatte. Unter dieser dunklen Wolke war kaum ein Stein auf dem anderen geblieben. Hier und dort ragten Balken aus der Erde, verkohlt und wie zum Trotz aufrecht geblieben, doch von den Mauern war nichts mehr übrig. Die Straßen, die Häuser, die Gaststätten und Geschäfte waren fort. Von der Burg, dem Sitz von Blackthornes Vorfahren, war nur noch zerstörtes Mauerwerk zu sehen. Es war ein Bild der Verwüstung, das einem buchstäblich den Atem raubte.

Gresse ritt zu Blackthorne, stieg ab und stand lange neben seinem Freund, der bleich und schweigsam den Anblick in sich aufnahm. Eine Träne quoll aus seinem linken Auge und zog eine Spur durch den Staub auf seiner Wange. Worte waren überflüssig, es reichte aus, einfach nur beim Freund zu stehen und ihm alle Kraft zu spenden, die man hatte.

Als die Armee den Gipfel des Hügels erreichte, breitete sich das Schweigen aus. Die Männer keuchten erschrocken, Flüche hallten über die tote Stadt, und der eine oder andere von Blackthornes Männern fiel auf die Knie, gelähmt und verzweifelt, weil der Traum von der Rückkehr in die Heimatstadt zerstört war. Blackthorne existierte nicht mehr.

Der Baron starrte reglos auf die Ruinen seiner Stadt hinab. Gresse wusste genau, was ihm durch den Kopf ging und welcher Zorn dort wuchs und um sich griff. Hinter ihnen wartete das Heer.

Schließlich wandte Blackthorne sich um und sprach zu allen, die ihn hören konnten.

»Ich will mich kurz fassen«, hallten seine Worte über die dicht stehenden Männer. »Da unten seht ihr meine Stadt. Sie wurde von den Wesmen zerstört. Unter Euch sind viele, die nur noch Ruinen sehen, wo einst ihre Häuser gestanden haben. Auch mir geht es so. Deshalb müssen wir die Wesmen verfolgen. Wir müssen sie aufhalten, und wir müssen sie ein für alle Mal aus unserem Land vertreiben.

Ja, ich will mich rächen, aber vor allem will ich, dass niemand von euch sich jemals so fühlen muss, wie ich mich jetzt fühle.

Und jetzt, General, wollen wir uns in Bewegung setzen.«

Der Dunst war genau so, wie Hirad ihn in Erinnerung hatte. Wie ein Nebelschleier vor der Sonne, doch dieses Mal war es ein Tag, der von Regengüssen und kaltem Wind bestimmt war. Das fahle Licht verstärkte noch die unangenehme Ausstrahlung des statischen Mana, das Septerns Riss erzeugte. Es war ein Gefühl, dass irgendetwas grundsätzlich nicht stimmte.

Doch nicht nur das Wetter war anders als beim letzten Besuch. Vor den Ruinen von Septerns Haus stand Styliann mit seiner Protektorenarmee. Eine dunkle Traube von Kämpfern, die sich beinahe unmenschlich still hielten. Kaum zu erkennen durch den Dunst und noch fünfhundert Schritt entfernt. Links neben Hirad ritt der Unbekannte Krieger so zögerlich, dass der Rabe kaum voran kam.

In den vier Tagen, die der Ritt zu Septerns Haus gedauert hatte, war seine Stimmung von harter Entschlossenheit zu mürrischer Grübelei gewechselt, und jetzt empfand er Zorn und Verwirrung. Als der Rabe sich der niedrigen Scheune näherte, wo er seinem Tod begegnet war, kam es sogar zu einem bissigen Wortwechsel mit Hirad, und die Nähe der Protektorenarmee tat ihr Übriges.

»Du solltest einfach vorbeireiten und es hinter dich bringen«, sagte Hirad.

»Das zeigt, wie wenig du davon verstehst.« Der Unbekannte deutete auf die Protektoren. »Sie wissen es. Sie verstehen es, aber sie können nichts sagen.«

»Würde es denn helfen, wenn sie etwas sagen könnten?«, fragte Hirad kurz angebunden.

»Ja, verdammt, es würde helfen«, fauchte der Unbekannte. Er zügelte sein Pferd und hielt an. »Versuch doch mal, es in deinen Kopf zu bekommen. Hast du wirklich keine Ahnung, wie ich mich fühle?«

Hirad zuckte mit den Achseln. »Aber du bist hier«, sagte er. »Du bist hier und atmest. Was da unter der Erde liegt, das bist du nicht. Deine Seele steckt nicht da drin.«

Der Unbekannte zuckte zusammen, als hätte er eine Ohrfeige bekommen. »Meine Seele? Bei den Göttern in der Erde, dein Maul wird eines Tages noch dein Untergang sein«, knurrte er. »Du hast wirklich keine Ahnung, wie es um meine Seele bestellt ist. Eigentlich müsste sie längst bei meinen Ahnen sein und in Frieden ruhen. Nicht in einen Körper gesteckt, der nicht mein ursprünglicher Körper ist, und der all diesem … all diesem Mist hier ausgesetzt wird.« Er machte eine ausholende Armbewegung, die alles einschloss – die Protektoren, Septerns Haus, den Raben.

»Wenn du gehen willst, dann geh nur«, sagte Hirad. »Verlasse die einzigen echten Freunde, die du noch hast. Ich werde dich nicht aufhalten.«

»Um Himmels willen, Hirad, hör doch mal auf das, was er dir erklären will«, schaltete sich Ilkar ein, bevor der Unbekannte noch einmal etwas erwidern konnte. »Unbekannter, du brauchst Zeit, um allein zu sein. Ich denke, die Scheune ist der richtige Ort. Hirad, wir müssen uns mit Styliann befassen.«

Hirad wurde wütend, aber er beherrschte sich. Ilkars Gesicht war hart geworden, und der Unbekannte nickte Ilkar nur dankbar zu, schoss einen vernichtenden Blick auf Hirad ab und trieb sein Pferd wieder an, um zur Scheune zu reiten, vor der sein Grab lag, das er niemals hätte sehen dürfen.

»Hirad, wir müssen reden«, sagte Ilkar.

»Jetzt gleich?«

»Wenn Denser und Erienne für den Raben mit Styliann verhandeln, dann ist es auch für uns der richtige Augenblick, findest du nicht?«

Hirad zog die Augenbrauen hoch. »Hältst du mich für unsensibel?«

»Du hast deinen Hang zur Untertreibung gewiss nicht verloren«, sagte Ilkar. »Reite mit mir, Hirad Coldheart. Reite mit mir und hör mir zu.«

Der Unbekannte Krieger sprang ein gutes Stück vor der Scheune vom Sattel und überließ es dem Pferd, herumzulaufen oder sich zu den anderen in den Ruinen des Hauses zu gesellen.

Erinnerungen gingen ihm durch den Kopf. Sein Herz pochte laut und wild in seiner Brust, und die Schläge dröhnten ihm in den Ohren. Er erinnerte sich an die Destranas, die Kriegshunde, die ihn mit gebleckten Zähnen ansprangen, an den tropfenden Geifer, an die verdrehten Augen. Er spürte, wie sein Schwert sich in ihr Fleisch grub, er fühlte den heißen Atem im Gesicht, den Biss der Reißzähne in der Schulter und das Blut, das aus seiner zerfetzten Kehle spritzte.

Er fasste mit der behandschuhten Hand zum Hals, und sein Blick trübte sich wie zuvor. Er hatte den Geschmack des Todes im Mund, alle Geräusche um ihn waren gedämpft. Er ging auf die Knie und stützte sich auf die freie Hand, er keuchte, Tränen quollen ihm aus den Augen, bis er kaum noch etwas sehen konnte. Er hustete und würgte, dann nahm er die Hand vom Hals und starrte sie an, während sich sein Blick wieder klärte. Kein Blut.

Kein Blut, keine Hunde, kein Tod. Er hob den Kopf und sah verschwommen die Scheune. Er konnte nicht anders, er musste den Hügel direkt vor der Tür anstarren.

»Oh, ihr Götter«, sagte er. »Erspart es mir.«

Es gab kein Entrinnen. Der Unbekannte lebte und atmete, und doch lag dort im Grab sein toter Körper. Wieder würgte er, und er spuckte die Galle auf den rissigen Erdboden.

»Warum habt ihr mich nicht einfach sterben lassen?«, knurrte er. Mühsam richtete er sich auf. Er verfluchte Xetesk. In seiner Jugend war die Stadt seine Heimat gewesen. Sie hatte ihm jedoch seinen Tod gestohlen und ihm ein perverses Leben hinter einer Maske gegeben. Er verfluchte die Stadt und ihre Meister, die Magier, die über die Abscheulichkeiten herrschten, die er seine Brüder nannte.

Mit Schritten, die sich anfühlten, als wate er bis zur Hüfte durch Schlamm, wankte er zu seinem Grab, die Augen wie gebannt auf den staubigen Hügel geheftet, der bis auf das undeutliche Abzeichen des Raben ungeschmückt war. Das in die Erde gebrannte Zeichen war inzwischen größtenteils verschwunden, vom ewigen Wind in nur wenigen Wochen abgetragen.

Und als er endlich dort stand und auf sein einsames Grab hinabstarrte, rannen ihm die Tränen ungehindert über die Wangen und besprenkelten vor seinen Füßen den Staub. Er kniete nieder und strich mit der Hand über sein Grab. Wenn er es gewollt hätte, dann hätte er seine eigenen Gebeine berühren und seinen Körper und sein Gesicht sehen können. Er hätte den Unbekannten Krieger ansehen können, dessen Körper dort lag, wo seine Seele sein wollte. Frei.

Er atmete tief durch und schloss die Augen. Dann legte er beide Hände auf das Grab, und sein Kopf sank auf die Brust.

»Im Norden, im Osten, im Süden und im Westen. Auch wenn du fort bist, wirst du immer zum Raben gehören, und ich werde dich nie vergessen. Habe Mitleid mit mir, weil ich noch atme und du nicht.« Dann schwieg er und blieb lange reglos sitzen. Er wusste, dass er das Gebet für einen seelenlosen Haufen Knochen gesprochen hatte, doch irgendwie fand er in dieser Totenwache einen eigenartigen Frieden.

Schließlich richtete er sich wieder auf und entfernte sich ehrerbietig zwei Schritte rückwärts vom Grab, ehe er sich zu Septerns Haus umdrehte. Vor ihm stand Cil, der Protektor, und hinter ihm standen alle anderen. Schweigend warteten sie dort und fühlten mit ihm, scheinbar unbeteiligt hinter den Masken, doch voller Empörung über das, was der Unbekannte durchlitten hatte.

Unfähig zu sprechen, legte Cil dem Unbekannten eine Hand auf die Schulter und drückte sie. Sein Kopf neigte sich leicht. Der Unbekannte sah ihm einen Moment in die Augen, dann wanderte sein Blick zu den Protektoren hinter ihm, und ein Schauder lief ihm über den Rücken, als er diese geballte Macht so still verharren sah. Seine Augen trübten sich wieder, dieses Mal aber vor Dankbarkeit.

»Ihr könnt Eurer Berufung entkommen«, sagte er, »doch der Preis ist hoch, glaubt mir. Der Schmerz der Trennung ist groß. Ich kann euch immer noch fühlen, aber ich kann nicht mit euch sein. Der Zeitpunkt wird kommen, an dem ihr wählen könnt.«

Er schritt zwischen den Protektoren hindurch, die sich umdrehten und ihm zum Haus folgten. Er hatte seine Wahl getroffen, doch als er sein Grab verließ, ohne noch einmal zurückzuschauen, wurde ihm bewusst, dass es noch eine weitere Möglichkeit gab, auch wenn er keine Ahnung hatte, ob er den Mut finden würde, sie zu wählen. Wie immer würde die Zeit es zeigen.

»Wenn Ihr glaubt, wir könnten hundert Protektoren durch den Riss mitnehmen, dann irrt Ihr Euch«, sagte Hirad, nachdem Denser seine bislang fruchtlose Diskussion mit Styliann zusammengefasst hatte. Der ehemalige Herr vom Berge weigerte sich rundheraus, die Rabenmagier einen Blick auf Septerns Texte werfen zu lassen, und Hirad vermutete, dass es nur eine Frage der Zeit war, bis Styliann auf die Idee kam, er könne die erforderliche Magie selbst erschaffen und wirken. Wie die anderen Rabenkrieger wusste Hirad zu seinem großen Unbehagen nur zu genau, dass sie hoffnungslos in der Unterzahl waren.

»Ich wüsste wirklich gern, wie Ihr mich daran hindern wollt«, sagte Styliann.

»Die Frage ist nicht so sehr, was ich jetzt tun kann«, sagte Hirad. »Die Frage ist eher, was die Kaan tun werden, wenn Ihr dort ankommt. Sie brauchen Eure Protektoren nicht, und was sie nicht brauchen, das zerstören sie gern.«

Styliann machte eine ausholende Geste. »Es ist gar nicht so einfach, fast fünfhundert Protektoren zu vernichten.«

Hirad starrte ihn an. Dann spürte er eine Hand auf seiner Schulter. Ilkar. Er nickte und atmete tief durch, bevor er weitersprach.

»Ihr habt gesehen, wie groß Sha-Kaan ist, Styliann. Er allein könnte Euch schon vernichten, und das wisst Ihr. Ich will Euch nur daran hindern, unnötig Leben zu opfern, wenn …«

Die Protektoren bewegten sich. Sie nahmen Aufstellung und marschierten langsam zur Scheune, Cil an der Spitze.

Denser und Styliann sahen offenen Mundes zu. Hirad kicherte, als ihm bewusst wurde, wohin sie gingen.

»Vielleicht hören sie sowieso nicht mehr auf Euch«, sagte er schließlich.

»Kommt zurück!«, befahl Styliann. »Cil, du kennst deinen Auftrag. Kehre an meine Seite zurück, sonst gehst du in den Untergang.«

»Ich glaube, das solltet Ihr besser lassen«, sagte Denser leise.

»Wie bitte?« Styliann starrte seinen ehemaligen Protektoren hinterher.

»Ihr habt es gehört«, sagte Denser. »Das würde den Unbekannten sehr wütend machen. Und im Augenblick seid Ihr ganz allein. Sie werden schon zurückkommen.«

Und wirklich, sie kamen nach einer Weile mit dem Unbekannten an der Spitze wieder zurück. Sein Gesicht war gefasst, und die alte Entschlossenheit war wieder da.

»Ich denke, wir können dann gehen«, sagte er. »Styliann, Ihr dürft sechs Protektoren mitnehmen. Die anderen werden das Haus beschützen.«

Styliann sperrte den Mund auf, aber es kam kein Wort heraus. Sein Gesicht lief knallrot an, und er bebte vor Wut.

»Vor wem sollen sie das Gebäude denn beschützen?«, fragte Hirad.

»Ich *darf* sie mitnehmen? Bei den blutenden Göttern, wie kommt Ihr dazu, mir vorschreiben zu wollen, was ich mit meinen Protektoren tun und lassen kann?«

»Das werdet Ihr bald verstehen«, sagte der Unbekannte knapp.

»Unbekannter«, schaltete Hirad sich noch einmal ein, »wogegen sollen sie das Haus beschützen?«

»Die Wesmen kommen«, sagte der Unbekannte. »Sie

dürfen den Eingang zur Werkstatt nicht zuschütten, weil wir sonst nicht mehr zurückkommen.«

»Warum sollten sie das tun?«, fragte Ilkar.

»Julatsa ist gefallen«, sagte Cil, gegen das Schweigegebot verstoßend. »Sie wissen alles.«

»Wie hast du das erfahren?«, wollte Ilkar von Cil wissen. »Ich habe überhaupt nichts gespürt.« Er war verzweifelt, seine Augen suchten auf der unbeteiligten Maske nach irgendeinem Hinweis, und seine Ohren wurden rot, als er gegen die Gefühle ankämpfte, die ihn überkamen.

»Vielleicht werdet Ihr auch nichts merken«, sagte Styliann. »Eure Magier sind einer nach dem anderen durch die Schwerter der Wesmen gefallen. Die Störungen im Mana haben sich nicht aufaddiert. Und wir müssen annehmen, dass das Herz erfolgreich begraben wurde. Es tut mir aufrichtig Leid, dass Julatsa gefallen ist, aber vielleicht habt Ihr noch Glück gehabt. Schließlich werdet Ihr bald diese Dimension verlassen.«

»Glück gehabt?«, spuckte Ilkar. »Diese Bastarde haben das Heim aller lebenden Julatsaner zerstört. Glück gehabt, meine Güte.«

Denser räusperte sich. »Styliann Worte waren nicht sehr klug gewählt, aber ich vermute, sie entsprechen dennoch der Wahrheit. Die Störungen, die sich in deinem Spektrum ausbreiten könnten, werden den Ort, zu dem wir gehen, wahrscheinlich nicht erreichen.«

»Tja, hoffentlich ist mein Spektrum überhaupt noch da, sonst werden wir den Spruch nicht wirken können.« Er starrte auf den Stapel Papiere in Stylianns Hand.

»Was?«, fragte Hirad stirnrunzelnd.

»Kein Spektrum, kein Mana«, erklärte Erienne.

»Das sind jetzt müßige Spekulationen«, schaltete sich

der Unbekannte ein. »Wir müssen umgehend hier verschwinden. Sofort.«

»Nicht, bevor ich nicht erfahren habe, woher du weißt, dass Julatsa untergegangen ist«, sagte Ilkar.

»Cil, du darfst frei sprechen«, sagte Styliann, der offenbar sehr neugierig geworden war. Cil schwieg eine Weile, sein Atem ging gleichmäßig, während er durchdachte, was er antworten sollte. Als er seine Antwort formulierte, war sie knapp und erklärte den wesentlichen Punkt.

»Die Dämonen beobachten uns. Wenn wir als Einheit zusammen sind, können wir spüren, was sie sehen.«

»Faszinierend«, sagte Styliann. »Die Nebeneffekte unserer Schöpfungen sind doch immer wieder erstaunlich.«

»Genießt sie, solange Ihr noch könnt«, sagte der Unbekannte. Sein Gesicht war so leer wie die Mienen seiner früheren Brüder.

Styliann lächelte vor sich hin. »Wollt Ihr mir drohen, Unbekannter?«

»Nennt es einen gut gemeinten Rat.«

Hirad ging zum Unbekannten und forderte dessen Aufmerksamkeit. »Also gut, jetzt haben wir genug diskutiert. Es gibt ein paar Dinge, die ihr – Ilkar und Denser ausgenommen – über das wissen solltet, was uns erwartet, wenn wir durch den Riss gehen.«

Er beschrieb die Unannehmlichkeiten während des Übergangs, den Höhenunterschied bei der Landung, die Zerstörungen in der Welt der Flugmenschen, auf die der Rabe bei der Suche nach Dawnthief gestoßen war. Er beschrieb die wandelnden Toten für den Fall, dass sie sich wieder erheben sollten, und die Stille, obwohl am Himmel die Wolken brodelten und die Blitze zuckten, die Schwindel erregende Höhe und die anderen Plattformen auf den Felssäulen, die sich zum Himmel erhoben. Dann erwähnte er noch, dass es die Drachen der Kaan waren, die für dieses Zerstörungswerk verantwortlich waren, und dass Balaia das gleiche Schicksal ereilen würde, wenn die Kaan besiegt wurden, oder wenn der Spruch, nachdem man ihn gefunden hatte, den Riss nicht schließen konnte.

Schließlich wies er noch einmal darauf hin, dass sie der Rabe waren, und dass, so seltsam es auch klingen mochte, das Schicksal Balaias und unzähliger Drachen von ihrem Erfolg abhing.

»Und jetzt«, sagte er, »jetzt wollen wir gehen.«

Doch als sie in die Ruinen des Hauses eingedrungen waren, standen sie vor einem neuen Problem.

»Was, zum Teufel, ist hier passiert?« Ilkar sah Styliann an. Der Eingang zu Septerns Dimensionswerkstatt war offen.

»War es nicht schon immer so?« Styliann schien ehrlich überrascht.

»Nein, so war es nicht«, erwiderte Ilkar kurz angebunden. Er bückte sich vor dem Eingang, der mitten in den Boden eingelassen war. Denser hockte sich neben ihn, Erienne folgte seinem Beispiel.

»Ich glaube nicht, dass Styliann dafür verantwortlich ist«, flüsterte Denser.

»Was ist dann passiert?«, fragte Erienne.

Ilkar kratzte sich am Kopf. »Wenn kein weiterer Schlüssel existiert, dann gibt es nur eine Erklärung. Septerns Spruch, der den Eingang geschützt hat, ist zusammengebrochen.«

»Meinst du, das ist eine Folge des Risses?«, fragte Denser.

Ilkar zuckte mit den Achseln. »Fällt dir eine bessere Erklärung ein?«

»Ist das jetzt wichtig?«, fragte der Unbekannte. Sichtlich

gereizt angesichts der Störung drehten sich die Magier zu ihm um. »Wir können den Riss nicht mehr für die Wesmen sperren. Wenn sie die Protektoren besiegen, dann können sie ebenfalls durch den Riss gehen, und das werden sie zweifellos tun.«

»Wir können es uns nicht erlauben, eine Streitmacht der Wesmen in die Drachendimension zu lassen«, sagte Hirad. »Ganz egal, wie mächtig die Drachen sind, die Wesmen können uns finden und schnappen.«

Ilkar stand auf und klopfte sich die Knie ab. »Was schlagt Ihr vor?«

»Verstärkung«, sagte Hirad entschieden. »Das ist die einzige Möglichkeit. Darrick muss inzwischen nach Norden unterwegs sein.« Er wandte sich an Denser. »Es tut mir Leid, Denser, aber du musst eine Kommunion halten.«

Der Dunkle Magier seufzte und nickte. »Was soll ich übermitteln?«

Der Rabe stand im verwüsteten Dorf der Flugmenschen unter dem brodelnden Himmel vor dem Riss, der in die nächste Dimension führte. Weit unter ihnen flackerte grelles rotes Licht. Bisher war nur Denser durch diesen Riss gegangen. Er war verschreckt zurückgekehrt und hatte etwas über Drachen gestammelt. Hirad dagegen betrat vertrautes Gebiet. Dank seiner Verbindung mit Sha-Kaan wusste er, was vor ihnen lag, und mit einer eigenartigen Klarheit tauchte ein halb bewusster Gedanke wieder auf, der ihn beschäftigt hatte, seit Denser damals diese unüberlegte Reise in die Drachendimension unternommen hatte. Schon damals hatte er gewusst, dass er eines Tages selbst durch den Riss gehen musste, um sich seinen Albträumen zu stellen und die Gespenster aus seinem Kopf zu vertreiben.

Hirad drehte sich zu den anderen um. Der Rabe stand vorn, Styliann mit seinen sechs Protektoren dahinter.

»Seid ihr bereit?« Eigentlich war seine Frage nur an zwei seiner Begleiter gerichtet. Er fragte Ilkar, dessen Tapferkeit angesichts des Untergangs von Julatsa außerordentlich war, auch wenn er sichtlich litt, und er fragte Styliann, dessen Wunsch, die Trümmer in der Dimension der Flugmenschen ausgiebig zu untersuchen, auf dem kurzen Gang zwischen den Rissen zu heftigen Auseinandersetzungen geführt hatte.

Der ehemalige Herr vom Berge nickte steif. Ilkar schaffte es sogar zu lächeln.

»So bereit, wie ich nur sein kann«, sagte er.

»Ich wünschte, ich könnte das Gleiche von mir selbst sagen«, meinte Hirad. »Denser? Gibt es etwas, das wir wissen müssen?«

»Nur dass ihr gleich eine Überraschung erleben werdet. Die Welt da drüben ist chaotisch, und sie ist inzwischen sicher nicht besser geworden.«

Doch was sie dann sahen, entsprach ganz und gar nicht Densers Beschreibung. Er hatte von geschwärzter Erde gesprochen, von einem Himmel voller Drachen und von Feuerlanzen, die von oben herunterfuhren. Doch sie kamen im Innern einer Höhle heraus. Es war dunkel, ein paar Schritte vor ihnen war hinter einem scharfen Knick ein sanftes grünes Licht zu erkennen.

»Was, zum Teufel, ist das?« Denser klopfte den Staub von seinen Hosen. »Der Riss muss sich verlagert haben.«

»Ich glaube, ohne den Magier, der den Spruch gewirkt hat, ist das nicht möglich«, sagte Erienne.

»Tja, dieser verdammte Fels war aber vorher nicht da.«

»Hat jemand mal eine Fackel?« Hirad lächelte.

»Darf ich fragen, warum?«, wollte der Unbekannte wissen.

»Vielleicht sind Drachen an die Wände gemalt oder so.«

»Du bist urkomisch, Coldheart«, fauchte Denser. »Ich weiß doch, was ich gesehen habe.«

»Dann«, sagte Styliann mit ruhiger, selbstsicherer Stimme, »dann muss jemand dies hier gebaut haben.«

Hirad sah Styliann schräg von der Seite an, doch bevor er etwas sagen konnte, packte ihn Sha-Kaans gewaltiger Geist.

»Willkommen in meiner Welt, Hirad Coldheart. Jetzt wirst du sehen, was eure Sorglosigkeit angerichtet hat. Jatha wird euch aus der Enklave führen.« So schnell, wie die Macht gekommen war, verschwand sie auch wieder, und Hirad sah dem Unbekannten ins verwirrte Gesicht.

»Alles klar?«

Hirad nickte. »Es war Sha-Kaan. Er weiß, dass wir hier sind. Er …« Er unterbrach sich, als sich vor ihnen im Licht ein Schatten bewegte. Blitzschnell war der Rabe in Position. Hirad, der Unbekannte und Thraun zogen automatisch die Schwerter und stellten sich mitten in der Kammer auf. Ilkar, Denser und Erienne postierten sich dahinter. Einen Moment später kamen die Protektoren auf beiden Flanken hinzu.

Ein kleiner, einfach gekleideter Mann, der an der Hüfte eine Waffe in einer Scheide trug, tauchte vor ihnen auf. Trotz der Krieger, die vor ihm standen, zeigte er keinerlei Furcht. Der lange, geflochtene Bart teilte sich zu einem Lächeln. Hirad entspannte sich und steckte das Schwert weg.

»Jatha?«, fragte er, doch er wusste schon, wer vor ihm stand. Der Mann nickte und sagte mit einer Stimme, die das Sprechen offenbar halb verlernt hatte: »Hirad Coldheart. Der Rabe.«

Zehntes Kapitel

Lord Tessaya erhielt gegen Mittag binnen einer Stunde zwei Nachrichten mit Hilfe der Elstern. Die Botschaften veranlassten ihn, ein Gemetzel anzuordnen, das er lieber vermieden hätte.

Die erste Botschaft kam von den Überbleibseln von Taomis Streitmacht, die nach Nordwesten in Richtung Understone flohen. Sie bestätigte seine schlimmsten Befürchtungen über die Lage der Invasion von Gyernath und über den widerspenstigen Baron, dessen Wein er so genossen hatte. Noch schlimmer war die Meldung, dass sein Nachschubstützpunkt im Süden zerstört war, und dass Darrick nicht nur am Leben war, sondern auch erbittert kämpfte.

Die zweite Botschaft hatte zwar die Nachricht aus Julatsa gebracht, auf die er schon lange hoffte, doch sie löste auch einen nagenden Zweifel aus, weil von einer kleinen Einheit die Rede war, die einige Stunden vor dem Fall des Kollegs den Belagerungsring durchbrochen habe. Angeblich ging es um eine Mission ins Land der Drachen und um eine große, tödliche Gefahr aus dem Himmel, die viel schlimmer war als alles, was die Wytchlords jemals hätten entfesseln können. Da diese Nachricht so bald schon kam, nachdem seine Männer, die den verfluchten Xetesk-Magier verfolgt hatten, geschlagen worden waren, wurde er zum ersten Mal, seit er sein Dorf verlassen hatte, unsicher.

Er hasste sich selbst dafür, doch schließlich rief er Arnoan zu sich. Die beiden Männer setzten sich in den Gasthof, aßen und redeten. Die Augen des alten Schamanen blitzten boshaft. Tessaya wusste, dass Arnoan das Gefühl hatte, ein großes Unrecht werde endlich wieder gutgemacht, und er ließ ihn gern in dem Glauben.

»Es wird sich auszahlen, wenn du ruhig bleibst«, sagte Arnoan. Er brach ein Stück Brot ab und tunkte es in seine Brühe.

»Ich soll ruhig bleiben?«, sagte Tessaya. »Der Rabe, verdammt soll er sein, ist aus der belagerten Stadt entkommen und will anscheinend mit den Drachen reden, um ein Bündnis gegen mich zu schmieden. Styliann und seine tödliche Truppe, die jetzt an die fünfhundert Köpfe zählt, hat tausende meiner Krieger massakriert, jawohl, einfach abgeschlachtet, und dabei selbst keine nennenswerten Verluste erlitten. Und wenn meine Späher richtig liegen, dann ist er unterwegs, um sich mit dem Raben zu treffen. Jetzt erfahre ich auch noch, dass meine Brüder im Süden aus einer Stadt fliehen, die sie schon erobert hatten und jetzt zerstören mussten, um sie nicht in die Hände der früheren Besitzer fallen zu lassen. Ihr Kampfgeist ist gebrochen, und diejenigen, die noch leben, fliehen hierher und hoffen auf mein Mitgefühl, das sie allerdings nicht bekommen werden. Das ist nicht unbedingt eine Situation, in der ich ruhig bleiben kann.«

Er leerte sein Weinglas, ironischerweise war es ein roter

Blackthorne, füllte sein Glas nach und schob sich mit der freien Hand ein Stück Brot in den Mund.

Arnoan lächelte milde. »Aber wie viel davon ist wahr, mein Lord? Darrick und Blackthorne, das kann ich noch verstehen. Aber Drachen? Und ein Tod aus dem Himmel? Sind wir nicht über diese Schauermärchen hinaus? Ich vermute eher, Senedais Bericht beruht auf den hysterischen Behauptungen eines Magiers, der sein Ende nahen sah und seinem Folterknecht Angst einjagen wollte.«

»Das ist ihm offenbar gelungen.« Tessaya sah Arnoan über das Weinglas hinweg streng an.

»Aber die Drachen müssen wir vergessen. Sie sind Geschöpfe aus Albträumen, die mit der realen Welt nichts zu tun haben. Sie existieren nicht«, erklärte Arnoan.

»Angenommen, ich akzeptiere dies. Warum ist der Rabe dann aufgebrochen und wohin will er? Und warum ist Styliann nicht in Xetesk geblieben, um seine Stadt zu verteidigen? Warum führt er seine stärkste Streitmacht zu einem ganz anderen Ort?« Tessaya trommelte mit den Fingern auf den Tisch.

»Offensichtlich ist der Rabe weggelaufen, sobald ihm klar wurde, dass das Kolleg fällt. Sie kennen keine Bündnistreue, sie sind Söldner«, sagte Arnoan. Tessaya hätte beinahe gelächelt, doch er war keineswegs amüsiert, sondern gereizt über die Leichtfertigkeit, mit welcher der Schamane über alles hinwegging.

»Ich würde eher glauben, dass Drachen existieren, als dass der Rabe vor einem Kampf davonläuft. Versuche ja nicht herunterzuspielen, was dort passiert. Senedais Nachricht konnte man nicht missverstehen. Der Rabe ist mit Billigung und, wie ich annehmen muss, sogar mit der Hilfe der Julatsaner ausgebrochen.« Er hob die Hand, um Arnoans Einwände im Keim zu ersticken. »Da ist etwas im

Gange. Ich kann es spüren. Und wir sitzen einfach nur hier herum und warten, dass der Sturm ausbricht. Ich werde nicht mehr warten.«

»Wir können ihren Spuren folgen und sie beobachten, wie wir es ohnehin schon tun«, schlug Arnoan vor. »Understone ist wichtig für uns, wir dürfen es nicht aufgeben.«

»Vielleicht hast du den Mut zum Kampf verloren und bist ein zahnloser Tiger geworden, mein Schamane, aber ich bin es nicht.« Tessayas Stimme war leise und kalt. »Ich will dir erklären, wie es aussieht. Der Rabe ist unterwegs, um mit den Drachen zu verhandeln, und wenn nicht mit den Drachen, dann mit irgendeiner anderen Macht, von der sie glauben, sie könnte uns trotzen. Styliann und seine Missgeburten stoßen zu ihnen. Wenn wir sie nicht jagen und töten, werden sie im günstigsten Fall die Verteidigung von Korina verstärken, und das will ich verhindern. Im schlimmsten Fall aber finden sie einen Verbündeten, den wir nicht besiegen können.

Lord Senedai nimmt es ernst genug, um sie mit dem größten Teil seiner Armee zu verfolgen. Lord Taomi kommt her und hat Baron Blackthorne und womöglich auch General Darrick auf den Fersen. Unser Ziel ist es, die Kontrolle über ganz Balaia zu gewinnen, indem wir die Hauptstadt einnehmen, und das gelingt uns nicht, wenn wir hier herumsitzen und warten, bis Taomi uns die Probleme bis vor die Türe schleppt.

Du wirst Riasu anweisen, dass er die östlichen Befestigungen am Understone-Pass bemannen soll. Kein Magier darf nahe genug kommen, um die Wassermagie zu wirken. Er hat genug Männer, und er kann die Reserve abrufen. Wir werden zuerst zum Raben und dann nach Korina marschieren. Die Zeit wird knapp für uns, alter Freund, und wir müssen die Gelegenheit ergreifen, wie sie sich uns bietet.«

Arnoan schwieg eine Weile, nagte nachdenklich an der Unterlippe und nickte schließlich. »Es ist ein riskanter Schachzug, mein Lord. Aber was wird aus Understone? Wir haben so sehr gekämpft, um es einzunehmen.«

Tessaya zuckte mit den Achseln und sah hinaus. Der Palisadenzaun war fast fertig, und überall standen Wachtürme. »Es hat seinen Zweck erfüllt. Wir waren hier sicher, und unsere Krieger waren beschäftigt. Es droht keinerlei Gefahr, dass wir den Pass wieder verlieren könnten. Die Kollegien haben nicht mehr die Kraft dazu, seit Julatsa gefallen ist, und Styliann ist fort. Wir werden den Ort aufgeben.«

»Zugunsten von Riasu?«, fragte Arnoan.

»Nein.« Tessaya schüttelte den Kopf. »Wir werden kein Gebäude stehen lassen.«

»Und was wird aus unseren Gefangenen?«

Lord Tessaya seufzte und strich sich mit einer Hand übers Gesicht. »Wir sind Krieger, keine Gefangenenwärter. Es darf ihnen nicht erlaubt werden, sich wieder in den Kampf einzuschalten.«

»Mein Lord?« Arnoan erbleichte.

»Sie haben keinen Wert für uns, und sie sind uns sogar hinderlich. Ich wünsche unbeschwert zu reisen.« Tessaya stand auf und ging hinaus auf die Straße zum Understone-Pass. Sein Herz war keineswegs so kalt, wie seine Stimme vermuten ließ. Er hatte nicht gewollt, dass es so weit kam. Doch jetzt war vieles in Bewegung gekommen, und das erste Ziel musste die schnelle Eroberung des Landes sein. Er blieb stehen und drehte sich um. Sein Blick fiel auf die Baracken, in denen die Gefangenen festgehalten wurden. Er schnaufte schwer und marschierte hinüber, um die Befehle zu geben.

Vielleicht spürte er, dass sie es eilig hatten, oder er tat es aus eigenem Antrieb. Jedenfalls trieb Jatha die Rabenkrieger und die unwillkommenen Gäste an und führte sie rasch um mehrere Biegungen der künstlich angelegten Höhle, bis sie eine kahle Mauer erreichten. Er blieb kurz stehen, sah sich über die Schulter um und winkte sie weiter, dann drang er in die Wand ein und verschwand. Der Rabe blieb wie angewurzelt stehen.

»Ilkar?«, fragte der Unbekannte.

Der Elf trat vor. »Eine Illusion, würde ich sagen.« Er legte die Hand an den Stein. Er war fest. »Eine ganz außergewöhnliche Illusion. Ich bin nicht sicher ...« Er unterbrach sich und drückte fest gegen die Wand. Dieses Mal sank seine Hand ein Stück weit ein. »Ganz außergewöhnlich.« Denser kam zu ihm.

»Interessant«, sagte er. »Das ist keine Mana-Konstruktion.« Auch Erienne und Styliann kamen zum Ende des Ganges und betasteten die Illusion einer Wand.

»Was haltet Ihr davon?«, fragte Denser.

»Nun ja, es ist Gestein, oder?«, meinte Styliann. »Allerdings verändert.«

»Vielleicht erkennt es nur bestimmte Leute«, sagte Denser. Er stieß eine Hand bis zum Ellenbogen hindurch und spürte, dass seine Finger auf der anderen Seite wieder ins Freie gelangten. »Da gibt es keinen großen Widerstand.«

»Wie kann die Wand mich erkennen?«, sagte Styliann. »Es war nicht die Rede davon, dass ich mitkomme.« Auch er steckte die Hand in den Stein.

»Gutes Argument«, stimmte Erienne zu. »Es fühlt sich für mich flüssig an, auch wenn ich zustimmen würde, dass es im Grunde immer noch Gestein ist. Die Frage ist nur, wie es trotzdem dieses massive Aussehen und seine Form behält.«

»Ich nehme an, es ist eine gebundene Magie. Dem Riss nicht unähnlich«, meinte Ilkar. »Die Wand wurde offenbar absichtlich hier aufgebaut, um den Riss zu verbergen.«

»Und die Höhle gleich dazu«, ergänzte Denser. »Der Rest hat allerdings eine normale Festigkeit.«

Hirad, der sich an eine Wand gelehnt und nachdenklich am Kinn gekratzt hatte, winkte den Unbekannten zu sich und ging ihm lächelnd einen Schritt entgegen.

»All diese Weisheit, und im Grunde habt ihr keine Ahnung, was?«

Die vier erfahrenen Magier drehten sich wie auf Kommando um. Hochmut sprach aus ihren Blicken.

»Hirad, wenn es dir nichts ausmacht, würden wir das gern klären, ehe wir einfach da durchmarschieren«, sagte Ilkar. »So sind wir eben.«

»Oh, sicher«, entgegnete Hirad. Er legte eine Hand an die Mauer und drückte fest. »Aber ihr habt es immer noch nicht verstanden.« Er stieß sich von der Wand ab und lehnte sich wieder dagegen, dieses Mal langsamer, und seine Hand glitt mühelos durch den Fels.

»Oh, nein.« Ilkar verzog das Gesicht. »Du weißt genau, was das ist, oder?«

Hirad nickte.

Ilkar wandte sich seufzend an die anderen Magier. »Ihr müsst damit leben, dass er etwas weiß, das wir nicht wissen. Das passiert nicht oft, aber wenn es passiert, dann sorgt er dafür, dass man es nie vergisst.«

»Nun?«, bohrte Denser.

»Es ist keine Magie. Nicht in dem Sinne, wie ihr die Magie versteht«, erklärte Hirad. »Es ist ein Stück interdimensionales Material, das die Signaturen der Kaan und von Balaia trägt. Niemand aus einer anderen Welt kann es

210

durchdringen. Für alle anderen ist es massiver Stein. Sind die Drachen nicht klug?« Er marschierte durch die Wand.

Auf der anderen Seite bestätigte sich dann, was Denser über die Landschaft berichtet hatte. Sie kamen in einem weiten Tal mit geschwärzter Erde und versengten Bäumen heraus. Tote Stämme reckten sich zum Himmel, die Äste waren wie Finger, die nach Hilfe suchten. Nur die zähesten Büsche konnten sich in dem verdorrten Boden halten. Ein beißender Gestank hing in der Luft.

Von außen gesehen, war der Felsen nur einer von einem Dutzend, die am Hang des Tals verstreut waren. Über ihnen spannte sich ein weiter, blauer Himmel, über den hohe weiße Wolkenfetzen zogen. Nichts regte sich. Kein Tier schnüffelte unter den Bäumen herum, kein Vogel zwitscherte in den Ästen oder schoss durchs Unterholz. Die Luft war hier schwerer, dichter und feuchter als auf der Erde, und alle Gerüche waren fremd. Es war unangenehm, wenn die Luft in die Lungen eindrang, aber nicht gefährlich.

»Es ist so still hier«, hauchte Erienne. Der Rabe stand ein paar Schritte von Styliann und seinen sechs Protektoren entfernt. Letztere wirkten ein wenig zerstreut, was dem Unbekannten nicht entging. Links von ihnen wartete Jatha mit zwei Dutzend seiner Leute. Dieses Volk war nach den Maßstäben Balaias recht klein, in etwa so groß wie der arme Will, aber stämmiger, mit kräftigen Schultern und Beinen. Anscheinend waren sie an schwere körperliche Arbeit gewöhnt. Alle waren Männer und alle hatten unterschiedlich lange, geflochtene Bärte. Jathas Bart wies die kompliziertesten Muster auf.

Während der Rabe noch das verwüstete Land betrachtete, suchten Jathas Leute schon den Himmel ab oder pressten die Ohren an den Boden, um zu lauschen, ob ein Angriff käme. Nie entfernten sich ihre Hände weit von den

Waffen. Es waren kurze Breitschwerter mit flachen Klingen und gedrungene Streitkolben, die im Kampf höchst unzivilisiert, aber wirkungsvoll geschwungen werden konnten.

»Und nun?«

»Nun reisen wir nach Wingspread. Ins Brutland der Kaan«, sagte Hirad.

Jatha kam zu Hirad und macht ein besorgtes Gesicht.

»Kommt«, sagte er, immer noch unbeholfen sprechend. »Schlechter Ort hier.« Er deutete mit dem linken Arm zum Talgrund. In der Ferne flimmerten Berge in der Hitze der Sonne. »Heim«, sagte er.

»Es ist Zeit zu gehen«, sagte Hirad. »Sieht so aus, als müssten wir laufen.«

»Können uns die Drachen nicht hinfliegen?«, fragte Denser.

»Niemals«, erwiderte Hirad mit versteinertem Gesicht.

So marschierten sie hinter Jatha und seinen Leuten her. Die Diener des Kaan legten ein forsches Tempo vor und behielten den Himmel ständig im Auge. Der Boden war von der Sonne und vom Drachenfeuer hart gebrannt; hier und dort ragten bleiche Knochen hervor.

»Wie weit ist es denn?«, wollte Erienne wissen. Sie legte eine Hand auf ihren Bauch und sah sich besorgt um. Hirad zuckte mit den Achseln.

»Wir haben nicht viel Zeit«, drängte Ilkar. »Wir müssen noch viel lernen, wenn wir einen Spruch wirken wollen, der etwas ausrichtet.«

»Falls wir das überhaupt schaffen«, stimmte Denser zu. Er legte einen Arm um Eriennes Schultern. »Alles klar?«

»Ich glaube, ich bin vor allem müde.« Sie schaute lächelnd zu ihm auf. »Es wird schon gehen.«

Sie liefen länger als eine Stunde durchs Tal, bis Jatha schließlich nach links abbog und einen Hang hinaufkletterte, auf dem steile und flache Abschnitte wechselten. Oben hielt er mit seinen Männern an. Hier standen die geschwärzten Baumstümpfe etwas lichter. Was der Rabe nun sah, war atemberaubend.

Vor ihnen lag eine leicht gewellte Ebene, die mit hohem Gras bewachsen war, das leise im Wind raschelte. Böen spielten auf der rot und blau gefleckten gelben Fläche und zeichneten dunklere Muster ins Gras, die wie Strömungen im Meer zusammenliefen und sich wieder verloren. Hier und dort verschandelten schwarze Flecken das Land. Weit vor ihnen grenzte die Ebene an die Vorberge einer von Wolken verhüllten Gebirgskette, die sich quer über den Horizont erstreckte. Ihr Ende verlor sich im Dunst.

Doch vor allem das, was sie über sich am Himmel sahen, ließ ihre Herzen rasen. Das mit Wolken besprenkelte blaue Himmelstuch wurde durch einen riesigen Schmutzfleck entstellt. Der Dimensionsriss. An seinen Rändern wallten und brodelten Wolken, vor seiner Öffnung flackerten rote Blitze, und seine Oberfläche wellte sich. Seine Ränder schienen unablässig das Blau zu zerfressen.

Und dann die Drachen. Hirad zählte allein vierzig, die in komplizierten, geordneten Bahnen vor dem Riss hin und her flogen. Weitere zwei Dutzend kreisten in Gruppen von jeweils dreien in größerer Entfernung, stießen durch die dünne Wolkendecke und schwenkten nach links und rechts. Ihre Schreie waren noch am Boden schwach zu hören.

Jatha deutete auf sie. »Kaan«, sagte er.

»Ist es möglich?«, fragte der Unbekannte mit einem weiteren Blick zu den Protektoren. Keiner von ihnen war angespannt und machte sich bereit, Styliann zu verteidigen. Auch sie beobachteten wie gebannt den Riss und die Wächter.

Styliann schnaufte vernehmlich. »Die Magie findet auf alles eine Antwort.«

»Früher oder später gewiss«, warf Ilkar ein. »Aber wir haben nicht viel Zeit. Ich schlage vor, dass wir uns an die Arbeit machen und die Pausen überspringen. Seht euch nur an, wie groß das Ding ist.«

Hirad schaute hin, und er spürte mit einer Dringlichkeit wie noch nie, dass sie sich beeilen mussten. Er glaubte beinahe schon, er könne den Riss wachsen sehen, während er ihn anstarrte. Vielleicht traf das sogar zu.

»Hirad?« Der Unbekannte störte seine Gedanken.

»Ja?« Er riss sich vom Anblick des Risses und der wachenden Kaan los und sah den großen Krieger an. »Was ist denn?«

»Es ist Zeit zu gehen.« Er deutete zu Jatha, der Hirad ehrerbietig anstarrte. Hirad nickte.

»Jatha. Wingspread?« Der Diener des Großen Kaan runzelte die Stirn, dann strahlte er.

»Wingspread.« Er deutete über die Ebene hinweg zu den fernen Bergen. Sein Lächeln verflog sofort wieder. »Vorsichtig.« Er deutete zum Himmel und stieß die Hand schnell nach unten. »Vorsichtig.« Dann zeigte er auf seine Augen und deutete ringsum auf die ganze Umgebung.

»Habt ihr das verstanden, Rabenkrieger?«, fragte Hirad. Das Schweigen verriet ihm, dass sie es begriffen hatten. Die Gruppe lief den Hang zum einladend nickenden Gras hinunter.

Das Gras überragte sogar Cil und den Unbekannten, und es wuchs so dicht, dass sie nur quälend langsam vorankamen. Es roch nach frischem Heu, doch darunter lag ein betörender süßer Duft wie von reifen Früchten an einem heißen Tag. Im Gras waren sie zwar vor Angriffen vom Boden geschützt, aber sie machten sich keinerlei Illusionen, wie die Fährte, die sie durchs Gras zogen, aus der Luft aussehen musste.

Jatha war optimistisch und zeigte ihnen, wie die Halme zur Seite gedrückt werden konnten, damit sie elastisch zurückfederten. Doch dann sah er voller Sorge, welche Flurschäden die schwereren Balaianer anrichteten.

Er sorgte dafür, das sie den ganzen Nachmittag über so schnell wie möglich marschierten. Sie legten nur eine kurze Rast ein, um etwas zu essen. Als der Abend kam, begannen Jatha und seine Männer irgendetwas zu suchen, auch wenn Hirad im eintönigen Gras nichts erkennen konnte.

Auf ein Zeichen von einem seiner Männer hin ließ Jatha die ganze Gruppe anhalten. Er wandte sich an Hirad und lief vor ihm übertrieben vorsichtig auf Zehenspitzen herum. Der Barbar nickte und drehte sich zum Raben um.

»Versucht mal, nicht so viele Halme zu knicken, ja?«

Jatha führte sie seitlich ins Gras. Er ging langsam und setzte bedächtig einen Fuß vor den anderen, wobei er die Halme vorsichtig zur Seite schob. Seine Männer ahmten seine behutsamen Bewegungen nach. Hirad folgte achselzuckend seinem Beispiel. Er wusste, dass die anderen Rabenkrieger sich an das halten würden, was er vormachte. Etwa eine halbe Stunde lang bewegten sie sich vorsichtig weiter. Das Ergebnis war, dass es schon einen Späher wie Thraun gebraucht hätte, um jetzt noch ihre Fährte zu finden.

Wie schon den ganzen Tag über blieb ihr Ziel ungewiss, bis sie direkt davor standen. Hirad, der dem letzten von

Jathas Männern gefolgt war, hätte diesen beinahe über den Haufen gerannt, als es einen abrupten Halt gab. Vor ihm hockten vier der Einheimischen im Halbkreis am Boden. Sie stießen die Hände in die Erde, schaufelten sie weg und hoben eine mit Gras bedeckte Holzplatte und ein drei Fuß breites stützendes Gitter an. Ohne sich weiter aufzuhalten, führte Jatha seine Männer nach unten in das dunkle Loch.

»Hübsch«, sagte Ilkar, der neben Hirad stand und zusah.

»Ich staune, dass sie den Zugang überhaupt finden konnten«, sagte Hirad.

»Nein«, widersprach Thraun mit flacher, emotionsloser Stimme. »Der Weg ist gut markiert.« Der Unbekannte klopfte ihm auf die Schulter.

»Kommt schon, lasst uns reingehen und den Ofen anwerfen. Für einen Kaffee könnte ich einen Mord begehen.«

Als der Deckel wieder aufgelegt war und Laternen den Gang beleuchteten, stieg der Rabe eine steile, ungleichmäßige, aus Erde und Stein herausgehauene Treppe in eine natürliche Höhle hinunter. Ihr Boden lag etwa dreißig Fuß unter der Erdoberfläche, und das Gewölbe war etwa vierzig Fuß breit. Der Treppe gegenüber liefen die Wände in einem kleinen Alkoven zusammen, durch die ein stetiger Luftzug wehte. Offenbar gab es dort einen Durchgang.

Der Boden der Höhle war mit getrockneten Blättern ausgelegt. Holzstapel, Metallschalen, Teller und vier große Wasserfässer standen auf der linken Seite. Aus Gras geflochtene Matten wurden nach rechts gezogen und als Schutz vor dem kalten Stein auf dem Boden ausgebreitet. Jathas Männer stellten die Laternen in Nischen der Felswände. Die Vorsprünge und Kanten, die in die Höhle ragten, und die sanft pendelnden Lianen, die von oben hereinwuchsen, warfen tiefe Schatten. Es war feucht und kühl, es roch nach Schimmel und Verwesung und bot der Nase keine sehr angenehme Umgebung, aber wenigstens war es sicher.

In der Mitte der Höhle gab es eine flache Grube, in der Jathas Männer geschickt ein Feuer entfachten. Der Rauch verschwand durch die poröse Decke. Die Wärme breitete sich rasch aus, und bald entspannten sich die Reisenden, streckten die Glieder und legten sich bequem auf die Matten, die ein erstaunlich bequemes Bett abgaben.

»Choul«, sagte Jatha und breitete die Arme aus, um zu zeigen, dass er die Höhle meinte. Hirad nickte.

»Choul«, wiederholte er. Jatha und seine Männer hatten den Bereich gegenüber der Treppe belegt und bereiteten das Essen zu. Getrocknetes Fleisch und Wurzelgemüse wurde aus Rucksäcken und Beuteln geholt, und auf Metallständern wurden Wasserkessel über das Feuer gesetzt.

Vor der Treppe baute Thraun den Ofen zusammen. Nichts konnte den Raben davon abhalten, sich zu versammeln und Kaffee zu trinken und auch in ungewohnter Umgebung seinen Gewohnheiten nachzugehen.

Styliann ließ sich mit seinen sechs Protektoren rechts vom Feuer an der Wand nieder. Er war still und in sich gekehrt und irgendwie verändert. Nachdem der ehemalige Herr vom Berge ein Wort mit Cil gewechselt hatte, kam er mit einem Papierstapel in der Hand zum Raben.

»Wir haben viel zu tun«, sagte er.

»Ja«, meinte Hirad. »Wir müssen Kaffee trinken, wir müssen essen, und der Rabe muss sich beraten. Allein. Und dann könnt ihr vier mit der Arbeit beginnen.«

Styliann starrte Hirad an, seine Lippen wurden schmal. »Sind wir denn immer noch nicht über diese kleinlichen Spielchen hinaus?«

Hirads Gesicht verriet nicht, was in ihm vorging. »Ich habe keine Ahnung«, gab er zurück. »Ich weiß nur, dass Ihr uns aufhaltet. Wenn wir einen Auftrag ausführen, dann reden wir jeden Abend, wir machen eine Lagebesprechung und planen. So hält es der Rabe nun einmal.«

»Ja, und ich würde Euch nur ungern zwingen, Eure kostbaren Gewohnheiten zu ändern«, fauchte Styliann. »Es geht ja auch bloß um die Rettung von zwei Dimensionen.«

Hirad sah ihn kühl an und schüttelte den Kopf. Doch bevor er etwas sagen konnte, war Densers müde Stimme zu hören.

»Styliann, bei den Göttern, bitte beruhigt Euch, bevor er Euch eine Rede zum Thema ›Und genau deshalb leben wir noch‹ hält.«

Ilkars Lachen hallte laut zwischen den Höhlenwänden. Hirad funkelte ihn erbost an, Styliann zuckte nur mit den Achseln und kehrte zu seinen Protektoren zurück.

»Danke für die Unterstützung«, murmelte der Barbar.

Ilkar lächelte. »Eines Tages, Hirad, eines Tages werde ich unser Gespräch über Behutsamkeit durch ein weiteres über Taktgefühl ergänzen.«

Der wundervolle Duft eines reichhaltigen Eintopfs verdrängte auf einmal den Geruch von Fäulnis und Schimmel, und die Reisenden wurden still. Jathas Männer unterhielten sich mit Gesten und anscheinend mit einer Art hoch entwickelter Telepathie. Abgesehen vom Klappern der Teller und Löffel, dem Knacken des Feuers und dem Scharren, wenn müde Glieder die Haltung wechselten, war es still.

Nach der kurzen Besprechung trank der Rabe schweigend Kaffee. Eigentlich hatten sie nicht viel zu sagen, aber alle freuten sich über das kurze Gefühl von Normalität.

Später, als neuer Brennstoff aufs Feuer gelegt war, damit sie es warm hatten, und die Schalen, Teller und Spieße wieder neben den Wasserkesseln verstaut waren, untersuchten die vier Magier die Texte und Papiere, die sie aus Xetesk und Julatsa mitgebracht hatten.

Mehrere Stunden lang hörte man nur das Rascheln von Blättern und hin und wieder ein Seufzen oder ein Schnaufen. Gelegentlich brauchte einer von ihnen eine Übersetzung für bestimmte Begriffe oder Redewendungen, auch wenn nur wenig in der Sprache der Überlieferung geschrieben war, und dann erfüllte eiliges Flüstern den Raum.

Anfangs hatten Jatha und seine Männer die Besucher aus Balaia noch neugierig angestarrt, doch das Interesse ließ rasch nach, und als die Zeit verging, schliefen die meisten ein. Nur zwei Wächter saßen am oberen Ende der Treppe direkt unter dem Deckel.

Hirad lehnte sich an. Der Unbekannte hatte sich mit gestreckten Beinen neben ihm niedergelassen. Die Unterhaltungen waren verstummt, und Thraun, der seit ihrem Abstieg in den Choul kein Wort gesprochen hatte, hing seinen eigenen Gedanken nach.

Als die Magier schließlich alles gelesen hatten, versorgten sie sich noch einmal mit Kaffee, stapelten die Texte zwischen sich und begannen zu reden.

»Styliann, wie lange habt Ihr eigentlich schon gewusst, dass diese Informationen in Xetesk zu finden sind?«, fragte Erienne.

»Gleich von Anfang an. Der einzige Grund für mein

Schweigen waren die Schwierigkeiten, mit denen ich rechnen musste, wenn ich sie aus dem Kolleg holen wollte.«

»Habt Ihr sie denn schon einmal studiert?«, bohrte sie.

»Nein, nicht so gründlich wie jetzt, wie ich zu meiner Schande gestehen muss. Sie wurden in versiegelten Tresoren aufbewahrt.«

»Und was sagt Ihr nun dazu?«

»Warte mal«, unterbrach Ilkar sie. »Wir kommen nicht weiter, wenn wir aufs Geratewohl irgendwelche Meinungen formulieren. Wir wollen die Aufgabe identifizieren und versuchen, sie Stück für Stück zu lösen. In Ordnung?« Die anderen nickten, um Stylianns Lippen spielte ein Lächeln.

»Wie immer ganz der Diplomat, Ilkar.«

Ilkar zuckte mit den Achseln. »Wir dürfen einfach keine Zeit vergeuden. Wer möchte jetzt das Problem umreißen?«

»Also gut«, sagte Erienne. »Wir haben einen unkontrollierten Riss, der zwei Dimensionen verbindet und aus dem interdimensionalen Raum eine Energie bezieht, die ihn exponentiell wachsen lässt. Wir glauben, dass der Riss durch konventionelle Magie geschlossen werden kann, weil er auch auf diese Weise entstanden ist. Allerdings gibt es in der Überlieferung bis jetzt noch keinen Spruch für die Auflösung eines solchen Risses, und deshalb müssen wir uns selbst etwas zusammenbauen. Wir müssen mehr oder weniger aufs Geratewohl aus Septerns Schriften das verwenden, was wir hier haben, und es durch unser geringes Wissen ergänzen. Die Risiken sind unglaublich hoch, wir sind nicht sicher, ob wir Erfolg haben, und wir wissen nicht, wie viel Kraft man dazu braucht. Wie klingt das?«

»Darüber hast du schon länger nachgedacht, nicht wahr,

meine Liebe?« Denser fuhr ihr mit einer Hand durchs Haar. Ilkar kicherte, allerdings mehr über das Funkeln in Densers Augen als über seine Worte. Das war der alte Denser, und er war froh, ihn wieder zu sehen. Er fragte sich, was die Veränderung bei dem Xeteskianer bewirkt hatte. Ihm war klar, dass Erienne eine Menge damit zu tun hatte, aber er vermutete, dass ein großer Teil dieser Tatkraft schon die ganze Zeit in dem Mann geschlummert hatte. Sie hatte nur darauf gewartet, geweckt zu werden.

»Ich denke, das ist eine sehr präzise Zusammenfassung«, sagte Styliann. »Wenn Ihr erlaubt, Rabenmagier, dann möchte ich darauf hinweisen, dass der erste Teil des Rätsels darin besteht herauszufinden, ob wir eine Mana-Gestalt aufbauen können, die fähig ist, eine Verbindung zum interdimensionalen Raum herzustellen. Denn wenn uns das nicht in der Nähe des Risses gelingt, dann haben wir keine Hoffnung, den Himmel wieder zusammenzunähen, um einen etwas bildhaften Ausdruck zu verwenden.«

Ilkar sah ihn an. »Nähen? Zusammennähen?« Er beugte sich vor und wühlte im Papierstapel herum. »Septern hat genau dieses Wort benutzt, um zu beschreiben, was man mit gebundenen Durchgängen tun muss. Ja, da ist es.« Er schnappte sich ein kleines, in Leder eingeschlagenes Buch, das sie in Julatsa gefunden hatten, und blätterte es durch. »Hört euch das an. Es ist ein Teil eines Vortrags vor Studenten über gedankliche Prozesse. ›Es reicht nicht aus, einfach nur die Theorie einer Mana-Konstruktion zu verstehen, wenn man es mit den Kräften der Dimensionen zu tun hat. Man muss versuchen, in diese Gestalt einen Hauch der irdischen Aktivitäten einzubringen, irgendetwas Alltägliches und Normales, das dabei hilft, die Gedanken nicht nur während der Bildung, sondern auch während der Anwendung zu konzentrieren.

Ihr müsst berücksichtigen, dass die interdimensionalen Kräfte das Mana auf eine ganz andere Weise beeinflussen als der Raum von Balaia. Wenn Ihr einen Spruch wirkt, um diese Kräfte zu zähmen oder zu formen, dann entwickeln diese rasch etwas, das man eigentlich nur als Eigensinn bezeichnen kann. Eine Form, die Ihr geschaffen habt, um beispielsweise ein gebundenes Tor zu öffnen, kann schnell außer Kontrolle geraten. Wie sorgt man also dafür, dass man nicht die Konzentration verliert, und wie behält man die Kontrolle? Überlegt Euch, was Ihr tun wollt, und verknüpft es, wie ich schon sagte, mit etwas Alltäglichem. Wenn wir beim gebundenen Durchgang bleiben, so ist zu sagen, dass der Spruch bei seiner Anwendung das Material aus dem Raum von Balaia und aus der Zieldimension bezieht und beides zusammenführt, bevor die Dimensionen aneinander gebunden werden.

Also stellt Euch vor, Ihr legt zwei Stücke Stoff nebeneinander. Wie verbindet man sie? Indem man sie vernäht! Wir haben alle schon gesehen, wie Stoffstücke vernäht werden, also baut dieses Bild in Eure Vorstellungen ein, während Ihr die Mana-Gestalt entwickelt.‹‹ Ilkar reichte das Buch an Denser weiter. ›Er fährt dann mit der praktischen Beschreibung eines Spruchs fort, den die Studenten üben sollten, aber eigentlich ist klar, was er meint. Wir müssen also im Grunde ein Loch in dieser Dimension und eins in der anderen Dimension zunähen und die Verbindung durchschneiden, um den Korridor zu schließen.‹

Styliann nickte. ›Habt Ihr noch etwas zu ergänzen, Denser?‹

›Das ist ja alles gut und schön, aber ich erinnere mich nicht, irgendwann mal etwas darüber gelesen zu haben, wie man eine Nadel und einen Faden in die Konstruktion einbaut. Ich kann mir vorstellen, dass die Sache dadurch instabil wird.«

»Das ist möglich, aber wir wollen nicht vorgreifen«, wandte Erienne ein. »Der Abschnitt, den wir über die theoretische Grundstruktur gelesen haben, ist unvollständig. Wir haben keine Ahnung, ob das, was wir bauen, überhaupt genug Kraft hat, um die Enden des Risses zu verschließen. Septern hat immerhin genau dort gestanden, wo er den Spruch wirken wollte. Wir müssen eine Distanz überbrücken, von der wir nicht einmal wissen, wie groß sie ist.«

Wieder nickte Styliann. »Das ist ein berechtigter Einwand, mit dem wir uns aber nicht weiter befassen müssen. Der Spruch zur Dimensionsverbindung, den wir im Understone-Pass eingesetzt haben, enthielt auch ein Element der Reichweite, das ich sehr gut verstehe. Wir vier haben genug Kraft, um eine Verbindung zu konstruieren. Es wird knapp, aber es müsste reichen.«

»Wir müssen Gewissheit haben, bevor wir anfangen«, wandte Ilkar ein.

»Das wird sich noch klären, Ilkar«, beruhigte Styliann ihn. »Aber jetzt müssen wir uns überlegen, wie wir, um Densers Bild zu gebrauchen, Nadel und Faden einbauen können.«

Hirad gähnte und streckte sich. Es sah aus, als sollte es eine lange Nacht werden.

Sein Name war Aeb, aber das war auch schon das einzige individuelle Kennzeichen, das er besaß. Er hielt sich sowieso nicht für ein Einzelwesen. Nicht, wenn er alleine einen Auftrag bekam, und erst recht nicht jetzt, wenn er mit allen seinen Brüdern zusammenstand. Er konnte sie alle spüren, als sie sich bereitmachten, das Haus zu verteidigen, weil ihr Gebieter, der Magier Styliann, es befohlen hatte. Die Gründe waren unwichtig, der Befehl war alles.

Aeb war ein starker Mann, der sich nur noch verschwommen an seine Berufung im Alter von dreiundzwanzig Jahren erinnerte. Er war wie alle anderen mit dickem, schwarzem Leder und einem Kettenhemd, festen Stiefeln und einer Ebenholzmaske bekleidet. Bewaffnet war er mit Schwert und Streitaxt. Völlig gelassen betrachtete er den Abschnitt des Landes, der vor ihm lag. Der Horizont war voller Wesmen, doch ihn erfüllte eine Ruhe, die niemand verstehen konnte, der nicht selbst ein Protektor war.

Seit mehreren Stunden hatten die Protektoren schon den Aufmarsch der feindlichen Armee beobachtet, zuerst durch die Gedanken von einem Dutzend Spähern, und später mit eigenen Augen, als die Streitmacht der Wesmen aus Julatsa herankam und die Protektoren in einer Entfernung von hundertfünfzig Schritt umstellte. Als der Tag sich dem Ende neigte und in die milde Abenddämmerung überging, erforschte Aeb die Gedanken seiner Brüder. Keiner von ihnen glaubte, dass der Angriff vor dem Morgengrauen beginnen werde.

»Wir werden uns abwechselnd ausruhen«, dachte Aeb. Die Mitteilung lief sofort durch die Reihen der Protektoren. Er sah sich nach links und rechts um, hinter sich wusste er die Ruinen des Hauses. Überall in der Verteidigungslinie, die keine Lücke ließ, durch die man hätte das Gebäude angreifen können, traten Brüder drei Schritte zurück und gingen zu den Kochfeuern, die in einer Reihe angelegt worden waren. Neben jedem Feuer standen Brennstoff, Essen und Wasser bereit. Jeweils ein Drittel der Protektoren sollte vier Stunden ausruhen, bis die Bedrohung durch die Feinde den Rhythmus unterbrach und alle bereit sein mussten. Zu keiner Zeit würde es eine Gelegenheit für einen Überraschungsangriff durch die Wesmen geben. Die Nacht war gefährlich, aber sie war für die Wesmen gefährlicher als für die Protektoren. Denn die Wesmen brauchten Licht, um wirkungsvoll zu kämpfen. Die Protektoren dagegen nicht.

Gefühle, Gedanken und geordnete Hinweise von seinen Brüdern zogen durch Aebs Kopf. All das spielte sich unmittelbar hinter der Bewusstseinsschicht ab, die auf den Kampf konzentriert war. Er wusste jederzeit, was sie sahen und hörten, er fühlte jeden Impuls in ihren Körpern, wenn sie atmeten, er kannte ihre Schwächen und alle Muskeln, die schmerzten, jede Verletzung, die ihnen zugefügt worden war.

Die einzige Sorge, die sich im Gruppenbewusstsein bemerkbar machte, hatte mit der Tatsache zu tun, dass Cil und die anderen fünf, die den Gebieter begleitet hatten, nicht mehr zu spüren waren, auch wenn ihre Seelen sich noch im Verband befanden. Es war, als schliefen sie irgendwie. Lebendig, aber nicht bei den Brüdern. Nach ihrer Rückkehr würde die Gemeinschaft wieder stärker sein.

»*Die Verlorenen sind immer noch nicht zu spüren*«, sendete Ayl, der dazu eingeteilt war, nach den Seelen der sechs zu suchen und zu forschen, ob sie wieder aufwachten.

»*Aber sie leben noch*«, antwortete ein anderer. »*Wenn du wieder in die vorderste Linie kommst und dich aufstellst, sobald die Schlacht beginnt, dann denke nicht mehr an sie.*«

Aeb ließ den Blick über die Reihen des Feindes wandern, der in großer Zahl angetreten war. Er forschte in den Gedanken der anderen und schätzte, dass es etwa zehneinhalbtausend Gegner waren, allesamt erfahrene Kämpfer und Männer, die über Magie und Soldaten gesiegt hatten. Sie glaubten an ihre Stärke und ihre Fähigkeit, die kleine Truppe vor ihnen einfach wegzufegen.

Das durften die Protektoren nicht zulassen. Ihr Gebieter verließ sich auf sie. Ebenso der Eine, der sie kannte, der aber nicht mehr unter ihnen war. Aeb ließ seine Gedanken an den Mann, der Sol hieß, zu seinen Brüdern ausstrahlen. Sie antworteten mit einem starken Drang, ihn zu beschützen.

Sie würden nicht versagen.

Elftes Kapitel

Nach einem dreitägigen anstrengenden Marsch ließ Lord Senedai schließlich seine Männer anhalten, damit sie ein Lager aufschlagen und ruhen konnten. Sie mussten sich etwas erholen und sich auf die kommende Schlacht einstellen. Es gab keinen Grund, den Angriff auf die Verteidiger zu überstürzen, die sich um die Ruinen jenes Hauses aufgestellt hatten, das in den Augen aller Wesmen ein Symbol für die Übel der Magie war. Viele seiner Krieger, die jetzt unter den Bannern am Feuer saßen, hätten nie gehofft, überhaupt so weit zu kommen. Die Geister hatten sie hierher geführt, und die Geister würden ihnen die Kraft geben, den Sieg zu erringen. Die Schamanen waren zwar ihrer zerstörerischen Magie beraubt, doch sie genossen die Achtung der Stämme und standen im Mittelpunkt des Stammeslebens.

Senedai hätte äußerst zuversichtlich sein müssen. Die Verteidiger des Hauses waren umzingelt. Sie konnten nicht mehr ausweichen, und sie waren im Verhältnis von zwanzig zu eins in der Unterzahl. Am Morgen würde ein Gemetzel beginnen, und danach wollte er den Raben jagen,

wohin auch immer er gegangen war. Er würde die Rabenkrieger erwischen und damit ihren verzweifelten Versuch
vereiteln, die Hilfe von Fabelwesen zu erbitten. Außerdem
gab es dadurch einen Feind weniger, der bekämpft werden
musste.

Das hatte er seinen Hauptleuten und allen Kriegern erzählt, mit denen er gesprochen hatte. Sein brutales Grinsen dabei hatte zu einem Stammesfürsten gepasst, der die
Lage im Griff hat.

Doch als er allein war, plagten ihn Zweifel, wie er sie vor
den Toren des Kollegs nie empfunden hatte. Er fragte sich,
ob die achttausend, die er in Julatsa zurückgelassen hatte,
um die Gefangenen zu bewachen und die Verwundeten zu
pflegen, nicht vielleicht diejenigen waren, die das größere
Glück gehabt hatten. Diese Männer hatten das Gefühl, um
die Chance gebracht worden zu sein, neuen Ruhm zu er-
werben, was sie beinahe als Demütigung empfanden. Senedai wünschte fast, er wäre bei ihnen geblieben, wie es
sein Recht als siegreicher Feldherr gewesen wäre. Julatsa
war nun ein für alle Mal seine Stadt.

Er stand am Rand des Lagers der Wesmen, außerhalb
des Kreises seiner vorgeschobenen Wachen, und blickte
zu den Ruinen. Dort drüben war einer der wichtigsten
Gründe für seine Zweifel zu sehen. Vierhundertsieben-
undsechzig waren es. Er hatte am Vortag einen Späher geschickt, sie zu zählen. Sie trugen identische Rüstungen und
hatten identische Totenmasken vor den Gesichtern. Alle
standen aufrecht da.

Schweigend, reglos.

Senedai schauderte und sah sich um, ob auch keiner
seiner Leute seine Unsicherheit bemerkt hatte. Die Stille der Gegner war äußerst beunruhigend, diese stockstei-
fe, aufrechte Haltung mit den vor dem Bauch verschränk-

ten Händen. Nur ihre Köpfe bewegten sich hin und wieder, wenn sie den Aufmarsch der Wesmen beobachteten. Sie waren gefährliche Gegner, und Senedai war sicher, dass sie nicht tatenlos stehen bleiben und abwarten würden, wenn er seinen Bogenschützen den Feuerbefehl gab. Einerseits waren die Bogenschützen die beste Möglichkeit, ihre Formation zu schwächen, aber andererseits war der Gedanke, dass sie auf ihn zugerannt kamen, trotz ihrer Unterlegenheit nicht gerade angenehm. Wie auch immer, dies musste wie alles andere bis zum nächsten Morgen warten.

Er kehrte dem Haus den Rücken und dachte, während die untergehende Sonne den Himmel rot färbte, über das Zeichen nach, das über Parve hing. Das Loch im Himmel. Der junge Magier hatte endlos über Drachen geschwatzt, die durch das Loch herabstoßen und alles vernichten würden, und Senedai war keineswegs sicher, dass man ihm nicht glauben konnte und dass es tatsächlich keine Drachen gab. Genau deshalb war er ja auch hier, und deshalb hatte Lord Tessaya ihm befohlen, um jeden Preis die Ruinen bis aufs Fundament einzureißen und den Raben zu hetzen, bis er tot war. Tessaya wusste, dass es dort ein Tor gab. Einen Durchgang zu einem anderen Ort. Tessaya hatte sehr genau erklärt, was Senedai zu tun hatte.

Wieder lief es Senedai kalt über den Rücken. Er kehrte zu seinem Zelt zurück. Die ganze Gegend roch nach Magie und nach etwas Bösem. Er bekam eine Gänsehaut. Vielleicht kam Tessaya noch rechtzeitig, sodass er nicht allein angreifen musste.

Die Barone Blackthorne und Gresse ritten zusammen mit General Darrick durch die Trümmer von Understone. Dreißig Kavalleristen begleiteten sie als Leibwache, doch ihnen war sofort klar gewesen, dass sie keinen Schutz brauchten. Ihre Armee war weiter nach Osten in Richtung Korina marschiert und dem Understone-Pass ausgewichen, doch man rechnete auf dem Hauptweg nicht mit Widerstand. Die Männer, die sie jagten, waren nicht nach Westen in ihre Heimat unterwegs.

Sie trabten durch die Überreste der Tore des erst vor kurzem erbauten und rasch wieder niedergebrannten Palisadenzauns. Zwei verkohlte Wachtürme standen noch links und rechts daneben. Darrick hatte als Erster die roten Flecken gesehen, sich zu seinen Männern umgedreht und sie gewarnt: »Behaltet für Euch, was Ihr gleich zu sehen bekommt. Es ist kein schöner Anblick.«

Jetzt hielten sie mitten in der Stadt an, oder wenigstens an der Stelle, die früher einmal das Stadtzentrum war, und seine Worte kamen ihm einfältig vor. Kein schöner Anblick – nein, eigentlich hätte er über die Größenordnung seiner Fehleinschätzung lachen müssen, wäre Gelächter nicht völlig fehl am Platze gewesen.

Darrick hatte geglaubt, in seinen langen Jahren als Soldat alles schon einmal gesehen zu haben. Der Krieg war ein hässliches Geschäft. Er hatte gesehen, wie Pferdehufe die Schädel von Männern zermalmten, die um Hilfe schreiend am Boden lagen. Er hatte junge Männer gesehen, die ihre Hände auf den Bauch pressten, um die hervorquellenden Eingeweide festzuhalten, und die mit flehendem Blick irgendeine Hoffnung in den Augen ihrer Freunde suchten. Er hatte Glieder gesehen, die von gesunden Körpern abgetrennt wurden, abgehackte Kiefer, von Pfeilen durchbohrte Augen und Äxte, die in den Köpfen von Männern steckten, die noch herumliefen und zu schockiert waren, um zu bemerken, dass sie eigentlich tot sein müssten.

Er hatte die schrecklichen Verwüstungen durch Feuer und Kälte gesehen, die von Magiern mit einem bloßen Flüstern entfesselt werden konnten, und vor gar nicht so langer Zeit hatte er auch die entsetzlichen Zerstörungen beobachtet, die bei der Überflutung des Understone-Passes angerichtet worden waren. Zerfetzte und zermalmte Körper waren überall in die Felsspalten gespült worden.

Doch für diese schrecklichen Dinge hatte es immer irgendeine Art von Rechtfertigung gegeben. Der Krieg war ein Unternehmen, das beide Seiten in dem sicheren Wissen begannen, dass Menschen leiden würden.

Aber dies hier in Understone, das war etwas ganz anderes.

Die Stadt Blackthorne war zerstört worden, doch ihre Bewohner waren längst aufs Land geflohen oder hatten sich der Armee des Barons angeschlossen. Die Einwohner von Understone dagegen hatten keine solche Wahlmöglichkeit gehabt. Sie waren einem völlig willkürlichen Gemetzel zum Opfer gefallen.

Darrick schüttelte den Kopf. Es passte nicht. Er wusste, wie Tessaya vorging, und dies hier entsprach ihm nicht. Nach den verbrannten Ruinen zu urteilen, hatten die Wesmen Understone stark befestigt. Rings um die Stadt hatten sie einen Palisadenzaun errichtet, der zusätzlich von gepanzerten Wachtürmen geschützt wurde. Gräben und Senken waren vor dem Holzwall ausgehoben worden, an taktischen Positionen waren zur Verteidigung außerhalb der Umfriedung weitere Befestigungen errichtet worden. Tessaya hatte sich auf eine langfristige Besetzung eingestellt.

Doch irgendetwas hatte sein Denken anscheinend radikal und auf entsetzliche Weise verändert. Alle Gebäude waren bis auf die Fundamente niedergebrannt. Steinmauern waren eingerissen worden, und sogar all das, was die Wesmen selbst gebaut hatten, war zersplittert und verbrannt. Und überall, buchstäblich überall lagen Leichen herum. Es war ein rituelles Massaker gewesen. Jeder Mann war zu einer bestimmten Stelle in der Stadt gebracht worden, nachdem sie niedergebrannt worden war. Dort hatte man ihn ermordet, ihm die Kehle durchgeschnitten, die Augen ausgestochen, den Bauch aufgeschlitzt und die Leiche mit ausgebreiteten Gliedmaßen zur aufgehenden Sonne hin ausgerichtet.

Es mussten mehr als dreihundert sein. Garnisonssoldaten aus Understone und die Verstärkung aus der Armee der vier Kollegien. Ein paar erkannte Darrick sogar wieder, andere waren geachtete Kollegen, denen er bisher noch nicht persönlich begegnet war. Sie waren seit etwa einem Tag tot. Wolken von Fliegen erfüllten die Luft mit widerwärtigem Summen, und die Aasgeier und die anderen Tiere warteten nur darauf, dass die Reiter sie wieder an das unerwartete Festmahl ließen. Der Verwesungsgestank breitete sich aus.

»Bei allen Göttern, die auf uns herabschauen, was ist hier nur passiert?« Gresses Stimme war nicht mehr als ein heiseres Flüstern. Er stieg von seinem Pferd und nahm sich Zeit für einen Moment der Andacht. Die anderen Reiter folgten seinem Beispiel.

»Das ist eine Warnung«, meinte ein Kavallerist, der damit Darricks eigene Gedanken aussprach. »Wir sollen sie fürchten.«

»Nein«, widersprach Blackthorne. »Sie sind es, die sich fürchten müssen.«

»Habt Ihr so etwas schon einmal gesehen?«, fragte Gresse ungläubig.

Blackthorne schüttelte den Kopf. »Es gibt – oder gab –

in der Bibliothek von Blackthorne einen Bericht über ein ähnliches Ereignis. Vergesst nicht, dass wir im Kampf gegen die Wesmen schon einmal an vorderster Front gestanden haben.«

»Was hat Tessaya nur veranlasst, so etwas zu tun?«, fragte Darrick.

»Ich glaube, er hat die Stadt niedergebrannt, damit niemand benutzen kann, was er gebaut hat. Der Pass ist jetzt wahrscheinlich stark verteidigt. Die Opfer, denn so muss man sie nennen, sind natürlich eine ganz andere Angelegenheit.

Wenn die Wesmen in die Schlacht ziehen, dann rufen ihre Schamanen die Geister an, die sich hinter sie stellen und sie segnen und ihnen Kraft schenken sollen. Wenn sie aber fürchten, dass ein Feind stärker sein könnte als sie, dann opfern sie feindliche Gefangene, um das Übel abzuwehren, das sie ihrer Meinung nach verfolgt. Diese armen Teufel hier sind die Opfer eines schamanischen Rituals. Sie sind mit dem Gesicht zur aufgehenden Sonne gedreht, weil die Wesmen glauben, die Morgendämmerung werde den Göttern ihrer Feinde diesen Anblick zeigen, und dies werde ihnen den Mut nehmen.« Er zuckte mit den Achseln.

»Also haben sie Angst vor uns?«

»Nicht vor uns. Aber irgendetwas muss Tessaya große Angst eingejagt und ihn veranlasst haben, seine Pläne über den Haufen zu werfen. Normalerweise ist er ein sehr vorsichtiger Mann. Er muss glauben, dass die Invasion fehlschlagen könnte, und er ist jetzt offenbar zu einem Ort gezogen, den er für kriegsentscheidend hält.«

»Und wohin er auch geht, seine Horden werden ihm folgen«, meinte Gresse grimmig.

»Ja«, sagte Blackthorne. »Es sieht aus, als suchten wir

jetzt den Dreh- und Angelpunkt des ganzen Feldzuges und nicht nur einen Stützpfeiler.«

Darrick schürzte die Lippen. »Aber vorher müssen diese Männer ehrenhaft eingeäschert werden.«

»Die Zeit drängt«, widersprach Blackthorne mit einer gewissen Schärfe. »Diese Männer hier würden es uns nicht danken, wenn wir ihre Mörder entkommen lassen, während wir ihre Leichen verbrennen.«

Darrick sah ihn fassungslos an. »Wir werden Tessaya erwischen. Wir haben achttausend Mann, die nach Osten marschieren. Stoßt zu ihnen und schickt meine Kavallerie zurück. Wir werden diesen Männern die Ehre erweisen, die sie verdient haben. Vor Einbruch der Nacht holen wir Euch ein.«

»Ich bitte um Verzeihung, General«, sagte Blackthorne. »Ich meinte natürlich nicht, dass …«

Darrick unterbrach ihn mit einer Handbewegung. »Ich verstehe, Baron, und meine Achtung für Euch ist unvermindert. Aber ich kann meine Männer nicht hier in diesem grotesken Schlachthaus verfaulen lassen. Ihr würdet nicht anders empfinden, wenn es Eure Leute wären.«

Blackthorne lächelte leicht und stieg wieder auf sein Pferd. »So ist es, General. Ihr seid ein guter Mann. Nehmt Euch bitte so viel Zeit, wie Ihr braucht.«

»Zeit haben wir leider sehr wenig. Aber für uns ist sie wenigstens noch nicht abgelaufen.«

Zusammen mit der einheimischen Eskorte und der Delegation aus Xetesk verließ der Rabe den Choul schon eine ganze Weile vor der Morgendämmerung. Die Magier hatten in der Nacht noch lange geredet. Hirad hatte immer wieder ihre leisen Stimmen gehört, als er mehrmals aus seinem unruhigen Schlaf erwachte. Als Jatha sie dann weckte, war er müde und gereizt, und er konnte sehen, dass seine Freunde und Styliann sich nicht besser fühlten.

Die Sonne war noch nicht über den Horizont gestiegen, und die Ebene lag noch im Schatten, doch der Himmel war schon hell, und in allen Richtungen erstreckte sich nichts als hohes Gras. Das Zwielicht war in gewisser Weise sogar beruhigend, und Hirad empfand ein Gefühl von Sicherheit, das natürlich völlig fehl am Platze war. Sie konnten sich zwar in der Dunkelheit vor anderen Menschen verbergen, aber weder Jathas Leute noch die Drachen wurden durch fehlendes Licht behindert. Wenn sie nachts gereist wären, dann hätte der Rabe sich nur selbst unnötige Schwierigkeiten gemacht, ohne irgendeinen Vorteil davon zu haben. Er machte dem Unbekannten gegenüber eine entsprechende Bemerkung, und der große Krieger nickte nur, als habe er es längst erkannt.

Die Reisegruppe formierte sich anders als am Vortag. Jatha und seine Helfer übernahmen weiterhin die Führung, doch die Rabenmagier hatten sich zurückfallen lassen, um sich weiter mit Styliann zu beraten. Somit blieb es den Protektoren überlassen, ihren Rücken zu sichern, während Hirad, der Unbekannte und Thraun sich um die Flanken kümmerten. Thraun verhielt sich wie schon am vergangenen Tag. Er verschloss sich in seiner Welt voller Elend und Schuldgefühle wegen Wills Tod. Wenn es nötig war, würde er kämpfen, aber das war es dann auch. Er aß, was man ihm vorsetzte, er schlief und übernahm die Wache, wenn er gebeten wurde, und er antwortete auf Fragen über das Gelände und die Spuren. Ansonsten blieb er ganz und gar in sich gekehrt.

Am Vormittag stieg das bisher flache Land allmählich an. Zuerst war es nur eine leichte Steigung, die aber mit der Zeit steiler wurde. Der Höhenunterschied zwischen

Anhöhen und Senken betrug nie mehr als zwanzig Fuß, aber das Auf und Ab zehrte an den Kräften. Auch hier wuchs das Gras so dicht und hoch wie auf der Ebene, doch jetzt knickte sogar Jatha, der ein hohes Tempo vorlegte, in seiner Eile die Halme um.

Hirad beobachtete ihn eine Weile und bemerkte, dass er immer wieder zum Riss hinaufschaute, während seine Männer sich stirnrunzelnd links und rechts umsahen.

Hirad schob sich neben den Unbekannten. »Bekommst du nicht auch allmählich das Gefühl, dass etwas nicht stimmt?«

»Allerdings«, meinte der Unbekannte. »Wir sollten damit rechnen, dass wir angegriffen werden.« Er klopfte auf das Schwert, das auf dem Rücken in der Scheide steckte.

»Ich werde mal mit Jatha reden.« Hirad ging nach vorn und tippte Jatha auf die Schulter. Der Diener des Kaan drehte sich um und zwang sich zu einem Lächeln, obwohl ihm die Sorge deutlich ins Gesicht geschrieben stand.

»Was ist los?«, fragte Hirad. Jatha sah ihn verständnislos an. »Gefahr?« Hirad deutete zum Himmel und dann rings um sich, und dann flatterte er mit den Armen, um genau wie Jatha einen Drachen nachzuahmen.

Jatha nickte lebhaft. »Kampf am Himmel kommt«, sagte er. »Vorsicht.« Er deutete auf seine Augen und dann auf die unmittelbare Umgebung. »Noch mehr Kampf.« Er zuckte mit den Achseln. Hirad nickte.

»Also gut, Rabenkrieger«, sagte er, als er sich wieder zurückfallen ließ. »Es kann sein, dass wir Gesellschaft von oben und am Boden bekommen. Wir wollen darauf vorbereitet sein. Thraun, Unbekannter, ihr sichert die linke und rechte Flanke, Ilkar übernimmt die Abschirmung, Denser und Erienne, ihr schaltet euch bitte in den Angriff ein.« Vor ihnen verließen zwei von Jathas Männern die Gruppe. Sie verschwanden mit gezückten Schwertern links

236

und rechts im Gras. Jatha selbst ging weiter und beschleunigte sogar noch etwas, bis er fast im Trab lief. Hirad sah sich kurz zu Styliann um. »Ich nehme an, ich kann es Euch überlassen, mit Euren Leuten die rückwärtige Verteidigung zu organisieren?«

Styliann nickte. »Hier hinten kommt niemand durch«, sagte er knapp.

Oben am Himmel war die Verteidigung des Risses verstärkt worden. Hirad schätzte, dass jetzt etwa siebzig Kaan auf engen Bahnen Patrouille flogen. Ihre Rufe hallten weit über die Ebene. Es war ein gespenstisches Geräusch, das ihm zusetzte. Das mürrische Bellen und das dumpfe Knurren klangen fremd in seinen Ohren, und als er ein Kitzeln im Nacken spürte, drehte er sich instinktiv um und sah die Schatten.

Zuerst war es nur eine Gruppe schwarzer Punkte hoch am Himmel. Sie kamen aus der Richtung des Tals, durch das sie am Vortag gewandert waren. Doch als sie sich näherten, sah er die Umrisse. Lang gestreckt und schlank und schnell. Es waren mehr als zwanzig, die in der Formation eines Fünfsterns flogen und direkt den Riss ansteuerten. Die Rufe der Kaan wurden drängender, und wenigstens die Hälfte brach die Patrouillenflüge ab und formierte sich zu Angriffsgruppen von jeweils fünf oder sechs Drachen, die dem Feind entgegenflogen.

Sie waren alle stehen geblieben, und Jatha musste sie ermahnen weiterzugehen.

»Geht«, drängte er. »Vorsichtig.« Er wollte sich umdrehen, doch dann erregte eine Veränderung der Bewegungen am Himmel seine Aufmerksamkeit. Hirad folgte seinem Blick. Einer der angreifenden Drachen hatte die Formation verlassen und kam schräg über die Ebene direkt zu ihnen herunter.

»Der Rabe, steckt die Schwerter weg und vergesst die Sprüche. Wir müssen rennen. Protektoren, ihr auch. Glaubt es mir oder sterbt.« Er deutete zu dem Drachen hoch, der eilig zu ihnen geflogen kam und im Handumdrehen über ihnen sein musste.

»Hirad!« Jatha zerrte an seinem Arm. Er war verzweifelt, und seine Männer hinter ihm waren sichtlich aufgeregt. Hirad sah ihn an. Der kleine Mann spreizte die Finger und bewegte die Arme auseinander. »Geht«, sagte er und wiederholte die Geste. Er rief seinen Männern einen Befehl zu, die sich sofort ins Gras absetzten, und nicht zwei von ihnen liefen in die gleiche Richtung.

Hirad verstand. »Der Rabe!«, rief er. »Auf gleicher Höhe, immer drei Schritt Abstand. Der Rabe zu mir!« Ohne zu warten, ob auch Styliann ihnen folgte, stürmte Hirad durchs Gras. Der Unbekannte und Ilkar waren neben ihm. Wenn er nach links und rechts blickte, konnte er sie gerade eben erkennen, doch von den anderen konnte er im hohen, dichten Gras, das jeden Schritt behinderte, nichts sehen.

Sie rannten blindlings los, im Grunde war es ein Glücksspiel. Als er durch die biegsamen Stängel brach, stellte er sich vor, wie der Drache herunterstieß und über die erbärmlichen Versuche lachte, vor ihm zu fliehen, und wie er sich das erste Opfer aussuchte. Keiner von ihnen hatte eine Chance. Er konnte nach Belieben sein Feuer spucken, und bald wären sie alle nichts weiter als ein paar Ascheflocken, die zum Himmel aufstiegen.

Er war wütend, weil Sha-Kaan sie nicht beschützte, und rief im Geist den Namen des Großen Drachen, verlangte dessen Hilfe und flehte ihn an, er möge ihn retten. Er stolperte, wäre fast gestürzt und unterdrückte einen Schrei, als ihm etwas einfiel. Jetzt wurde sein Albtraum wahr. Auf der

Burg Taranspike hatte er geträumt, er liefe über rissige Erde, käme nirgends an und könne seinem Schicksal nicht entrinnen. Im Traum wurde er gefangen, die Haut wurde ihm von den Knochen gebrannt, und er war völlig hilflos.

Von rechts wehte große Hitze herüber, und ein grellrotes Licht war zu sehen, als das Gras versengt wurde. Niemand schrie, aber falls es Opfer gab, hätten sie sowieso nicht genug Zeit dazu gehabt. Hirad betete, dass es nicht Jatha getroffen hatte, und lief schneller. Ein Knistern erfüllte die Luft, und dichter Rauch stieg in den Himmel, als das trockene Gras in Flammen aufging. Hinter der Rauchwolke stieg der Drache – er war etwa siebzig Fuß lang und kaum mehr als vierzig Schritt entfernt – wieder zum Himmel empor und nahm Anlauf für den nächsten Sturzflug. Der lange, blaue Körper bewegte sich elegant durch die Luft, die Flügel schlugen anmutig. Schwarz fiel sein Schatten über den Boden, die riesigen Flügel knallten wie Segel, als sie das Tier durch die Luft trieben. Mit absoluter Sicherheit wusste Hirad, dass der Drache das nächste Mal sie aufs Korn nehmen würde.

Er stürmte weiter, mit eingezogenem Kopf und erhobenen Armen, um das Gesicht zu schützen. Höchstens ein Dutzend Schritt vor ihm fiel das Gelände etwas ab. Es war ihre einzige Chance.

»Der Rabe!« brüllte er, um das tosende Feuer, die Rufe der anderen Männer und die Schreie von hundert Drachen zu übertönen. »Hier ist ein Abhang, da müssen wir runter. Unten bleiben!« Er spürte, wie der Drache hinter ihnen wendete, und rannte weiter. Der letzte Schritt war beinahe schon ein Sprung, er stürzte, rollte den Hang hinunter und überschlug sich mehrmals. Grashalme, Erde und lose Steine flogen ihm um die Ohren.

Der Hang war steiler, als er angenommen hatte. Er hatte Mühe, seinen Sturz abzubremsen. Eine gewaltige Feuerlanze fuhr über ihn hinweg und entzündete das Gras oberhalb des Hanges. Ein weiterer Brand flammte auf und verzehrte ringsum die gesamte Vegetation. Hitze waberte den Hang herunter, und der Schatten des Drachen zog über ihn hinweg. Hirad breitete Arme und Beine aus, um sich abzufangen, erreichte das Ende des Hangs und prallte gegen den Unbekannten. Staub wirbelte in die Luft, hinter ihnen rutschten trockene und abgebrochene Grashalme nach.

Die beiden Männer halfen sich gegenseitig hoch. Ilkar lag ein paar Schritt entfernt. Er setzte sich kopfschüttelnd auf. Ringsherum wallte der Staub, über ihnen schwebte eine Wolke und verdeckte die Sonne. Ein beißender, stechender Brandgeruch breitete sich aus. Irgendwo in der Nähe war schon wieder das Zischen des Drachenfeuers zu hören.

»Der Rabe!«, schrie Hirad. »Meldet euch, wenn ihr mich hört. Hier entlang.«

Denser und Erienne riefen, dass sie unverletzt waren. Thraun tauchte wortlos neben Hirad auf und nickte knapp.

»Lage einschätzen«, sagte Hirad.

»Der Rauch am Himmel deckt uns, aber das Feuer bringt uns um, wenn wir hier bleiben. Wir müssen hier weg und auf der anderen Seite den Hang hinauf. Der Wind weht von Osten, also sollten wir uns nach Osten in Sicherheit bringen.«

Denser und Erienne stießen zu ihnen. Der Dunkle Magier hatte einen Arm um Eriennes Hüfte gelegt, sie blutete aus einer Schnittwunde am Kinn.

»Nicht gerade der Empfang, den eine schwangere Frau sich wünscht«, sagte sie. Hirad war offenbar deutlich anzusehen, dass er sich Sorgen machte, und sie lächelte be-

240

ruhigend. »Aber es braucht schon erheblich mehr als eine Rutschpartie durchs Gras, um ein Magier-Kind zu verletzen.«

»Gut«, sagte Hirad. »Kommt, wir wollen uns von den Bränden entfernen. Haltet euch die Hand vor den Mund, wenn ihr könnt.« Er ging los, zog ein Tuch aus der Hosentasche und band es sich vor den Mund. Es schützte recht gut vor dem Rauch, der über ihnen am Himmel hing und in das kleine Tal sank, in dem sie Schutz gefunden hatten. Es brannte links und rechts neben ihnen, und als sie rasch durch den Einschnitt liefen, fraßen sich die Flammen auch hinter ihnen den Hang herunter.

Dann bewegten sie sich bergauf in die Richtung, in die sie ohnehin wollten. Hirad bemühte sich, den angreifenden Drachen oder irgendein Lebenszeichen von ihren verstreuten Begleitern zu hören, doch es gelang ihm nicht. Besorgt angesichts der plötzlichen Stille zog er fast instinktiv das Schwert und drehte sich zum Unbekannten um, den er warnen wollte. Er hörte ein Flüstern im Gras und hatte gerade noch Zeit, Ilkar zuzurufen, dass sein harter Schild gebraucht wurde. Doch bevor die Abschirmung stand, schlug ein Pfeil in Thrauns linke Schulter.

»Schild steht«, meldete Ilkar.

»Der Rabe, achtet auf die Flanken. Denser, ich glaube, hier kannst du eher deine Klinge gebrauchen. Thraun, wie schlimm ist es?« Ein zweiter Pfeil prallte vom Schild ab, der dritte ebenfalls.

»Nur eine Fleischwunde. Ich blute, aber ich kann kämpfen.« Seine ruhige Stimme verriet nichts von den Schmerzen, unter denen er zweifellos litt.

Hirad arbeitete sich weiter, der Unbekannte ging zwei Schritte rechts neben ihm, Denser war auf der linken Seite, und Thraun bildete hinter den Magiern die Nachhut.

Er hörte, wie Erienne murmelnd einen Spruch vorbereitete, und konnte nur hoffen, dass es einer war, der nichts mit Feuer zu tun hatte. Weitere drei Pfeile prallten vom Schirm ab, dann waren vor ihnen Rufe zu hören, das Gras raschelte, und irgendwo rannte jemand.

Hirad blieb stehen und schlug vor sich das Gras zur Seite. »Da kommen sie. Sie haben vermutlich Kurzschwerter. Ihr wisst ja, wie Jatha bewaffnet war.«

Drei Männer mit rasierten Köpfen gingen auf den Raben los. Keiner war größer als fünf Fuß, und sie hatten keine Schwerter, sondern kurze, dicke Keulen mit Dornen, die sie mit beiden Händen schwangen. Als sie angriffen, riefen sie etwas in einer Sprache, die Hirad nicht verstand, und ihre Gesichter waren voller Hass. Hinter ihnen kamen noch weitere Angreifer.

Hirad wich zurück und fing einen erstaunlich kräftigen Schlag mit seiner Klinge ab, die er anschließend nach rechts und links bewegte, um die rechte Flanke des Gegners zu entblößen. Rasch gewann er das Gleichgewicht zurück, riss das Schwert nach oben und schnitt dem Mann das Ohr ab, als dieser dem Hieb ausweichen wollte. Der Verletzte schrie vor Schmerzen auf, und Hirad setzte zu einem tödlichen Schlag an, der von oben die Schulter traf und mühelos die Knochen durchtrennte.

Er wich wieder zurück und wartete. Denser erledigte seinen Gegner gerade mit einem Stich durch die Brust, und auch der Unbekannte machte mit seinem Gegenüber kurzen Prozess. Die Angreifer zögerten. Ihre Gefährten waren von reinem Hass getrieben gewesen, doch nun hielten sie inne und betrachteten, wer da vor ihnen stand und schätzten die Stärke und die Größe der Klingen ab.

»Vorwärts«, sagte Hirad. »Behaltet die Flanken im Auge. Erienne, wenn du bereit bist, könnte eine kleine

Demonstration sicher nicht schaden.« Die Feinde, es war etwa ein Dutzend, wichen zurück. Hirad beobachtete sie genau, er konnte jetzt auch zu beiden Seiten Bewegungen erkennen. »Sie wollen noch einmal angreifen, aber nicht frontal. Erienne, die da vorn gehören dir.«

Erienne schloss zu Hirad auf, öffnete die Handflächen und sprach das Befehlswort. Der Eiswind heulte über das Gras und vernichtete auf zwanzig Schritt Gegner und Pflanzen. Die Rabenkrieger rückten in der Kälte hinter dem Spruch rasch vor. Ringsum ertönten Schreie, die von blankem Entsetzen kündeten, und plötzlich waren nur noch rennende Füße zu hören. Die Gegner flohen Hals über Kopf.

»Ausgezeichnet«, sagte Hirad. Er ging weiter und trabte durch die tote Zone, die Erienne geschaffen hatte. Die Grashalme zersprangen, wenn er sie berührte, und die Leichen von einem halben Dutzend Männern, mit vor Angst verzerrten Gesichtern für immer erstarrt, lagen herum. Als er ein Stück höher gekommen war, konnte er sehen, dass das Gelände vor ihm nicht weiter anstieg. Rechts erhob sich eine Rauchwolke aus der Ebene. Die Frage war nun, wo Styliann und Jatha steckten.

Er ließ den Raben anhalten. Erienne kümmerte sich sofort um Thrauns Schulter, während Hirad den Himmel beobachtete. Rings um den Riss tobte eine wilde Schlacht. Flammen zuckten durch den Himmel, der voller stürzender, ausweichender, emporsteigender Drachen war. Er konnte sehen, wie zwei Drachen, die der Größe nach Kaan sein mussten, einen einsamen Feind hetzten. Einer spuckte eine lange Feuerlanze über die Flügel des Gegners, während der andere nach unten stieß, um seinen Nacken zu packen. Er schüttelte sein Opfer heftig und ließ es dann los, worauf es wie ein Stein vom Himmel fiel.

Aus drei Richtungen kamen jetzt Drachen, um sich in den Kampf zu stürzen, doch derjenige, der den Raben angegriffen hatte, war nirgends zu sehen. Eine Weile starrten sie alle zum Himmel hinauf und beobachteten die gewaltigen, ungezügelten animalischen Kräfte, die dort aufeinander prallten. So viel Kraft, Geschwindigkeit und Beweglichkeit. Es war ein unvergleichlicher Anblick, und Hirad sah sich auf unangenehme Weise an ihren eigenen Platz in diesem Konflikt erinnert. Bisher hatten sie Glück gehabt, doch zum ersten Mal seit der Begegnung mit den Wytchlords hatte er das Gefühl, dass ihr Schicksal nicht in ihren eigenen Händen lag. Wenn ein Drache wirklich darauf aus war, sie zu töten, dann würden sie sterben.

»Was jetzt?«, fragte Denser. Sein Blick wanderte zu Erienne, die sich um Thraun kümmerte.

»Wir bleiben wachsam«, sagte Hirad. »Und wir bleiben in Bewegung. Ilkar muss jetzt ständig den Schild oben halten. Erienne hat sie vielleicht verscheucht, aber sie könnten zurückkommen. Außerdem müssen wir uns überlegen, wie wir die anderen finden.«

»Vorausgesetzt, sie sind überhaupt noch da«, sagte Erienne. Sie hatte ein Stück Tuch um Thrauns Schulter gewickelt. Der Gestaltwandler hatte den Schaft des Pfeils mit der rechten Hand gepackt und auf ihr Nicken einmal kräftig daran gezogen. Der Pfeil löste sich aus der Wunde, Thraun grunzte vor Schmerzen, und das Blut spritzte über das Tuch und Eriennes Hände. Sie stillte die Blutung, murmelte ein paar Worte und presste den Verband auf die Wunde. »Drück hier drauf«, sagte sie und zeigte Thraun die Stelle, auf die er drücken musste. »Ich habe die Wunde von innen versiegelt, aber es hält noch nicht richtig. Versuche, den Arm heute nicht mehr zu bewegen, ja?«

Er nickte. »Danke.«

Sie strich mit der blutigen Hand über seine Wange. »Lieber Thraun«, sagte sie, und ihr besorgtes Gesicht sagte alles, was sie mit Worten nicht auszudrücken vermochte.

Der Rabe hatte knapp unterhalb des nächsten Hügelkamms angehalten. Es waren Feinde im Gras und Feinde in der Luft, und sie hatten keine Ahnung, wo sie waren.

»Welche Möglichkeiten haben wir?«, fragte Hirad.

»Wir sollten hier verschwinden«, sagte der Unbekannte. »Wir wissen, dass wir zu den Bergen müssen. Das können wir auch allein schaffen.«

»Ich könnte aufsteigen«, schlug Denser vor. »Mich rasch umsehen und versuchen, die anderen zu finden und unsere Angreifer zu entdecken. Was meint ihr?«

»Riskant«, sagte Ilkar. Seine Stimme war schwach, weil er sich auf den harten Schild konzentrierte.

»Nicht gefährlicher, als blind hier zu hocken«, meinte Denser. »Und wir brauchen Styliann. Er hat die Schriften.«

»Tu es«, sagte Hirad.

»Sei vorsichtig«, ermahnte Erienne ihn.

Denser nickte. »Es wird nicht lange dauern.«

Denser trimmte seine Schattenschwingen auf Geschwindigkeit und schoss in die Luft hinauf. Sofort wurde ihm bewusst, wie verwundbar er in einem Medium war, das von den Drachen so sehr dominiert wurde. Sie waren zwar weit entfernt und kämpften am Riss, wo ihre Flammenstöße und ihre kraftvollen Manöver eine unglaublich fremdartige Kulisse bildeten, doch Denser fühlte aller Augen auf sich ruhen. Er schauderte und sah sich um.

Die Gegend um den Raben war sauber, die Angreifer flohen weiter nach Osten. Er konnte ihre Bewegungen am auffälligen Nicken der Grashalme erkennen. Er wusste nicht, wie viele es waren, aber sie stellten keine unmittelbare Gefahr dar. Das größte Risiko, das er jetzt noch sah, ging von dem Feuer aus, das an drei Stellen wütete. Dicke Rauchwolken stiegen zum Himmel auf, während es sich ungehemmt über die Ebene ausbreitete. Der Brandherd, der ihnen am nächsten war, hatte inzwischen den größten Teil der Senke erfasst, in der sie sich versteckt hatten, und dehnte sich gleichmäßig in alle Richtungen aus. Die Brise verlangsamte die Ausbreitung in ihre Richtung, ohne sie jedoch ganz aufhalten zu können.

Zwei größere Brände verzehrten rechts von ihm das Gras. Denser verstand jetzt, wie die Drachen ihr Land ruiniert hatten. Nichts außer einem heftigen Regen konnte diese Feuersbrunst daran hindern, die ganze Ebene zu erfassen, die hunderte von Quadratmeilen groß sein musste. Wenn er sich umsah, dann sah er nichts außer blauem Himmel und hellen Wolken. Von dort war keine Rettung zu erwarten.

Er flog in Richtung der Berge bis hinter die Flammen, weil er damit rechnete, dass etwaige Überlebende sich in diese Richtung zu wenden versuchten. Es dauerte nicht lange, bis er Bewegungen im Gras sah, wo jemand rücksichtslos vorwärts stürmte und die Halme knickte.

»Styliann«, schnaufte er. Er flog dicht übers Gras und rief ihnen zu, sie sollten anhalten. Aus der Nähe sah er drei Protektoren in einem weiten Halbkreis laufen. Sie schienen niemanden zu beschützen, doch die Bewegungen der Halme verrieten ihm, dass Styliann in ihrer Mitte unter einem Tarnzauber rannte. Keine schlechte Idee, wenn einem die Sicherheit der Begleiter egal war.

»Styliann, bleibt stehen. Wir müssen uns neu formieren.« Er überflog ihn und drehte sich in der Luft um.

»Nein«, antwortete ihm eine körperlose Stimme, die vor Anstrengung atemlos klang. »Wir müssen hier verschwinden. Ich habe Jatha aus den Augen verloren, und drei meiner Protektoren wurden getötet.«

»Beruhigt Euch, der Drache ist weg.«

»Das glaubt Ihr doch selbst nicht.« Und wie um Stylianns Worten Überzeugungskraft zu verleihen, ertönte rechts von Denser ein Brüllen und sagte ihm, dass keineswegs alles in Ordnung war. Durch den Rauch brach der Drache hervor, stieß auf den Boden herab und packte einen von Jathas Männern oder vielleicht auch Jatha selbst. Er flog wieder auf, zerfetzte den Mann mit den vorderen Klauen und stopfte sich nacheinander die Brocken ins Maul. Das Blut spritzte und sprudelte in alle Richtungen.

Denser schlug das Herz bis zum Hals. Er zuckte unwillkürlich zusammen und hatte Mühe, seine Konzentration zu bewahren. Sein Atem ging stoßweise, sein Mund wurde trocken. Ein Schaudern lief durch seinen ganzen Körper, und seine Hand zitterte, als er sich die schwitzende Stirn abwischte.

»Verschwindet vom Himmel, Denser, Ihr seid da oben ein erstklassiges Ziel. Und sagt Hirad, er soll seine verdammten Drachenfreunde rufen, sonst sind wir alle tot. Verstanden? Verschwindet endlich, ihr verratet den Drachen meine Position.« Styliann und seine Protektoren wechselten die Richtung, und Denser segelte davon. Er war sich bewusst, wie verletzlich er war und hielt sich dicht über dem Gras, als er eilig zum Raben zurückflog. Er wunderte sich, wie weit er schon gekommen war, und trimmte seine Flügel erneut, um seine Geschwindigkeit zu erhöhen.

Hinter sich hörte er den Drachen ein Bellen ausstoßen, das verblüfft klang. Als er sich über die Schulter umdrehte, sah er den Drachen eine Wende fliegen, und sein Blick war auf ein einziges Ziel fixiert.

»Guter Gott«, murmelte Denser. Er näherte sich dem Raben, und er und die anderen hatten jetzt nur noch eine einzige Chance. Er hörte die Schwingen des Drachen hinter sich flattern und ging noch etwas tiefer hinunter, bis er mit den Beinen über die hohen Grashalme strich. Er flog direkt in den Rauch des Feuers hinein, das in der Senke wütete, hielt den Atem an und bog scharf nach links ab, bis er sich am Rand der Rauchwolke entlangbewegte. Dann schoss er wieder in die frische Luft hinaus und sah, dass der Drache weiter geradeaus flog und bei der Jagd auf Denser den Raben übersehen hatte.

Denser ergriff die Gelegenheit, flog eilig zu den Gefährten zurück und landete just in dem Augenblick, als der Drache bemerkte, dass er hereingelegt worden war und in der Luft wendete. Er würde nicht lange brauchen, um sie zu erreichen.

»Schnell«, sagte Denser. Er landete und warf die Schattenschwingen ab. »Wieder den Hügel hinunter. Der Drache kommt zurück. Erienne, wir brauchen etwas, das sein Feuer abhält. Einen stärkeren harten Schild. Ich versuche eine Verteidigung mit Eiswind. Vielleicht nützt es was.« Sie wirkten ihre Sprüche, während sie nach unten stiegen. Sie blieben eng beisammen, und Hirad wies ihnen den Weg.

Schon während sie kletterten, wussten sie, dass sie es nicht schaffen würden. Sie liefen in die Flammen zurück, der Schatten des Drachen glitt noch einmal über ihnen vorbei, seine Schwingen flappten laut und schrecklich, sie konnten sehen, wie er wendete und umdrehte, um noch einmal durch die Senke zu fliegen. Er riss das Maul auf und holte tief Luft.

Er erreichte sie nicht mehr. Von oben packten riesige Kiefer seinen Hals und drückten ihn auf die Erde, die unter dem Aufprall heftig erbebte. Flammen erhellten den

Himmel, zweimal war ein Brüllen zu hören, dann wurde es unvermittelt wieder still. Man hörte Flügel rauschen, und dann hing der Schatten von Sha-Kaan über ihnen, riesig und beruhigend. Blut lief aus seinem Maul, und er atmete schwer, während er über ihnen schwebte. Die Rabenkrieger schauten erleichtert zu ihm hoch.

»Ich habe deinen Ruf gehört, aber ich war weit entfernt. Geht vom Feuer weg und lauft zu den Bergen. Ich werde Jatha und die anderen zu euch führen. Ihr müsst bereit sein, das Tor zu schließen, wenn das Gestirn am Himmel von jetzt an das dritte Mal seine größte Höhe erreicht.« Damit war er wieder verschwunden.

Denser brach zusammen. »Ich brauche einen Augenblick«, sagte er.

»Wenn es zu heiß wird, kannst du ja immer noch aufstehen.« Hirad deutete auf den Rauch und die Flammen, die nur noch ein paar Schritte entfernt waren. »Dein Manöver im Rauch war übrigens ziemlich gut, aber es ist schade, dass er dich landen sah. Daran musst du noch arbeiten.«

Denser sah wütend zu ihm auf, doch sein Zorn verflüchtigte sich, als er Hirads Lächeln sah. »Sehr witzig, Coldheart. Sehr witzig.«

Hirad gab ihm die Hand. »Komm schon, Denser. Wir haben noch einen langen Marsch vor uns.«

Zwölftes Kapitel

Lord Senedai erwachte und roch klamme Feuchtigkeit, den Rauch der Lagerfeuer und das kochende Fleisch. Die Schamanen sangen mit den Kriegern, riefen die Geister und die alten Kriegsherren an, ihnen an diesem Tag zur Seite zu stehen.

Er rollte sich auf der niedrigen Pritsche herum und blickte zum leise flatternden Dach seines Zeltes hinauf. Er lauschte seinen Männern, hörte das Flüstern des Windes im Lager und seufzte schwer und gedehnt, bevor er sich aufrichtete und sich mit einer Hand übers Gesicht und durch das verfilzte Haar fuhr.

»Adjutant!«, rief er. Sofort wurde die Zeltplane am Eingang zurückgezogen, und ein großer junger Krieger, fast noch ein Jüngling, trat ein. Unter dem knappen, ärmellosen Hemd spannten sich kräftige Muskeln, und sein Haar war sehr kurz geschnitten, wie es seinem Rang entsprach.

»Mein Lord?«

»Meine Felle für die Schlacht und mein Frühstück«, befahl Senedai.

»Mein Lord.« Eine knappe Verbeugung, und er ging hinaus.

Senedai quälte sich mühsam aus dem Bett, ging ein wenig steifbeinig zum Eingang und öffnete ihn einen Spalt. Draußen war es noch stockdunkel, Nieselregen fiel vom bewölkten Himmel. Hier und dort waren Kochfeuer im Lager zu sehen. Er verzog missmutig das Gesicht und kehrte in sein geringfügig wärmeres Zelt zurück.

»So viel zu den Geistern, die uns gewogen sein sollen«, murmelte er. Ein regennasses Schlachtfeld, das fehlte gerade noch. Auch Blut machte den Boden glitschig, aber wenn es regnete, fand man gleich von Anfang an keinen sicheren Stand, und er hatte trotz ihrer überwältigenden zahlenmäßigen Überlegenheit den Eindruck, dass sie unbedingt darauf achten sollten, alle nur denkbaren Vorteile auf ihrer Seite zu haben.

In seiner schlaflosen Nacht hatte er sich alle Möglichkeiten überlegt und die Tatsache verwünscht, dass seine Katapulte noch in Julatsa standen, wo sie auf die Verlegung nach Dordover warteten. Er konnte versuchen, den Gegner einfach zu überrennen und ihn mit der schieren Überzahl seiner Krieger zu erdrücken, doch einen solchen Angriff hätte er persönlich anführen müssen, und er hatte einfach keine Lust, an diesem Tag zu sterben.

Er aß, kleidete sich rasch an und ging nach draußen. Allmählich wurde es hell. Ein Krieger kam und drückte ihm eine ungeöffnete Botschaft in die Hand.

»Wer hat die Botschaft gebracht?«

»Ein schneller Reiter von Understone, mein Lord. Er ist eingetroffen, kurz bevor Ihr erwacht seid.«

Tessaya hatte eine Nachricht geschickt. Ausgezeichnet. Senedai wandte sich ab und brach auf dem Weg zum nächsten Kochfeuer, wo er genug Licht hatte, um die

Nachricht zu lesen, das Siegel. Er drängte sich zwischen Kriegern hindurch, die ihre Waffen schärften, mit Fellmänteln hantierten, Schläge trainierten oder einfach nur redeten.

Überall waren die Geräusche des erwachenden Lagers zu hören. Hunde knurrten und bellten, Befehle wurden gerufen, Lagerfeuer knisterten und knackten, Zeltplanen knatterten. Wer ihn sah, nahm Haltung an, und überall war Gesang zu hören. Es war schwer, nicht zuversichtlich zu sein. Die Feinde waren eingekesselt, und selbst dem ungeübten Auge konnte nicht entgehen, dass sie viel zu wenige waren.

Doch Senedai wurde von tiefen Zweifeln geplagt, und als er die Botschaft von Tessaya las, fanden seine Ängste neue Nahrung. Er hatte gehofft, seinen Lord bald über die Felder anrücken zu sehen, um noch an diesem Morgen gemeinsam mit ihm den Sieg zu erringen. Doch die Pläne hatten sich geändert. Tessaya hatte von Taomis restlichen Streitkräften die Nachricht bekommen, dass eine große Streitmacht von Süden her anrückte. Tessaya wollte sich mit Taomis Truppen zusammentun und den Feind vernichten. Dann würden sie auf der Hauptstraße nach Korina marschieren, während die Verstärkungseinheiten die Besatzungstruppen in Julatsa ergänzten.

Der Sieg war sicher, hieß es am Ende der Botschaft. Die Geister lächelten auf sie herab, und die feindlichen Götter würden ihren Gegnern ihre Gunst entziehen. In dieser Hinsicht war Tessaya völlig sicher.

Aber Tessaya wusste nicht, was Senedai vor sich hatte. Und als die Sonne den Himmel erhellte und ihm abermals die maskierten Kämpfer zeigte, die stocksteif vor den Ruinen standen, immer noch so, wie sie bei Einbruch der Nacht gestanden hatten, da verzagte der Lord der

Wesmen innerlich und betete, dass ihm eine Lösung offenbart werde, die ihm die Schmach einer Niederlage ersparte.

Hinter ihm bellte ein Hund, ein barscher Ruf brachte ihn zum Schweigen. Ja, dort war ein Teil der Antwort. Er warf die Botschaft ins Feuer und rief seine Hauptleute, um seine Befehle für den Kampf zu geben.

Am Spätnachmittag saß General Darrick mit Blackthorne, Gresse und einem müden Kommunionsmagier an einem eilig aufgebauten Kartentisch. Die Wesmen hatten Halt gemacht und sich verschanzt. Die Späher berichteten, dass Tessaya und die Reste der Streitkräfte aus dem Süden miteinander Verbindung aufgenommen hatten.

»Was hat das zu bedeuten?«, fragte Gresse. Er hatte gerade den Bericht des Magiers gehört, und jetzt sahen er und Blackthorne den General verständnislos an.

»Also, es sind einige Dinge geschehen, von denen Ihr nichts wisst. Es tut mir Leid, dass ich es Euch noch nicht gesagt habe, und wir hatten ja mit den Wesmen sowieso noch ein Hühnchen zu rupfen.«

»Was meint Ihr?«, fragte Gresse.

»Es mag unglaublich klingen, aber es ist die reine Wahrheit, ich schwöre es«, sagte der General. Er sah sich um und vergewisserte sich, dass niemand lauschte. »Es gibt ... am Himmel über Parve ist ein Loch. Es wächst, und wenn sein Schatten zur Mittagsstunde die ganze Stadt bedeckt, dann werden Drachen eindringen. Fragt mich nicht wie oder warum, aber es wird geschehen. Der Rabe und Styliann sind unterwegs, um einen Weg zu finden, das Loch zu schließen. Er ist nach Xetesk gereist, sie nach Julatsa. Ich konnte nur beten, dass sie es schaffen, und wie es scheint, sind sie angekommen. Aber jetzt bringen die Wesmen sich sogar selbst in Gefahr, und so lächerlich es klingen mag, wir müssen sie davon abhalten.«

»Warum haben die Wesmen sie überhaupt gehetzt? Ich meine, wir reden hier über mehr als zehntausend, die sechs Leute jagen.«

»Das stimmt, aber sie glauben, der Rabe werde mit einer Drachenarmee zurückkehren. Das stimmt natürlich nicht, doch sie fürchten es, und man wird sie kaum davon abbringen können«, berichtete Darrick. »Und außerdem«, fuhr er fort, »erklärt dies auch, warum Tessaya sich in Bewegung gesetzt hat. Seht her.« Er deutete auf die Karte. »Tessaya wollte eigentlich nach Korina marschieren, sobald sein südliches Teilheer Gyernath und die nördlichen Abteilungen Julatsa eingenommen hatten. Sein Plan war, die stärksten Kollegien, Xetesk und Dordover, vom Nachschub abzuschneiden. Lystern konnte er auch später noch erledigen. Er hat tausende von Männern in Reserve, um beide Städte und den Pass zu verteidigen, und deshalb ist er gelassen. Er weiß auch, oder er glaubt zu wissen, dass es im Osten keine koordinierte Verteidigung gibt, und obwohl Dawnthief die Wytchlords und seine eigene Magie ausgeschaltet hat, glaubt er immer noch, er könne ganz Balaia erobern. Deshalb wollte er möglichst schnell Korina einnehmen, um den wichtigsten Nachschubweg von Westen nach Osten zu unterbrechen und außerdem die Moral von Balaia zu untergraben.

Aber es ging nicht wie geplant. Zunächst einmal hat Gyernath den Angriff überstanden, und die Stadt hat überlebt. Zweitens habt Ihr mit Eurer bunten Truppe von Bauernjungen« – trotz der Ironie war die Bemerkung mit großer Achtung und großem Respekt unterlegt – »den Rest seiner südlichen Streitmacht in Stücke gehauen, was ihm erst vor kurzem bewusst geworden ist. Als Nächstes ist dann der Rabe wieder im Osten aufgetaucht, ebenso Styliann und ich selbst. Der Rabe ist aus einer belagerten Stadt ausgebrochen, und wahrscheinlich haben die Wesmen durch Folterungen in Julatsa einige Dinge erfahren, auch wenn sie größtenteils wohl nicht zutreffen dürften.

Tessaya weiß, dass er schnell handeln muss, und deshalb zerstört er unterwegs alles, was ihm begegnet. Er weiß auch, dass wir den Pass derzeit nicht zurückerobern können, und wir haben mit dem Nachschub noch viel größere Schwierigkeiten als er. Deshalb hat er Understone zerstört. Er ist jetzt direkt nach Korina unterwegs, aber er will uns nicht an Septerns Haus vorbeiführen, und er will auch verhindern, dass wir seine zweite Armee – die übrigens ebenfalls nach Korina unterwegs ist – aufreiben, ehe sie den Raben findet und tötet. Wenn ich so abergläubisch wäre wie die Wesmen, würde ich es nicht anders machen. Der Rabe hat ganz allein schon einige scheinbar unbesiegbare Kräfte vernichtet, und ich bin sicher, dass sie es wieder tun können. Also darf man kein Risiko eingehen.«

»Dann will er gegen uns kämpfen, damit wir Senedai nicht erreichen?«, fragte Gresse skeptisch.

»Das ist ein Grund, aber außerdem ist es für ihn besser, wenn er hier gegen uns kämpft, nicht dicht vor Korina, wo wir, wie er abermals irrigerweise glaubt, beträchtliche Unterstützung bekämen. Vielleicht fürchtet er sogar, wir könnten ihn dort besiegen.« Darricks Herz raste, und er konnte sehen, wie sich in den Köpfen der Barone alle Hinweise von selbst zu einem Gesamtbild zusammensetzten.

»Aber das ist alles bedeutungslos, wenn Senedai den Raben tötet«, sagte Blackthorne. »Denn wenn Ihr mit diesen Drachen Recht habt ...«

»... dann haben wir alle, ob Wesmen oder Balaianer, nur

eine Chance, wenn wir Senedai aufhalten«, beendete Darrick den Satz.

»Und Tessaya wird uns nicht glauben«, ergänzte Gresse. »Bei den fallenden Göttern, ich bin nicht einmal sicher, ob ich selbst uns glauben würde.«

»Nehmen wir mal an, das trifft alles zu. Wie lange können die Protektoren die Stellung halten? Lange genug, damit der Rabe seine Aufgabe vollenden kann? Lange genug, damit wir Tessaya umgehen und Senedai angreifen können?«, fragte Blackthorne.

Darrick schüttelte den Kopf. »Was den Raben angeht, so kann ich nichts weiter sagen. Ich weiß nur, dass wir Tessaya nicht umgehen können. Nicht, wenn er eine so große Armee hat. Er hat Späher ausgeschickt und lässt uns beobachten.«

»Dann werden wir gegen ihn kämpfen?« Gresse schien nicht gerade unangenehm berührt, als er diesen Gedanken aussprach.

»Der Kampf würde uns mindestens zwei Tage aufhalten, auch wenn wir siegen. Nein.« Er lächelte selbst über das, was er sagen wollte. »Wir haben nur eine Möglichkeit, und so unglaublich es auch klingen mag, wir brauchen seine Hilfe.«

»Wie soll das gehen?«, fragte Blackthorne, doch Darrick sah ihm an, dass er die Antwort schon kannte und mit sich rang, weil von ihm verlangt wurde, ebenso wie Darrick seine Rachegelüste vorübergehend zur Seite zu schieben.

»Wir marschieren direkt auf ihn los, so schnell wir können, wir versuchen, so stark wie möglich auszusehen, und dann überzeugen wir ihn, eine Botschaft an Senedai zu schicken.«

Hirad hatte gewusst, dass es schön war. Das hatte ihm schon sein Gefühl gesagt, als Sha-Kaan darüber gesprochen hatte, doch die Realität übertraf seine Vorstellungen bei weitem. Sie waren einen mehrere hundert Fuß hohen, steilen Hang voller Felsblöcke hinaufgestiegen. Die orangefarbene Sonne loderte am blauen Himmel, an dem seit ihrer Ankunft in der Dimension der Drachen kein Wölkchen zu sehen gewesen war.

Der Rest ihrer Reise war ein nervenaufreibender Eilmarsch über die von Bränden verwüstete Ebene gewesen. Die Überlebenden hatten sich eine Marschstunde von der Stelle entfernt gesammelt, wo der Drache der Veret sie angegriffen hatte. Die Rabenkrieger waren, von ein paar Kratzern abgesehen, unverletzt. Von den sechs Protektoren, die durch den Riss gekommen waren, lebten nur noch Cil und zwei weitere, und Jatha hatte sieben seiner Leute verloren.

Styliann hatte nichts darüber erzählt, wie er seine Protektoren hatte sterben sehen, doch als ein Kaan auf dem Rückweg ins Brutland über ihnen vorbeiflog, zuckte er zusammen, und mehr brauchte Hirad nicht zu wissen. Der Meister aus Xetesk war bleich und sichtlich erschüttert, und zum ersten Mal, seit er ihn kannte, empfand Hirad ein wenig Mitgefühl für ihn.

Die Kaan hatten die Schlacht am Himmel mit knapper Not gewonnen. Hirad hatte Sha-Kaans Kummer gespürt, als dieser darüber gesprochen hatte, wie sie ihren Angriff auf eine andere Brut, die Veret, konzentriert hatten. Die Kaan hatten sie vertrieben und ihren Kampfgeist gebrochen und damit auch das noch frische Bündnis zwischen den Bruten geschwächt. Schließlich war er auch von seiner vorherigen Einschätzung abgerückt und hatte vier Kaan eingeteilt, die den Raben unterwegs beschützen sollten, auch wenn dies unweigerlich die Aufmerksamkeit der feindlichen Bruten erregte.

So waren sie gewandert, niedergeschlagen nach ihren Erfahrungen und im Bewusstsein der schrecklichen Zerstörungskräfte, die schon ein einziger Drache entfesseln konnte. Besonders deutlich wurde dies, als sie nach einer weiteren Tagesreise die Ebene verließen und in die Vorberge des Gebirges gelangten, das sie vom toten Wald aus gesehen hatten. Wenn sie zurückschauten, konnten sie die Narben und die offenen Wunden im Land erkennen, die wahrscheinlich nie mehr verheilen würden.

Auf der Ebene schimmerte das Gras nicht mehr hellblau und rot. Unter einer riesigen, wabernden Wolke aus Rauch und Asche loderte es gelb und orangefarben, die Brände verzehrten die erstaunliche Vegetation und fraßen sich erbarmungslos und unersättlich weiter. Wo das Gras abgebrannt war, lag das Land schwarz und verkohlt, freigelegt bis auf die Wurzeln und noch tiefer. Die Pflanzen waren widerstandsfähig und würden wieder ausschlagen, aber das machte den Anblick nicht weniger schrecklich.

»Nur ein Drache«, hatte der Unbekannte gesagt, als sie wie gebannt und stumm den Rauch und die Flammen betrachteten. »Ein einziger nur.« Seine Worte trieben sie zu größerer Eile an.

Jetzt hielt sich der Rabe, wie es sich für den Drachenmann des Großen Kaan und seine Freunde gehörte, ein wenig abseits von den Dienern und blickte zum ersten Mal auf das Brutland der Kaan hinab. Die Bergflanke, die sie hinaufgestiegen waren, lief in eine zerklüftete Hochfläche aus. Ein Vorsprung bot einen guten Ausblick über das Brutland, und nun standen sie dort auf dem überhängenden Fels. Unter ihnen verlor sich die Wand im Dunst. Sie waren in einer anderen Welt.

Links und rechts erstreckte sich vor ihnen ein weites, üppig bewachsenes Tal, dessen Wände gerade eben noch durch den Nebel zu erkennen waren. Dicke Blätter, die an gewaltigen, nur schemenhaft zu erkennenden Ästen saßen, nickten leise. Hirad konnte sich kaum vorstellen, wie mächtig die Stämme waren, die solche Äste trugen. Auf der Oberfläche der Nebelbänke, die ständig in Bewegung waren, spielten orangefarbene Sonnenstrahlen, die hier und dort einen Weg durch die bleichen Dunstschwaden fanden. Hohe Gipfel mit weißen Kappen, die das dunkle Tal umringten, vervollständigten die Idylle.

Hirad sah jedoch mehr als nur die Schönheit der Landschaft. Am Himmel über dem Blätterdach flogen und tanzten die Kaan, bewegten sich mit langsamen Flügelschlägen oder glitten schwerelos dahin, kreisten anmutig oder tauchten mit angelegten Flügeln zwischen die Bäume. Ihre Körper schimmerten golden im orangefarbenen Licht der Sonne, und wenn sie in der Luft wendeten und im Dunst verschwanden, zogen sie Wirbelschleppen aus Nebel hinter sich her.

Und sie riefen. Sie hießen einander willkommen oder nahmen Abschied, ihre Rufe kündeten von Trauer oder Liebe und von unendlicher Hingabe. Hingabe an die Brut und füreinander und für ihr Heim. Die Rufe waren heiser und kehlig, oder es waren gespenstische Schreie, die hohl zwischen den Talwänden hallten. Sie berührten Hirads Herz und erfüllten alle seine Sinne, sie gaben ihm das Gefühl, daheim zu sein und erzählten von einem sinnlosen Krieg, der jeden Tag neue Kaan für immer vom Himmel holte.

Hirad wurden die Beine schwach. Er hockte sich hin, ein Bein untergeschlagen, und stützte sich mit der rechten Hand ab, um sich vorzubeugen und sich umzusehen. So hätte er den ganzen Tag hocken mögen, um die überwältigende Schönheit der Kaan und ihres Brutlandes in sich aufzunehmen. Als jemand ihm eine Hand auf die Schulter legte, schaute er auf. Es war Ilkar.

»Kann man das glauben?«, fragte Hirad. Er deutete auf die Ehrfurcht gebietende Aussicht, die sich ihnen erschloss, und wollte den Blick nicht mehr von den Kaan, von den Bäumen und von dem Nebel über ihrem Tal abwenden. Ein warmer Wind wehte ihm ins Gesicht.

»Und wenn ich fünfhundert Jahre alt werde, dies wird meine letzte Erinnerung sein, wenn ich sterbe«, sagte der Elf, der von der Großartigkeit der Landschaft nicht minder beeindruckt war als Hirad.

»Vergesst Balaia. Die Leute dort reiben sich im Alltagsleben und mit ihren Alltagssogen auf. Das hier ist es, was wir eigentlich retten wollen. Und das hier ist der Grund dafür, dass wir nicht versagen dürfen.« Hirad stand auf und wischte sich die feuchten Augen. Links von ihm blickte Jatha mit einem beinahe ergriffenen Ausdruck hinunter.

»Heimat«, sagte er.

»Seht ihr, was es für sie bedeutet? Er muss es hundertmal gesehen haben, aber jetzt schaut ihn euch an.«

Ilkar nickte. »Wir alle wollen Erfolg haben, Hirad, und deine Gründe sind wahrscheinlich sogar überzeugender als alle anderen, aber ich glaube, wir müssen in Bezug auf unsere Chancen realistisch sein.«

»Erkläre es mir auf dem Weg nach unten. Ich glaube, Jatha will schnell ankommen, und das will ich auch.«

Jatha führte sie zu einer Treppe, die aus dem Stein des Bergs geschnitten war. Sie war steil und mit Moos bewachsen und führte unter dem Überhang durch; sie wand sich durch Felsspalten, hinter Wasserfällen entlang und um gewaltige Baumstämme, deren Blätter den Dunst unten festhielten und immer dichtere Wolken entstehen ließen, je tiefer sie kamen.

Als sie durch die tanzenden Wolken mit den orangefarbenen Streifen abstiegen, wurde es wärmer und feuchter; sie konnten nicht mehr viel sehen, die Stufen waren feucht und glitschig, und man musste vorsichtig gehen. Jatha und seine Männer stiegen geübt und gewandt nach unten, doch Jatha rief immer wieder »Vorsicht!« durch den Nebel nach oben.

Die Balaianer kamen nicht ganz so leicht voran. Sie stützten sich am Fels ab, über den das Wasser lief, der häufig auch mit einer dünnen, schmierigen Schicht bedeckt war, und hielten sich tunlichst fern von der äußeren Kante.

Hirad ging hinter Ilkar. Er war entschlossen, keine Fragen zu stellen, bis sie aus dem Nebel heraus waren, doch als sie endlich angekommen waren, dauert es lange, bis er etwas sagen konnte. Im Verlauf von einigen wenigen Schritten waren sie unter dem Blätterdach aus dem Nebel herausgekommen und konnten endlich das Brutland der Kaan sehen.

Unter dem Nebel, der ein weiches, warmes Licht auf das Land warf, erstreckte sich eine weite Ebene mit Felsen, Gras und einem Fluss. Friedlich lag das Brutland vor ihnen und bot dem Auge einen lieblichen Anblick. Der Fluss, der sich mitten durchs Tal schlängelte, funkelte blau, und das Rauschen der Wasserfälle war in der stillen, feuchten Luft weit zu hören. Mindestens ein Dutzend Kaskaden, die den Fluss speisten, konnte Hirad zählen. Das Gras wuchs saftig und dunkelgrün und hatte rote und blaue Spitzen wie in der Ebene. Der Wechsel zwischen abgemähten und hüfthohen Wiesen zeigte, dass das Gras kultiviert und geerntet wurde.

Am Rand des Tals standen einige verstreute Gebäude, manche niedrig und gedrungen und halb unterirdisch gebaut, andere in Nischen der Felswände geschmiegt. Sie schienen nach praktischen Gesichtspunkten konstruiert zu sein. Ein wundervolles Bauwerk hob sich im Brutland allerdings von allen anderen ab. Der polierte weiße Stein schimmerte im indirekten Licht, die Kuppel und die Türme reckten sich dem Himmel entgegen und wirkten immer noch winzig vor den wundervoll gearbeiteten Schwingen, deren Spitzen sich oben im Dunst beinahe berührten. Wingspread war ein atemberaubendes Monument. Sha-Kaans in Stein gemeißeltes Gesicht überblickte sein Reich, die Augen forschten wachsam nach Gefahren. So etwas gab es nicht in Balaia, und trotz aller Magie würde es so etwas niemals geben. Dieses Bauwerk war aus Achtung und Verehrung für einen Anführer der Kaan und ihre Vestare entstanden. Die Inbrunst, die hier so freimütig geteilt wurde, war für die Völker der anderen Dimension nicht nachvollziehbar.

Die Balaianer waren unwillkürlich stehen geblieben, um den Anblick in sich aufzunehmen. Hirad warf einen Blick zu Denser, dem die Ehrfurcht deutlich anzumerken war. Erienne sah sich verzückt um, und ihr Lächeln hatte ebenso viel mit der Atmosphäre von Geborgenheit wie mit dem Anblick zu tun. Hirad hatte das Gefühl, wieder zu Hause zu sein. Er schloss die Augen und ließ sich von den Gefühlen der Kaan einhüllen. Er spürte ein Kribbeln am ganzen Körper, als sein Geist von den Gedanken erfüllt war, die Sha-Kaan ihm sandte.

»Versprecht es mir: Wir werden nicht zulassen, dass dies hier zerstört wird«, sagte er schließlich.

»Wir werden es retten – oder beim Versuch sterben.« Hirad sah Ilkar an. Die Entschlossenheit, die den Elf seit zehn Jahren an den Raben band, war unvermindert stark.

»Nun, ich habe nicht die Absicht zu sterben«, sagte Hirad. »Aber jetzt erklärt mir, wie unsere Chancen stehen.« Er winkte ihnen, Jatha und seinen Männern zu folgen, die inzwischen das Ende der Treppe erreicht hatten und über eine Wiese liefen. Als sie sich dem Fluss näherten, den man mit Trittsteinen überqueren konnte, begannen sie sogar zu rennen.

Willkommensrufe hallten durch das Brutland, und aus einem Dutzend kleinen, mit Stroh gedeckten Steinhäusern, die dicht am Fluss in einem Dorf beisammen standen, kamen die Vestare gerannt. Kinder quietschten vor Vergnügen, Männer und Frauen rannten durchs hoch spritzende flache Wasser, um diejenigen zu begrüßen und zu umarmen, die so lange nicht in dieser Zuflucht gewesen waren.

Gelächter war zu hören, aber auch das Weinen derjenigen, die erfuhren, dass ihre Männer nicht überlebt hatten. Die gelöste Stimmung verflog, und bald waren sie wieder still. Alle Gesichter waren jetzt zum Raben gewandt, der mit Styliann und den Protektoren zum Fluss kam und über die Steine lief, über die Jatha gerade vorher noch fröhlich gesprungen war.

»Willkommen, Rabe«, sagte er. »Hirad, Heim.«

»Heim«, stimmte Hirad zu. Er deutete zu Wingspread. »Sha-Kaan?«

Jatha schüttelte den Kopf. »Warte«, sagte er. Dann lächelte er. »Essen? Trinken.« Er klatschte in die Hände, und einige Vestare eilten davon und verschwanden in den Häusern. Er setzte sich auf das kurz geschnittene Gras und winkte seinen Gästen, seinem Beispiel zu folgen. Früchte und Streifen von getrocknetem Fleisch wurden auf Tellern gebracht, andere Helfer schleppten Krüge mit Wasser und Saft und hölzerne, geschnitzte Tassen herbei, aus denen sie trinken konnten. Irgendwo in der Nähe spielten zwei Flöten.

Es war eine idyllische Szene und eine friedliche Atmosphäre, doch Hirad konnte nicht vergessen, wo sie waren. Eine Hand voll Drachen lag etwas weiter entfernt auf dem Boden. Die riesigen Körper ruhten teilweise im Fluss oder auf flachen Steinen, ihre Köpfe pendelten auf den langen Hälsen gemächlich hin und her und rupften Flammengras aus oder schnappten sich die Tiere, die ihnen von den Vestaren gebracht wurden. Sie hatten die Ankunft der Fremden völlig ignoriert. Die meisten Kaan, so nahm er an, patrouillierten jetzt wohl am Riss oder lagen verletzt in den Fusionskorridoren, und nur wenige tummelten sich im Brutland am Himmel. Sha-Kaan war gewiss in Wingspread, und Hirad fand es seltsam, dass der Große Kaan nicht kam, um sie zu begrüßen. Aber wie immer hatte er wohl seine Gründe.

»Hirad«, sagte Ilkar, »bevor du nun mit Sha-Kaan sprichst ...«

»Richtig, unsere Erfolgsaussichten«, sagte Hirad.

»Oder der Mangel daran«, sagte Ilkar. »Widersprich mir nicht, ich bin nur realistisch. Du sollst genau erfahren, was wir bis jetzt erreicht haben.«

Hirad riss ein Stück Fleisch mit den Zähnen ab und spülte es mit dem hellgrünen, süßen Fruchtsaft hinunter.

»Du wirst mir jetzt vermutlich nichts Gutes berichten, was?«

»Ganz so schlimm ist es nicht«, sagte Ilkar. »Es gibt allerdings viele unbekannte Größen, und wir können in vielen Fällen nur Vermutungen anstellen. Aber lass mich von vorne anfangen. Unbekannter, du willst dir das vielleicht auch anhören.«

»Ich höre zu«, sagte er. »Thraun?« Der Gestaltwandler rückte etwas näher an Ilkar heran. Er hatte eine Tasse in der Hand, doch gegessen hatte er noch nichts.

»Die Theorie ist recht einfach, aber ohne festgelegte Kenngrößen können wir nur raten, wie stark der Spruch sein muss, den wir wirken wollen. Wir wissen, worum es geht, aber es bleibt ein Ratespiel. Wir müssen ein Gitternetz aus Mana unter dem Riss aufbauen, das sich mit den Kanten des Risses verbindet. Wir vier sind zusammen stark genug, um es zu tun, und wir haben das Wissen aus Septerns Aufzeichnungen, die sich darum drehen, Risse zu begrenzen und zu bändigen.«

»Ihr wollt also eine Begrenzung um diesen Riss ziehen«, sagte der Unbekannte.

»Genau«, stimmte Ilkar zu. »Und dann müssen wir die Umrandung zusammenziehen. Das wäre an sich relativ leicht, wenn wir uns nur um ein Ende kümmern müssten. Aber so ist es nicht. Wir haben hier einen Korridor und einen zweiten Ausgang, der ebenso groß ist. Hast du das bis hierhin verstanden, Hirad?«

»Wenn ich irgendetwas nicht verstehe, werde ich den Unbekannten bitten, es mir zu erklären, sobald ihr weg seid«, sagte er.

»Wohin sollten wir gehen?«, fragte Ilkar.

»Irgendwohin, wo ihr nicht mehr hört, wie ich mich darüber beklage, dass ihr alles so kompliziert macht.« Hirad lächelte, als Ilkars Ohren zuckten.

»Na gut«, sagte der Elfenmagier. »Um jetzt wieder für einen Augenblick in die Realität zurückzukehren: Wir wissen, dass Septern seine Dimensionskorridore nach Belieben geöffnet und geschlossen hat, und es gibt eine Theorie, die sich darum dreht, ein Loch im interdimensionalen Raum wieder zu verschließen, indem man es gewissermaßen vernäht, wie man ein Stück Tuch webt. Wir glauben, dass wir etwas aufbauen müssen, das man mit einem Weberschiffchen vergleichen könnte. Es wird an unserem Ende des Risses mit der Umhüllung verbunden, die wir um den Riss legen, dann fliegt es durch den Korridor, schlägt durch die Seitenwände und kommt am anderen Ende wieder heraus. So werden die Seiten buchstäblich zusammengezogen, und wir schließen den Riss und den Korridor an beiden Enden.«

»Ist es möglich?« Der Unbekannte nahm eine Frucht von einem Teller, der ihm angeboten würde, und bedankte sich bei der Frau, die ihn bedient hatte, mit einem Lächeln. »Ich muss schon sagen, Ilkar, das klingt alles ganz schön verrückt.«

Ilkar seufzte. »Das ist es auch. Hör mal, wir wissen noch nicht, ob wir es tun können. Die Theorie der Überlieferung steckt in Septerns Texten. Styliann und Denser versuchen, das mit irgendeiner xeteskianischen Dimensionstheorie in Verbindung zu bringen, und dann haben wir hoffentlich einen Spruch, mit dem wir das Tor schließen können.«

»Aber die Sache mit dem Weberschiffchen ist schwierig, oder?«, sagte Hirad.

»Genau«, stimmte Ilkar zu. »Es ist auf jeden Fall eine Erweiterung des Mana-Gitters, das wir bauen, um den Riss auf dieser Seite einzuhüllen, aber im Augenblick können wir nur herumraten, und das ist sehr gefährlich.«

»Ich will dich nicht zusätzlich beunruhigen«, sagte Hirad, »aber wir haben keine Zeit mehr, noch irgendetwas anderes zu versuchen. Wir müssen diesen Spruch morgen wirken, denn sonst ist es zu spät für die Kaan, und du weißt, was das für Balaia bedeutet.«

»Das ist mir bewusst, Hirad. Aber wir haben von Anfang

an gesagt, dass es schwierig wird.« Ilkar kniff die Augen zusammen, und seine Ohren liefen rot an. »Es ist nicht so einfach, einen neuen Spruch zu entwickeln.«

Der Unbekannte bat mit erhobener Hand um Ruhe. »Und das Keifen wird uns auch nicht helfen. Übersehe ich etwas? Warum ist es nicht möglich, dieses Gitter zu wirken und den Riss auf dieser Seite zu verschließen, und dann nach Balaia zurückzukehren und das Gleiche in Parve zu tun?«

Ilkar zog die Augenbrauen hoch. »Das ist eine nette Idee, aber wir mussten sie verwerfen. Selbst wenn wir annehmen, wir könnten es von Septerns Haus bis zurück nach Parve schaffen, würde es nicht funktionieren. Die Energie im interdimensionalen Raum ist zu groß. Du darfst nicht vergessen, dass der Korridor immer noch da wäre, nur eben ohne zweiten Ausgang. Wir müssen auch den Korridor verschließen, sonst bleibt das Gitter instabil und würde nicht lange genug bestehen, dass wir Parve rechtzeitig erreichen könnten. Deshalb sind wir hierher gekommen. Wir müssen den Riss entgegen dem Energiefluss schließen, mit dem er entstanden ist.«

»Dann fasse doch mal unsere Chancen mit Worten zusammen, die ich verstehen kann«, sagte Hirad. Sein Teller war noch voll, doch sein Appetit ließ rasch nach.

»Wenn Denser und Styliann in der xeteskianischen Dimensionstheorie nichts finden, dann haben wir praktisch keine Chance, weil wir nicht wissen, welche Kräfte hinter dem Riss wirken. Wenn wir diese Hinweise finden, dann müssen wir immer noch raten, wie wir eine Mana-Form aufbauen, die uns allen völlig neu ist, und wir haben keine klare Vorstellung, ob sie überhaupt funktioniert. Wir müssen es einfach ausprobieren, und es wird all unsere vereinten Kräfte erfordern, den Spruch vom Boden aus zu wirken.« Ilkar hielt inne und sah Hirad bedrückt an. »Unsere Erfolgsaussichten sind geringer als bei den Wytchlords.«

»Das wird Sha-Kaan aber gar nicht gefallen«, meinte Hirad.

»Tja, er wird wohl damit leben müssen.«

»Oder er muss damit sterben.« Hirad stand auf, klopfte sich die Hosen und die Lederrüstung ab und machte sich auf nach Wingspread.

»Wo wären wir nur ohne unseren Drachenmann, was, Unbekannter?« Ilkar versuchte zu lächeln.

»Ja, wo wären wir nur ohne ihn, Ilkar«, gab er zurück. »Wo wären wir da.«

Dreizehntes Kapitel

Sie greifen an.

Der Gedanke durchzuckte im ersten Morgengrauen alle Protektoren. Die Wesmen rückten vor, und als Erstes kamen die Hunde und Bogenschützen. Es war kein normaler Angriff, und Aeb beriet sich mit seinen Brüdern über die Taktik.

Hunde als Vorhut und Bogenschützen, um uns zu schwächen, die Armee folgt danach.

Wie ein Mann zogen die Protektoren ihre Waffen, jeder maskierte Mann hielt das zweihändige Schwert und die Streitaxt bereit.

Wir sind genug, um uns wirksam abzuschirmen. Aeb gab die Idee weiter. *Konzentration ist alles. Wir sind eins. Wir kämpfen wie ein Mann.*

Wir sind eins, wir kämpfen wie ein Mann. Das Mantra ging durch alle Köpfe und weckte die Kräfte des Seelenverbandes und den Glauben an ihre Unverwundbarkeit. Sie waren bereit.

Von allen Seiten kamen Pfeile geflogen, und die Hunde wurden losgelassen. Ihr Heulen wurde vom Brüllen der

Wesmen übertönt. *Denkt an den Schild.* Sie dachten daran, und die Pfeile prallten ab. Das Brüllen der Wesmen erstarb, aber die Hunde stürmten weiter. Riesige Tiere waren es, groß wie neugeborene Fohlen, ihre Mäuler vor Zähnen starrend. Der Geifer troff von den Lefzen, während sie angerannt kamen. Wieder flogen Pfeile, nicht mehr als fünf durchbrachen den Schild, und kein einziger Protektor fiel. Die Hunde griffen an.

Sie hatten siebzig Destranas gezählt, alle gierig zu töten, doch jeder kämpfte für sich allein. Die vordersten, die den Angriff führten, sprangen an den Hals, die Schenkel oder den Bauch, doch die Protektoren sahen voraus, wohin die Angriffe zielten. Aeb schlug mit der Axt nach einem Hund, der den Bruder neben ihm anspringen wollte. Zwei weitere Klingen fuhren in den Hals und den Nacken des Tiers. Wimmernd starb es.

Aeb, Klinge nach links unten.

Aeb schlug ohne hinzusehen und spürte, wie sein Schwert einen Destrana in der Flanke traf. Der Gedanke war gekommen, als er das Tier schon spürte, er gab ihm die richtige Richtung vor, und mehr brauchte er nicht. Er hob die Axt und trieb sie durch den Kiefer eines dritten Hundes, während sein Schwert noch das erschreckte, heulende Tier zerfetzte, das links neben ihm am Boden lag.

Ringsum im Kreis blitzten die Schwerter, und die Äxte folgten ihnen. Siebzig Hunde waren es und damit mindestens dreihundert zu wenig. Diejenigen, die nicht wegrannten, um sich hinter den Beinen ihrer Herren zu verstecken, starben, ohne auch nur einen Bruder mit den Pfoten oder den Zähnen erreicht zu haben. Zu langsam, zu durchsichtig, zu vereinzelt. Deshalb konnten Tiere die Protektoren niemals schlagen.

Stille breitete sich in der Armee der Wesmen aus, und

ihr Kommandant zögerte, ehe er neue Pfeilsalven befahl. Auch dieses Mal hielt der Schild, und nur ein Protektor wurde am Schenkel verletzt. Er ließ sich zurückfallen, um sich zu schonen und die Schläge seiner Brüder zu lenken, bis er verbunden werden konnte. Jetzt erklangen die Hörner, und die eingekesselten Protektoren sahen sich keinem wilden Angriff gegenüber, sondern einem vorsichtigen, eng begrenzten Vorstoß. Aeb spürte die Nervosität der Gegner, und er teilte den Gedanken mit seinen Brüdern.

Ihr Kommandant ist nicht mit dem Herzen bei diesem Kampf. Wir machen ihm Angst. Sucht die heraus, die den Befehl führen. Kämpft wie ein Mann. Wir sind eins.

Wir kämpfen wie ein Mann. Wir sind eins. Das Mantra fand seinen Widerhall in den Körpern der Protektoren. Sie verschwendeten keinen Gedanken an die überwältigende Überzahl der Angreifer. Die Hunde waren tot, ihr Blut benetzte in der feuchten, regnerischen Morgenkühle den Boden. Ihre Herren hatten die Lektion gelernt, dass stets diejenigen sterben mussten, die als Erste in die Schlacht zogen. Es war unvermeidlich.

Unvermeidlich ist auch der Sieg. Wir sind die Kämpfer des Gebieters, wir dürfen nicht versagen.

Lord Senedai musste sich zusammenreißen, um nicht fassungslos den Mund aufzusperren, als er sah, wie seine Kriegshunde abgeschlachtet wurden. Die Destranas wurden von allen Menschen gefürchtet, ihre Wildheit und ihr Blutdurst waren legendär. Doch diese Männer, oder was auch immer sie waren, zuckten mit keiner Wimper und wichen höchstens einmal einen Schritt zurück, wenn sie dadurch einen Schlag gezielter führen konnten. Sie schienen zu ahnen, woher der nächste Angriff kommen würde, noch bevor er eingeleitet war, und außerdem, auch wenn er wegen der Entfernung nicht ganz sicher sein konnte, schien es, als schlügen sie manchmal sogar zu, ohne überhaupt hinzuschauen. Sie schlugen und trafen. Es war kein wildes Gehaue, es war geordnete, präzise gesteuerte Kampfkraft.

Und das machte Senedai mehr Angst als alles andere.

Die Hunde waren als heulende Meute losgerannt und winselnd gestorben, ihre Körper lagen jetzt zerfleischt und zuckend auf dem Schlachtfeld. Senedai riss sich aus den Erinnerungen und konzentrierte sich wieder auf die Gegenwart, auf die heiseren Rufe seiner sterbenden Männer, die im Dunst und im Regen verhallten. Eine unbehagliche, nervöse Stille senkte sich über seine Armee. Kein einziger Gegner war gefallen. Jetzt sahen die Männer ihn an und warteten auf neue Befehle. Die Signalgeber standen schon erwartungsvoll neben ihm bereit.

»Mein Lord?«, drängte ein Leutnant. »Wir sollten nicht den Schwung verlieren.«

»Ich weiß!«, fauchte Senedai. Dann beruhigte er sich wieder. »Ich weiß. Gebt das Signal, aus allen Richtungen gleichzeitig anzugreifen. Marschiert langsam. Sie sollen uns direkt vor ihrer Nase aufmarschieren sehen und uns fürchten, weil wir sie überrennen werden. Nur die vorderen Reihen, die hinteren warten auf mein Kommando.«

Die Flaggen gingen hoch, die Hornsignale wurden gegeben, und die Wesmen rückten vor. Senedai schlug das Herz bis zum Hals, als er direkt hinter der vordersten Linie schritt. Er rief seinen Männern Ermutigungen zu und ermahnte sie, langsam vorzudringen. Als ob irgendeiner in seiner Nähe den Wunsch hatte, möglichst schnell in den sicheren Tod zu rennen.

Aus den Ruinen des Hauses kam keine Reaktion. Die kleine Truppe stand bereit, Blut tropfte von Schwertern und Äxten, die maskierten Gesichter verrieten nichts, die Körper waren zum Kampf gespannt. Hinter Senedai wurde der Befehl gegeben, noch eine Pfeilsalve abzufeuern. Reine Verschwendung. Hundert Pfeile wurden von der verfluchten unsichtbaren Barriere abgehalten. Aber dort war kein Magier zu sehen.

»Was, zum Teufel, ist da los?«, rief Senedai frustriert. »Wer sind diese Männer?«, murmelte er leise. Er hatte wieder Angst.

Vierzig Schritt, bevor sie auf den Feind trafen, begann die Anrufung der Geister. Der Singsang war überall in den vordersten Linien zu hören, er breitete sich in der ganzen Armee der Wesmen aus, er ließ Senedais Haut kribbeln und stärkte seinen schwindenden Mut. Es war das Lied, mit dem der Stahl des Feindes begrüßt wurde, mit dem man sich in den Tod fügte wie ein Krieger, falls es einen treffen sollte, und es war das Lied, mit dem die Geister beschworen wurden, sich für die Sache der Wesmen einzusetzen.

Unablässig murmelten die Krieger die Anrufung, insgesamt waren es nicht mehr als zwanzig Worte, die sich zu einem Tosen verdichteten, das sogar das Klirren der Waffen und das Trampeln von vielen tausend Füßen übertönte. Schließlich löste sich der geordnete Vormarsch auf, der Takt des Liedes wurde schneller und trieb die Krieger an. Vor ihnen kam nun auch die maskierte Truppe in Bewegung. Die Äxte wurden gehoben, die Schwertspitzen zeigten noch zum Boden. So sollte die Welle der Wesmen, die jetzt über ihnen zusammenbrach, abgewehrt werden.

Die Gefahr hing wie ein dichter Schleier in der Morgenluft, und die niedrigen Wolken, aus denen ein leichter Nieselregen fiel, ein Vorbote von heftigen Schauern, bildeten die passende Kulisse.

Darrick hatte auf Ordnung und Tempo gedrungen und war mit seiner Armee direkt auf die wartende Wesmen-Horde zumarschiert. Er wusste, dass sie ihn beobachteten, genau wie seine Späher die Wesmen im Auge behielten, und er wollte, dass die Wesmen Berichte über seine Entschlossenheit und sein Selbstvertrauen erhielten. So ließ er seine Leute beim Marschieren gleichzeitig exerzieren, die Kavallerie ritt voraus, und sie kamen gut voran.

Im offenen Gelände, mehr als eine Meile von Tessayas lagernder Armee entfernt, ließ er seine Truppe Halt machen. Auf ein einziges Hornsignal folgte ein Durcheinander von Befehlen aus hundert Mündern. Alle Männer, Elfen und Magier wussten, was sie zu tun hatten. Sie bauten eine Verteidigungsstellung auf, teilten Wachen ein, errichteten Kommandoposten und bezogen, nach Regimentern geordnet, ihre Positionen. Magier standen neben Schwertkämpfern bereit, Elfenaugen durchsuchten den Wald von Grethern im Süden und die kahlen Anhöhen im Norden. Gruben für Feuer und Unrat wurden ausgehoben, Zelte aufgestellt, Tiere festgebunden und bewacht, die Wagen von Quartiermeistern und Waffenschmieden entladen, und weniger als eine Stunde nach der Ankunft waren die Lagerzelte aufgebaut und die Schmieden in Betrieb.

Darrick wandte sich mit einem kleinen Lächeln von diesem Schauspiel ab. »Nicht übel«, sagte er, »wenn man bedenkt, dass weniger als tausend von ihnen kampferprobte Soldaten sind.«

Blackthorne kicherte. »Nun ja, die Bauern und Winzer von Blackthorne waren schon immer sehr praktisch veranlagte Menschen.«

Darrick sah ihn an und fragte sich, ob Blackthorne scherzte. Gresse bestätigte seine Vermutung.

»Und die siegreichen Verteidiger von Gyernath stehen fassungslos vor Bewunderung daneben, was?«

»Immerhin haben sie die Erlaubnis bekommen, meinen Spezialisten zur Hand zu gehen.« Blackthornes Augen blitzten unter den dunklen Augenbrauen. Darrick räusperte sich.

»Unsere Vorführung sollte den Spähern der Wesmen jedenfalls etwas Stoff zum Nachdenken geben«, sagte er.

»Ich nehme an, Tessaya wird bis ins Mark erschüttert sein, wenn er hört, wie gut Blackthornes Kellermeister und Winzer sind«, sagte Gresse. Darrick runzelte die Stirn über den scherzenden Ton, und Gresse wurde sofort wieder ernst. »Entschuldigt, General. Verratet Ihr uns, wann Ihr reiten wollt?« Er setzte sich auf einen der sechs Stühle, die im Befehlszelt rings um den Kartentisch aufgebaut worden waren.

»Wir werden essen, und dann werde ich die Parlamentärsflagge hissen und mit einem Dutzend Kavalleristen als Begleitschutz zu den Wesmen reiten.«

»Und mit uns«, sagte Blackthorne.

»Wie bitte?« Darrick runzelte die Stirn und sah den großen, ernsten Baron noch einmal streng an. Dieses Mal war keine Spur von Humor zu entdecken.

»Ich kenne Tessaya. Er hat meine besten Weine gekauft. Vielleicht hört er auf mich«, sagte Blackthorne.

»Und Ihr, Baron Gresse?«

»Ich werde mit meinem Freund und mit Euch reiten, um der Abordnung Unterstützung und Gewicht zu geben. Tessaya soll begreifen, dass es nicht einfach nur ein Trick ist. Drei bekannte Männer aus Balaia, das könnte ihn vielleicht überzeugen.«

Darrick nickte. »Also gut. Ich kann nicht sagen, dass ich die Unterstützung nicht brauchen kann. Tessaya ist ein schwieriger Verhandlungspartner, nachdem er so weit in unser Land eingedrungen ist.« Er empfand eine Erleichterung, die er als General eigentlich nicht hätte empfinden sollen, aber die beiden Barone hatten eine Ausstrahlung, die ihn zuversichtlich machte. Es war, dachte er, eine Art selbstverständlicher Wille zum Erfolg und eine Weigerung, die Möglichkeit einer Niederlage auch nur ins Auge zu fassen. Gewiss war es dies, was auch ihre Leute in ihnen sahen, und es war der Grund dafür, dass eine Hand voll Soldaten und eine Armee von Bauern einen so großen Einfluss auf den Krieg gehabt hatten.

»Wird er die Parlamentärsflagge überhaupt akzeptieren?«, fragte Darrick.

»Ja«, antwortete Blackthorne sofort. »Aber nicht, weil er besonders ehrenhaft wäre. Doch er ist ein kluger Mann, der es vermeidet, seine Leute zu opfern, wenn er den Sieg auch durch Verhandlungen erringen kann.«

»Allerdings neigt er manchmal zu Fehlurteilen«, wandte Darrick ein. »In Understone hätte er uns beispielsweise aus einer viel stärkeren Stellung heraus angreifen können. Ich glaube, er ist in Panik geraten.«

»Das ist möglich«, räumte Blackthorne ein. »Aber geht nicht davon aus, dass er sich noch einmal irren könnte.«

Zwei Stunden später ritten die drei Männer aus dem Lager. Ihr Begleitschutz folgte in Zweierreihen hinter ihnen, ein einzelner Reiter ritt mit der grünweißen Parlamentärsflagge vorneweg.

Eine Viertelmeile vor dem Heer der Wesmen wurden sie von dreißig Axtkämpfern der Wesmen eskortiert, die neben den Pferden trabten. Sie waren ohne ein Wort aus dem Wald gekommen. Es war eine Ehrengarde, und Darrick fühlte sich in Begleitung der Männer seltsamerweise ein wenig sicherer. Trotzdem gab er den beiden Magiern ein Zeichen, den Schild aufrechtzuerhalten.

Kurz danach erreichten sie eine Anhöhe, hinter der die Wesmen lagerten. Das Lager erstreckte sich zu beiden Seiten etwa eine Viertelmeile weit über Weideland und Felder. Dutzende Feuer brannten und sandten ihren Rauch in den Nachmittagshimmel. Banner und Wimpel hingen schlaff in der nach Regen riechenden Luft, und die Zelte standen in präzisen Abständen. Da sie nicht genügend Zeit gehabt hatten, gab es hier keine Türme und Palisadenzäune, doch die Wesmen hatten immerhin starke Patrouillen zur Sicherung eingesetzt. Ein Überraschungsangriff auf das Lager wäre von vornherein zum Scheitern verurteilt, und Tessaya wollte, dass sie es wussten.

Als sie ins Lager ritten, fühlte Darrick sich nicht mehr ganz so gut. Tausende Köpfe wurden gedreht, die Krieger starrten sie an, die Arbeitsgeräusche und die Gespräche verstummten, und eine ungezügelte Feindseligkeit war zu spüren. Aus allen Ecken des Lagers kamen Wesmen gerannt, um den Feind, der sich in ihre Mitte wagte, in Augenschein zu nehmen. Hier und dort kamen auch Schamanen mit bemalten Gesichtern und Umhängen zum Vorschein und starrten die Unterhändler böse an. Ihre Hände zuckten hektisch, und die Münder stießen Verwünschungen aus.

Doch niemand wagte es, die Ehrenwache, die sich durchs dichter werdende Gewimmel drängte, ernstlich zu stören. Sie hielten auf ein Zelt zu, das so aussah wie alle anderen, abgesehen nur von den Wachposten, die es streng abschirmten, und den zwölf Bannern, die zu beiden Seiten des Eingangs im Boden steckten und eine enge Gasse bildeten.

Kurz vor dem Zelt ließ das Ehrengeleit den Zug anhalten und winkte, dass die Balaianer absteigen sollten.

»Bleibt bei den Pferden«, wies Darrick den Anführer

seiner Leibwache, einen Elfenmagier, an. »Seht den Kriegern nicht in die Augen und haltet die Schilde oben.«

»Ja, Sir.«

Darrick blickte am Elf vorbei, dessen knappes, energisches Nicken nicht die Angst überspielen konnte, die er im Bauch hatte, und sah, wie der Mob der Wesmen von allen Seiten zum Zelt drängte. Wenn die Verhandlungen scheiterten, gab es keinen Fluchtweg mehr.

»Nur Mut«, sagte Blackthorne, der Darricks Gedanken erraten hatte. »Falls wir sterben sollten, hat Eure Armee immer noch alles, was sie zum Siegen braucht.«

»Wie beruhigend doch die Vorstellung ist, dass sie mich eigentlich gar nicht benötigen«, bemerkte Darrick.

»Ihr wisst schon, was ich meine.«

Die braune Leinwand vor dem Zelteingang wurde zur Seite geklappt, und ein alter Schamane winkte sie herein.

Das Zelt war schlicht eingerichtet. Links stand eine niedrige Pritsche, die Decken waren ordentlich gefaltet. Rechts war ein Serviertisch mit Fleisch, Brot, Krügen und Bechern gedeckt. Zu beiden Seiten der Tür stand ein Wächter, in der Mitte war ein Tisch mit einem einzelnen Stuhl aufgebaut. Der alte Schamane, der ein schlichtes graues Gewand trug, trat hinter Lord Tessaya, der aufrecht am Tisch saß und die Unterhändler über einen halb geleerten Teller hinweg anschaute.

»Willkommen in meinem Land«, sagte er. Ein böses Lächeln verzerrte sein gebräuntes Gesicht.

»Danke, dass Ihr uns Audienz gewährt.« Darrick ignorierte Tessayas derben Seitenhieb. »Es gibt wichtige Dinge zu besprechen, die unsere beiden Völker betreffen.«

»Ja«, stimmte Tessaya zu. »Eure Kapitulation, mit der Ihr bestätigt, dass jetzt die Wesmen in Balaia herrschen, und die weitere sinnlose Opfer vermeiden hilft.« Er sah an

Darrick vorbei. »Baron Blackthorne, es ist mir wie immer ein Vergnügen.«

»Ich hoffe, dass wir bald eine gute Flasche aus meinem Keller öffnen können, mein Lord«, antwortete Blackthorne. »Vorausgesetzt, Eure abziehenden Kräfte haben den Zugang übersehen. Aber wenn Ihr General Darrick nicht anhört, dann wird keiner von uns jemals wieder irgendein Vergnügen haben.«

Der Schamane beugte sich vor und flüsterte Tessaya etwas ins Ohr. Der Lord der Wesmen nickte.

»Eure verzweifelte Suche nach Hilfe von außerhalb dieser Welt ist mir bekannt. Und selbst wenn Ihr mich hier mit sinnlosem Gerede aufhaltet, wird mein Mitkämpfer Lord Senedai das Haus und dann den unersetzlichen Raben vernichten. Bald wird er die xeteskianischen Unmenschen überwältigt haben, und wenn es so weit ist, dann werden Balaia und noch eine andere Welt meinen Eroberungsarmeen offen stehen. Sprecht, General Darrick. Wir wollen sehen, ob Ihr nicht nur ein guter Soldat, sondern auch ein guter Redner seid.« Tessaya lehnte sich zurück und trank einen großen Schluck aus seinem Becher. Auf ein Fingerschnippen eilte ein Türwächter zum Beistelltisch und füllte ihm nach.

»Balaia schwebt in großer Gefahr. Über Parve gibt es ein Loch am Himmel. Es verbindet unsere Welt mit einer anderen Dimension, und es muss geschlossen werden, wenn wir keine Invasion von Drachen erleben wollen. Der Rabe ist unterwegs, um dies zu tun. Wenn Lord Senedai ihn aufhält, werden wir alle sterben. Ich bin hergekommen, um Euch zu bitten, Lord Senedai zurückzurufen, bevor er im Namen der Wesmen ein ungeheures Verbrechen begeht.« Darrick suchte in Tessayas Gesicht nach einem Zeichen, dass der Wesmen-Lord ihm überhaupt zuhörte. Ihm wurde es eiskalt, als er sah, mit welcher Verachtung der Mann reagierte.

»Ihr müsst mich für ausgesprochen dumm halten, und das macht mich sehr unglücklich«, sagte er. »Ihr hättet Achtung vor dem zeigen sollen, was ich erreicht habe, aber Ihr erfindet Geschichten, die nicht einmal ein zurückgebliebenes Kind glauben würde.«

»Er sagt die Wahrheit«, schaltete sich Blackthorne ein. »Ihr kennt mich als Ehrenmann. Ich würde Euch nicht anlügen.«

»Ich weiß nur, dass verzweifelte Männer ihre Prinzipien über den Haufen werfen, wenn der Tod die Belohnung für ihr Festhalten an ihnen ist«, gab Tessaya sofort zurück. »Ich will Euch sagen, was die Wahrheit ist. In der Tat, es werden Drachen hierher kommen und eine Prophezeiung unserer Ahnen erfüllen, wenn ich sie nicht aufhalte. Doch ich werde sie aufhalten. Das Zeichen am Himmel stellt keine Bedrohung dar. Meine Kundschafter berichten mir, dass es einfach nur durch die Brände in der Stadt Parve entstanden ist, die von Euch zerstört wurde. Ich werde nicht hier sitzen und Euch zuhören, während Eure Verbündeten die einzige Macht rufen, die den Vormarsch der Wesmen nach Korina aufhalten kann.

Und ich werde Euch mehr Achtung erweisen, als Ihr mir erwiesen habt. Wenn Ihr die Wesmen aufhalten wollt, und wenn Ihr zu einer ehrenhaften Kapitulation nicht bereit seid, dann müsst Ihr es auf dem Schlachtfeld versuchen. Nun geht und bereitet Euch auf den Kampf vor, wenn Ihr den Mut dazu habt. Unter der Parlamentärsflagge habt Ihr noch Zeit, bis ich bis dreihundert gezählt habe, um mein Lager zu verlassen. Ich beginne in diesem Augenblick zu zählen.« Er richtete seine Aufmerksamkeit wieder auf das Essen, das noch auf seinem Teller lag.

Hinter Darrick wurde die Zeltplane zur Seite gezogen, doch er ignorierte es. Er trat vor, knallte die Handflächen auf den Tisch, dass der Teller scheppterte und der Weinkelch umkippte und sein Inhalt im Gras versickerte.

»Und wenn ich Euch nun die Wahrheit sage? Wenn die Drachen Balaia verwüstet haben, ist es zu spät, um noch um Verzeihung zu bitten. Und als Erstes werden sie über das Land der Wesmen fliegen.« Darricks Wut kochte hoch. Er hörte, wie hinter ihm eine Waffe gezogen wurde, doch es störte ihn nicht. »Was wollt Ihr nun tun?«

Tessaya erwiderte ungerührt seinen Blick und schickte seine Wächter mit einer Handbewegung zurück. Er lächelte. »Wenn Ihr das wirklich glaubt, dann solltet Ihr hoffen, dass der Rabe meine Armee im Norden irgendwie überlisten kann. Ich zähle weiter.«

Blackthorne und Gresse traten neben Darrick und zogen ihn mit sanfter Gewalt zurück.

»Ich verstehe Euer Misstrauen«, sagte Blackthorne. »Aber es ändert nichts an der Realität. Als Geste des guten Willens werden Gresse und ich als Eure Gefangenen hier bleiben. Falls sich herausstellt, dass wir nicht die Wahrheit gesagt haben, sind wir Eurer Gnade ausgeliefert.«

Tessaya schob sich einen Bissen in den Mund, kaute und sprach beim Essen, während er mit der Gabel auf Blackthorne zielte.

»Ihr seit ein tapferer Mann, Baron, und ich empfinde Bewunderung für Euch, weil Ihr meine Armee im Süden geschlagen habt. Beinahe bedaure ich sogar die Zerstörung Eurer Stadt, aber so etwas ist im Krieg manchmal nötig. Ihr macht ein großzügiges Angebot, aber was für ein schaler Sieg wäre es, wenn ich Eure beiden edlen Köpfe auf einen Spieß setze, während meine Leute von Euren Drachen-Verbündeten getötet werden?

Versteht Ihr es denn nicht? Ich werde siegreich nach Korina marschieren, sobald ich Euch hier geschlagen habe. Ich werde Balaia beherrschen. Ihr seid also auch jetzt schon meiner Gnade ausgeliefert.« Er wandte sich an den Schamanen, der nickte und eilig zum Ausgang des Zeltes ging.

»Arnoan wird Euch zur Grenze des Lagers begleiten. Wir sehen uns dann in der Schlacht.«

Die drei Balaianer wechselten einen Blick. Darrick war verzweifelt und dachte einen Moment lang sogar daran, den Waffenstillstand zu brechen und Tessaya zu töten. Doch er wusste, dass Blackthorne und Gresse ihn aufhalten würden. Tessayas Weigerung, ihm zu glauben, war im Grunde vorhersehbar gewesen, doch damit war der Rabe schutzlos, falls Senedai die Protektoren besiegen sollte.

Er ging hinaus und konnte nur hoffen, dass die xeteskianischen Abscheulichkeiten ihrem Ruf gerecht wurden.

Sha-Kaan verließ Wingspread, als das Gestirn vom Himmel zu fallen begann. Der Große Kaan war müde von den Anstrengungen der Schlacht, und da Hirad Coldheart sich jetzt in seiner Dimension aufhielt, stand ihm kein Fusionskorridor zur Verfügung, in dem er sich erholen konnte. Er streckte die schmerzenden Flügel und versuchte, die Höhenwinde zu erreichen. Abermals war er unterwegs zum Shedara-Meer, um Tanis-Veret aufzusuchen, falls der Brutälteste überhaupt noch lebte.

Die kalte Luft klärte Sha-Kaans Gedanken. Die hohe Geschwindigkeit trieb sie ihm wie Eis in die Lungen, wenn er den Mund zum Atmen öffnete. Sie kühlte auch seinen Zorn über Hirad Coldhearts Worte. Nach einer Weile konnte er sogar durch den Schleier seines eigenen Verstandes blicken und erkennen, was die Worte seines Drachenmannes wirklich bedeuteten.

Sie brachten ungewöhnliche Gefühle zum Vorschein. Sha-Kaan war daran gewöhnt, dass man seine Befehle ohne Fragen oder Fehler ausführte. Doch der Rabe hatte ihm erklärt, dass der Erfolg in diesem Fall keineswegs sicher war, und Hirad hatte ihm einen balaianischen Gedanken aufgezeigt, der ihm völlig fremd war – die Tatsache nämlich, dass es genug sein musste, wenn ein Mensch sein Bestes gegeben hatte, auch wenn es bedeutete, dass man scheiterte oder gar den Tod fand. Sha-Kaan hatte mit Verachtung reagiert. Er hätte den winzigen Menschen auf der Stelle töten können, doch abermals hatte Hirad ihn mit unausweichlicher Logik aufgehalten.

»Töte mich, und du wirst nie erfahren, ob wir Erfolg gehabt hätten. Du wirst sterben. Wenn wir scheitern, dann sterben wir sowieso alle, und dein Wunsch wird so oder so erfüllt.« Er hatte es ruhig gesagt, und Sha-Kaan hatte gelacht, doch die Worte hatten seinen Zorn nicht verfliegen lassen. Noch nicht.

Jetzt, als er zu einem Treffen flog, das Früchte tragen musste, konnte er verstehen, welche Anstrengungen der Rabe auf sich genommen hatte. Er spürte ihren Willen, Erfolg zu haben, und er wusste, dass sie sich der Folgen des Scheiterns für sich selbst, für Balaia und für die Kaan durchaus bewusst waren. Doch etwas zu wissen und etwas zu tun, das waren zweierlei Dinge.

Wieder zuckte ein ganz neues Gefühl durch seinen Körper. Er hatte große Angst. Er hatte schon vorher Angst gehabt – vor Verletzungen, vor dem Zorn der Ältesten, oder dass seine Nachkommen sterben könnten, bevor sie erwachsen waren. Diese Angst aber war anders. Es war die Furcht, dass die ganze Brut Kaan ausgelöscht werden konnte, und dass die Brut Kaan nicht über die Mittel verfügte, dies zu verhindern. Der Rabe hatte diese Mittel.

Der Rabe musste um jeden Preis beschützt werden, was bedeutete, einige Wachen vom Tor abzuziehen. Er hatte zu wenig gesunde Drachen. Elu-Kaan schwebte immer noch in Lebensgefahr und war auf die ständige Pflege der Vestare angewiesen. Alle Fusionskorridore waren in Gebrauch. Die Kaan brauchten Hilfe, und es gab nur noch eine Brut, die vielleicht umgestimmt werden konnte. Tragisch war nur, dass die Kaan in der letzten Schlacht vor allem die Veret bekämpft hatten, weil sie wussten, dass sie die Umklammerung durch die Naik brechen konnten, wenn sie die Veret vertrieben. Es hatte funktioniert, aber wenn die Veret ihn jetzt abwiesen, dann wären Tod und Leiden ganz umsonst gewesen.

Als tiefe Nacht über dem Shedara-Meer herrschte, stürzte er aus dem Himmel. Er fürchtete fast, die Kaan hätten ihre Arbeit allzu gründlich getan. Kein Wächter flog ihm entgegen, kein Veret kam, um Rache zu üben. Niemand kontrollierte die Grenzen in der Luft, und das Wasser unter ihm blieb ruhig.

Er landete auf dem Fels, der als Treffpunkt diente, steckte den Kopf ins Wasser und stieß in die undurchdringlichen Tiefen hinein einen Schrei aus. Mit seinen Gedanken suchte er Tanis-Veret und sandte ihm seinen Kummer und seine Verzweiflung über das, was sich am Himmel über Teras ereignet hatte. Er sendete, was er brauchte, und schrie, dass es eilig sei. Er konnte nur zum Himmel beten, dass der Brutälteste ihn hörte.

Sha-Kaan zog den Kopf zurück und legte sich flach, mit weit ausgestrecktem Hals, auf den Stein. So blieben die Muskeln gestreckt, und von oben gesehen wirkte dies wie eine unterwürfige Haltung. Noch wichtiger war, dass er

mit dem Körper ein großes Stück der vom Meer über-
spülten Felsinsel bedeckte und die Vibrationen im Wasser
ringsum spüren konnte.

Verletzlich und ungeschützt vor einem Angriff von oben
wartete er im fremden Brutland eine Spanne, die ihm wie
eine Ewigkeit vorkam. Schließlich wurde seine Geduld belohnt. Ein Beben im Fels zeigte ihm, dass aus der Tiefe ein
großer Drache nach oben kam. Sha-Kaan richtete sich auf
und bog den Hals zum förmlichen ›S‹, um Tanis-Veret zu
begrüßen, der gleich darauf aus dem Wasser brach, das in
alle Richtungen spritzte. Wellen breiteten sich von der
Stelle aus, an der er die Oberfläche durchbrochen hatte.

Das Wasser lief über seinen schwarz verschmierten
Körper, als er in den Himmel stieg. Die eleganten Flügel
waren am Rand ausgefranst. Er bellte missmutig und
spuckte einen langen Feuerstoß in die Luft, während er
langsam im Kreis flog, bis er schließlich schwerfällig in der
Nähe landete und sich mit dem Schwanz Wasser über den
vernarbten unteren Rücken schaufelte. Er hob den Hals
und starrte Sha-Kaan böse an.

»Willst du nun die endgültige Vernichtung der Veret
befehligen, Sha-Kaan?« Er betrachtete den Himmel, als
rechnete er damit, jeden Moment feindliche Drachen zu
sehen.

»Nein, Tanis-Veret. Ich bin gekommen, um deiner Brut
eine Überlebenschance zu bieten«, sagte Sha-Kaan. Er
neigte ganz leicht den Kopf, um eine Spur von Ehrerbie-
tung zu zeigen.

»Leere Worte«, spuckte der alte Veret. »Deine Augen
haben nicht gesehen, was du angerichtet hast.«

»Und jetzt sind wir …«

»Unter unseren Füßen klammern sich die Letzten meiner Brut an die schwache Hoffnung, dass die Naik ihr Ver-

sprechen halten und uns in Frieden lassen, wenn die Kaan vernichtet sind. Weniger als siebzig sind wir noch, und viele liegen, dem Tode nahe, in unseren Fusionskorridoren. Von denen, die noch fliegen können, bin ich noch der am wenigsten schlimm Verletzte, und doch werden die Schuppen auf meinem Rücken niemals mehr zusammenwachsen, so wild waren die Feuerstöße, die Klauen und die Zähne der Kaan.« Tanis-Veret sah Sha-Kaan in die Augen. Seine Stimme war tonlos und gebrochen vor Erschöpfung. »Ich kann nicht einmal mehr genug Drachen abstellen, um die Grenzen zu schützen. Lass uns allein, Sha-Kaan, du hast genug angerichtet.«

Doch Sha-Kaan bewegte sich nicht, was ein offener Akt der Aggression war, falls Tanis-Veret sich entschloss, es so aufzufassen. Doch der verletzte Drache schüttelte nur den Kopf.

»Ich verstehe«, sagte er.

»Beim Himmel über uns, Tanis, nein, du verstehst es nicht!«, donnerte Sha-Kaan. »Ich bin zuvor zu dir gekommen und habe dich gebeten, dich nicht mit den Naik zu verbünden und darauf zu vertrauen, dass wir euch vor ihnen beschützen, aber du wolltest nicht hören, und deshalb waren wir gezwungen, euch zu bekämpfen, weil ihr das schwächste Glied in der Kette wart.

Auch wenn es dir jetzt nicht mehr hilft: Die Kaan haben keine Freude daran gefunden, euch zu vernichten. Und jetzt bieten wir euch die Chance, doch noch zu überleben.«

Ein Lachen grollte in Tanis-Verets Brust. Er knurrte. »Wie könntest du uns helfen? Auch die Kaan sind am Ende. Dieses Treffen ist ein Treffen der Toten. Das Tor ist so groß, dass ihr es nicht mehr verteidigen könnt. Wir können es alle sehen. Wenn die Naik noch einmal ihre Verbündeten aufbieten, werdet ihr vernichtet, und mit euch eure Fusionsdimension.«

Sha-Kaan neigte den Kopf. Tanis-Verets unvollständiges Wissen hatte ihn zu falschen Schlussfolgerungen geführt. »Aber wir haben jetzt das Mittel, um das Tor zu schließen, und wir wollen, dass du uns Zeit lässt, es zu tun.«

»Ich kann mir keinen Grund vorstellen, warum ich deinen Worten glauben sollte.«

»Ich mache dir ein Angebot, Tanis-Veret«, sagte Sha-Kaan. »Es liegt bei dir, ob du es akzeptieren willst. Ich übe keinen Druck auf dich aus. Ich bin unter großen Gefahren allein gekommen, um mit dir zu reden, und ich fühle mich geehrt, da du mir immer noch eine Audienz gewährst. Bewohner meiner Fusionsdimension sind hierher gereist und setzen ihre Fähigkeiten ein, um das Loch in meinem Himmel zu schließen. Es ist durch ihre Magie entstanden, und es kann durch die gleiche Magie beseitigt werden. Doch sie werden am Boden und verletzlich sein, während sie arbeiten.

Wenn du dich auf der Seite der Kaan am Kampf beteiligst, dann können wir sie verteidigen, und wenn sie Erfolg haben, dann werden die Kaan sehr bald wieder stark sein. Ich glaube nicht, dass die Naik dich im Falle ihres Sieges in Ruhe lassen. Ich kann dir aber versprechen – und du weißt, dass du meinen Worten vertrauen kannst –, dass wir dich nach unserem Sieg beschützen werden. Wir werden die Feinde von deinen Grenzen fernhalten, während ihr eure Verletzten versorgt, und wir werden euch absichern, während eure Zahl wieder wächst. Nie wieder werden Veret und Kaan gegeneinander kämpfen. Unsere Gebietsansprüche überschneiden sich nicht, und wir haben keinen Grund, in Streit zu geraten. So soll es sein, wenn es nach den Kaan geht.

Ich erwarte nicht, dass du jetzt gleich antwortest. Du gehst ein Risiko ein, und das Schicksal deiner Brut hängt von deiner Entscheidung ab. Ich brauche deine Hilfe. Die Brut Kaan braucht deine Hilfe. Und jetzt muss ich aufbrechen. Ich muss mich auf den Kampf vorbereiten, wie du es tun musst. Vielleicht sehe ich dich im Sturzflug die Naik angreifen.«

»Der Himmel möge mit dir sein, Sha-Kaan«, sagte Tanis-Veret. Er war nachdenklich, doch es war nicht ersichtlich, was ihn ihm vorging. »Ich werde kommen, wenn die Naik mich rufen, weil ich es tun muss. Aber das ist auch alles, was ich tun muss.«

»Wie du willst, Tanis-Veret.« Er entfaltete seine Schwingen, bellte zum Abschied und flog heim ins Brutland der Kaan. Ihm war etwas leichter ums Herz, als er über die bevorstehende Schlacht nachdachte.

Vierzehntes Kapitel

Als der Abend sich übers Land senkte, wurde auch der Nebel dichter, und das Leben im Brutland der Kaan, das ohnehin schon gemächlich verlief, kam beinahe zum Stillstand. Kein Drache blieben draußen, alle zogen sich in Chouls, Fusionskorridore oder private Gemächer zurück, sofern ihr Rang genügend hoch war. Der Rabe saß draußen am Fluss. Man hatte ihnen kein Quartier zugewiesen und erwartete offenbar, dass sie im Freien blieben. Doch es war eine warme und feuchte Nacht, und es war kein Problem, am Fluss das Lager aufzuschlagen.

Das einzige echte Problem lag in der Unsicherheit der Magier. Hirad war dies nur allzu sehr bewusst, wenn er Ilkars besorgte Blicke sah, oder das nervöse Zucken von Densers Lippen, wenn er sich die kalte Pfeife in den Mund schob.

Einerseits war es außergewöhnlich, dachte er, während er beobachtete, wie die vier in der Nähe stritten und übten. Sie saßen am Fluss auf einem flachen Stein, hatten Bücher und Papiere ausgebreitet und mit kleinen Steinen fixiert. Vier der begabtesten Magier von Balaia, darunter der mächtigste Mann von Xetesk, rangen mit einem Problem, über das sie doch eigentlich schon fast alles wussten.

Andererseits war es gar nicht so überraschend. Sie waren gebeten worden, ein Loch zu schließen, das hunderte Fuß über ihnen am Himmel stand und fast so groß wie eine Stadt war. Hirad konnte nicht einmal ahnen, welche Fähigkeiten man dazu brauchte. Wieder einmal fühlte er sich hilflos. Er war ein Krieger und hatte dafür gesorgt, dass sie überhaupt hierher gelangen konnten, doch die wichtigste Arbeit musste erst noch getan werden, und dazu konnte er nichts beitragen. Er konnte jetzt nur noch herumsitzen und Kaffee trinken.

Dem Ofen gegenüber saß Thraun, immer noch schweigsam und brütend. Das lange blonde Haar war in der feuchten Luft klebrig geworden und hing in verfilzten Strähnen herunter. Der Gestaltwandler hatte kaum ein Wort gesprochen, seit Will gestorben war. Er kam nur in Bewegung, wenn der Rabe in Gefahr war. Er war nicht der einzige Rabenkrieger, der nicht mehr der Gleiche war wie früher.

»Thraun?«, sagte Hirad. Der junge Mann hatte abwesend ins Gras gestarrt. Jetzt hob er den Kopf und sah Hirad direkt an. In seinem Blick lag keine Kraft mehr, keine Entschlossenheit. Nichts außer brütendem Kummer. Jetzt, da er Thrauns Aufmerksamkeit gewonnen hatte, wusste Hirad nicht mehr, was er sagen sollte. Aber er musste irgendetwas tun, dieses brütende Schweigen musste gebrochen werden.

»Wie geht es dir?« Hirad wand sich innerlich, als er diese lahme Frage stellte. Thraun kümmerte es anscheinend nicht.

»Will hätte diesen Ort geliebt«, sagte er. Seine Stimme war wie ein dumpfes Grollen. »Er war ja immer so nervös.

Eigenartig, wo er doch ein so begabter Dieb war. Dieser Ort hier ist so friedlich, das hätte ihn beruhigt.«

»Trotz der vielen Drachen, die hier herumfliegen?«

Hirad wurde mit dem Anflug eines Lächelns belohnt. »Ja, trotz der Drachen. Ist das nicht komisch? Vor einem kleinen Wesen wie Densers Hausgeist hatte er schreckliche Angst, aber die riesigen Drachen hätten ihn kaum gestört.«

»Ich weiß nicht«, sagte Hirad. »Es ist viel Gutes in den Drachen, oder jedenfalls in den Kaan. Aber der Hausgeist war mir unheimlich.«

»Ja, so war es wohl.« Thraun verstummte und starrte wieder den Boden an. »Ich ertrage es nicht«, sagte er auf einmal. Hirad war völlig überrascht.

»Was denn?«

»Nur er weiß, wie es wirklich ist.« Thraun deutete auf den Unbekannten, der bei den drei überlebenden Protektoren in der Nähe der Magier stand. »Etwas in dir zu haben, das du gleichermaßen liebst und hasst. Etwas, das du nicht haben willst, aber ohne das du nicht leben kannst. Nur, dass seine Freunde nicht gestorben sind, solange er noch ein Protektor war.«

»Richmond ist gestorben.«

»Aber der Unbekannte hat nicht untätig neben ihm gestanden und es geschehen lassen, oder? Richmond konnte nicht gerettet werden.«

»Genau wie Will«, sagte Hirad ernst. Er beugte sich vor. »Hör mal, als Sirendor Larn gestorben ist, habe ich mich genauso gefühlt. Als hätte ich ihn im Stich gelassen, weil ich nicht bei ihm war, als er angegriffen wurde. Ich musste bald akzeptieren, dass ich nichts hätte tun können. Sicher, ich habe mich gerächt, aber weißt du was? Das lässt die Schmerzen nicht verschwinden. Du musst einfach weitermachen, so gut du kannst. Genieße, was du noch hast, und klammere dich nicht an das, was nicht mehr da ist.«

Thraun sah Hirad lange an und nickte leicht. Ihm standen die Tränen in den Augen. »Ich weiß, dass du mir helfen willst, Hirad. Ich bin dir dankbar dafür. Aber Will war mein einziges Bindeglied zur Welt der Menschen, wenn ich die Wolfsgestalt angenommen hatte. Er war der Einzige, dem ich zutrauen konnte, dass er mich zurückholt. Der Einzige, der mutig genug war, zu mir zu stehen, wenn ich wild wurde. Und ich habe ihn im Stich gelassen. Ich habe mich hinter meiner unverwundbaren Haut verkrochen, weil ich Angst hatte. Das hat Will das Leben gekostet.

Das ist etwas, das du vermutlich nie richtig verstehen wirst. Er war meine Familie, und ich habe ihn geliebt, weil er wusste, was ich war, und mich trotzdem nicht dafür verurteilen wollte. Die Einzigen, die mich nicht verurteilen, sind meine Familie, mein Rudel. Wenn wir wieder in Balaia sind, werde ich sie suchen.«

»Der Rabe ist jetzt deine Familie. Wir sind stark, und du bist uns wichtig. Bleibe bei uns.« Thrauns Worte hatten Hirad erschüttert. Er fürchtete, der Gestaltwandler entgleite ihm.

Wieder spielte ein kleines Lächeln um Thrauns Lippen. »Das ist ein stärkeres Angebot und eine größere Verpflichtung, als dir bewusst ist. Doch ich gehöre nicht wirklich zu euch. Nicht ohne Will.« Er sah Hirad noch einmal tief in die Augen. »Ich werde den Raben aber nicht im Stich lassen.«

»Ich weiß«, sagte Hirad.

Es war eine eigenartige Kraft, die den Unbekannten zu den Protektoren zog. Doch er sah ihre Einsamkeit und ihre Verzagtheit, da sie von ihren Brüdern getrennt waren. Er wusste, wie sie sich fühlten. So stellte er sich zu ihnen und schenkte ihnen seine Gesellschaft. Zuerst wurde kein Wort gesprochen. Der Unbekannte spürte wieder die Unkonzentriertheit, die er schon früher wahrgenommen hatte. Sie war stärker geworden und grenzte beinahe schon an Verwirrung. Er brach das Schweigen.

»Cil, Ile, Rya. Ich bin Sol. Ihr kennt mich. Ihr kennt mich immer noch. Ihr seid beunruhigt.«

Cil neigte den maskierten Kopf. »Wir können die Brüder nicht fühlen. Auch nicht die Kette, die uns verbindet. Unsere Seelen sind abgetrennt. Wir fürchten, sie verloren zu haben.«

»Ist die Kette ganz und gar gebrochen?« Der Unbekannte erschrak. Wenn die Dämonenkette, mit der die Protektoren an den Seelenverband gefesselt waren, beseitigt wurde, dann bedeutete dies, das der Körper getötet und die Seele ihrem Schicksal überlassen wurde. Doch bisher war noch kein Protektor zwischen den Dimensionen gereist, und diese hier waren recht lebendig.

»Wir können sie nicht mehr fühlen«, sagte Rya. »Sie ist nicht mehr da.«

»Aber ihr könnt noch Eure Seelen fühlen.«

»In der Ferne«, bestätigte Cil.

»Dann …«, begann der Unbekannte.

»Bedeutet dies etwa, dass wir hier frei sind?«, fuhr Cil fort. »Wir werden es erst wissen, wenn wir die Masken abnehmen. Aber wenn wir uns irren, dann werden die Qualen ewig dauern. Und wie können wir wirklich frei sein, wenn unsere Seelen nicht in unseren Körpern sind?«

»Weiß Styliann Bescheid?«, fragte der Unbekannte. Er fragte sich, ob er selbst wirklich frei war. Aber seine Hoffnung für die Brüder stieg, auch wenn er sich wegen ihrer

Reaktionen auf die dauerhafte Trennung von der Einheit Sorgen machte.

»Er ist noch unser Gebieter«, sagte Cil. »Wir werden seinen Glauben nicht erschüttern.«

»Ich werde euch unterstützen, was auch immer ihr tut«, sagte der Unbekannte.

Cil, Rya und Ile nickten gleichzeitig.

»Wir sind eins«, sagten sie. »So ist es auf ewig.«

Darrick hatte sich seinen Plan schon zurechtgelegt, als die Unterhändler unter den lauten Schmährufen der Wesmen im Galopp in ihr Lager zurückkehrten. Er rief seine Regimentskommandeure zu sich, sprang vom Pferd und marschierte in sein Befehlszelt. Blackthorne und Gresse folgten ihm sofort, ein wenig außer Atem nach dem scharfen Ritt.

Der General stand hinter dem Kartentisch; vor ihm hatten seine Offiziere Aufstellung genommen und warteten auf seine Anweisungen. Die Befehle kamen schnell und präzise: Zeigt keine Schwäche. Zögert nicht. Beratet euch untereinander. Seid bereit, Anpassungen vorzunehmen, aber verliert nicht das Ziel aus den Augen.

»Tessaya lenkt nicht ein, was eigentlich nicht weiter überraschend ist, auch wenn ich von einem Mann seiner Bildung und Intelligenz etwas mehr erwartet hätte. Er glaubt, er habe uns dort, wo er uns haben will. Wir können seine Linien nicht durchbrechen, um Septerns Haus zu erreichen, und wir können auch seinen Marsch nach Korina nicht verhindern. Wir werden natürlich keines von beidem versuchen.

Wir werden sein Heer sofort angreifen, dabei aber nicht das Ziel verfolgen, seine Linien zu durchbrechen. Wir wollen ihn nur beschäftigen. Deshalb greifen wir auch nicht mit voller Kraft an. Ich schätze, dass die Armee, die das Haus belagert, achttausend bis zehntausend Mann stark ist, und im Augenblick sind nur die Protektoren dort, um sie aufzuhalten. Ich stelle es mir so vor.

Die Regimenter Zwei, Drei und Vier werden unter Befehl von Kommandeur Izack sofort nach Süden marschieren und dann nach Osten schwenken, durch den Wald von Grethern, um morgen früh im Morgengrauen die Wesmen an Septerns Haus zu attackieren.

Tessaya wird diesen Schachzug voraussehen. Er ist nicht dumm. Deshalb wird ihn der Rest der Armee unter meiner Führung frontal angreifen. Wir werden versuchen, ihn in den Wald zu locken, wo unsere geringere Zahl nicht mehr ganz so schwer wiegt. Wir werden unsere Regimenter bis hinunter zu den Hundertschaften aufteilen. Jeder Hauptmann bekommt einen bestimmten Bereich, den er überwachen muss. Das ist eine riskante Strategie, aber so können wir einen größeren Bereich abdecken. Wir werden ständig in Bewegung bleiben, bis Tessaya glaubt, er habe uns alle im Wald gefangen. Kommentare?«

»Sir«, sagte Izack, ein schwarzhaariger Soldat in mittleren Jahren mit kleinen braunen Augen und einem makellos getrimmten Schnurrbart. Darrick bedeutete ihm fortzufahren. »Durch den Wald kommen wir nur langsam voran. Wenn Ihr in Grethern für Ablenkung sorgt, sollten wir dann nicht nach Norden marschieren und hinter den Bergen nach Osten schwenken?«

»Dann könntet Ihr uns nicht unterstützen, falls die Wesmen uns zu überwältigen drohen. Wenn Ihr weit genug im Süden seid, um unbemerkt nach Osten zu schwenken, dann wissen wir, ob wir sie ohne Euch aufhalten können. Ihr sollt auch nicht ganz durch den Wald marschieren. Eine Meile hinter dem Lager der Wesmen sollt Ihr auf die

Hauptstraße zurückkehren. Insgesamt geht es dort entlang sogar schneller als um den Berg herum.« Darrick hatte Izacks Gedanken bereits erwogen und verworfen. Doch der Mann hatte wenigstens den Verstand gehabt, die Sache zu durchdenken, und den Mut, es auch vorzutragen.

»General, Ihr wollt eine große Zahl von Männern im Wald verstecken. Glaubt Ihr wirklich, sie können den Wesmen entgehen?«, fragte Gresse.

»Ja, aber nur wenn wir mehr scheinen, als wir sind. Wir müssen unsere Magier einsetzen, um die Lücken zu schließen. Deshalb wollen wir die Wesmen auch zum Kampf in den Wald locken, und deshalb soll Izack drei Meilen nach Süden marschieren, ehe er nach Osten abbiegt.«

»Und wenn wir sie nicht aufhalten können?«, fragte Blackthorne.

Darrick zuckte mit den Achseln und gab die Antwort, die er immer auf solche Fragen gab. »Das solltet Ihr vielleicht Izack fragen, weil ich nicht hier sein werde, um neue Befehle zu geben.« Es war einfach so, dass er einen Fehlschlag oder eine Niederlage gar nicht erst in Betracht zog, und er hatte auch noch nie eine Niederlage hinnehmen müssen. Er war zudem fest davon überzeugt, dass dies nichts mit Glück zu tun hatte. »Sonst noch etwas?«

»Nein, Sir.« Die Männer im Zelt schüttelten die Köpfe.

»Dann kommt nacheinander zu mir, um die Befehle für eure Bereiche zu empfangen. Meine Herren Barone, ich wäre Euch verbunden, wenn Ihr Eure Bauern und Winzer, die das Lager so geschickt aufgebaut haben, anweisen könntet, es ebenso geschickt zu verteidigen.«

Gresses Gelächter war noch eine Weile draußen zu hören, nachdem er und Blackthorne das Zelt verlassen hatten.

Als die Rabenkrieger sich am Ofen versammelten, um sich kurz zu beraten, bevor sie sich endlich für kurze Zeit zur Ruhe legten, herrschte tiefste Nacht. Morgen sollte sich das Schicksal der beiden Dimensionen entscheiden. Ringsum war es still im Brutland. In ein oder zwei Gebäuden brannte noch Licht, doch die Balaianer waren die Einzigen, die sich draußen aufhielten.

»Könnt ihr es tun?«, fragte Hirad, der sich wieder einmal an einer Tasse Kaffee die Hände wärmte.

»Theoretisch ja«, sagte Erienne. »Wir können die Formen erzeugen.«

»Ich höre da doch ein Aber«, sagte der Unbekannte. »Und zwar ein großes.«

»Es sind sogar mehrere«, bestätigte Erienne. »Wir haben keine Ahnung, wie viel Kraft wir brauchen, um den Riss auf dieser Seite zu schließen. Wir wissen nur, dass wir fähig sind, den Spruch vom Boden aus zu wirken. So gerade eben. Wenn der Sog zu stark wird, können wir den Korridor nicht absperren. Wir können nur schätzen, wie stark der interdimensionale Raum die Mana-Konstruktion verschleißt. Wir mussten raten, wie viel Kraft nötig ist, um mit unserem magischen Nähzeug den Korridor zu versiegeln, ohne ihn dabei zusammenbrechen zu lassen. Die Liste unserer Mutmaßungen ist ziemlich lang und wird umso technischer, je weiter man vordringt.«

»Was wohl bedeuten soll, das dies noch die einfacheren Probleme sind«, bemerkte Hirad trocken.

Ilkar kicherte und tätschelte sein Bein. »Armer alter Hirad. Ich fürchte, die Magie wird für dich immer ein Buch mit sieben Siegeln bleiben.«

»Das fehlt jetzt gerade noch«, brummte Hirad. »Ich will nicht schon wieder diese Diskussion führen. Ich will ein Ja oder ein Nein als Antwort hören.«

»Wir werden es schaffen«, sagte Denser. »Wir schaffen es immer.«

»Hat Hirad dich gelehrt, so zu reden?«, meinte Ilkar.

»Man muss eben daran glauben.« Denser zuckte mit den Achseln. Erienne legte ihm einen Arm um den Hals und küsste ihn auf die Wange.

»Offensichtlich hat er dir die Worte eingegeben«, sagte Ilkar.

»Und was ist mit dem da?« Hirad nickte zu Styliann hinüber, der vor einer Hütte saß und Septerns Schriften an seine Brust presste. »Glaubt er auch daran?«

»Mit einer Inbrunst, die ich kaum nachvollziehen kann«, sagte Denser. »Ehrlich gesagt, macht mir das sogar Sorgen. Seine Augen sind manchmal ganz wild. Ich weiß nicht, ob er Angst hat oder aufgeregt ist.«

»Jedenfalls brauchen wir ihn«, sagte Erienne, »also verärgere ihn bloß nicht.«

»Und er braucht uns«, gab Hirad zurück. »Vergesst das nicht. Wenn wir scheitern, dann ist er genauso erledigt wie alle anderen.«

Der Rabe verstummte. Hirad atmete die schwere, warme Luft tief ein. Die Brut Kaan ruhte jetzt. Die Drachen erholten sich von der letzten Schlacht im Wissen, dass die nächste darüber entscheiden würde, ob sie weiter existierten oder ausgelöscht wurden. Sie wussten, dass die Naik zurückkommen würden. Sie wussten, dass noch mehr von ihnen durch Flammen und Klauen Schmerzen leiden würden, und sie wussten, dass ihr Schicksal nicht in ihren eigenen Händen lag, ganz egal, wie erbittert sie kämpften.

Die große Verantwortung des Raben lastete auf einmal schwer auf Hirads Schultern. Sha-Kaan kehrte von seiner Mission bei den Veret zurück und wollte von Hirad Antworten bekommen, die verbindlicher waren als das, was er bisher gehört hatte. Trotz Densers Zuversicht konnte Hirad seine Befürchtungen nicht abschütteln. Darum musste er sich kümmern, bevor er dem Großen Kaan gegenübertrat.

»Immer noch versuchst du, durch hohle Worte deiner Vernichtung zu entkommen, Sha-Kaan. Immer noch sprichst du lieber mit dem Mund, statt Feuer zu spucken, wie es einem echten Drachen entspricht. Kaum jemand wird trauern, wenn die Kaan nicht mehr sind. Du predigst etwas, das keine andere Brut hören will.«

Sha-Kaan kreiste langsam weiter. Yasal-Naik, das Oberhaupt der Naik, war mit zwei Begleitern unterwegs und hatte den Großen Kaan auf dem Heimweg vom Brutland der Veret im Shedara-Meer abgefangen. Es war klar, dass er nicht zum Kämpfen gekommen war. Ebenso klar war, dass er nicht gekommen war, um über den Frieden zu reden. Sha-Kaan war nicht überrascht, doch er machte sich Vorwürfe, weil er darauf verzichtet hatte, auf dem Rückweg nach Teras eine andere Route zu fliegen.

In den kalten Luftströmungen hoch über den Wolken, wo er sich vom Wind nach Hause tragen lassen konnte, hatte er die drei Naik im Licht der Sterne schon früh bemerkt. Er hatte sich entschlossen, ihnen nicht auszuweichen. Trotz der Müdigkeit, die ihm in allen Knochen, Schuppen und Schwingen steckte, fühlte er sich fähig, drei Vertreter der kleineren, rostroten Brut zu besiegen.

Als sie sich näherten, hatte er Yasal an der Kerbe im Panzer hinter dem Kopf erkannt. Sha-Kaan hatte ihm diese Verletzung in einer Schlacht über Beshara vor mehr als hundert Zyklen selbst zugefügt. Wenn Yasal angeflogen kam, dann konnte das nur eines bedeuten. Er wollte mit seinem bevorstehenden Sieg prahlen.

Die beiden Brutältesten umkreisten einander und tauschten ihre Gedanken aus, während die Eskorte ein Stück tiefer wartete.

»Die Naik sind die einzige Brut, deren Geist sich vor dem Schaden verschließt, den wir unserem Land zufügen. Wir können nicht ewig kämpfen. Wenn wir es dennoch tun, wird es bald kein Land mehr geben, das man gewinnen kann. Es wird der Tag kommen, an dem sogar du dies erkennen musst.«

Yasal-Naik lachte grollend. »Aber die Schlacht ist doch schon gewonnen, Sha-Kaan. Wenn deine Brut vernichtet ist und deine Fusionsdimension brennt, dann ist die Herrschaft unser, und alle anderen Bruten werden sich den Naik unterwerfen. Die Veret sind schon jetzt unsere Diener. Die Gost werden folgen, und ihnen werden die Stara folgen, bis jede Brut das tut, was die Naik verlangen.«

»Dein übergroßes Selbstvertrauen wird dein Untergang sein, Yasal«, sagte Sha-Kaan, auch wenn er wusste, dass die Einschätzung des Naik richtig war. »Freue dich nicht über einen Sieg, den du noch nicht errungen hast.«

»Er ist errungen!«, donnerte Yasal. »Die Kaan sind so verzweifelt, dass sie sich mit den Schwächsten der Schwachen verbünden wollen und sogar Balaianer zu Hilfe rufen. Glaubst du denn wirklich, sie können stehen, wo du strauchelst? Wir werden sie vor deinen Augen zu Asche verbrennen, und dann werde ich die Naik triumphierend durch das Tor führen, während du sterbend am Boden liegst und nie wieder deine Flügel heben kannst. Wir werden das Wasser in den Meeren kochen lassen, ihre erbärmlichen Türme niederreißen und ihre Berge dem Erdboden gleich machen. Wer dann noch überlebt, wird als Futter für meine Jungen dienen. Ich werde nicht ruhen, bis das letzte Insekt in Balaia tot ist. Und wenn ich fertig bin, wird dort nichts mehr wachsen, gehen oder fliegen.«

»So viel Hass«, sagte Sha-Kaan behutsam. »So viel Gift, das dich blendet. Da du mich hier gefunden hast, biete ich es dir ein letztes Mal an. Stelle deine Angriffe ein, und wir werden die Naik nicht verfolgen und vernichten, wenn das Tor geschlossen ist.«

Yasal-Naik flog eine scharfe Kurve und setzte sich neben Sha-Kaan. In seinen blanken grünen Augen schimmerte Verachtung, und sein Mund konnte den Geifer nicht zurückhalten, den ihm der Wind von den Lippen riss.

»Das Tor wird sich niemals schließen.« Seine Stimme war heiser. »Vielleicht hat das Alter deinen Geist verwirrt. Wir haben gesiegt, Großer Kaan. Ich bin nur hier, um dich zu erinnern, dass du der letzte Herrscher deiner Brut bist. Ich bin hier, weil ich noch einmal das Gesicht eines Verlierers sehen wollte.«

»Dann fliege zum Meer und sieh dir dein Spiegelbild an, Yasal. Morgen wird das Tor geschlossen, und die Naik werden den Zorn der Kaan zu spüren bekommen, bis sie nicht mehr sind. Nimm deine Eskorte und fliege. Trotz deiner Macht hast du nicht einmal den Mut, dich mir allein zu stellen. Du bist klein, Yasal-Naik, und dein Untergang soll der Beginn einer Zeit sein, in der die Bruten das Land achten, das sie heute noch sorglos zerstören.«

»Ich werde selbst von deinem Fleisch kosten«, sagte Yasal. Sha-Kaan öffnete den Mund und brüllte seine Frustration heraus. Seine Flügel schlugen heftig, und sein Körper schoss nach oben, bis er über seinem Feind flog.

»Fliege weg, Yasal«, rief er. »Fliege, bevor ich uns beide vom Himmel reiße. Wage nicht, noch einmal in das Gebiet der Kaan einzudringen, wenn das Gestirn den Himmel erleuchtet, sonst bist du des Todes.«

Yasal rief seine Leibwächter zu sich. »Du bist ein alter Narr, Sha-Kaan. Bete für deine Brut und deine Fusionsdimension. Bevor das Gestirn wieder versinkt, werdet ihr vernichtet sein, und die Naik werden herrschen. Bis morgen, Großer Kaan.« Er drehte sich um und flog mit seiner Eskorte davon.

Sha-Kaan dachte einen Moment daran, sie zu verfolgen. Yasal jetzt zu töten, würde dem Kampf eine neue Wendung geben. Doch wenn er selbst starb, wäre das Schicksal der Kaan besiegelt. Er brüllte noch einmal, dieses Mal stieß er eine Feuerlanze aus, dann stürzte er sich in die Wolken und eilte heim.

Links täuschen, rechts schlagen, Axt. Schwert flach zur Verteidigung, gegen die Mitte des Körpers, Axt über Kopf. Nach unten durchziehen, Axt, Schwert kopfhoch, schräg nach links verteidigen. Ein halber Schritt vor, Schwertstoß, Axt schräg nach hinten, unten blocken. Zurückfallen lassen, Verletzung verbinden, Platz wird neu besetzt. Ausruhen. Schneller Schlag links oben, mit Axt nachsetzen, Schritt zurück. Halten.

Jeder Schwertstreich fand sein Ziel, jede Bewegung war genau berechnet, wurde ruhig und präzise ausgeführt. Die Protektoren kämpften schweigend und mit einer entsetzlichen Entschlossenheit, ihre Seelen tauschten die Gedanken blitzschnell aus, und ihre Blicke ergänzten einander und übersahen nichts. Der lärmende Angriff der Wesmen traf auf Stahl und Faust. Ihr Gebrüll wurde durch das Klirren der Waffen und das Schmatzen der Klingen im Fleisch beantwortet. Ihre wechselnden Befehle und Taktiken wurden mit genau bemessenen Schlägen und unermüdlicher Kraft pariert.

Bruder gefallen. Trauert um den Körper, tröstet die Seele. Bereitet euch auf die Trennung vor.

Wieder und wieder brachen die Angriffswellen der Wesmen an der Barriere aus blitzendem Metall und den leeren Masken. Riesig war ihre Zahl, und der Blutzoll wuchs. Ihr Selbstvertrauen ließ nach und erwachte wieder. Jeder Tod eines Protektors schien die ganze Armee zu beflügeln, doch die Protektoren kämpften weitaus stärker, als es ihre Zahl vermuten ließ. In Dreierreihen standen sie hintereinander, weit genug voneinander entfernt, um ihre Waffen möglichst gut zur Geltung zu bringen. Sie wehrten Angriff auf Angriff ab, ruhten und tauschten die Plätze, während die Linien der Wesmen brachen und unter den Befehlen der Kommandanten neu formiert wurden.

Wo die Leichen der Wesmen zu hoch und zu nahe lagen und den Kampf behinderten, warteten die Protektoren einfach ab, bis die Gegner ihre toten Kameraden geborgen hatten. Der Boden schwamm vor Blut.

Aeb empfand Achtung für die Kraft der Wesmen, doch nicht für die Unordnung, mit der sie kämpften. Jeder Mann kämpfte allein für sich oder höchstens mit ein oder zwei anderen. So entstanden Lücken in der Deckung, die man ausnutzen konnte. Er wusste nicht, wie lange sie noch aushalten mussten. Er wusste nur, dass ihr Gebieter ihnen den Befehl gegeben hatte. Er und Sol, vor dem sie alle Ehrfurcht hatten. Der Protektor, der wieder ein freier Mann geworden war.

Die ganze Zeit strömten Botschaften, Ratschläge, Befehle und Warnungen durch seine Gedanken, wurden nach ihrer Bedeutung sortiert oder als erledigt abgehakt. Er schlug einem Wesmen-Krieger den Arm ab, blockierte einen Schlag seines Gefährten und schickte eine Warnung fünf Plätze nach rechts, wo Fyns Flankenverteidigung vorübergehend aufgehoben war, weil Jal eine lähmende Wunde im Arm davongetragen hatte.

Axthieb von unten, Aeb.

Er reagierte automatisch und spürte, wie seine Axt mit der Waffe eines Angreifers zusammenprallte. Er hob das Schwert, um nach vorn abzublocken, und richtete den Blick auf den Feind, der die Augen aufriss. Diesem Tempo konnte der Wesmen-Krieger nichts entgegensetzen. Aeb beugte sich vor, knallte dem Mann den Ellenbogen ins Gesicht und zog die Axt hoch und dann nach rechts. Er traf den Mann an der Hüfte und warf ihn von den Beinen, schüttelte die Axt frei und richtete die Aufmerksamkeit schon auf den nächsten Krieger, der von links angriff.

Zurückfallen, nach hinten zum Haus. Die vordere Reihe ruht aus, die dritte Reihe nach vorn. Waffen bereit. Aufschließen.

Aeb trieb sein Schwert in einen ungeschützten Hals.

Es war Nachmittag.

»Balaia, wir marschieren!«, rief Darrick. Er schwenkte das Schwert in einem weiten Kreis über dem Kopf, und sein verzweifeltes Manöver begann. Er verzichtete auf sein Pferd und ging an der Spitze seiner ausschließlich aus Fußsoldaten bestehenden Armee auch selbst zu Fuß. Darrick achtete trotzdem darauf, dass sie keinesfalls übersehen werden konnten. Er baute darauf, dass die Späher der Wesmen Tessaya sofort Bericht erstatteten, und sie sollten alle in seine Richtung schauen.

Er hatte seinen Hauptleuten eindringlich erklärt, dass sie jederzeit mit einem Angriff rechnen mussten. In diesem Fall sollten sie sich in Kompanien aufspalten und in den Wald absetzen, um an den zuvor bestimmten Positionen erneut Aufstellung zu nehmen. Sie sollten nicht in offenem Gelände kämpfen, wenn es sich irgend vermeiden ließ. Falls die Wesmen außerhalb des Waldes blieben, wäre Darrick sogar mit einem vorübergehenden Patt völlig zufrieden gewesen. Er hatte seine Leute gewarnt, wie schwierig der Kampf im Wald war, und wie wichtig daher die Kommunikation an der zersplitterten Frontlinie war. Es war ein Glücksspiel, doch er hielt es für die einzige Chance, die sie überhaupt hatten.

Darrick hätte gern zu seiner versammelten Armee gesprochen, doch dieser Luxus blieb ihm verwehrt, weil die Zeit drängte und dringendere Angelegenheiten zu organisieren waren. So hatte er seinen Befehlshabern nachdrücklich erklärt, wie wichtig ihr Vorhaben war. Auch dieses Mal durften sie um Balaias willen nicht versagen. Auch dieses Mal brauchte der Rabe ihren unverbrüchlichen Mut und ihre Kraft. Es war sinnlos, sich selbst für den nächsten Kampf zu schonen, weil ein Scheitern bei diesem bedeutet hätte, dass es keinen nächsten Kampf mehr geben würde. Weder für sie selbst noch für die Wesmen.

Die Armee setzte sich in enger Formation in Bewegung. Unter Tarnzauber gingen einige Magier jeweils zu zweit voraus, um feindliche Späher auszuschalten. Darrick wusste, dass sie im Grunde wenig oder gar nichts ausrichten konnten, doch andererseits wäre es sinnlos gewesen, sie zurückzuhalten, und so waren sie immerhin in der Lage, die nachrückenden Truppenteile frühzeitig zu warnen.

Seine Regimenter marschierten rasch auf der Hauptstraße und rückten ein gutes Stück zu dem eine Meile entfernten Lager der Wesmen vor. Als sie knapp eine halbe Meile überwunden hatten, erhob sich vor ihnen ein Gebrüll, das wie Donner klang.

Es hallte von den entfernten Felsen wider, verlor sich in den sanften Hängen von Grethern und hing wie eine unsichtbare Wolke über der Anhöhe, der sie sich näherten. Die Wesmen. Und sie griffen an. Darrick hörte rennende Füße, und zwei Paare der magischen Vorhut ließen den Tarnzauber fallen und tauchten neben ihm auf.

»Wesmen siebenhundert Schritt entfernt, und sie rennen, General«, meldete einer, ein spindeldürrer Elf, sehr groß und kahlköpfig und mit einem eng sitzenden Gewand bekleidet.

»Wie breit ist ihre Front?«, fragte Darrick.

»Dreihundert bis dreihundertfünfzig Mann, wenn sie die Anhöhe erreichen, dahinter zwischen den Bäumen, wo es bergab geht, etwas weniger.«

»Danke.« Es war eine breite Front, aber in etwa das, was Darrick erwartet hatte. Er betrachtete das Terrain.

Links von ihm und im Norden lag ein felsiges, unebenes Gebiet, das sich bis zu den hohen Gipfeln und Geröllhalden erstreckte, die etwa eine Meile entfernt waren. Im Süden stand dicht und dunkel der Wald von Grethern. Die ersten Bäume waren höchstens hundert Schritt entfernt, doch Darricks bevorzugtes Schlachtfeld war das dichte Unterholz, das noch einmal zweihundert Schritt dahinter lag. Er konnte sehen, wie dunkel es dort drinnen war; er glaubte die hinderlichen Äste und Zweige schon zu spüren, und er konnte nur zu allen Göttern beten, dass er die richtige Entscheidung getroffen hatte.

Hinter seiner Armee führte Izack die Truppe nach Süden, mit der er an Septerns Haus aushelfen sollte. Dieser Augenblick war der gefährlichste im ganzen Plan. Darrick musste sicher sein, dass kein einziger Scout der Wesmen die Teilung der Armee meldete. Tessaya sollte glauben, dass er gegen die gesamten restlichen regulären Truppen des Ostens außerhalb von Korina kämpfte. Magier-Heckenschützen aus Gyernath durchkämmten den Wald und die

Felsen und Anhöhen im Norden. Es war Zeit, sich in Bewegung zu setzen.

Er hob eine Hand, der Befehl wurde weitergegeben, und seine Truppe hielt an. Dann ballte er die erhobene Hand zur Faust, spreizte die Finger und gab den Befehl zum Verteilen.

»Kompanien, verteilt euch, nach laufender Nummer im Halbkreis aufstellen. Laufschritt, marsch!«

Die Kompanien lösten sich aus der Marschformation, entfernten sich nacheinander vom Hauptweg und ließen im Zentrum eine starke Linie zur Verteidigung zurück. Da sie nicht viel Zeit zum Exerzieren gehabt hatten, lief der Stellungswechsel etwas unordentlich ab. Darrick nannte es einen Halbkreis, und so hatte es auf seinen Zeichnungen ausgesehen, doch in der Praxis erinnerte die Aufstellung nun eher an eine Treppe. Andererseits konnte er hoch zufrieden sein, dass sie seine Befehle überhaupt verstanden und ausführten.

Darrick nickte erfreut und bog mit seiner Doppelkompanie schräg nach rechts vom Weg ab. Er übernahm die Rolle des Köders. Er musste ständig in Bewegung bleiben und hoffte, Tessayas Armee in den Wald zu locken, ehe die Gegner bemerkten, wie schwach die Verteidigung auf dem Weg war, der zu seinem eigenen Lager führte. Ihm war klar, dass sie rasch umzingelt werden konnten, er baute jedoch auf die Kampflust der Wesmen. Tessaya verstand zwar etwas von Taktik, aber Darrick war sicher, dass er ihren Abzug in den Wald als Versuch auffassen würde, ihn zu umgehen und doch noch Septerns Haus zu erreichen.

Hinter ihm rannte die Armee in den Wald und erreichte bald die ersten Bäume. Befehle ertönten, Kompanien wechselten die Richtung, und aus dem Morast kamen Meldungen, als jeder seinen Standort in genügendem Abstand zur nächsten Kompanie gefunden hatte. Eine anscheinend noch nicht vollständig eingerichtete Verteidigungsstellung, das war eine große Verlockung, an der die Wesmen einfach nicht vorbeilaufen konnten.

Darrick sollte nicht enttäuscht werden.

Vor ihm erklommen die ersten Wesmen einen Hügel und stießen wilde Schreie aus, als sie die zersplitterte Armee unter sich sahen. Einen Moment lang sammelten sie sich wie ein dunkler Fleck, der sich am Horizont ausbreitete, dann wurden hundert Hornsignale gegeben, und sie stürmten zu den Balaianern hinunter. Ihre Kampfschreie und Gesänge erfüllten die Luft. Im Zentrum war Tessaya deutlich zu sehen.

Darrick spielte einen Augenblick mit dem Gedanken, ihn anzugreifen, doch obwohl der Wesmen-Lord sich in vorderster Linie befand, war er sicherlich gut geschützt, und Darrick hatte etwas Besseres zu tun, als Selbstmord zu begehen. Er nahm seine Doppelkompanie und rannte in den Wald von Grethern. Die ersten Pfeile der Wesmen waren zu kurz gezielt.

»Bereithalten!«, rief er den Männern zu, die im Wald bereits aufgestellt waren. »Drei Schritt zurückfallen lassen. Sie sollen erst langsamer werden. Magier, schließt die Lücken.«

Die Befehle wurden durch den Wald weitergegeben, während die Wesmen herangestürmt kamen. Sie waren keine halbe Minute hinter den Verfolgten. Pfeile flogen und prallten gegen Bäume und Äste, Schmähungen und wildes Heulen tönten durch den Wald. Darrick drehte sich um und zog vor sich im Laub eine Linie. Seine Männer stellten sich neben und hinter ihm auf.

Der düstere graue Himmel entließ jetzt seinen Regen, unter der Wolkendecke kam ein Wind auf, der durch die

Bäume pfiff. Irgendwo im Süden marschierten Izack und seine Männer, um den Protektoren zu Hilfe zu eilen. Darrick beobachtete die in den Wald eindringenden Wesmen. Bis jetzt sah es aus, als hätten sie den Köder geschluckt. Doch die Balaianer waren in der Unterzahl und mussten sich sehr anstrengen, um nicht einfach aufgerieben zu werden. Es sollte ein langer Nachmittag werden.

Fünfzehntes Kapitel

Senedai brütete über den Berichten seiner Armee. Seine Männer hatten diese erbärmlich kleine Truppe von maskierten Kriegern, die Septerns Haus und das Tor ins Land der Drachen verteidigten, umstellt. Während seine Krieger ermüdeten, schienen die Feinde sogar noch an Stärke zu gewinnen. Ihre Bewegungen waren sparsam, sie kämpften gut organisiert. So etwas hatte er noch nie gesehen. Er wusste, dass Magie im Spiel war, doch von wo sie ausging, das konnte er nicht erkennen. Er war ganz sicher, dass dort drüben kein Magier stand.

Aber das spielte keine große Rolle. Wichtig war nur das, was er vor Augen hatte. Die Leichen seiner Männer bedeckten den Boden – stellenweise schon so hoch, dass die Toten und Verletzten durch die Beine der Kämpfer weggezerrt werden mussten, damit die vordersten Linien überhaupt noch sicher stehen konnten. Der Nachmittag zog sich dahin, der Regen fiel mit jeder Stunde stärker, und Senedais Verzweiflung nahm zu. Der Feind bot ihm keine schwachen Stellen, die Zahl seiner Toten hätte ein einzelner Mann an Fingern und Zehen abzählen können, und wenn seine Männer endlich einmal einen Gegner verwunden konnten, dann zog er sich einfach zurück und verband seine Wunde, während ein anderer nahtlos seinen Platz einnahm.

Ihre Stärke und Ausdauer waren außergewöhnlich. Ihren Mut konnte Senedai einfach nur bewundern. Doch die Tatsache, dass er sie trotz seiner gewaltigen Zahl nicht einfach überrennen konnte, zehrte an seinem Selbstvertrauen und erschütterte den Glauben seiner Männer. Es hätte ein rascher Sieg werden sollen, doch als der Nachmittag in den Abend überging, musste er unverrichteter Dinge in sein Lager zurückkehren und mit einem weiteren Tag voller Demütigungen rechnen.

Er konnte seine Krieger zwingen, im Feuerschein und im Mondlicht zu kämpfen, doch diese Masken wären im Zwielicht sogar noch erschreckender. Und es war nicht die Art der Wesmen, in der Nacht zu kämpfen, auch wenn er es in Julatsa schon einmal getan hatte. Es missfiel den Geistern. Er knurrte und verfluchte innerlich Tessaya, der immer noch nicht aufgetaucht war, rief frische Reservetruppen herbei und befahl einen weiteren Vorstoß.

Feuer blühte rechts von Darrick auf. Die verletzten Wesmen schrien vor Schmerzen, die brennenden Bäume warfen ein grelles Licht auf die chaotische Schlachtszene. Wie der General gehofft hatte, waren die Wesmen langsamer geworden und hatten sich zwischen den dicht stehenden Bäumen verteilen müssen, und wie vorausgesehen, waren die ersten Scharmützel unentschieden ausgegangen. Da seine Magier jetzt Feuerkugeln, Höllenfeuer und Eiswind einsetzten, geriet der Angriff der Wesmen ins Stocken.

Doch jetzt änderte Tessaya die Taktik. Er hatte den Frontalangriff abgeblasen und eine beachtliche Streitmacht zum balaianischen Lager geschickt. Mit den übrigen Kämpfern konzentrierte er sich auf einen kleinen, vielleicht siebzig Schritt breiten Abschnitt des Waldes und zwang seinen Feind, die Reihen zu schließen. Bisher hatte Darrick dieser Versuchung widerstanden. Er hatte die Magierabteilungen rasch neu organisiert und an der Flanke eingesetzt, damit die Wesmen keine starke Frontlinie aufbauen konnten. Vier Kompanien blieben in Reserve, um im Notfall Deckung zu geben. Seine Magier-Heckenschützen sollten aus sicherer Entfernung die Flanke der Feinde angreifen.

Heftiges Klirren von Metall auf Metall veranlasste ihn, energisch vorzustoßen. Vor ihm hatten die Wesmen drei Kompanien zurückgedrängt und suchten ihren Vorteil zu nutzen. Darrick rief die Verstärkung zu sich und kam den Bedrängten zu Hilfe, doch eine Truppe von balaianischen Schwertkämpfern und Magiern, die mit dem Rücken vor einer Mauer aus Bäumen standen, konnte er nicht mehr retten. Sie wurden von den triumphierenden Wesmen in Stücke gehackt.

»Ich brauche Feuer hinter der Frontlinie! Erste Kompanie rechte Flanke, greift nach Belieben an!«, rief Darrick, als er sich in die Schlacht stürzte. Mit erfahrenen Schwertkämpfern zu beiden Seiten und drei Magiern hinter sich drang er in die Linie der Wesmen ein, die nach hunderten zählten, und knallte das Schwert auf eine zur Abwehr gehobene Axt. »Zweite Hundertschaft, schützt die Magier!« Die Axt wurde zur Seite gefegt, und Darrick trat dem Mann mit dem Stiefel in den Bauch. Der Mann krümmte sich vor Schmerzen, und Darrick traf seinen Kopf mit einem Rückhandschlag seines Schwertes.

Links und rechts wurden die Wesmen niedergemacht, bevor die Truppe noch richtig reagieren konnte. Darrick blockte einen Speerstoß ab, traf das Gesicht des Angreifers mit dem freien Unterarm, dass seine Lippen platzten und die Nase brach. Er trat auf die Speerspitze, ehe der Wesmen-Krieger sie wieder heben konnte, und trieb ihm das Schwert durch den ungeschützten Bauch. Hinter der ersten Linie hörte das blutrünstige Heulen schlagartig auf, und das Klappern von Metall und der unverkennbare Klang von rieselndem Eis verriet ihm, dass ein Eiswind durch die Gegner gefahren war. Weiter hinten brach Höllenfeuer vom Himmel. Tote flogen durch die Luft, die Explosionen der Sprüche dröhnten in den Ohren, ein abgerissener Arm landete direkt neben Darrick.

Der nächste Gegner vor ihm zuckte bei diesem Anblick zusammen und zögerte eine Sekunde zu lange. Darrick brauchte keine weitere Einladung, und der Wesmen-Krieger wurde von der Seite bis zur Wirbelsäule aufgeschlitzt. Der balaianische General spürte, wie sein Schwert auf den Knochen traf. Das Blut des Gegners spritzte in hohem Bogen ins Gras.

Die Wesmen wichen zurück. Darricks Linien hielten Stand. Sie sahen keinen Anlass, die Gegner zu verfolgen, und da im dichten Wald das Licht der Nachmittagssonne rasch verging, mussten sie auch nicht mehr lange durchhalten.

Wir werden müde. Es ist unvermeidlich. Das Licht wird schwächer. Rechts unten blocken, Axthieb. Sie werden nach Einbruch der Dämmerung nicht weiterkämpfen. Seid stark. Links schlagen, Schritt zurück. Ausruhen. Die Linie halten. Unser Gebieter verlangt es. Wir werden nicht versagen.

Aebs Glieder protestierten, doch er ließ die Müdigkeit nicht die Oberhand gewinnen. Die Wesmen waren nervös und schlecht organisiert. Ihre Kämpfer waren nicht auf größtmögliche Effizienz abgestimmt. Doch es waren viele tausende, und obwohl sie nicht siegen konnten, griffen sie weiter an. Es blieben noch weniger als zwei Stunden, bis es völlig dunkel wurde. Der Himmel war bedeckt und grau, und das Licht ließ rasch nach.

Das Zwielicht störte Aeb und seine Brüder nicht im mindesten. Sie brauchten kein Licht zum Kämpfen. Aeb schlug nach unten und traf mit der Axt die Schulter eines müden Wesmen-Kriegers. Gleichzeitig hob er das Schwert, um den Schlag abzuwehren, der gleich von oben links kommen musste.

Neben ihm brach ein Angreifer durch Olns Deckung. Der Protektor musste einen üblen Schnitt am rechten Schenkel einstecken, und als der Feind die Axt zurückzog, riss er ein Stück Fleisch aus der Wunde. Oln taumelte und verlor das Gleichgewicht.

Bücken.

Aeb führte einen Rückhandschlag gegen den Krieger, der Oln verletzt hatte. Der Wesmen, der gerade noch den Sieg geschmeckt hatte, bekam jetzt einen schnellen Tod zu kosten.

Zurückziehen. Aeb deckt.

Oln ließ sich nach hinten fallen. Er würde erst wieder kämpfen können, wenn die Brüder ihm Kraft gaben. Aeb zerschmetterte mit dem Knauf seiner Klinge einen Wesmen-Schädel und wandte sich seinem nächsten Gegner zu, während er an die Worte seiner Brüder dachte. Sie hatten an diesem Tag dreißig Mann verloren, und weitere fünfzig konnten nicht mehr kämpfen. Sie würden den Tag überleben, aber einen zweiten wahrscheinlich nicht. Aeb musste annehmen, dass das ausreichte.

Tessaya, der Herr der Paleon-Stämme, trat mit vor Blut triefender Axt aus dem Wald ins Freie, um die Meldungen entgegenzunehmen. Die Männer aus dem Osten kämpften einen Guerillakrieg, den er nicht verstand. Sie waren stark genug, um ihn frontal anzugreifen. Die Wesmen kämpften auf breiter Front zwischen den Bäumen und auch in einem kurzen Abschnitt des Weges gegen sie. Dort waren die Kampfhandlungen inzwischen jedoch eingeschlafen, weil die Männer aus dem Osten nicht aufgerückt waren und den Vorteil, den sie früh gewonnen hatten, offenbar nicht ausnutzen wollten. Es war, als warteten sie auf etwas, doch Tessaya konnte sich nicht vorstellen, was es war. Er war sicher, dass keine Verstärkungen unterwegs waren.

Er schüttelte den Kopf und starrte zum rasch dunkler werdenden Himmel hinauf. Der Regen peitschte ihm ins Gesicht und trommelte, wie schon beinahe den ganzen Tag, auf den Boden. Im Wald brannte es an einem halben Dutzend Stellen, er spürte sogar die Hitze des nächsten Brandherds, doch das Feuer würde bald erlöschen, dafür würde der Regen schon sorgen.

Seine Männer hatten den ganzen Nachmittag über den Kämpfern aus dem Osten tüchtig zugesetzt, ohne jedoch durchbrechen zu können, und niemals wagten die Gegner sich in offenes Gelände vor. Doch der Feind hatte einen starken Widerstand aufgebaut, und die verdammte Magie glich seine geringere Zahl beinahe aus.

»Was mögen sie nur decken?« Arnoan, der nicht von seiner Seite wich, stellte die Frage, die Tessaya sich bisher nicht gestellt hatte.

»Decken?« Er runzelte die Stirn, und dann lief es ihm eiskalt über den Rücken. »Wie lange kämpfen wir schon?«

»Etwa drei Stunden, mein Lord.«

»Ich bin ein Narr«, murmelte er. Dann hob er die Stimme und brüllte: »Paleon! Kampf einstellen! Revion! Position halten! Taranon! An der östlichen Flanke angreifen!« Er wandte sich an Arnoan und packte den alten Mann am Kragen. »Such mir Adesellere. Er übernimmt hier den Befehl. Er muss verhindern, dass sie uns folgen.«

»Was ist denn, mein Lord?«

»Siehst du es nicht? Bist du blind? Darrick hat Männer nach Süden geschickt. Sie umgehen uns, während er uns beschäftigt. Er deckt eine Armee, die zu Senedai marschiert. Geh jetzt.«

Tessaya rief seine Stämme zu sich und rannte in sein Lager zurück. Sie waren jetzt die Einzigen, denen er noch vertrauen konnte. Taomi hatte versagt, seine Liandon-Stämme waren von Blackthorne aufgerieben worden. Wieder lag das Schicksal der Wesmen in den Händen Paleons, und wenn er die ganze Nacht im Eilschritt marschieren musste, um die Truppen aus dem Osten einzuholen, dann wollte er es tun.

Darrick versetzte einem Wesmen-Kämpfer einen Tritt vors Knie und hörte den Knochen brechen, schleuderte den Mann, der die Streitaxt hatte fallen lassen, zur Seite, und rannte den fliehenden Feinden hinterher. Überall auf dem Schlachtfeld waren Rufe ertönt, und die Wesmen hatten sich völlig aus seinem Bereich zurückgezogen. Ihr Rückzug ins eigene Lager sah nach einem Abzug in Etappen aus, und er war froh, dass sie verschwanden.

Doch im Zentrum ließ der Druck der Feinde nicht nach, und die starken Bewegungen kurz hinter der Front zeigten, dass Tessaya sein Manöver durchschaut hatte.

Darrick unterbrach seinen Angriff und ließ sein Doppelregiment, oder das, was von ihm noch existierte, anhalten.

»Er hat uns durchschaut«, sagte er zu seinem Leutnant. »Wir machen einen taktischen Rückzug bis in unser Lager. Ich glaube, sie werden uns gehen lassen. Schick mir den besten Kommunionsmagier, den wir haben. Ich muss Izack erreichen.«

»Sir.« Der Leutnant rannte los und verschwand geduckt im Wald.

Rings um Darrick wurde noch erbittert gekämpft. Feuerkugeln schlugen links von ihm in einem dichten Gebüsch ein und trieben die Angreifer der Wesmen zurück. Zu beiden Seiten des Feuers drangen balaianische Soldaten auf die überrumpelten Feinde ein, Schwerter wurden gehoben und sausten herunter; das dumpfe Hämmern und gelegentliche Klirren zeigten, dass sie trafen. Rechts hatte ein Vorstoß der Wesmen eine isolierte Hundertschaft zurückgetrieben. Als Darrick hinüberschaute, wurde ein Magier von einem Pfeil getroffen und ging zu Boden. Damit war der Abteilung ihre wichtigste Angriffswaffe genommen.

»Zu mir!«, rief Darrick. Er sprang über den verkohlten Ast eines umgestürzten Baums, seine Männer folgten sofort. »Feuerkugeln hinter die Linien, wir nehmen sie von der Flanke«, rief er im Rennen.

Die Wesmen sahen und hörten ihn kommen. Pfeile flogen durch die Zweige, einer zischte durch Darricks Haare und blieb in der Augenhöhle eines Mannes hinter ihm stecken.

»Erledigt die Bogenschützen!« Darrick stürzte sich in den Kampf, sein Schwert prallte gegen eine Wesmen-Axt, Funken flogen in der feuchten Luft. Der General drehte sein Schwert mit beiden Händen, wand dem Feind die Waffe aus der Hand, drückte sie zu Boden, beugte sich vor und versetzte dem Mann einen Kopfstoß ins Gesicht. Blut schoss aus seiner Nase, und er taumelte zurück. Darrick zog die Klinge wieder hoch, fegte die halbherzige Blockade zur Seite und ließ einen geraden Stich zur Kehle folgen.

Über seinem Kopf flogen Feuerkugeln hinter die feindlichen Angreifer und verbreiteten Chaos, töteten Männer, zerstörten das Gebüsch und warfen scharfe Schlagschatten. Die unheimlichen orangefarbenen Flammen ergriffen alles in Reichweite, klebten an Fellen und Blättern und fraßen alles, bis sie mit der flachen Seite der Axt oder einem Lederhandschuh ausgeklopft wurden.

Die bedrängte Hundertschaft schöpfte neuen Mut und machte einen Ausfall, um ihrerseits die Wesmen anzugreifen. Links und rechts von Darrick wurden wilde Hiebe ausgeteilt, und die Wesmen kämpften um ihr nacktes Leben. Eine weitere Feuerkugel landete zwischen ihnen. Darrick spaltete einen Schädel, Blut und Gehirnmasse spritzten über die Gefährten seines Opfers, und die Wesmen lösten sich aus dem Kampf und flohen.

»Lasst sie rennen«, befahl Darrick. Er wandte sich an den Hauptmann seiner Kompanie. »Bleibt hier, haltet diese Flanke frei und zieht Euch langsam zurück, wie Ihr es für richtig haltet. Jagt sie nicht und haltet den harten Schild oben.«

»General.« Der Mann nickte, drehte sich um und gab seine Befehle. Darrick rannte ins Zentrum zurück, wo immer noch, allerdings mit verminderter Kraft, gekämpft wurde.

»Leutnant! Wo ist mein Magier?«

Hirad träumte schwer. Immer wieder wachte er auf, weil er das Gefühl hatte zu fallen. Sein Herz pochte heftig in der Brust, und seine Kehle war eng. Und während er schlief …

Er schwebte im Nichts. Unter ihm wurde das Land vom Feuer gefressen. Schreie, die von Schmerzen und Qualen kündeten, drangen in sein Bewusstsein. Verzweiflung übermannte ihn, sein Körper war zerstört.

Er war allein. Allein und verloren.

Die Luft ringsum war leer. Keine Sterne schimmerten, obwohl es dunkel war. Keine Wolken zogen über den Himmel. Das einzige Licht flackerte weit unten. Und da unten war alles tot. Er wusste nicht mehr wohin.

Oben zu bleiben bedeutete zu sterben. Also hinunter.

Er stürzte.

»Träumst du wieder, Hirad?«, fragte Ilkar ganz aus der Nähe. Es war eine warme und ruhige Nacht.

Hirad nickte und richtete sich auf. »Eine leere Welt«, erklärte er. »Als flöge ich, aber es gibt nichts Lebendiges mehr.«

»Wir wollen hoffen, dass das kein prophetischer Traum war«, sagte der Elf. »Wir machen uns alle Sorgen, Hirad. Du bist nicht der Einzige, der nicht schlafen kann.« Ilkar deutete auf sich selbst. »Das Beste ist wahrscheinlich, du träumst überhaupt nicht.«

Hirad nickte noch einmal. »Das ist leichter gesagt als getan. Wie auch immer, ich glaube, es ist nicht einmal mein eigener Traum. Ich glaube, es ist Sha-Kaans Traum.«

Er legte sich wieder hin und lächelte innerlich, als Ilkar die Augenbrauen hochzog. Dieses Mal half ihm der Große Kaan, in einen tiefen, traumlosen Schlaf zu sinken.

»Verdammt, ich hätte nicht gedacht, dass er uns durchschaut. Jedenfalls nicht so schnell«, sagte Darrick.

Blackthorne lächelte und lehnte sich auf seinem Stuhl zurück. »Ich sagte Euch ja, dass er nicht dumm ist«, meinte er.

Das Kommandozelt hob sich im dunklen Lager wie ein Leuchtturm ab, nachdem Darrick angeordnet hatte, alle bis auf die unbedingt notwendigen Feuer zu löschen, um den Wesmen so wenig Einblick wie möglich zu geben. Die Dämmerung war gekommen, die Balaianer hatten sich ungestört zurückziehen können, und eine unbehagliche Ruhe hatte sich über das Lager gesenkt.

Die Wesmen hatten in respektvoller Distanz vor dem Lager starke Kräfte stationiert, hatten aber offenbar nicht die Absicht, das Lager anzugreifen. Ohne ihren Lord im Rücken fürchteten sie sich anscheinend.

Darrick hatte Magier ausgesandt, um die gegnerischen Kräfte einzuschätzen. Die Wesmen hatten den Hauptweg, den Wald und die Felsen mit Patrouillen und Spähern besetzt, aber darauf verzichtet, die Balaianer einzukreisen. Ihre Aufgabenstellung war klar.

Die einzige gute Nachricht war, dass Izack nicht anhalten wollte, bis er nahe genug an Senedais Streitkräften war, um sie anzugreifen. Allerdings musste er, um Tessaya auszuweichen, einen anderen als den vorgesehenen Weg einschlagen.

»Wie viele Krieger nimmt Tessaya wohl mit?«, überlegte Darrick.

»Nun«, erklärte Blackthorne, »nach Euren Berichten hat er seine Leute nach Stämmen aufgeteilt. Die Paleon-Stämme sind zahlreich, auch wenn sie in der Schlacht um Understone und heute Verluste hinnehmen mussten. Trotzdem, wenn er sie alle mitnimmt, könnten es etwa viertausend sein.«

Darrick starrte ihn an, ihm wurde heiß. »Sie werden Izack abschlachten.«

»Vorausgesetzt, Tessaya findet ihn überhaupt«, wandte Gresse ein.

»Izack wird nicht schwer zu finden sein, sobald er sich in die Kämpfe einschaltet«, sagte Darrick grimmig. Er strich sich mit einer Hand übers Gesicht. Sein Plan war gescheitert. »Was für ein Durcheinander. Wir dürfen keine Zeit mehr damit verschwenden, die Truppen hier anzugreifen, das wäre sinnlos. Hört mal … wie dicht steht der Feind zwischen den Felsen?« Er sah sich zu zwei Magier-Heckenschützen um, die in der Nähe auf seine Befehle warteten.

»Nicht so dicht wie im Wald, Sir«, sagte einer. Er kratzte seine zwei Tage alten Bartstoppeln. »Wir könnten da ein bisschen aufräumen.« Er lächelte leicht.

»Ihr müsstet sogar sehr gründlich aufräumen, damit wir diesen Weg benutzen können«, sagte Darrick, da der Mann offenbar seinen Gedankengang erfasst hatte.

»Wir sind acht«, bestätigte der Heckenschütze. »Alles ist möglich. Sie erstatten nicht regelmäßig Bericht, sie sollen einfach nur schreien, wenn sie etwas sehen.«

»Dann sorgt bitte dafür, dass sie nicht schreien können«, befahl Darrick.

Der Heckenschütze nickte. »Wir werden sofort anfangen.« Er winkte seinem Kollegen, mit ihm das Zelt zu verlassen.

Darrick drehte sich wieder um. Die Barone und seine verbliebenen Kompanieführer sahen ihn mit großen Augen an. Er zuckte mit den Achseln.

»Was bleibt uns sonst übrig?« Er breitete die Arme weit aus und zuckte noch einmal mit den Achseln.

»Sie werden uns sehen und uns verfolgen«, sagte Gresse. »Das kann nicht gut gehen.«

Darrick schüttelte den Kopf. »Wenn wir alle zusammen bleiben, ja. Aber das werden wir nicht tun. Ich stelle es mir folgendermaßen vor. Alle gesunden Männer sollen sich nach hinten ins Lager begeben. Kein Verwundeter kommt mit. Ein paar Abteilungen müssen außerdem hier bleiben und gut sichtbar sein. Ich schlage die Kavallerie vor.

Wir ziehen uns eine Meile auf dem Weg zurück, dann gehen wir in die Berge. Die Magier werden vor uns ausschalten, was uns gefährlich werden könnte. Wenn nötig, werden wir die ganze Nacht marschieren, damit Izack nicht sinnlos geopfert wird.«

»Aber was ist mit den Verwundeten und denen, die Ihr zurücklasst?«, fragte Blackthorne. »Selbst wenn dieser haarsträubende Plan Erfolg hat, werden die Leute, die noch hier sind, im Morgengrauen überrannt und genau das Schicksal erleiden, vor dem Ihr Izack bewahren wollt.« Er sprach ernst und streng, und er war sichtlich ungehalten.

Darrick lächelte und beschwichtigte ihn. »Das ist noch nicht alles. Sobald die kämpfende Truppe fort ist, müssen Freiwillige den Verletzten helfen, das Lager zu verlassen und sich anderswo zu verstecken.« Er sah die beiden Barone offen an.

»Und die sichtbaren Kräfte?«, fragte Gresse.

»Wenn die Wesmen Lunte riechen und das Lager stürmen, reitet ihr wie der Wind.« Er lächelte, als er sah, wie Gresse den Plan verstand und wie seine Augen zu funkeln begannen. »Nun? Was meint Ihr? Wenn uns das gelingt, können wir etwas ausrichten, vielleicht sogar das Ruder herumwerfen und dem Raben die Zeit verschaffen, die er braucht.« Er sah sich im Befehlszelt um. »Seid Ihr dabei?«

Wie ein Mann nickten seine Hauptleute. »Ja, Sir.«

»Baron Blackthorne?«

»Also spielen wir die Krankenschwester, was?«

»Ich sehe Euch lieber als Verteidiger der Schwachen«, sagte Darrick. »Darin liegt mehr Ruhm, denke ich. Und Ihr, Baron Gresse?«

»Junger Mann, Ihr geht ein außerordentliches Risiko ein. So außerordentlich, dass Ihr vielleicht sogar Erfolg habt. Ich werde die Pferde bereit haben, sobald die Morgendämmerung kommt.«

Darrick klatschte in die Hände. Die Erregung vor dem Kampf erfüllte ihn und vertrieb die Schmerzen und die Müdigkeit vom nachmittäglichen Kampf. »Dann lasst uns beginnen, wir haben keine Zeit zu verlieren.«

Sechzehntes Kapitel

Überall im Brutland brannten Feuer, als Hirad halbwegs erholt, aber immer noch müde erwachte. Er wälzte sich herum, stand auf und gesellte sich zu den anderen Rabenkriegern, die ebenso fassungslos wie er selbst in die Runde schauten.

Drei Dutzend Feuer waren am Flussufer entlang entfacht worden. Gespenstisches gelbes Licht wurde vom Dunst reflektiert und tauchte das Brutland in einen bleichen Schein.

Tausende von Vestaren saßen in diesem Licht in kleinen und größeren Gruppen beisammen. Einige untersuchten Waffen oder flickten Panzer, doch die meisten pflegten die hunderte von Drachen, die jede Handbreit freien Bodens besetzt hatten. Die Vestare versorgten Hälse, Flügel, Köpfe und Klauen, sie trugen Salben auf und sangen Lieder und beteten zum Himmel für den Sieg der Brut. Winzig waren sie vor den riesigen Körpern der Kaan, die sich ganz ausgestreckt hatten. Einige waren mehr als hundert Fuß lang, und ihre liegenden Körper waren immer noch mehr als fünfzehn Fuß hoch. Riesige Köpfe lagen auf dem Boden, einige mit geöffneten Mäulern, in welche die Vestare krochen, um die schützenden und heilenden Salben an den Feuerkanälen aufzutragen.

Es war ein Ehrfurcht gebietender Anblick, und der Rabe starrte die riesigen Leiber an, die zuckenden Flügel, die größer waren als das Großsegel eines Kriegsschiffs, die muskulösen Hälse, auf denen die gewaltigen Schädel saßen.

»Wie lange geht das schon so?«, fragte Hirad.

»Seit einer Ewigkeit«, sagte Ilkar. »Ich kann gar nicht glauben, dass du so lange schlafen konntest.«

»Wahrscheinlich wurde ich im Schlaf gehalten«, sagte Hirad. Er wies Richtung Wingspread. Gerade war Sha-Kaan vor dem Gebäude erschienen. »Kommt, er hat uns wohl einige Dinge zu sagen.«

»Und ich habe ihm einige Dinge zu sagen«, erklärte Styliann. Er marschierte sofort los. Drei äußerlich unbewegte Protektoren folgten ihm auf dem Fuße.

»Was ist nur in ihn gefahren?«, fragte Ilkar.

»Seit er aufgewacht ist, hat er etwas in der Art gemurmelt, dass er die Dinge besser organisieren wolle«, sagte Denser.

»Und das will er jetzt Sha-Kaan erklären?« Hirad schaute dem davoneilenden Magier hinterher.

»Ich denke schon.« Denser zuckte mit den Achseln.

»Das ist ein Fehler.« Hirad machte sich auf nach Wingspread. »Ein gewaltiger Fehler.«

Stylianns Schultern verrieten, dass er auf eine kompromisslos harte Auseinandersetzung mit dem hundertzwanzig Fuß langen Großen Kaan zusteuerte, der sich gerade innerlich auf die bevorstehende letzte Schlacht vorbereitete. Hirad wusste, dass Sha-Kaan mit dem Raben über ihre Aufgaben sprechen wollte. Davon abgesehen, wurde er gepflegt, damit er fliegen und kämpfen konnte. Alles andere war in diesem Augenblick zweitrangig.

Hirad eilte den anderen Rabenkriegern voraus und fing Styliann ab, bevor er Wingspread erreicht hatte.

»Styliann, ich glaube, Ihr solltet das Reden besser mir überlassen«, sagte er. Der Meister aus Xetesk zögerte nicht im Schritt und würdigte ihn kaum eines Blicks.

»Ah, Hirad, der Drachenmann. Es gibt sehr wichtige Dinge zu klären, und jetzt ist genau der richtige Augenblick. Ich glaube, ich kann mir Gehör verschaffen.«

»Styliann, Ihr begreift es nicht«, sagte Hirad.

Der Dunkle Magier blieb stehen, und er und seine Protektoren umringten Hirad. »Oh, ich glaube, ich begreife es sogar sehr gut. Und dieses einseitige Abkommen muss verändert werden.«

»Was?«, keuchte Hirad.

»Haltet ihn auf«, befahl Styliann mit wilden Augen. Er marschierte weiter, aber dieses Mal verstellten die Protektoren Hirad den Weg. Er wollte sie fortschieben, doch sie gaben nicht nach.

»Aus dem Weg«, sagte Hirad. Er wurde wütend.

Schweigen.

»Habt ihr es denn nicht verstanden? Wen beschützt ihr denn? Wenn ihr euch nicht in Bewegung setzt, dann werdet ihr niemanden mehr beschützen können, oder jedenfalls nicht Styliann, es sei denn, ihr wollt eine schmorende Leiche bewachen.« Wieder wollte er sich an ihnen vorbeischieben, doch einer stieß ihn unsanft zurück. Hirads Schwert war im Nu gezogen. Die Protektoren machten sich bereit.

»Hirad, nein.« Der scharfe Ruf des Unbekannten ließ Hirad innehalten. »Sie werden dich töten.« Er stand jetzt neben Hirad. »Ile, Rya, Cil. Er spricht die Wahrheit. Lasst ihn vorbei.«

Die Protektoren steckten die Waffen in die Scheiden und traten zur Seite. Hirad rannte zwischen ihnen durch, der Rabe folgte ihm, und er kam gerade rechtzeitig, um zu hören, wie Styliann mit Sha-Kaan zu sprechen begann.

Vestare bemühten sich um Sha-Kaans Kopf. Der alte Drache hatte die Augen geschlossen, sein Hals lag auf dem Boden, und seine hintere Körperhälfte badete im Fluss. Styliann stand eine Weile schweigend da, Septerns Texte an die Brust gepresst, als müsse er seinen ganzen Mut zusammennehmen, um das Wort zu ergreifen.

»Sha-Kaan«, sagte er. Er wurde ignoriert. »Großer Kaan, du musst mich anhören.«

Sha-Kaans Kopf bewegte sich, er öffnete die Augen. Mit seinem kühlen, blauen Blick musterte er Styliann und betrachtete gelassen den Raben, der herbeigerannt kam. Dann konzentrierte er sich wieder auf den Xeteskianer und schob den Unterkiefer ein wenig vor.

»Ich habe dir keine Audienz gewährt«, sagte Sha-Kaan leise und ohne besonderen Nachdruck. »Gehe jetzt.«

»Nein«, sagte Styliann. »Gewähre mir eine Audienz.«

Sha-Kaans Augen verengten sich, sein Kopf schoss vor und warf zwei Vestare von den Beinen. Seine Schnauze berührte Styliann beinahe. »Sprich nie wieder so zu mir«, grollte der Große Kaan. »Du bist nicht mein Drachenmann und wirst es niemals sein.«

»Ich wollte dich nicht beleidigen«, lenkte Styliann ein. »Aber die Zeit drängt, und …«

»Ich muss mich vorbereiten. Geh jetzt.«

»… und es besteht die Möglichkeit, dass der Spruch nicht gewirkt wird«, fuhr Styliann unbeeindruckt fort.

Sie blieben wie angewurzelt stehen. Sha-Kaan zog den Kopf abrupt zurück, blinzelte langsam und zog zischend den Atem in die riesigen Lungen. Hirad drehte sich um und warf Denser und Ilkar einen Blick zu. Die beiden zuckten die Achseln und wussten nichts weiter zu sagen, während Erienne die Stirn in tiefe Falten legte und lautlose Worte formte. Sha-Kaan wandte sich mit einem scharfen Gedanken an Hirad.

»Wie ist das möglich?«, fragte er.

»Großer Kaan, ich habe keine Ahnung. Es ist jedenfalls kein Problem, das von den Rabenmagiern aufgeworfen wurde«, sagte Hirad.

»Ich wusste bisher nur, dass ein bestimmter Spruch gewirkt werden müsse, dass es aber nicht sicher sei, wie es ausgehen werde.« Sha-Kaans Stimme war kalt und tonlos. Er war offenbar sehr zornig.

Styliann ergriff als Erster wieder das Wort.

»Dies trifft auch zu. Allerdings erwarte ich, von dir eine Zusicherung zu bekommen, dass du uns bei unserem gerechten Kampf weiterhin unterstützen wirst.« Es wurde merklich kühler. Sha-Kaan drehte den Kopf wieder zu Styliann herum.

»Eine Zusicherung«, sagte er.

Hirad bemerkte, dass die Vestare sich vom Hals und dem Kopf des Drachen zurückgezogen hatten. Er wandte sich an den Raben und murmelte: »Seht für alle Fälle zu, dass ihr genügend Raum habt. Das gilt auch für die Protektoren, Unbekannter.«

»Du glaubst doch nicht, dass …«, begann Denser.

Hirad schüttelte den Kopf. »Nein, aber man kann ja nie wissen … Lass mich mal versuchen, das in Ordnung zu bringen, ja?« Er trat entschlossen vor und baute sich neben Sha-Kaans Kopf auf, wandte sich jedoch an Styliann, der ein verkniffenes Gesicht machte.

»Ich glaube, es gibt hier ein Missverständnis, Großer

Kaan«, sagte er. Er spürte den Zorn des Drachen heiß in seinem Kopf.

»Wir wollen es hoffen.« In Sha-Kaans Antwort lag eine Drohung, die Styliann offenbar entging.

»Es gibt kein Missverständnis«, sagte Styliann, und das überhebliche Lächeln war wieder da.

»Styliann, ich muss Euch warnen. Lasst davon ab, es ist nicht der richtige Augenblick.« Hirad legte die Hand auf den Schwertgriff.

»Hmm.« Styliann hob einen Finger und legte sich seine nächsten Worte anscheinend genau zurecht. »Mir ist bewusst, dass wir wenig Zeit haben, also will ich es ganz deutlich ausdrücken.« Er sah Sha-Kaan in die Augen. »Ich denke, deine Ehre steht nicht zur Debatte.«

»Ich bin ein Kaan«, lautete die Antwort.

»Genau. Folgendes wird geschehen. Ihr, die Kaan, werdet mir helfen, mein Kolleg zurückzugewinnen. Ihr werdet mir auch helfen, einen Vertrag mit den Wesmen und den anderen Kollegien auszuhandeln. Wenn nicht, dann werde ich mich, so fürchte ich, außerstande sehen, beim Wirken des Spruchs zu helfen, der den Riss schließen soll. Dadurch kann der Spruch nicht mehr gewirkt werden.«

»Aber wenn du nicht hilfst, dann musst du sterben«, sagte Sha-Kaan.

»Ihr müsst dann alle sterben«, erwiderte Styliann. »Deshalb empfehle ich euch dringend, auf meine Bedingungen einzugehen. Entweder ihr akzeptiert, oder ich ziehe mich zurück.« Irrsinn flackerte in seinen unsteten, wilden Augen. Diesen Ausdruck hatte Hirad noch nicht bei ihm gesehen. Es war ein wahnsinniger Eifer, und Styliann glaubte offenbar wirklich, er werde bekommen, was er verlangte. Als ob der Große Kaan, ein hundertzwanzig Fuß langes Wesen von ungeheuren Kräften, sich einer so primitiven Erpressung beugen würde. Die Hände des Xeteskianers zitterten, und er leckte sich nervös über die Lippen, während er auf Sha-Kaans Antwort wartete.

Hirad konnte nicht in Worte kleiden, was in diesem Augenblick in ihm vorging. Das Schweigen des Raben sagte ihm, dass sie alle das Gleiche empfanden. Abscheu war ein viel zu schwaches Wort. Ekel kam der Sache näher, kratzte aber höchstens an der Oberfläche. Sha-Kaan dagegen war offenbar fähig, mehr zu tun, als voller Verachtung zu starren.

»Du kleiner Mensch willst alle Bewohner Balaias und meine ganze Brut opfern, wenn dir keine Hilfe bei deinen persönlichen Zielen zugesichert wird?«

»Ich würde es eher als gerechten Ausgleich für meine persönlichen Bemühungen ansehen, da ich dabei helfe, ganz Balaia vor dem sicheren Tod zu retten«, sagte Styliann. »Allerdings kann ich verstehen, wie du zu dieser Auffassung gelangt bist.«

»Aber wir verlangen nichts«, sagte Hirad. Wie von selbst kamen die Worte über seine Lippen. »Wir tun es einfach, weil es getan werden muss.«

Styliann zog die Augenbrauen hoch. »Dann habt Ihr offensichtlich nicht so gründlich darüber nachgedacht wie ich.«

»Styliann, überlegt Euch doch mal, was Ihr da sagt«, warf Denser von hinten ein. »Ihr könnt nicht einfach weggehen, das wisst Ihr genau.«

»Wirklich nicht, Denser? Ich habe bereits alles verloren.« Styliann drehte sich nicht um. »Ihr werdet schon sehen, was ich kann.«

»Aber Ihr werdet uns alle umbringen«, sagte Hirad.

»Dann überredet Euren Drachen, es nicht darauf ankommen zu lassen.«

Hirad hätte Styliann den selbstgefälligen Ausdruck am liebsten aus dem Gesicht geprügelt, aber er wusste, dass der Magier ihn töten konnte, bevor er ihn erreichte. Sha-Kaan stieß ein tiefes Grollen aus. Es rumpelte wie ein ferner Erdrutsch.

Styliann lächelte wieder. »Es scheint mir eine völlig klare, einfache Sache zu sein. Also sei doch bitte so höflich, meine Bitte positiv zu beantworten und mir dein Ehrenwort zu geben.«

»Meine Antwort«, sagte Sha-Kaan, »sieht so aus, wie du es erwarten kannst.«

Stylianns Lächeln wurde breiter. »Oh, ihr Götter«, keuchte Hirad. Er wusste nicht genau, was ihn trieb, aber er stürzte los, riss Styliann Septerns Texte aus den Armen, warf sich auf den Boden und rollte sich ab.

Zwei Flammenzungen fuhren aus Sha-Kaans Mund. Hirads letzte Wahrnehmung war, dass das Lächeln aus Stylianns Gesicht wich, als der Magier im letzten Moment seinen Tod kommen sah. Er wurde von den lodernden Flammen fortgeschleudert.

Dreißig Schritt entfernt landete er wieder auf dem Boden, der Rumpf war von den relativ unbeschädigten Beinen getrennt, Brust und Gesicht waren verschwunden.

»Unverschämter Mensch«, sagte Sha-Kaan.

Der Unbekannte half Hirad auf die Beine. Die Knie des Barbaren zitterten, beinahe wäre er vom Feuerstoß noch getroffen worden. Denser hatte sich eine Hand auf den Mund gelegt. Sein Gesicht war aschfahl, ihm war übel wie allen anderen. Den anderen Arm hatte er um Erienne gelegt, die kurzatmig keuchte. Hirad wandte sich an Ilkar. Der Elf sah ihn fassungslos an und schüttelte leicht den Kopf. Seine Ohren zuckten und liefen rot an.

»Ich hoffe, du kannst etwas damit anfangen«, sagte der

Barbar. Er drückte ihm die Schriften, Pergamente und Bücher in die Hand.

»Ich werde meine Vorbereitungen fortsetzen«, sagte Sha-Kaan. Aller Ärger war aus seiner Stimme gewichen. »Ich rechne umgehend mit einem neuen Lösungsvorschlag von eurer Seite.«

Ilkar wollte protestieren, doch Hirad brachte ihn mit einer raschen Geste zum Schweigen. »Nicht jetzt«, sagte er. »Kommt schon.« Er führte den Raben fort. Die drei Protektoren liefen hinüber und stellten sich neben Stylianns verkohlten Körper. Sie wechselten ratlose Blicke und sahen zum Unbekannten.

»Was wird mit ihnen?«, fragte Hirad.

»Ich weiß es wirklich nicht«, antwortete der Unbekannte. »Aber wir haben Dringenderes zu erledigen. Ilkar, Denser, Erienne, welche Möglichkeiten haben wir jetzt noch?«

Die anderen beiden drehten sich wortlos zu Ilkar um, der für alle antwortete.

»Nur eine einzige. Wir haben in der Bibliothek von Julatsa etwas über die Theorie gelesen, aber wir haben es verworfen, zumal dann Styliann gekommen ist, der so viel besser informiert schien. Gott sei Dank, dass du die da gerettet hast, Hirad.« Ilkar tippte auf die Texte.

»Dann könnt ihr also immer noch den Riss und den Korridor schließen?«, fragte der Unbekannte.

»Technisch gesehen, ja«, sagte Erienne.

»Es sieht folgendermaßen aus«, ergänzte Ilkar. »Wir haben jetzt nicht mehr genug Kraft, um den Spruch wie vorgesehen zu wirken. Und wir können den Spruch nicht mehr lange genug halten, um den interdimensionalen Raum ordentlich zu vernähen.«

»Was wollt ihr dann tun?«, fragte Hirad.

»Wir können einen Zusammenbruch auslösen«, sagte Ilkar.

»Sehr gut, also gibt es keine Probleme.« Hirad klatschte in die Hände, doch sein Optimismus verflog, als er Erienne den Kopf schütteln sah. »Was ist denn noch?«

»Wir wissen nicht, was ein solcher Zusammenbruch hier oder in Balaia oder irgendwo dazwischen auslöst. Durch den interdimensionalen Raum werden Erschütterungen laufen, und Septern hat sich zu den möglichen Risiken, die damit verbunden sind, sehr klar geäußert. Wir könnten eine Neuanordnung der Dimensionen erzwingen, wir könnten das Grundgewebe einer oder aller Dimensionen zerstören. Wir wissen es einfach nicht.« Erienne fuhr sich mit einer Hand durchs Haar.

»Aber wir haben doch sowieso keine Wahl, oder? Dafür hat Sha-Kaan gesorgt.«

»Nein, haben wir nicht«, stimmte Denser zu. »Da ist aber noch etwas. Wir müssen innerhalb des Risses sein, wenn wir ihn einstürzen lassen.«

Der Schock erfasste sie alle, obwohl sie weit entfernt waren. Für diejenigen, die Wache hielten, war es wie ein Tornado im Bewusstsein, der sich aus dem Unterbewussten erhob und durchs Bewusstsein tobte.

Für diejenigen, die ruhten, war es ein entsetzlicher Albtraum. Im Schlaf waren sie dem Gefühl hilflos ausgeliefert, und sie erwachten voller Angst. Zweihundert Lippenpaaren entwich ein Stöhnen.

Ein Wesmen-Krieger, der sie beobachtete, hätte die körperlichen Symptome gesehen, ohne jemals den Grund erraten zu können. Die Reihe, die Wache hielt, schwankte. Freie Hände wurden an Köpfe gehoben, Beine zitterten, Füße suchten einen Halt. Hinter ihnen standen die anderen fassungslos da, sahen sich um und konnten die Realität nicht glauben, die sie so brutal wahrgenommen hatten.

Der Schock war nach einigen Minuten überwunden, aber die Nachwirkungen hielten noch lange an.

Aeb wiegte den Kopf hin und her und versuchte, das Durcheinander aus seinen Gedanken zu vertreiben. Er konnte seine Brüder fühlen, er würde sie immer fühlen, aber er hatte die Verbindung zu ihrem Gebieter verloren.

Er ist tot. Wir haben versagt. Der Gedanke jagte durch die Köpfe der Protektoren, begleitet von einem starken Gefühl von Verlust und Ziellosigkeit.

Nein, wir haben nicht versagt. Aeb sandte seine Gedanken in das Durcheinander. *Wir erfüllen unseren Auftrag. Wir haben das Haus vor dem Feind geschützt.*

Doch während er es sagte, wurde ihm die Sinnlosigkeit ihrer Position klar. Sie bewachten das Haus, damit ihr Gebieter zurückkehren konnte. Jetzt war er tot. Eigentlich sollten sie sofort wieder nach Xetesk marschieren. Die Wesmen mussten nicht mehr bekämpft oder in Schach gehalten werden. Aber sie waren immer noch dort und würden die Protektoren gewiss daran hindern, sich zurückzuziehen.

Aeb spürte, wie sich Verwirrung im Seelenverband ausbreitete. Sie waren gefangen, doch sie hatten keinen Grund und keinen Antrieb mehr zum Kämpfen. Dennoch mussten sie kämpfen und auf Rettung hoffen, die nicht von ihrem Gebieter, sondern von anderswo kommen musste.

Sol. Wir können für Sol kämpfen, dachte einer.

Aeb reagierte sofort. *Unser Ziel ist zu überleben, bis wir nach Xetesk zurückkehren und uns einem anderen Gebieter zur Verfügung stellen können.* Er hielt inne, weil ihm bewusst wurde, dass der Fluss der anderen Gedanken ab-geebbt war. *Wir achten und verehren Sol. Er war unser Bruder. Er allein unter den Menschen versteht unsere Berufung. Aber ohne unseren Gebieter können wir nur für uns selbst kämpfen. Jeder von euch kämpfe für seine Brüder. Haltet dieses Ideal in eurer Seele fest, und wir werden triumphieren. Kehrt an eure Positionen zurück. Die Nacht ist noch nicht vorbei.*

Doch er machte sich Gedanken. Er wunderte sich über den Bruch der Verbindung, die ihr Gebieter für sie geschaffen hatte. Besaßen sie auch aus sich selbst heraus genug Glauben, um zu überleben oder sogar zu siegen? Die Morgendämmerung würde die Antwort bringen.

Schon eine Stunde bevor sie nahe genug für den Angriff waren, konnte Darrick die Lagefeuer der Wesmen rings um Septerns Haus sehen. Magier wurden als Späher vorausgeschickt, um die Stärke von Senedais äußerer Verteidigung abzuschätzen. Sie kehrten zurück und berichteten, dass es abgesehen von Patrouillen im Lager selbst, das die wenigen, erbitterten Verteidiger und das Haus völlig umringte, keine Abwehr gab.

Eine kurze Kommunion mit Izacks Streitkräften legte den Zeitpunkt für den Angriff fest. Eine halbe Stunde nachdem die Wesmen den Kampf mit den Protektoren wieder aufgenommen hatten, wollten sie angreifen. Darrick entschied, dass der Kampflärm die beste Deckung für einen überraschenden Schlag wäre. Er und Izack befehligten zusammen etwas mehr als sechstausend Kämpfer und Magier. Damit waren sie immer noch deutlich in der Unterzahl, wenn man berücksichtigte, dass auch Tessayas Stämme in der Nähe waren, aber es war kein offener Kampf auf dem Schlachtfeld, und Darrick, der Meister der vernichtenden Taktiken gegen die Wesmen, war sicher, dass er letztlich doch im Vorteil war.

Darrick konnte immer noch nicht richtig glauben, dass sein Plan bis jetzt funktioniert hatte. Unter strengstem Schweigen – sogar die Waffen und die Rüstungen waren festgezurrt, damit es keinen unnötigen Lärm gab – hatten sich die unverletzten Kämpfer der verbliebenen Regimenter aus dem Lager abgesetzt. Sie waren drei Meilen nach Norden gegangen, dann nach Osten abgebogen und über hügeliges Gelände zum Haus marschiert.

Unter dem sicheren Blick von Elfenspähern und Magiern konnten sie sich vor feindlichen Augen verbergen, und ihre genaue Kenntnis des Landes erlaubte es ihnen, auch in der Nacht eine hohe Geschwindigkeit vorzulegen. Sie hielten jede Stunde nur einmal für fünf Minuten an.

Schließlich machten sie eine Marschstunde vor den Wesmen halt. Sie lagen jetzt in einem flachen Tal, das sie teilweise vor dem Wind schützte, aber nicht vor den wechselnden Schauern, die aus der niedrigen Wolkendecke fielen.

Darrick war persönlich zu allen Hundertschaften gegangen, hatte sich bei den Männern für die unglaublichen Anstrengungen bedankt und um eine weitere gebeten, sobald die Dämmerung kam.

Jetzt saß er abseits, war mit seinen Gedanken allein und streckte die Muskeln seiner Beine. Es war sinnlos, noch zu schlafen, da die Dämmerung so nahe war, aber trotzdem musste er sich ausruhen, weil es sicher ein langer Tag werden würde.

Erst jetzt wurde Darrick bewusst, welch großes Risiko er eingegangen war. Er wusste, dass nun der Tag begann, an dem der Mittagsschatten über Parve die ganze Stadt bedecken würde, wenn die Berechnungen richtig waren. Es war der Augenblick, in dem die Kaan nicht mehr zahlreich genug waren, um den Durchgang zu schützen, sodass feindliche Drachen durchbrechen und Balaia angreifen konnten. Er hatte keine Ahnung, wann oder ob überhaupt der Rabe auftauchen würde. Wenn er nicht kam, dann spielte es vermutlich auch keine Rolle mehr, weil das bedeutete, dass der Riss über Parve nicht geschlossen werden konnte. Dann würden sie früher oder später sowieso alle in den Flammen sterben.

Wenn er aber kam, welchen Unterschied machte es dann, ob Septerns Riss von den Leuten aus dem Osten geschlossen werden konnte? Der Rabe bestand nur aus wenigen Kriegern, und so gut sie auch waren, wenn die Schlacht, die nun beginnen sollte, nicht zu Gunsten des Ostens verlief, dann hätte der Rabe am Ende Balaia doch nur gerettet, damit die Wesmen es beherrschen konnten.

Irgendwie hatte er es schon immer gewusst. Es ging nicht nur darum, die Wesmen davon abzuhalten, den Riss zu erobern, und daran zu hindern, den Raben zu besiegen. Nein, es war ein Kampf um ganz Balaia. Er wusste ganz genau, warum er mit niemandem darüber gesprochen hatte. Irgendwie hatte er es bis jetzt selbst nicht richtig glauben können. Als ihnen von Tessayas Armee der Weg versperrt gewesen war, hatte er vermeiden wollen, dass seine Männer in Verzweiflung gerieten. Sie hatten sich zunächst darauf konzentrieren müssen, die Blockade zu durchbrechen, und konnten noch nicht wissen, wie wichtig es werden würde, mit einem Teil der Armee bis zu Septerns Haus vorzustoßen.

Jetzt waren sie aber hier, und sie sollten die Wahrheit erfahren. Ja, sie mussten es wissen. Wenn sie trotz der ungünstigen Zahlenverhältnisse kämpfen sollten, dann mussten sie genau wissen, was auf dem Spiel stand. Und Izack musste seinen Leuten die gleiche Botschaft übermitteln.

Er stand auf, um einen Magier zu suchen.

Sha-Kaans Augen blitzten. Er wandte den Kopf von Hirad ab, der besorgt den hinter ihm versammelten Raben betrachtete.

»Findet eine andere Lösung«, sagte der Drache tonlos. »Was ihr vorschlagt, wird nicht geschehen.«

»Großer Kaan, es gibt keine andere Lösung. Wir haben keine Zeit mehr. Es gibt nicht genug Spielraum, um weiter zu forschen. Der Riss muss jetzt geschlossen werden, sonst ist er nach deinen eigenen Worten zu groß, um verteidigt zu werden.«

Die Morgendämmerung begann, doch die Feuer verbreiteten weiter ihr vom Dunst gedämpftes Licht. Es wurde langsam warm.

»Kein Mensch wird jemals auf einem Kaan reiten. Das wäre eine Unterwerfung. Es ist verboten.«

»Es ist keine Unterwerfung, es ist notwendig«, flehte Ilkar.

Sha-Kaans Kopf kam wieder herum, von den riesigen Zähnen tropfte der Brennstoff. »Ich erinnere mich nicht, dich zum Sprechen aufgefordert zu haben, Elf.«

Hirad holte tief Luft. »Sha-Kaan, ich bin dein Drachenmann. Darf ich frei sprechen?«

»Das ist dein Recht«, sagte Sha-Kaan.

»Gut.« Hirad baute sich vor Sha-Kaan auf und blickte ihm in die Augen. »Ich verstehe deine Gefühle, was diese Situation angeht, aber es ist unsere einzige Chance. Ich weiß, dass es nicht deine Absicht war, aber als du Styliann getötet hast, hast du einen großen Teil unserer magischen

Stärke beseitigt. Es ist nun einmal so, du hast diese Situation heraufbeschworen.

Aber wie dem auch sei, glaubst du wirklich, wir *wollen* auf einem Drachen sitzen und mitten in einer Schlacht herumfliegen, um einen Spruch zu wirken? Ich war bisher noch nie höher in der Luft, als ich springen kann. Bei den stürzenden Göttern, Sha-Kaan, ich kann mir nichts Schlimmeres vorstellen als zu fliegen. Magier tun es manchmal aus eigener Kraft, aber nicht wir Krieger. Und glaube mir, keiner von uns will das Fliegen auf diese Weise erleben.«

Sha-Kaan sah ihn ernst an. »Und das soll mich überzeugen, eurer Bitte nachzukommen.«

»Ich will dir damit nur deutlich machen, dass dies keiner von uns wollte. Du nicht und der Rabe sicher auch nicht. Aber es ist die einzige Chance für deine Brut und für Balaia. Wir sind bereit, es zu versuchen. Bist du auch bereit?«

»Aber die Schande der Unterwerfung.« Er ließ den Kopf hängen.

»Zum Teufel mit der verdammten Schande!«, rief Hirad aufgebracht. »Wenn es nicht funktioniert, dann ist sowieso keiner mehr da, der die Schande fühlen kann. Und wenn es funktioniert, dann seid ihr stark genug, um jeder Brut, die euch schmäht, die Schande in den langen Hals zu stopfen. Was, zum Teufel, machst du dir da noch Sorgen?«

»Ich glaube, es ist ein historischer Moment«, meinte Denser, der beide Seiten beschwichtigen wollte.

»Endlich einmal ein weises Wort vom Dieb«, erwiderte Sha-Kaan. Denser lächelte etwas verkrampft.

»Ja, und wenn wir nicht zum Riss hinaufkommen, dann sind wir selbst Geschichte«, sagte Hirad. »Sha-Kaan?«

Der Große Drachen schloss die Augen und nahm den Kopf zurück. Sein Hals bildete das förmliche S. Eine Weile schwieg er, dann öffnete er die Augen und sprach.

»Kein Drache wird sich unterwerfen und einen Menschen auf sich reiten lassen. Es ist das Zeichen der absoluten Niederlage, denn es würde beweisen, dass der Drache der Diener der Menschen geworden ist. Die Kaan verstehen allerdings, dass ihr nicht von uns getragen werden wollt, um zu herrschen. Es geht um die Rettung unserer Völker, und aus diesem Grund allein willigen wir in diese Partnerschaft ein. Drei Drachen werden jeweils einen Menschen tragen. Diese Drachen werden Nos-Kaan, Hyn-Kaan und Sha-Kaan sein. Elu-Kaan wird in seinem Choul bleiben und die Brut regieren, falls ich nicht zurückkehre.« Er benutzte die Sprache Balaias, doch Hirad wusste, dass er die Botschaft zugleich gedanklich an alle Vestare und alle Kaan im Brutland übermittelte. Die tiefe Stille, die darauf folgte, bezeugte, wie gewaltig diese Entscheidung war.

»Großer Kaan, dein Vertrauen soll nicht enttäuscht werden. Der Rabe wird deine Brut vor der Vernichtung retten.« Hirad neigte den Kopf.

Er spürte, wie sich der Unbekannte hinter ihm entspannte. Lächelnd drehte er sich um.

»Na, bist du jetzt zufrieden, Unbekannter?«

»Natürlich.« Dann runzelte der große Krieger die Stirn. »Oder habe ich etwas übersehen?«

Hirad nickte. »Eine Kleinigkeit. Ich meine, wir wissen ja, dass die Magier dort hinaufmüssen, aber was glaubst du, wer sie festhält, wenn sie ihren Spruch wirken?«

Die Farbe wich aus dem Gesicht des Unbekannten, und Thraun, der hinter ihm stand, sperrte den Mund auf.

»Bei den Göttern im Himmel«, murmelte der Unbekannte, »ich habe mich schon gefragt, warum du dich selbst einbezogen hast, als es ums Fliegen ging. Gibt es denn keine andere Möglichkeit?«

Hirad schüttelte den Kopf. »Unbekannter, ich muss mich über dich wundern.« Er blinzelte Ilkar zu. »Und überhaupt, der Rabe kämpft nie getrennt. Das weißt du doch.«

Der Unbekannte räusperte sich. »Ich glaube, dann mache ich mich mal auf den Weg und suche ein paar Seile.«

Siebzehntes Kapitel

Darrick Truppe rückte vor, sobald die Späher mittels Kommunion berichteten, dass Senedai den Kampf gegen die Protektoren wieder aufgenommen hatte. Die Morgendämmerung warf ihr düsteres Licht auf Balaia und beleuchtete eine vom Regen durchweichte Ebene voller Felsen, Büsche und Unterholz.

Darrick ließ seine Männer hinter einer sanften Anhöhe halten. Sobald der Wind die Kriegsgesänge von vielen tausend Wesmen zu ihnen trug, sprang er auf einen Stein und bat um Aufmerksamkeit.

»Ihr wisst ja alle, warum wir hier sind, und ich muss Euch für Eure Entschlossenheit, Euren Glauben und Euren Mut danken. Seit wir zusammen am Ufer der Bucht von Gyernath gelandet sind, habt Ihr nicht nachgelassen.

Unser Ziel hat sich verändert. Erst war es Befreiung, dann war es Rache. Jetzt geht es um Verteidigung. Allerdings verteidigen wir nicht nur Septerns Haus, um die Wesmen abzuwehren und dem Raben und Styliann die Zeit zu geben, die sie brauchen. Es steht viel, viel mehr auf dem Spiel, und ich möchte, dass Ihr es alle versteht, bevor wir in den Kampf ziehen.«

Eine Bewegung lief durch seine kleine Armee, als würde der Wind über ein stilles Meer rauschen. Er hatte sie erreicht. Jetzt musste er sie mitreißen, damit sie bis zum Letzten um das Leben jedes Mannes, jeder Frau und jedes Kindes östlich der Kollegstädte kämpften.

»Betrachtet unsere Situation. Gyernath steht noch, aber es hat keine Reserven mehr. Blackthorne ist zerstört, Julatsa ebenfalls. Die übrigen Kollegien sind einer gewaltigen Bedrohung aus dem Westen ausgesetzt, und eine Wesmen-Armee steht bereit, gegen Korina zu marschieren, falls wir sie nicht aufhalten.

Korina verfügt nur über einen erbärmlichen Schutz. Die Stadt ist nicht durch Mauern gesichert. Baron Gresse hätte vielleicht einen Widerstand organisieren können, aber er ist bei unserer Kavallerie geblieben. Die anderen Barone verstecken sich auf ihren Burgen und verteidigen nur das, was ihnen gehört, und damit zersplittern sie unsere Verteidigung.

Wer ist noch übrig? Ihr. Ihr seid Balaias letzte Hoffnung, den Sieg zu erringen. Nichts außer Euch steht den Wesmen noch im Weg. Wenn Ihr an Euer Land und Euer Volk glaubt – an Eure Angehörigen und an all die anderen, die Ihr nie kennen lernen werdet –, dann werden wir siegen.

Die Wesmen sind uns zahlenmäßig überlegen, aber wir kämpfen mit ganzem Herzen. Wir haben das Feuer in uns, wir haben den Glauben. Wir kämpfen für unser Land und für die Menschen, die wir lieben.

Die Zukunft Balaias wird nicht vor den Toren von Korina entschieden und auch nicht vor den Mauern von Xetesk. Sie wird hier und heute an Septerns Haus entschieden.

Ich weiß, dass jeder von Euch seinen Teil dazu beitragen wird. Ich glaube an Euch. Glaubt Ihr an Euch selbst?«

Das Brüllen, das seine Frage beantwortete, machte Darricks Herz leicht. Er war froh, dass die Wesmen schon mit ihrem Angriff begonnen hatten.

Große Worte, dachte er, aber die Wahrheit würde mit Schwerthieben und Mana-Eruptionen verkündet werden.

Zeit zu glauben. Zeit zu kämpfen.

»Sol?«

Der Unbekannte fuhr herum, als jemand ihn bei seinem Namen rief. Es war Cil. Er, Ile und Rya standen am frischen Grabhügel, unter dem jetzt die Überreste von Stylianns verbranntem Körper lagen. Es hatte keine Andacht gegeben, nicht einmal irgendein besonderes Interesse, wenn man einmal von Denser absah, der sich aufgrund der Zugehörigkeit zum Kolleg von Xetesk verpflichtet fühlte, bei der Beerdigung seines ehemaligen Meisters anwesend zu sein.

Es gab keine große Zeremonie für Styliann in der Krypta von Xetesk. Niemand legte Trauergewänder an, es gab keinen Trauerzug und keine rituelle Bestattung. Kein Ehrengeleit. Nur ein primitives Grab in der weichen Erde, ein Stück vom Fluss entfernt unter einem Felsüberhang in einer fremden Dimension. Ausgehoben von Protektoren, die das Werkzeug der Vestare benutzten, und auf die gleiche Weise wieder zugeschüttet.

Der Unbekannte ging den dreien entgegen. Die von den Vestaren geflochtenen Seilrollen hatte er sich schon über die Schulter gelegt.

»Was gibt es, Cil?«, fragte er.

»Die Entscheidung ist gefallen. Wir werden nicht nach

Balaia zurückkehren. Wir werden hier bleiben und bei den Kaan leben.«

Der Unbekannte nickte. »Ich dachte mir, dass ihr euch so entscheidet. Ihr seid jetzt sicher, dass ihr eure Seelen noch fühlen könnt.«

»Falls die Einsamkeit zu groß werden sollte, können wir immer noch zurückkehren«, sagte Rya.

»Und die Masken?« Der Unbekannte berührte seine Wange; schmerzliche Erinnerungen meldeten sich ungerufen.

»Du bist derjenige, der es als Erster sehen soll«, sagte Cil. »Hier können uns die Dämonen nichts anhaben. Sie haben keine Macht in dieser Dimension. Hier sind wir frei.«

Ohne Zögern lösten die Protektoren die Bänder ihrer Masken, nahmen sie ab und hielten sie in den Händen.

Dem Unbekannten stockte unwillkürlich der Atem, doch ihre erstaunten Blicke sagten ihm alles, was er wissen musste. Zum ersten Mal seit Monaten, vielleicht seit Jahren, spürten sie die Luft im Gesicht. Sie atmeten tief durch, schüttelten die Köpfe und nahmen die Welt in sich auf, in der ihr Blick nicht mehr durch die schmalen Augenschlitze der Maske behindert wurde.

Rya, Ile und Cil waren junge Männer, keiner von ihnen war älter als fünfundzwanzig. Ihre Gesichter waren bleich, abgesehen von den kleinen Bereichen um Augen und Mund. Sie hatten rote Schwellungen und Narben von Entzündungen, die zwar von xeteskianischen Heilern behandelt wurden, die aber unter den Masken niemals ganz abheilen konnten. Jetzt konnte die Haut sich endlich regenerieren, und Cils junges, hübsches Gesicht mit den markanten Zügen und den dunkelgrünen Augen bot einen Anblick, auf den die Frauen in Balaia sicher nur ungern verzichteten. Der Unbekannte lächelte in sich hinein. Immerhin einer weniger, der mit ihm nach seiner Rückkehr konkurrieren konnte.

Keine Worte waren nötig, um die Gefühle auszudrücken. Ihre Augen sagten mehr als der längste Text in der Bibliothek von Xetesk. Der Unbekannte, Sol, ging zu den Männern, die frei waren, solange sie in der Dimension der Drachen blieben, und umarmte sie nacheinander. Er sah Cil tief in die Augen und fand die Hoffnung aller Protektoren, die sich dort spiegelte.

»Eines Tages werden wir alle frei sein, und ihr könnt ohne Masken, wie ihr jetzt seid, zurückkehren. Unsere Bruderschaft wird nie vergessen werden, und auch wenn wir eines Tages wieder unsere Seelen besitzen, werden wir nie getrennt sein. Glaubt mir, ich kann euch immer noch fühlen.«

Cil nickte. »Du solltest jetzt gehen. Wir schließen uns den Vestaren der zweiten Verteidigungswelle am Boden an.«

»Viel Glück«, sagte der Unbekannte.

»Viel Glück auch dem Raben.«

Der Unbekannte trabte zu den Rabenkriegern zurück, die sich bereits mit den Drachen besprachen, die sie in den Riss tragen sollten. Jeder stand im Schatten eines gewaltigen Körpers und schaute am Hals entlang zum Kopf, der hoch und stolz gehalten wurde. Ilkar und Hirad sollten am Ansatz von Sha-Kaans Hals sitzen, der Krieger hinten, um den Magier festzuhalten, wenn dieser sich ganz und gar auf den Spruch konzentrieren musste. Der Unbekannte und Denser sollten auf Nos-Kaan reiten, und Erienne und Thraun auf Hyn-Kaan.

»Bereit?«, fragte Hirad.

»Ja«, antwortete der Unbekannte. Er schaute noch einmal zu den nun freien Protektoren zurück. »In Balaia gibt es noch viel Arbeit. Lasst uns aufbrechen.«

Es hatte eine aufgeregte Diskussion darüber gegeben, wie man sich am besten auf einem Drachen festbinden konnte. Sha-Kaan und Jatha hatten sich eingeschaltet, und am Ende war eine relativ einfache Lösung herausgekommen. Jeder Rabenkrieger sollte sich ein Seil um die Hüfte knoten, damit Arme und Beine zum Greifen und zum Balancieren frei blieben. Das andere Ende des Seils wurde dann fest um den unteren Halsbereich des jeweiligen Drachen geschlungen.

Die Seile sollten sie nicht etwa festhalten, sondern einfach nur als Sicherung dienen, falls sie abstürzten. Der untere Bereich des Halses bewegte sich kaum und war trotzdem breit genug, dass man rittlings darauf sitzen konnte. Der riesige Körper dahinter bot einen Halt, wenn sie zurückrutschten, und falls der Drache in den Sturzflug übergehen sollte …

»… dann müssen wir uns einfach festhalten«, sagte Hirad. »Also gut, wir müssen uns darüber im Klaren sein, dass die Verständigung schwierig wird. Sha-Kaan übernimmt die Führung und hält die Drachen im Flug so dicht wie möglich zusammen. Wir bekommen so viel Schutz, wie sie am Riss entbehren können. Denser, ich glaube, du solltest beim Spruch die Führung übernehmen. Thraun, Unbekannter, ihr wisst, was ihr zu tun habt. Lasst eure Magier nicht fallen.«

»Was passiert, wenn wir gezwungen sind, die Formation aufzulösen?«, fragte Erienne.

»Ich werde es über Ilkar erfahren, wenn seine Konzentration beim Spruch gestört wird. Wir müssten dann noch einmal von vorn beginnen. Sha-Kaan weiß, wie er die Formation wieder zusammenbringen kann. Wir müssen einfach darauf vertrauen, dass sie einigermaßen defensiv fliegen. Was soll ich sonst noch sagen? Fallt nicht runter.«

Sie klopften sich gegenseitig auf den Rücken, gaben einander die Hände, Erienne und Denser küssten sich lange und innig, und schließlich konnten sich die drei Paare auf ihre jeweiligen Drachen verteilen. Einige Vestare passten die Seile an. Als sie auf die Drachen gestiegen waren, die flach auf dem Boden lagen, konnte Hirad spüren, wie die Kaan zornig wurden.

»Es ist höchst unbequem«, grollte Sha-Kaan.

»Allerdings«, sagte Hirad. »Und nicht nur für dich.« Er setzte sich hinter Ilkar zurecht, spürte die rauen Schuppen unter der Hose und spannte die Beine um den dicken Hals. Es war wie ein Ritt auf einem Bullen. »Ich werde wohl keine Kinder mehr zeugen können.«

»Ich verstehe nicht«, sagte Sha-Kaan.

»Schon gut«, antwortete Hirad. Ilkar sah sich kopfschüttelnd zu ihm um.

»Du bist unglaublich«, sagte er.

»Ich habe Angst, Ilks. Große Angst.«

Die Vestare banden die Seile unter den Hälsen zusammen. Vorsprünge der Knochen und Schuppen dienten ihnen als Verankerung. Hirad stellte fest, dass er sich bewegen konnte, aber das Seil war nicht so locker, dass es abrutschen konnte. Vor ihm wurde eine zweite Schlinge gelegt, die ihm etwas mehr Halt gab.

Als er jetzt rittlings auf Sha-Kaan saß, staunte er abermals über die gewaltige Kraft des Drachen. Der Atem vibrierte im Hals und füllte die Lungen, überall spannten und entspannten sich die Muskeln unter den Schuppen, Wellen liefen durch den ganzen Körper, und das Rumpeln und Gurgeln der riesigen Eingeweide lief durch seine Beine und seinen Rücken. Wenn Hirad sich umdrehte, sah er hinter sich Sha-Kaans Leib aufragen, der alles andere verdeckte. Er konnte nicht einmal den Schwanz sehen. Unter seinen Füßen entsprangen, ein Stück nach hinten versetzt, die Flügel. Sie zuckten erregt und klatschten leise gegen den Rumpf. Sha-Kaan war ein fliegender Berg, und er selbst war eine Ameise, die an den Berg gekettet war. Ein Gedanke, den Hirad lieber nicht weiter verfolgen wollte.

»Wessen Idee war das überhaupt?« Er blickte zum Unbekannten, der stumm und bleich auf seinen Drachen gebunden wurde. »He, Unbekannter!«, rief er.

»Nichts, was du sagen kannst, könnte dies hier besser machen«, rief der Krieger zurück.

»Ich freue mich schon darauf, in Balaia deine Hand zu schütteln«, sagte Hirad.

»Wie heißt es noch?«, antwortete der Unbekannte. Dann lächelte er einen Moment. »Wir sehen uns auf der anderen Seite.«

»Hirad Coldheart.«

»Ja, Großer Kaan.«

»Ist der Rabe bereit?«

Hirad holte tief Luft. »Ja, wir sind bereit.«

»Dann will ich dich mit dem Himmel bekannt machen.« Sha-Kaans ohrenbetäubendes Bellen hallte durch das friedliche Brutland. Überall auf den höheren Felsabsätzen erwiderten Vestare den Ruf, bevor sie sich in die Ebene aufmachten. Auch die anderen Drachen antworteten dem Großen Kaan. Schwärme der riesigen Geschöpfe schwangen sich in die Luft. Als Sha-Kaan aufstand, überschlug sich Hirads Magen förmlich. Der Drache spannte die Flügel mit einem Geräusch, als stürze Wasser über ein Ufer voller Kies. Hirad hielt Ilkars Schulter fest, der Magier tätschelte beruhigend seine Hand, und mit einem einzigen Schlag der Schwingen erhob Sha-Kaan sich in die Luft.

Die Barone Blackthorne und Gresse standen nebeneinander am vordersten Wachfeuer, als die Dämmerung über den Himmel zu kriechen begann. Die Wolken verzögerten die Morgendämmerung, doch sie konnten gerade eben erkennen, wie die Wesmen sich vor ihnen bewegten. Nachdem die Verletzten in ein Versteck tief in den Felsen im Nordwesten begleitet oder getragen worden waren, teilten Darricks Kavalleristen sich noch einmal auf, sattelten ihre Pferde und erweckten den Eindruck, viel stärker zu sein, als sie es tatsächlich waren.

»Hattet Ihr schon einmal das Gefühl, nicht mitspielen zu dürfen, Blackthorne?«, fragte Gresse. Er trank einen Schluck Kaffee, der den nasskalten Morgen erträglich machen sollte.

»Ich habe schon aufregendere Befehle bekommen«, stimmte Blackthorne zu, »aber ich denke, er hat Recht. Ich bin zu alt, um die ganze Nacht durchzumarschieren.«

»Was, glaubt Ihr, werden sie tun?«

»Die Wesmen?«

»Ja. Werden sie bleiben, wo sie sind, oder angreifen?«

Blackthorne kratzte sich am makellos getrimmten Bart. »Tja, es ist für sie zu spät, sich noch an der Schlacht bei Septerns Haus zu beteiligen. Ich an ihrer Stelle würde dafür sorgen, dass wir ein für alle Mal erledigt sind, bevor ich zu meinen Kollegen stoße. Erst danach würde ich aufbrechen.«

»Dann ist es also eine gute Idee, wenn wir jetzt schon die Pferde satteln«, sagte Gresse.

Blackthorne nickte. »Ich glaube allerdings nicht, dass sie uns lange jagen werden. Wir müssen gut sichtbar bleiben, damit sie uns immer vor Augen haben, aber außerhalb der Reichweite ihrer Pfeile.«

Die Wesmen hatten sich etwa hundertfünfzig Schritt entfernt zwischen den Felsen und dem Wald aufgestellt. Nicht mehr als dreihundert waren offen sichtbar, aber Blackthorne hatte keinen Zweifel, dass ihre Haupttruppe dicht hinter den anderen wartete. Hatte Darrick es geschafft? Er musste es annehmen. Bei den Wesmen hatte es bislang keinen Alarm gegeben, und keiner ihrer eigenen Leute war mit schrecklichen Neuigkeiten zurückgekehrt.

Als das Tageslicht stärker wurde, konnten sie die Illusion nicht mehr lange aufrechterhalten. Er war erleichtert, als er hörte, dass die Pferde gesattelt bereitstanden. Sein Herz schlug schneller. Dieser Morgen würde aufregend werden.

Baron Gresse hatte neben ihm mit seinen Handschuhen den Tau von einem Stein gewischt und sich mit einem frischen Kaffee darauf gesetzt. Die Packtaschen waren an den Sätteln verzurrt, die Schwerter waren gesäubert und steckten in den Scheiden. Die Schmiedeöfen, viele Waffen und hunderte Ellen Segeltuch mussten sie zurücklassen, aber das spielte keine Rolle. Ausrüstung konnte man ersetzen. Tapfere balaianische Kämpfer und Magier dagegen nicht.

»Bereit zum Wegrennen?«, fragte Blackthorne.

»Jederzeit.« Gresse stellte seinen Becher auf den Boden und zog sich einen Stiefel aus, um einen Stein herauszuschütteln.

»Gresse, ich werde nicht zögern, Euch sterben zu lassen«, sagte Blackthorne.

Gresse lachte. »In diesem Krieg steht jeder unter Spannung und Angst wie noch nie im Leben. Ich will ja nicht, dass Ihr Euch da übergangen fühlt.«

Ein Kavallerist räusperte sich.

»Ja, Hauptmann?«, sagte Blackthorne. Der Mann, geschützt von einem Helm mit Nasenschutz, schwerem Rock und Lederrüstung, verneigte sich leicht.

»Meine Lords, ich glaube, wir sollten bereit sein, uns zurückziehen.« Er deutete zum Hauptweg, der sich rasch mit Wesmen füllte. An der ganzen Front waren Rufe zu hören, die von Bestätigungen quittiert wurden. Es klang dringend, und die Aufregung war nicht zu verkennen, auch wenn die Sprache fremd war.

Die Kavallerie patrouillierte noch, wie sie es die ganze Nacht zuvor getan hatte. Sie tauchte hinter den Zelten auf, verschwand wieder und gab sich große Mühe, alle halbe Stunde möglichst auffällig die Wachfeuer zu umrunden und mit lauten Rufen zu berichten, dass alles in Ordnung sei.

»Gresse, zieht Euren Stiefel wieder an«, sagte Blackthorne.

»Ich habe Probleme mit den Schnürsenkeln, alter Freund«, lautete die Antwort.

»Gresse, Eure Stiefel haben keine Schnürsenkel. Zieht sie an. Dieses Spiel nähert sich dem Ende.« Er blickte zu Gresse, der sich die Gegner anschaute, den Fuß in den Stiefel rammte und aufstand. Sein Kaffee war vergessen.

Die Wesmen rückten vor.

»Kavallerie!«, rief der Hauptmann. »Bereit zum Rückzug, marsch. Langsam!«

»Ich habe eine Idee«, sagte Blackthorne, als sie sich langsam entfernten, während die Wesmen vorsichtig an Boden gewannen. »Lasst uns aufsitzen und auf Abstand gehen. Dann errichten wir einen harten Schild und halten an. Ich würde gern mit dem Befehlshaber reden.«

»Bei allen Göttern, wozu?«, fragte Gresse.

»Vertraut mir einfach, ja?«

Gresse zuckte mit den Achseln. Der Hauptmann der Kavallerie gab neue Befehle.

Hirads Magen war vollständig geleert, als Sha-Kaan den Steigflug beendete und direkt den Riss ansteuerte. Sie waren schnell und würden in höchstens einer Stunde dort ankommen. Nos und Hyn-Kaan folgten dicht hinter ihnen, und die Hauptstreitmacht der Drachen kreiste um den Riss oder flog voraus.

Das Brüllen des Fahrtwindes, der an seinem Kopf vorbeiwehte, ließ ihn fast ohnmächtig werden. Er brauchte lange, bis er die Augen wenigstens einen Spalt weit öffnen konnte. Der Boden war unglaublich tief unter ihm. Es war ein Gewirr von wechselnden Farben und Formen, das nicht geeignet war, seine Übelkeit zu beheben, und dazu kamen noch Sha-Kaans verwirrende Kehren und Wenden, während er sich orientierte, bis Hirad keine Ahnung mehr hatte, woher sie gekommen waren. Der einzige Orientierungspunkt war der Riss vor ihnen, aber auch er wurde von Wolken verdeckt, die Sha-Kaan größere Sorgen machten als alles andere.

Er spürte einen wärmenden Impuls. Sha-Kaan war da, er beruhigte ihn und dämpfte seinen Herzschlag.

»Ruhig, Hirad Coldheart. Ich werde dich nicht fallen lassen.«

»Schöner Trost«, murmelte Hirad. Zuerst war er amüsiert, dann wurde er wieder ernst.

»Die Wolken werden unsere Feinde verbergen. Wir müssen vorsichtig sein.«

Vor Hirad drehte sich Ilkar herum. Er strahlte, offenbar genoss er den Flug. Aber er konnte natürlich Schattenschwingen aktivieren, ehe er unten aufschlug.

»Wie geht's dir, Hirad?«, rief er, indem er sich so weit wie möglich zurückbeugte. Hirad schüttelte nur den Kopf und packte das Seil, das die Vestare um Sha-Kaans Hals gelegt hatten, etwas fester. »Du machst dich ganz gut.«

»So fühlt es sich aber nicht an«, rief er zurück. Er riskierte einen Blick hinter sich und sah die anderen beiden Drachen ganz in der Nähe fliegen. Denser winkte, der Unbekannte sah ihn nicht. Er hatte den Kopf eingezogen und das Seil genauso fest gepackt wie Hirad.

Als er wieder nach vorn blickte, bemerkte er, dass sich die Flugbahnen der Drachen vor dem Riss verändert hatten. Rufe waren in der Ferne zu hören, und die Kaan formierten sich jeweils zu dritt und schossen davon. Er sah in die Richtung, in die sie flogen, und zuckte zusammen. Der Himmel war voller kleiner Punkte. Es mussten hunderte sein, die ihnen entgegenkamen und rasch zu feindlichen Drachen heranwuchsen. Sha-Kaan brüllte und beschleunigte. Der Laut fuhr durch seinen ganzen Körper und ließ Hirads Knochen klappern.

»Halte dich fest, Hirad Coldheart. Es wird bald beginnen.«

Sha-Kaan pflügte durch die Luft, das Donnern seiner Flügel dröhnte Hirad in den Ohren. Seine Beine schmerzten, weil er sich an Sha-Kaans breitem, rauem Hals festklammern musste, und seine Hände waren trotz der Handschuhe klamm. Er hielt sich am Seil fest wie ein Ertrinkender und konnte nur hoffen, dass er seine Finger lösen und Ilkar sichern konnte, wenn der Augenblick gekommen war.

Der Zusammenhalt war verloren. Die Botschaften flogen wie am Vortag zwischen ihnen hin und her, doch irgendwie wurden die Gedanken nicht augenblicklich in Aktionen umgesetzt, wie sie es gewohnt waren. Sie hatten Opfer zu beklagen.

Eine halbe Stunde nach der Morgendämmerung hatte Aeb schon doppelt so viele Brüder fallen sehen wie am ganzen vergangenen Tag. Er selbst hatte einen tiefen Schnitt an einem Arm davongetragen, sodass seine Axt kaum mehr war als ein Knüppel, den er zur Verteidigung heben konnte, während sein Schwertarm doppelte Arbeit leisten musste, nur damit er am Leben blieb.

Die Wesmen konnten es spüren. Sie drangen ringsum auf die Protektoren ein, und die ersten Lücken taten sich auf, als die Reserve einschritt, um den Platz der Toten und Verletzten einzunehmen und selbst verletzt wurde.

Denken und handeln. Lasst es geschehen. Aeb sandte dringende Gedanken an seine Brüder, doch sie mussten sich der Wahrheit stellen. Ohne einen Gebieter, der sie zu einem einzigen Wesen vereinte, verfügten sie nicht mehr über jene einzigartige Geschlossenheit, der sie ihre Ehrfurcht gebietende Kampfkraft und ihren legendären Ruf verdankten. Die Wesmen starben immer noch im Verhältnis von fünf zu eins, aber bei diesem Tempo konnten sie sich bis zum Nachmittag den Zugang zum Haus erkämpfen.

Als im Lager der Wesmen die ersten Feuer entfacht wurden, ging Aeb ein Gedanke durch den Kopf, der ihm bisher völlig fremd gewesen war. Niederlage.

Darricks Magier begannen mit einem heftigen Angriff auf die Reserven der Wesmen. Gleichzeitig führte auch Izack seinen ersten Schlag. Die Balaianer rannten durch die brennenden Wagen, Zelte und Holzbarrikaden. Durch Magie und Schwert starben die Wesmen, noch ehe sie richtig verstanden hatten, was sie getroffen hatte. Feuerkugeln flogen über Darricks Kopf, Heißer Regen fiel zischend und in Strömen vom feuchten Himmel, Todeshagel fuhr brüllend in die feindlichen Reihen und schlitzte mit rasiermesserscharfen Kanten das Fleisch von tausend Wesmen bis auf die Knochen auf.

»Kompanien, verteilt euch!«, befahl Darrick. Die Hauptleute gaben den Befehl durch die Reihen weiter. Wie sie es geübt hatten, teilte sich die Streitmacht auf und griff im Halbkreis die verblüfften Bewohner des Lagers an. Der General führte seine dezimierte doppelte Kompanie gegen die eilig gebildete Verteidigungslinie, hackte sich einen Weg durch die Unbewaffneten und kämpfte gegen diejenigen, die sich etwas schneller bewaffnet hatten. Gegenüber, auf der anderen Seite des Schlachtfeldes hinter dem Haus, bewiesen zahlreiche Detonationen, dass Izack die Stellungen der Wesmen unter Beschuss nahm. Darrick zog seine Klinge in Hüfthöhe herum und schnitt einem Mann den Bauch bis zur Wirbelsäule auf. Sein Opfer fiel, viel zu schockiert, um noch zu schreien.

»Durchbrecht diese Linie hier, los!«, rief er. Ringsum setzten seine Männer nach und kämpften verbissener als je zuvor in ihrem Leben. Blut spritzte, beißender Rauch stieg von brennendem Stoff, von Holz und von Fleisch auf, die Verwundeten brüllten, die Angreifer heulten, und die hektischen Rufe der Verteidiger drangen ihm in die Ohren.

Er jubelte, wehrte einen gut gezielten Axthieb vor seiner Brust ab und trieb dem Mann das Schwert mitten durchs Herz. Der Gegner ging zu Boden. Darrick beförderte die Leiche mit einem Tritt zur Seite. Vor sich sah er jetzt schon die Linien, die die Protektoren angriffen. Und wenn es das Letzte war, das er im Leben sehen sollte, er musste sie erreichen.

Senedai fuhr verblüfft herum und starrte hinter sich, wo sein Zelt in Flammen aufging. Seine zweite Linie war plötzlich in einen Kampf mit einem Feind verwickelt, der eigentlich tot auf einem weit entfernten Schlachtfeld liegen sollte. Verunsichert rief er einen Hauptmann zu sich.

»Was, bei den Geistern, ist hier los?«

»Mein Lord, die Truppen aus dem Osten haben einen Überraschungsangriff begonnen. Sie sind an zwei Fronten aufmarschiert.«

»Das kann ich selbst sehen«, fauchte Senedai. Er packte den Hauptmann an der Fellkleidung. »Sage mir nur, dass wir sie aufhalten können. Ich muss das Haus eingenommen haben, bevor die Sonne den höchsten Punkt erreicht.«

»Wir werden sie aufhalten …«

Es gab eine weitere Serie von Explosionen, dieses Mal auf der anderen Seite des Hauses.

»Was ist hier los?«, brüllte Senedai zum Himmel hinauf. Er wandte sich wieder an den Hauptmann. »Wenn einer dieser Hunde über das Gras gelaufen kommt, um mich anzugreifen, dann werde ich dir persönlich das Herz herausreißen und es fressen. Halte sie auf.« Er riss die Axt vom Gürtel und drängte sich durch seine Frontlinie nach vorn.

»Kämpft, ihr Hunde, kämpft! Ich werde keinen Fehlschlag dulden!«

Mit zitternden Händen hob er die Axt und schlug zu. Das Schwert des Gegners blockte seinen Schlag mühelos ab. Aus dem Nichts wurde eine Axt in seine Richtung geschwungen. Er sprang zurück, das scharfe Metall zischte knapp an seiner Nase vorbei. Das Schwert kam herunter, doch dieses Mal war er bereit. Er parierte den Schlag mit der Axt und stieß die scharfe Spitze des Axtstiels vor. Er spürte, wie sie ins Fleisch des Gegners eindrang.

Der Maskierte wich einen Schritt zurück, und die Spitze löste sich wieder. Blut quoll aus der Wunde. Senedai lächelte und holte mit der Klinge aus, um den Gegner zu erledigen, doch auf einmal fühlte er eine schreckliche Hitze in seiner Seite. Das Schwert des Mannes hatte ihn unterhalb des Brustkorbs getroffen. Er hatte es nicht einmal kommen sehen; er hatte es nicht für möglich gehalten, dass der Mann zurückschlug, obwohl er verletzt war. Und jetzt war er selbst derjenige, der sterben musste.

Lord Senedais Axt fiel aus seinen gefühllosen Fingern, und während er zu Boden ging, hörte er die Männer triumphierend und voller Begeisterung einen einzigen Namen brüllen.

Tessaya.

Sie hätten schon vor Tagen weglaufen sollen, doch sie waren auch Wissenschaftler, und ihre Neugierde hielt sie an Ort und Stelle fest. Es war seit Tagen nicht mehr nötig, den Schatten zu messen, aber sie hatten es trotzdem getan und sein Wachstum über der Stadt markiert. Sie hatten es für die Augen derer, die nach ihnen kommen mochten, festgehalten und hofften, ihre Schriften würden sie überleben.

Jayash blickte zur grässlichen schwarzbraunen Masse hinauf, die den Himmel bedeckte und Parve in ständigem Zwielicht hielt. Wolken stießen an ihre Ränder und schickten einen Regen herunter, wie er ihn noch niemals gesehen oder gefühlt hatte. Im Riss selbst zuckten und flackerten Blitze. In der Ferne fuhr ein Blitzschlag in die Erde und erschütterte den Boden. Dies geschah jetzt immer häufiger.

Es spielte keine Rolle mehr. Heute war der Tag, an dem alles enden sollte. Heute würde der Mittagsschatten Parve

vollständig bedecken. Es war klar, dass der Rabe gescheitert war. Es würde keine Hilfe kommen, und der Riss würde fortfahren, den Himmel zu fressen.

So standen sie auf dem Hauptplatz und schauten zum
Riss hinauf, der über ihnen hing. Der Schatten breitete
sich aus, die Mittagsstunde nahte. Sie warteten geduldig.
Sie konnten sonst ohnehin nichts tun. Außer sterben.

Sie warteten auf die Drachen.

Achtzehntes Kapitel

Hirad spürte, wie Sha-Kaans Muskeln sich spannten, als sie sich der Schlacht näherten. Der Große Kaan wollte kämpfen, doch er durfte nicht. Nos und Hyn hatten aufgeschlossen, und jetzt flogen sie zu dritt nebeneinander in die Kampfzone, die sich mehr als tausend Schritt weit nach allen Seiten erstreckte.

Dies gab dem Kampf eine schreckliche Note. Der Tod konnte aus jeder Richtung kommen.

Ilkar erklärte Hirad, dass die Magier etwa zweihundert Sekunden ungestörter Konzentration benötigten, um den Spruch vorzubereiten, der, sobald er gesprochen war, direkt vor der Oberfläche des Risses aktiviert werden musste. Danach musste das Innere des Korridors aufgeladen werden, damit der Spruch über die ganze Entfernung bis Balaia den Zusammenbruch auslösen konnte. Die Rabenmagier hatten sich eine Methode überlegt, um den Zusammenbruch zu kontrollieren, aber das war ein weiteres Risiko zusätzlich zu allen anderen, die sie bisher schon eingegangen waren. Hirad fragte sich, ob das überhaupt noch einen Unterschied machte.

Unter sich sah Hirad zwei Drachen im Nahkampf. Sie deckten einander mit Feuer ein, während sie versuchten, sich zu beißen und die Flügel zu zerfetzen. Ohne auf irgendetwas anderes zu achten, stürzten sie vom Himmel und wurden rasch kleiner, bis weit unten einer den tödlichen Griff fand und zupackte und wieder nach oben kam. Es war ein Kaan, der weiter abstürzte.

»Hirad!«, rief Ilkar. »Wir beginnen mit dem Spruch. Halte mich aufrecht.«

Hirad gab die Nachricht an Sha-Kaan weiter. Er musste es nur klar genug denken, damit der Drache den Gedanken auffing und an die anderen Drachen weitergab. Der Barbar löste die Finger vom Seil, an dem er sich verzweifelt festgeklammert hatte, und umfasste Ilkars Hüfte. So hatte der Magier die Arme frei und konnte seinen Spruch wirken. Ilkar durfte nicht zur Seite rutschen, denn das konnte seine Konzentration stören. Er legte seine Schenkel noch fester um Sha-Kaans Hals und spürte, wie die Schuppen seine Beine wund rieben. Er musste sich so ruhig wie möglich halten.

Ilkar fuhr hoch, dann entspannte er sich wieder und ließ sich etwas zurücksinken, während er gemeinsam mit Denser und Erienne den Spruch vorbereitete. Hirad beugte sich etwas vor und drehte den Kopf hin und her, um den Himmel nach möglichen Angreifern abzusuchen.

Wie er da auf dem größten Tier ritt, das er jemals gesehen hatte, so hoch in der Luft, dass es ihm den Atem raubte, fühlte Hirad sich verletzlich wie noch nie in seinem Leben. Das Schwert steckte nutzlos in der festgeschnürten Scheide, und er hatte das Gefühl, jederzeit mit einem Angriff aus jeder Richtung rechnen zu müssen.

Der Himmel war voller Drachen. Sha, Nos und Hyn rasten zum Riss, die auf ihnen sitzenden Magier bildeten die Mana-Gestalt für den Spruch, der die Kaan retten sollte. Der Riss selbst, von Wolken begrenzt und riesig, dominierte den Himmel. Lichter flackerten und zuckten in der braunen Masse, die mit beängstigender Geschwindigkeit das Blau verzehrte.

Vor der riesigen Fläche rasten die Kaan verzweifelt hin und her, vorne patrouillierten weitere Trupps und versuchten, mögliche Angreifer abzuwehren, bevor sie dem Riss nahe kamen.

Ohne Vorwarnung bog Sha-Kaan scharf ab und setzte zu einem steilen Steigflug an. Er bellte laut. Gleichzeitig zog über ihnen ein Schatten vorbei, und ein Kaan raste durch Hirads Gesichtsfeld. Er öffnete die Kiefer und stieß eine Feuerlanze aus. Hirad konnte das Ziel zuerst nicht sehen, doch dann tauchte auch der feindliche Drache auf, seiner Ansicht nach ein Naik. Der Naik wich dem Feuerstoß aus und ging in Spiralen in den Sturzflug über. Der Kaan jagte ihn.

»Einfach wird das nicht«, rief Ilkar. Das abrupte Manöver hatte seine Konzentration gestört.

»Wir versuchen es noch einmal«, sagte Hirad. Er presste die Stirn an Ilkars Hinterkopf, um die Verständigung zu erleichtern.

Die drei Drachen formierten sich neu und hielten wieder auf den Riss zu. Sobald sie ihn erreicht hatten, wollten sie am Rand kreisen, bis der Spruch gewirkt war. All das war freilich leichter gesagt als getan.

Hirads Angst verflog und wich einer morbiden Faszination, einer nagenden Furcht und dem Staunen darüber, in welcher Situation er und der Rabe sich auf einmal befanden. Sha-Kaan schätzte, dass mehr als siebenhundert Drachen am Kampf beteiligt waren. Die Kaan waren zwar gegenüber den Feinden in der Unterzahl, doch sie waren hervorragend organisiert. Die Naik, die Gost und die Stara waren gegen sie angetreten und kämpften jeder für sich, aber nur gegen die Kaan und nicht gegeneinander.

Sha-Kaan schoss durch eine Wolkenbank, und wieder lag der Riss vor ihnen. Ilkar spannte und entspannte sich. Hirad klammerte sich an ihn und betete.

Näher am Riss herrschte ein ungeheurer Lärm. Abgesehen vom Rauschen der Luft hörte Hirad überall Drachen schreien. Flügel flatterten, Flammen zischten hier und dort, Kiefer schnappten, und Krallen rissen Fleisch und Schuppen auf. All das war so laut und eindringlich, dass der Eindruck entstand, es spiele sich in unmittelbarer Nähe ab.

Hunderte Drachen kämpften und prallten mit ungeheurer Wucht gegeneinander, dass es laut knallte. Sie flogen mit unglaublicher Geschwindigkeit und schafften es doch, einander auszuweichen und sich mit Feuerstößen einzudecken und Haken in der Luft zu schlagen. Sie waren gewaltige lebendige Kampfmaschinen mit der Anmut von Tänzern, und der Himmel war ihr Reich.

Sechs Kaan donnerten an ihnen vorbei, so nahe, dass man sie fast berühren konnte. Ihre Macht und Größe ließen Hirad zusammenzucken. Sein gebannter Blick folgte ihnen, als sie sich auf ihre Ziele stürzten, vier Gost, die direkt zum Riss flogen. Aus zehn Mäulern schoss Feuer, und beide Formationen lösten sich auf, um den Flammen auszuweichen. Ein Gost wurde vom Feueratem der Kaan voll getroffen. Seine Schwingen glühten einen Moment, sein Kopf war eine Masse brennender Schuppen, dann stürzte er kreischend ab.

Die Kaan wendeten und formierten sich neu und jagten zwei der überlebenden Gost. Der letzte aber flog unbeirrt weiter, und Hirad begriff voller Panik, dass er direkt auf sie zuhielt.

Automatisch sandte er eine gedankliche Warnung, doch Sha-Kaans gelassene Antwort beruhigte ihn ein wenig. Der Gost kam näher, die riesigen, dunkelgrünen Flügel peitschten die Luft, er öffnete das Maul und fixierte seine Beute.

Und dann war er weg. Zwei kleinere Kaan hatten ihn von der Seite her angegriffen. Einer schlug ihm die Reißzähne in den Nacken, der zweite bohrte ihm die Krallen in den Leib. Die Kollisionen klangen wie Donnerschläge.

Sha-Kaan flog weiter, Ilkar hatte nichts bemerkt, und Hirad zitterte.

Tessaya hatte seine Gegner in der Falle. Die Kämpfer aus dem Osten hatten Senedais Kräfte im schwach verteidigten Rücken angegriffen und mit ihren Schwertern und ihrer Magie einen beträchtlichen Schaden angerichtet. Doch ihr verzweifelter Vorstoß, als sie zu den Abteilungen durchbrechen wollten, die das Haus angriffen, hatte sie übersehen lassen, was hinter ihnen geschah.

Der Herr der Paleon-Stämme war gezwungen gewesen, ihren ersten Schlag abzuwarten, bis er sicher sein konnte, wo sie standen. Jetzt rückte er rasch vor und schickte Kommandos zu den Flanken aus, um sie in die Zange zu nehmen. Den größten Angriff im Zentrum führte er selbst an.

Er sah, dass General Darrick rasch vorankam. Dieser mutige General aus dem Osten hatte in dieser Nacht eine Meisterleistung vollbracht, und Tessaya empfand nichts als Respekt für ihn und seine Führungsqualitäten. Das würde ihm natürlich nicht das Leben retten. Tessaya musste die feindlichen Kräfte rasch vernichten, bevor Darricks

Vorstoß das Selbstvertrauen von Senedais Männern untergraben konnte.

Er schnippte mit den Fingern und ließ seine Hornbläser antreten. Ein einzelner Hornstoß war das Signal, den Angriff fortzusetzen. Tessaya nahm die Streitaxt vom Gürtel und rannte an der Spitze seiner Stammesbrüder los, um die schwache rückwärtige Verteidigung der Männer aus dem Osten aufzureiben. Sein erster Schlag trennte einem Mann beinahe den Kopf ab, sein zweiter zerschmetterte einem anderen die Rippen und ließ das Herz zerplatzen, der dritte verpasste einem weiteren Gegner eine Schnittwunde am Oberschenkel, die bis zum Knochen reichte.

Die feindlichen Magier vor ihm waren auf ihre Sprüche konzentriert, vor magischen Angriffen mussten er sich also nicht fürchten. Er arbeitete sich weiter vor, wehrte einen Schwertstoß ab und treib die Axt in einen weiteren Schädel, der nicht gut genug gedeckt war. Er brüllte vor Freude, scharte seine Männer um sich und holte wieder aus.

Sha-Kaan musste noch einmal einem massiven Angriff der Naik ausweichen. Zu viele Kaan deckten sie, und es waren nicht mehr genug übrig, die den Riss gegen den entschlossenen Angriff verteidigen konnten. Hirad hatte Angst, und er wusste, dass es Ilkar nicht besser ging.

»Wir können nicht immer wieder unterbrechen«, rief Ilkar. »Wir verbrauchen unsere Energie. Sha-Kaan muss auf Kurs bleiben. Er muss uns mehr Zeit lassen.«

»Er tut, was er kann«, erwiderte Hirad heiser. Die Spucke wurde ihm aus dem Mund gerissen, als Sha-Kaan sich aufbäumte und wendete, um noch einmal den Riss anzusteuern.

Zum dritten Mal spannte und entspannte Ilkar sich. Hirad hielt ihn fest. Zum dritten Mal betete er.

Sha-Kaan schoss durch die sich zusammenziehenden Wolken und ignorierte den Kampf zwischen zwei Kaan und einem Stara. Schwingen, Krallen und Köpfe zuckten, die drei Drachen verbissen sich ineinander und stürzten, ohne es überhaupt richtig zu bemerken, wie ein Stein zu Boden.

Direkt vor dem Riss brach ein Dutzend Kaan aus den Patrouillenflügen aus und raste den Feinden entgegen. Sie stießen drängende Rufe aus und flogen, so schnell sie konnten. In der Ferne kamen mindestens fünfzehn Drachen, die sich als rostbraune Naik entpuppten, heran, und Hirad sah ihrer Formation an, dass es gefährlich wurde.

Sie spalteten sich in Trupps von jeweils fünf Drachen auf, die sich wie Pfeile angeordnet hatten. Eine Abteilung zog hoch, eine andere ging tiefer, und die dritte flog geradeaus weiter und zielte mitten ins Herz der verteidigenden Kaan, die es sich nicht erlauben konnten, ihre Kräfte aufzuteilen und drei feindliche Gruppen gleichzeitig zu bekämpfen.

Sie teilten sich in zwei Gruppen. Fünf flogen geradeaus und fünf nach oben, sodass die dritte Gruppe der Naik unbehelligt blieb. Unter lautem Brüllen trafen die feindlichen Abteilungen aufeinander. Überall loderte Feuer, Flügel schlugen, Krallen blitzten, und die mächtigen Körper prallten gegeneinander. Naik und Kaan stürzten ab, einer mit zerfetztem Flügel, ein anderer mit einer schrecklichen Wunde am Unterbauch. Andere folgten, Kiefer schnappten, die Schreie fuhren Hirad bis ins Mark, und der orangefarbene Nachglanz der Feurstöße stand noch lange in seinen Augen.

Die dritte Gruppe der Naik flog weiter. Zuerst war Hirad nicht sicher, aber dann wechselten sie den Kurs und hielten nicht mehr auf den Riss zu, sondern flogen einen Abfangkurs, der zu Sha, Nos und Hyn und ihren hilflosen Passagieren führen sollte.

Hirad sah sich um, ob irgendwelche Kaan eingreifen würden, aber überall herrschte Verwirrung. Der Himmel war voller hektisch manövrierender Drachen, das Gold der Kaan mischte sich zwischen das Rotbraun der Naik, das Dunkelgrün der Gost und das strahlende Weinrot der Stara. Er war sicher, dass niemand die heranstürmenden Naik gesehen hatte, und sandte Sha-Kaan eine dringende Botschaft. Die einzige Reaktion des Großen Kaan bestand darin, noch schneller zu fliegen.

»Dieses Mal muss es gelingen. Wir können sie nicht länger aufhalten.«

Wenn sie die Grenze des Risses erreichten, dann würden die übrigen Verteidiger die feindliche Brut bekämpfen, doch Hirad hatte bereits erkannt, dass sie die Naik nicht abschütteln konnten. Er sah sich nach links und rechts zu seinen Freunden um. Die Magier hatten die Arme gehoben und die Hände wie Schalen zusammengelegt. Ihre Augen waren geschlossen und die Köpfe zurückgeneigt, während sie die Mana-Gestalt aufbauten, mit der sie den Riss schließen und den Krieg am Himmel beenden wollten. Die Krieger, große und im Augenblick verängstigte Männer, hielten ihre Schutzbefohlenen fest, wie Hirad es tat – ebenso sehr, um sich selbst zu beruhigen, wie um die Magier in einer aufrechten Position zu halten.

Sie näherten sich dem Riss, und die Naik näherten sich ihnen. Er hörte sie kühn und siegesgewiss bellen und sah, wie sie ihre Formation ein wenig in die Breite zogen, um aus einem möglichst günstigen Winkel anzugreifen. In ein paar Sekunden würden sie ihre Flammen ausstoßen und den Raben verbrennen. Sha-Kaan hatte sich verschätzt, sie bekamen keine Hilfe.

Links über Hirad teilten sich die Wolken. Drei Dutzend Drachen schossen hervor und vertrieben die Dunstschleier. Sein Herz jauchzte, dann sank es umso tiefer. Es waren Veret, keine Kaan. Hirad schloss die Augen und wartete auf das Ende, das jetzt kommen musste. Einen kleinen Moment lang würde er die Hitze spüren, dann wäre alles vorbei.

Die Veret rasten an den Kaan vorbei und fielen geradewegs über die ahnungslosen Naik her. Die schnellen, schlanken Veret bewegten sich unglaublich geschickt, und jeder Naik fiel einer überwältigenden Zahl der im Wasser lebenden Drachen zum Opfer.

Sha-Kaan jubelte, seine Flügel schlugen noch ein wenig schneller, und er schoss mit seinen beiden Begleitern zum Riss. Er bellte, damit die Verteidiger Platz machten, schwenkte ab und kreiste. Nos und Hyn folgten dicht hinter ihm.

Vor Hirad sprach Ilkar Worte, die er nicht verstehen konnte, hob die Handflächen zum Riss und stieß einen Schrei aus, der seinen ganzen Körper beben ließ. Der Spruch war freigesetzt, und drei Bahnen von sichtbarem Mana liefen zum Riss und verbanden sich mit seinen Rändern. Eine war dunkelblau, eine orange und eine gelb. Wie Seile mit Enterhaken krümmten und wanden sie sich, während die Drachen kreisten. So wurden sie miteinander verflochten, bis ein Seil aus Mana entstand, das zischte und knisterte und dessen Enden weiterhin von den Rabenmagiern gehalten wurden.

Sha-Kaan brüllte, und sein Schrei wurde von Nos und

Hyn beantwortet. Ringsum schrien, bellten und riefen die Drachen.

»Mach dich bereit, Hirad!«, rief Ilkar.

»Bereit wozu?«

»Für den Ritt deines Lebens«, rief der julatsanische Magier.

Die drei Drachen und ihre Reiter wendeten und stürzten sich in den Riss.

Hirad schrie, als der Riss sie anzog und verschlang. Hinter ihm peitschten die Mana-Fäden gegen den Korridor und blieben überall kleben, wo sie auftrafen. Ein Geräusch, das wie Donner in den Bergen klang, wurde immer lauter, und dann warf Ilkar auf einmal seinen Mana-Faden weg. Das lose Ende knallte gegen die Wand, blieb im Korridor zurück und jagte bunte Lichter über die grauen, fleckigen Seiten des Korridors. Große Risse entstanden, hinter denen die schwarze Leere klaffte. Ein böser Wind heulte von dort herein.

Ilkar drehte sich um und rief etwas, das im Tumult aber nicht zu verstehen war. Überall löste sich jetzt der braune Korridor auf, und hinter ihnen brachen die Ränder des Risses zusammen. Von hinten kam ein heftiger Luftzug, der sogar Sha-Kaans Körper hin und her warf, als wäre ein Vogel von einer Sturmbö erfasst worden.

Hirad beugte sich so weit wie möglich vor und packte das Seil so fest, dass er fast schon fürchtete, er werde es losreißen. Er hätte geschrien, doch die Luft wurde ihm durch die Erschütterungen aus den Lungen getrieben, sobald er eingeatmet hatte.

Sha-Kaan flog wieder ruhiger und schlug gleichmäßig mit den Flügeln. Hirad riskierte einen Blick nach unten und sah die Schwärze schneller vorbeifliegen, als sie sich bewegten.

»Sha-Kaan, schneller!«, sendete er. Die Antwort bestand aus einem Wust chaotischer, unverständlicher Gedanken. Das Licht verblasste, der Korridor löste sich rings um sie auf. Nur noch wenige Herzschläge, dann würden sie vom Nichts des interdimensionalen Raums verschluckt. Doch ein paar Herzschläge, das war mehr Zeit, als sie brauchten.

Sie platzten in den balaianischen Raum hinaus. Sha-Kaan schwenkte scharf vom Riss ab und entfernte sich im rechten Winkel vom großen Fleck am Himmel. Hirad hob die Fäuste und stieß einen Jubelschrei aus.

Der Rabe war wieder da.

Jayash sah, wie die Ränder des Risses waberten und die Blitze in seinem Innern erstarben. Aus der Dunkelheit kamen drei Drachen. Doch er achtete kaum auf sie, denn die ganze Oberfläche des Risses löste sich auf. Die braune Farbe, an die er sich inzwischen fast gewöhnt hatte, wich tiefer Schwärze. Die Ränder brachen schneller zusammen, als das Auge es wahrnehmen konnte, und dann stülpte sich das Zentrum heraus, und eine große Faust der Leere schoss zum Boden.

Er spürte die Kräfte, als der Wind seinen Mantel erfasste, Staubspiralen über den Platz jagte und ihm die Haare ins Gesicht wehte.

»Bei den Göttern«, sagte er.

Die Schwärze verschlang die Erde.

Hirad blickte auf Parve hinab. Das Zentrum des Risses wölbte sich vor und verschlang alles, was darunter lag, mit der unvorstellbaren Kraft des interdimensionalen Raumes. Die Gewalten tobten um die Gebäude und heulten über die offenen Plätze, und eine gewaltige Schwärze machte anscheinend Anstalten, ganz Balaia zu verschlingen. Fast so schnell, wie sie gekommen war, verschwand die Schwärze jedoch wieder und löste sich mit einer Explosion auf, die noch Tage in den Ohren nachhallen sollte.

Parve war verschwunden. Kaum ein Stein war übriggeblieben, der davon künden konnte, dass hier einst eine Stadt gestanden hatte. Nur abgeschmirgelter Fels war dort, über den Staub wehte und leere Echos hallten.

»Bei den Göttern«, flüsterte er.

»Gerechtigkeit«, sagte Ilkar.

»Aber nicht für die Leute, die den Schatten überwacht haben«, widersprach Hirad.

Ilkar schwieg und sah nach vorn zu Sha-Kaans langem Hals.

Ohne auch nur eine Sekunde zu zögern, flog Sha-Kaan eine scharfe Wende und hielt auf die Blackthorne-Berge zu.

»Wir müssen zu Septerns Haus«, sagte Sha-Kaan und beantwortete Hirads unausgesprochene Frage. »Eure Streitkräfte kämpfen dort. Euer Feind darf das Haus nicht zerstören, es ist den Kaan teuer.«

Darrick fällte einen Wesmen-Krieger mit einem wilden Hieb gegen die Brust. Neue Kräfte beflügelten ihn. Er sprang nach vorn, seine Soldaten und Magier folgten ihm. Die Sprüche brachen nicht mehr ganz so oft, aber immer noch mit voller Wucht über die Wesmen herein. Jetzt konnte er auch die Trupps sehen, die das Haus angriffen.

»Die Armee zu mir!«, rief er und lief über das offene Land.

Auf einmal bebte die Erde, und er ging zu Boden. Gleich darauf folgte ein zweites Beben. Er schaute auf. Die meisten Kämpfer vor ihm waren umgefallen. Die Pro-

tektoren waren schnell wieder auf den Beinen und kampf-
bereit, doch die Wesmen rappelten sich eilig auf und
flohen.

Die Mauern des Hauses stürzten ein. Ein drittes Beben,
und was von den Mauern noch stand, kippte nach hinten
um und versank in einem großen Loch in der Erde, in dem
Lichter blitzten und von dem aus eine tiefe Dunkelheit um
sich griff. Eine Staubwolke schoss hoch in den Himmel
hinauf, darauf folgte eine dunkle Säule, die den Staub wieder zurückzog. Sie saugte ihn ein und verschwand wieder
im Boden, dann schlossen sich die Ränder des Lochs mit
einem dumpfen Knall.

Das Haus war verschwunden.

Einige Wesmen jubelten, immer mehr stimmten ein.
Äxte wurden in die Luft geworfen, Krieger umarmten sich,
und Siegeslieder wurden von tausend Mündern ange-
stimmt.

Darrick hob eine Hand und ließ seine Männer anhalten. Schweigend sah er zu, wie sich die Protektoren, die
inzwischen ihre Waffen in die Scheiden gesteckt hatten,
bückten, um die Masken ihrer Toten aufzuheben. Sie
suchten sich einen Weg durch die Gefallenen und entfernten sich. Die Wesmen sahen sie und machten ihnen
Platz; sie ließen sie gehen, als spürten sie, dass nun alles
vorbei war. Oder vielleicht waren sie einfach nur froh,
nicht mehr gegen die maskierten Tötungsmaschinen kämpfen zu müssen.

Langsam erstarben die Gesänge, als sich immer mehr
Wesmen auf einer Seite des inzwischen leeren Schlacht-
felds vor Septerns ehemaligem Haus sammelten. Es war
noch nicht vorbei. Sie hatten noch nicht gesiegt. Darrick
stand mit seiner Armee vor ihnen, und sie rührte sich
nicht.

Die beiden Seiten beobachteten einander, bis die Wesmen Platz machten und einen Mann nach vorne durchließen. Tessaya.

»General Darrick!«, rief er.

»Lord Tessaya!«, rief Darrick über die Lücke von hundert Schritt zurück, die sich zwischen den Armeen aufgetan hatte. Diejenigen, die in der zweiten Reihe der Wesmen überlebt hatten, waren längst zu ihren Gefährten zurückgelaufen. Darrick war also nicht umzingelt, aber seine Truppe war in der Unterzahl.

»Vielleicht sollten wir noch einmal verhandeln und über Eure Kapitulation reden.«

»Ich denke nicht«, gab Darrick zurück, und seine Männer hinter ihm jubelten. »Schließlich habt Ihr mir beim letzten Mal nicht geglaubt, und ich bin ein Mann, der Wort hält.«

Er deutete nach Westen, weit über die Blackthorne-Berge hinweg, wo der Riss den Himmel beherrscht hatte wie ein böser zweiter Mond.

»Ihr müsst wissen, dass der Rabe versucht hat, uns alle zu retten, und ich will verdammt sein, wenn ich den Raben in ein Land zurückkehren lasse, das von Euch beherrscht wird, Tessaya.«

»Tapfere Worte für einen Mann in Eurer heiklen Lage«, sagte Tessaya. »Ihr seid nicht in einer Position, Forderungen zu stellen, und selbst Eure besten Krieger haben aufgegeben.« Er deutete zu den Protektoren, die in Richtung Xetesk abmarschiert waren. Genau in dem Augenblick, als er auf sie deutete, blieben sie allerdings stehen und blickten zum Himmel hinauf. Er zuckte mit den Achseln. »Und wie, wenn ich fragen darf, will Eurer Rabe denn überhaupt zurückkehren? Das Loch, das zu Euren Verbündeten geführt hat, ist jetzt fest verschlossen.«

Ein fremdartiges Geräusch ertönte in der Ferne. Es war ein Laut, den Darrick schon einmal gehört hatte, aber dieses Mal glaubte er nicht, dass Feinde kamen.

»Es gibt immer einen Weg, Lord Tessaya.«

Die Protektoren standen immer noch reglos da und schauten zum Himmel hinauf. Drei Punkte waren am Horizont erschienen. Sie flogen hoch und kamen unglaublich schnell näher.

»Ich glaube, sie kommen gerade an.«

»Als ob das etwas ändern würde«, sagte Tessaya. »Kommt zu mir, damit wir über Eure Kapitulation verhandeln können. Weigert Ihr Euch, werde ich Euch alle umbringen.«

»Der Rabe kann vielleicht nichts ändern. Aber seine Freunde durchaus.« Er wandte sich an den nächsten Hauptmann. »Bei den Göttern, ich hoffe, ich habe Recht. Das da sind Drachen, die hierher kommen. Betet, dass der Rabe auf ihnen sitzt, sonst sind wir alle tot.«

Er ging zum wartenden Tessaya.

Im Niemandsland zwischen den beiden feindlichen Truppen trafen sich die Männer, verneigten sich respektvoll und hielten höflich Abstand.

»Es ist eine schwierige Situation für Euch, nicht wahr?«, sagte Tessaya selbstgefällig.

»Eigentlich nicht«, antwortete Darrick. »Eure Armeen sind in unser Land eingedrungen, wir haben Euch auf Schritt und Tritt bekämpft, und jetzt wollt Ihr eine Kapitulation aushandeln, um zu bekommen, was Ihr sonst nie erreichen würdet.«

Tessaya verschränkte die Arme vor der breiten Brust. Darrick sah getrocknetes Blut auf den Unterarmen und dem Pelz. »Ein interessanter Standpunkt, aber angesichts der Tatsache, dass ich die erbärmliche Truppe, die Ihr gestern durch meinen Wald geschickt habt, bereits zur Aufgabe gezwungen habe, denke ich, dass Ihr in der Unterzahl seid und keinerlei Trümpfe mehr habt. Ich habe viele Gefangene gemacht, und ich werde nicht zögern, sie abzuschlachten.«

Darrick riskierte einen Blick nach rechts und sah, dass die Punkte merklich größer geworden waren. Er musste das Spiel nicht mehr lange spielen.

»Nun gut«, sagte er und ließ den Kopf ein wenig sinken. »Dann nennt Eure Bedingungen. Lasst mich hören, wie Ihr Euch eine ehrenhafte Kapitulation vorstellt.«

Tessaya kicherte. Eine Bö fuhr durch seine Haare, der Regen setzte kurz aus, als er zum Sprechen ansetzte. Er breitete die Arme weit aus.

»Sogar der Regen lauscht, wenn ich das Wort ergreife«, sagte er. »Ich will nicht mehr kämpfen. Alle, die hinter Euch stehen, werden die Waffen strecken und sich in die Obhut meiner Hauptleute begeben. Sie werden hier festgehalten, bis eine passende Arbeit für sie gefunden ist.

Ihr werdet meine siegreiche Armee nach Korina begleiten, wo Ihr für mich die Übergabe der Stadt aushandeln werdet. Ihr und alle Eure Soldaten sollen gut behandelt werden. Drittens …«

Verblüfftes Gemurmel lief durch die Reihen der Wesmen und Balaianer. Tessaya drehte sich halb um und runzelte die Stirn. Jetzt war es an Darrick, selbstgefällig zu lächeln.

»Es tut mir Leid, mein Lord, aber diese Bedingungen und alle anderen, die Ihr sonst noch nennen könntet, sind unannehmbar«, sagte er. Sein Herz raste, und er schickte ein Stoßgebet zum Himmel, dass es die Drachen der Kaan waren, die sich näherten.

»Ihr seid nicht …«

»Schweigt!«, donnerte Darrick. Tessaya zuckte überrascht zusammen. »Ihr habt meinem Wort nicht glauben wollen, Wesmen-Lord, und jetzt sollt Ihr diese Entscheidung bereuen. Ihr habt gefragt, woher der Rabe kommen könnte. Seht nach links und sucht die Antwort am Himmel.«

Ohne sich selbst umzudrehen, deutete er in die entsprechende Richtung, und Tessayas Blick folgte ihm. Der Wesmen-Lord erbleichte und sperrte den Mund auf. Nach dem ersten Erstaunen wurden jetzt warnende und erschrockene Rufe laut. Auf beiden Seiten brachen Männer aus den Reihen aus und liefen weg. Die balaianischen Kommandanten bemühten sich, für Ruhe zu sorgen, die Hauptleute der Wesmen flohen mit ihren Männern.

Man musste es Tessaya zugute halten, dass er nicht einfach rannte, sondern nur bis zu der Stelle zurückwich, wo vorher seine Männer gestanden hatten.

Endlich drehte auch Darrick sich um und sah, dass die Drachen langsam an Höhe verloren und, immer noch mit erstaunlicher Geschwindigkeit, zur Landung ansetzen. Die Farbtupfer auf den glänzenden goldenen Hälsen waren nicht zu übersehen.

Er musste schallend lachen.

Die Wesmen hatten Pfeile abgeschossen und Scheinangriffe gegen die Männer aus dem Osten geführt, sie hatten ihre Gegner verhöhnt und den Mut ihrer Feinde in Frage gestellt. Doch die Kavallerie der vier Kollegien, an deren Spitze nun Blackthorne und Gresse ritten, hatte alle Schmähungen ungerührt hingenommen. Die Reiter hatten die Gewissheit, dass sie jederzeit den Feind weit hinter sich lassen konnten.

Wie Blackthorne angenommen hatte, gewann irgendwann die Neugierde des Kommandanten der Wesmen die Oberhand, und er kam unter der rotweißen Parlamentärsflagge der Wesmen allein herüber. Blackthorne und Gresse ritten ihm ein Stück entgegen. Die Unterhaltung war kurz.

»Ich bin Adesellere. Ich wüsste gern Eure Namen.«

»Blackthorne und Gresse, wir sind Barone«, erwiderte Blackthorne.

»Wo sind Eure übrigen Kräfte?« Erst in diesem Augenblick begriff Gresse Blackthornes Taktik und verstand, warum die Wesmen nicht einfach angegriffen und die Kavallerie in die Flucht geschlagen hatten.

»Tja«, sagte Blackthorne. Er beherrschte die Stammessprache der Wesmen fast perfekt. »Es ist möglich, dass sie alle hier ums Lager verteilt sind und nur darauf warten, Euch anzugreifen, wenn Ihr vorrückt. Andererseits sind sie möglicherweise schon mitten in der Nacht nach Norden marschiert, um an Septerns Haus Eure Armee zu bekämpfen.

Ihr könnt es herausfinden, wenn Ihr angreift und seht, dass wir Euch ausweichen. Andererseits könntet Ihr aber auch sterben, wenn Ihr es versucht. Ihr könntet natürlich auch zum Haus marschieren. Ihr könntet es noch vor Einbruch der Dämmerung erreichen. Wie hättet Ihr es jetzt gern? Ich an Eurer Stelle wüsste, wie ich mich entscheiden würde.«

Hinter ihnen flatterten die Zeltplanen im Wind. Es regnete immer noch. Adesellere sah an ihm vorbei zu den Zeltreihen. Alles schien still, und doch konnte dort ein schneller Tod lauern.

»Ihr könnt den Vormarsch der Wesmen nicht ewig aufhalten«, sagte Adesellere. Er drehte sich um und führte seine Krieger vom Schlachtfeld herunter.

Eine halbe Stunde später saßen Blackthorne und die Kavallerie immer noch im Sattel. Einige Scouts wurden ausgeschickt und meldeten, dass die Wesmen tatsächlich mit beachtlichem Tempo nach Osten marschierten.

»Nun, meine Freunde«, sagte Blackthorne, »ich glaube, es ist an der Zeit, dass wir unsere Verwundeten holen. Sie haben es hier viel bequemer.«

Er wendete sein Pferd, und die Kavallerie folgte seinem Beispiel. In diesem Augenblick ertönten die Schreie. Über die Blackthorne-Berge hinweg kamen drei Schatten in ihre Richtung geflogen. Sie bewegten sich mit außerordentlicher Geschwindigkeit. Gresse wollte einen Elf fragen, aber es war klar, was er sah.

»Absitzen, absitzen!«, brüllte der Hauptmann. Die Pferde, die eine neue, schreckliche Gefahr spürten, bockten und brachen aus. Die Männer gehorchten sofort, und die Pferde, von der menschlichen Kontrolle befreit, flohen vor der Gefahr aus dem Himmel.

»Bei den Göttern«, sagte Gresse. Er hatte einen schrecklichen Kloß im Hals, und sein Herz schlug, als wollte es zerspringen. Er schwitzte an den Händen, auf der Stirn, auf dem Rücken. Sein Atem ging stoßweise, er konnte sich nicht bewegen, und auch Blackthorne schien wie gelähmt.

Die Drachen kamen näher, ihre goldenen Körper schimmerten im stumpfen, regnerischen Himmel. Sie kamen herunter, immer tiefer, und einer stieß ein durchdringendes Bellen aus, als sie knapp über ihnen vorbeirasten. Gresse fuhr herum und hätte beinahe das Gleichgewicht verloren. Er hätte schwören können, dass er Gelächter hörte, als die Drachen vorbeiflogen.

Er schauderte noch, als sie schon hinter den nächsten Hügeln verschwanden, und wandte sich wieder an Black-

thorne. Der Baron grinste bis über beide Ohren und klopfte Gresse mit zitternder Hand auf die Schulter.

»Was ist denn?«

»Habt Ihr sie nicht gesehen?«, fragte Blackthorne und
deutete auf die Drachen.

»Ob ich sie gesehen habe? Die waren nun wirklich
kaum zu übersehen. Ich hätte mir fast in die Hosen gemacht.«

»Nein.« Blackthorne lachte wieder. »Ihre Reiter meine
ich. Oh, mein lieber Gresse, wir haben es geschafft. Das
war der Rabe.«

»Ihr seid doch …« Gresse sah noch einmal hin, aber die
Drachen waren verschwunden. Er seufzte erleichtert.

»Meine Lords?« Es war der Hauptmann der Kavallerie.
Sein Helm war verschwunden, sein Gesicht war bleich. Er
hatte eine kleine Präsentkiste dabei.

»Ja, Hauptmann?«, sagte Blackthorne.

»Ich dachte, das können wir jetzt vielleicht gebrauchen.« Er öffnete die Kiste, und eine Flasche von Blackthornes Traubenbrand und vier Schnapsgläser kamen zum
Vorschein. »Das habe ich für eine besondere Gelegenheit
aufbewahrt. Ich glaube, dies hier ist eine.«

»Mein guter Mann«, frohlockte Gresse. Sein Kopf war
leicht, als hätte er schon einen ordentlichen Schwips. »Ihr
macht einen alternden Mann sehr glücklich.«

Hirad konnte die feindlichen Armeen ausmachen, doch
vom Haus war nichts zu sehen. Sha-Kaan schoss nach unten, und wieder einmal fuhr Hirad ein eiskalter Schauer
durch die Knochen, als er für seinen Geschmack ein bisschen zu weit den Hals hinunterrutschte. Er konnte sehen,
wo der Große Kaan landen wollte, und auch die Leute am
Boden sahen es. Er rief hinunter, als die Männer sich ver-

streuten, er hörte erschreckte Rufe und ohnmächtige Befehle, ruhig zu bleiben.

Sha-Kaan hob den Kopf, nahm den Oberkörper hoch und setzte auf. Hirad riss sich sofort einen Dolch aus dem Gürtel und schnitt die Seile durch. Er konnte es nicht erwarten, endlich wieder Gras unter den Füßen zu spüren, selbst wenn es nass vor Blut war. Der Große Kaan senkte den Hals, und Hirad rutschte herunter. Seine Beine wollten sein Gewicht nicht halten, doch sofort griffen ihm hilfreiche Hände unter die Achseln und stützten ihn, bis er sicher stand. Alle Muskeln in seinen Schenkeln und Beinen schrien, dass sie endlich Ruhe brauchten.

Er drehte sich um und sah Darrick vor sich. Die beiden Männer umarmten sich lächelnd. Hirad klopfte ihm auf die Schulter.

»So, Ihr lebt also noch?«, sagte er, als sie sich voneinander lösten.

»Ich lebe noch«, sagte Darrick. »Hört mal, wir können später noch feiern. Im Augenblick sollten wir uns um die Wesmen-Armee kümmern, die direkt hinter diesem Drachen steht.«

Hirad lachte, bis ihm die Tränen über die Wangen liefen. »Was für eine Art, es auszudrücken.« Er richtete sich auf. »Der Krieg ist vorbei. Ihr müsst jetzt nur noch aushandeln, dass sich die Wesmen aus dem Osten bis hinter die Berge zurückziehen. Wenn sie nicht mitspielen wollen, könnte ich eine Demonstration arrangieren, wenn Ihr versteht, was ich meine.«

Darrick lächelte und klopfte ihm auf die Schulter. »Ich werde sehen, was ich tun kann.« Er marschierte zu den Wesmen hinüber.

Hirad ging zu Sha-Kaans Kopf, wo sich die anderen Rabenkrieger versammelt hatten, um Darricks Unterhaltung mit Tessaya zu beobachten. Er legte eine Hand an den Kopf des Drachen.

»Danke, Großer Kaan.«

Der alte Drache öffnete ein Auge und starrte ihn kurzsichtig an. »Du hast die Kaan gerettet, du und der Rabe. Ich muss dir dankbar sein.«

»Warum bist du dann traurig? Du scheinst keineswegs glücklich.«

»Das Haus wurde zerstört, und das ist ein großer Verlust für uns, weil es hier ein Tor gab. Dieses Tor ist jetzt wie das an eurem Himmel verschlossen. Ich weiß nicht, wo ich noch weitere finden soll.«

»Das verstehe ich nicht«, sagte Hirad.

»Er meint, dass er möglicherweise hier festsitzt«, erklärte Erienne. »Wenigstens für den Augenblick.«

»Aber ihr könnt sie doch nach Hause schicken, oder?«, fragte Hirad. »Bald?« Er sah die drei Magier nacheinander an. Sie schüttelten die Köpfe.

»Ich weiß es nicht«, sagte Ilkar.

Hirad sah wieder Sha-Kaan an. »Du hast gewusst, dass es so kommen würde, oder? Deshalb bist du hierher geflogen. Du wolltest wissen, ob Septerns Tor noch da ist.«

»Natürlich«, sagte Sha-Kaan. »Aber was ist das Leben von drei Drachen, wenn es ums Überleben der Brut geht? Es war ein kleines Opfer.«

Hirad wusste nicht, was er dazu sagen sollte. »Wir bringen dich zurück. Irgendwie.« Er lächelte. »Schließlich sind wir der Rabe.«

»Kennt deine Selbstüberschätzung denn überhaupt keine Grenzen?«, fragte Denser mit leuchtenden Augen.

»Nein«, sagte Hirad. Er sah sich um. Darrick redete mit Tessaya, der Lord der Wesmen nickte und starrte die drei Kaan an, die vor ihm lagen. Der Unbekannte gab allen überlebenden Protektoren die Hand. Denser und Erienne umarmten einander, ihre Gesichter strahlten, ihre Blicke sprachen von Liebe. Sha-Kaan hatte den Kopf gehoben und sah sich in seiner neuen Heimat um. Seinen blauen Augen entging nichts, seine Gedanken waren triumphierend, traurig und voller Hoffnung zugleich. Ilkar stand mit verschränkten Armen da, lächelte in sich hinein und schüttelte den Kopf, als er über alles nachdachte.

Sie hatten es geschafft. Der Rabe. Wieder einmal. Hirad musste zugeben, dass es kaum zu fassen war.

Nur Thraun fehlte. Der große blonde Krieger war sofort nach der Landung verschwunden. Er war vom Drachen heruntergerutscht und hatte sich wortlos entfernt. Er musste allein sein. Hirad konnte das verstehen. Er würde sich schon bemerkbar machen, wenn er bereit war.

Alarmrufe erklangen auf Seiten der Balaianer, die Soldaten deuteten aufgeregt nach hinten zum zerstörten Lager der Wesmen. Hirad folgte ihren Blicken.

»Lasst ihn«, rief er. »Er wird euch nichts tun.«

Thraun schaute zu Hirad auf, als der Barbar sich vor ihn hockte und seinen Kopf streichelte.

»Das hätte ich nicht gemacht, wenn du noch deine menschliche Gestalt hättest«, sagte er. Er lächelte traurig. »Oh, Thraun, was hast du nur getan?«

Der Wolf sah ihn ernst an, die gelb gesprenkelten Augen schimmerten feucht. Er schnüffelte und knurrte, doch es war ein freundlicher Laut, der Hirad durch alle Knochen fuhr. Einen Moment lang dachte er, er müsste weinen.

»Ich weiß nicht, ob du mich verstehst, Thraun, aber vergiss eines nicht«, sagte er mit belegter Stimme. Im Augenblick gab es auf der ganzen Welt nichts als ihn und den Gestaltwandler. »Du wirst immer zum Raben gehören, und wir werden dich nie vergessen. Viel Glück bei allem, was dir noch begegnen mag, und möge deine Seele Frieden finden.« Er spürte eine Hand auf seiner Schulter. Ilkar drückte sie kurz, ohne etwas zu sagen.

Thraun kam noch etwas näher, leckte Hirad übers Gesicht, drehte sich um und trabte davon.

Lesen Sie weiter in:
JAMES BARCLAY: Nachtkind